I shall Master this Family

이번 생은
가주가 되겠습니다

김로아 장편소설

D&C
BOOKS

이번 생은
가주가 되겠습니다 3

김로아 장편소설

D&C
BOOKS

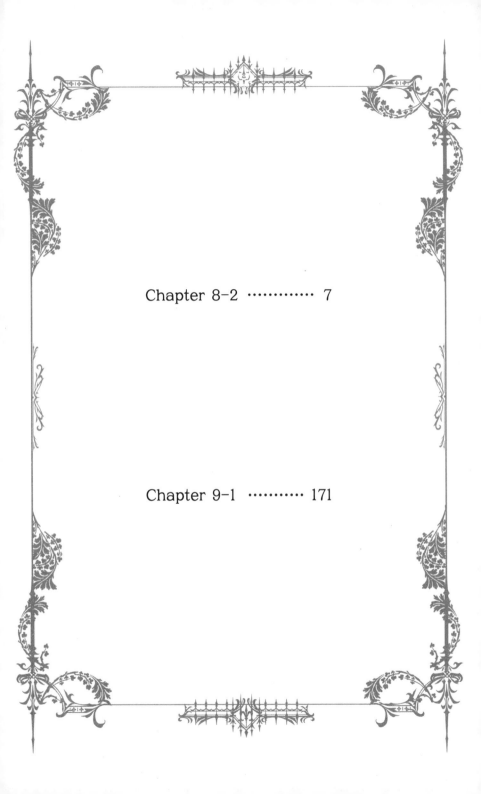

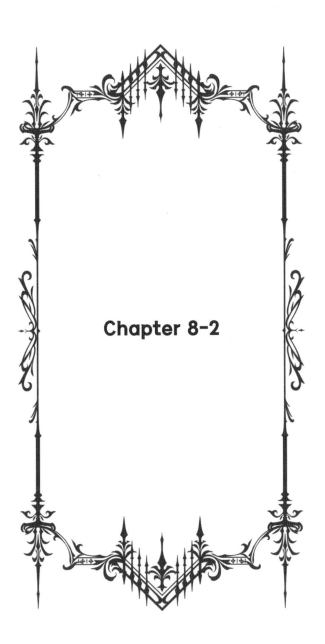

Chapter 8-2

Chapter 8-2

"하나, 둘, 셋……. 하나, 둘, 셋……."

임피그라 시녀장이 데려온 춤 선생님이 외치는 구령에 맞춰서 쌍쌍의 남녀들이 함께 움직였다.

왈츠에 가까운 황실 데뷔 무도회 특유의 스텝은 원래 제국에서 흔히 추는 사교댄스와는 매우 달랐다.

그래서 영 몸에 익지 않은지, 여기저기서 곡소리가 들려왔다.

"으앗! 죄, 죄송!"

"으악, 내 발!"

남자, 여자를 가릴 것 없이 서로 발을 밟고 밟히는 작은 소동이 여기저기서 벌어졌다.

"저기 롬바르디 영애와 2황자님 좀 봐요……."

"어쩜 저렇게 두 분 다 능숙하시죠?"

우리만 빼고.

내 허리를 가볍게 잡은 페레스는 중간중간 내가 다른 사람들과 부딪치는 일이 없게 미리미리 방향을 트는 여유까지 보이고 있었다.

"넌 못 하는 게 뭐니 정말."

사기캐도 정도가 있어야지.

머리 좋아, 공부 잘해, 어린 나이에 오러도 쑥쑥 뽑아내, 거기에다 잘생겼어.

이제 보니, 페레스는 자연히 적을 많이 만들 수밖에 없는 녀석이었다.

"너 오늘 이 춤 처음 배우는 거 맞아?"

혹시 임피그라 시녀장이 선행 교육이라도 시켜 준 것 아냐?

"춤이라는 것 자체가 오늘이 처음인걸."

"그런데 왜 이렇게……."

숙련된 조교야?

정식으로 사교계 데뷔를 하지 않았을 뿐, 다양한 종류의 연회에 참석해 본 다른 애들보다도 페레스가 훨씬 능숙했다.

지금도 다들 페레스가 여유롭게 스텝을 밟는 모습에서 눈을 떼지를 못한다.

"그러는 티아는?"

얼굴이 코앞에 있어서 그런지, 페레스의 목소리가 바로 귓가에서 들린다.

"티아야말로 잘 추는데?"

"나? 나야, 뭐……."

페레스만큼의 여유는 없었지만, 나도 진도를 잘 따라가고 있기는 했다.

"몰랐는데, 내가 은근 사교계 타입이더라고. 춤도 그렇고 다른
것도 그렇고."

하지만 페레스에 비할 바는 아니었다.

"이러다간 데뷔를 하는 나보다, 다들 널 보느라고 바쁘겠는데?"

왜냐면 움직임에 따라서 검은 머리칼을 살랑이는 페레스는 내가
봐도 정말로 잘생겼거든.

지금도 다른 또래의 남자애들과 같이 서 있으면 닭 무리에 홀로
서 있는 공작새를 보는 것 같달까.

내가 멍하니 올려다보는 시선을 느낀 건지, 페레스가 고개를 살
짝 갸웃하며 나를 바라봤다.

그때였다.

"아앗! 죄송합니다, 롬바르디 영애!"

근처에서 춤을 추던 커플이 우리 쪽으로 방향을 확 틀면서 남자
애의 어깨가 내 등에 살짝 부딪쳤다.

"제, 제가 정신이 없어서 미처 보지 못했습니다……."

춤 때문에 정말로 고생하는 중인지, 땀을 뻘뻘 흘리면서 사과를
하는 모습에 나도 모르게 웃음이 나왔다.

"살짝 부딪친 것뿐인데요, 뭐. 저는 괜찮아요. 페일란 님이야말
로 괜찮으신가요?"

내가 자기 이름을 알 것이라고는 생각하지 못했는지, 남자애가
눈을 동그랗게 떴다.

"열심히 하세요, 페일란 님."

아까 보니까 발 엄청 밟히는 것 같던데.

그런 멍에는 에스티라 연고가 딱이라고 말해 주고 싶다.

그리고 힘내라는 마음을 담아서 살짝 웃어 주었는데, 남자애의 반응이 조금 이상했다.

나를 멍하니 보더니 춤 때문에 빨개진 얼굴이 더욱 붉어진다.

가서 좀 쉬라고 말하려는 찰나, 약간 낮아진 페레스의 목소리가 들려왔다.

"차라리 날 보면 좋을 텐데."

"응? 뭐라고?"

"차라리 사람들이 날 봤으면 좋겠다고."

"갑자기 그게 무슨 엉뚱한 소리야?"

지금 데뷔탕트인 나보다 더 주목을 받고 싶다고 이실직고하는 거냐?

페레스는 대답 대신 어딘가를 노려보고 있었다.

조금 전에 내게 부딪쳤던 남자애였다.

다시 파트너와 연습을 시작한 그 남자애는 겁먹은 얼굴로 자꾸 페레스 쪽을 흘끔흘끔 보면서 위태위태한 모습을 보였는데, 아니 나 다를까.

"꺅!"

자기가 휘청거리다가 결국 파트너까지 넘어트리고 말았다.

"야, 페레스?"

내가 어깨를 톡톡 치자 페레스가 그제야 나를 내려다보며 대답했다.

"아무것도 아니야. 다시 연습하자."

그 뒤로 연습 내내, 내가 누군가와 부딪치는 일은 절대로 일어나지 않았다.

"올해도 다들 열심이로군."

요바네스 황제가 아래층의 연회 홀을 내려다보며 느긋하게 말했다.

그러면서도 시선은 연신 피렌티아와 페레스 커플을 좇아 다녔다.

데뷔탕트 무도회의 연습이 있는 연회 홀은 복층 구조였다.

2층은 거의 쓰이지 않았지만 밖의 계단을 통해서 출입이 가능했고, 황제와 황후는 아무에게도 알리지 않고 들어와 모든 것을 지켜보고 있었다.

처음 카발리에들이 등장하기 전까지만 하더라도, 라비니는 연습하는 영애들을 꽤나 즐거운 마음으로 지켜보고 있었다.

롬바르디의 계집아이가 거슬리기는 했지만, 곧 사교계의 일원이 되면 본때를 보여 주리라 생각하기도 했다.

그런데 문제는 뒤늦게 들어온 카발리에들 중에 페레스가 섞여 있다는 것이다.

"저, 저게 무슨……."

깜짝 놀란 라비니 황후는 요바네스를 바라봤고 그 순간 알아차렸다.

황제는 이미 페레스가 카발리에가 될 것을 알고 있었다는 사실을.

함께 오찬을 한 뒤에 굳이 이곳으로 걸음을 한 이유가 저 천한 것이었다니!

이 모든 것은 평소 사사건건 딴지를 거는 임피그라 시녀장의 계략인 것이 틀림없었다.

'저 노망난 늙은이가……!'

라비니는 곧바로 임피그라 시녀장을 노려봤다.

그리고 그녀와 눈이 마주쳤다.

시녀장은 이미 황제와 황후가 연습 장면을 지켜보고 있다는 것을 눈치채고 있었던 것이다.

"2황자가 저런 표정도 지을 줄 알았던가?"

요바네스 황제가 흥미가 돈다는 듯 난간에 몸을 기대며 말했다.

언제나 무표정과 분노, 오로지 그 두 가지 모습만 보였던 페레스가 갤러한의 딸아이를 보며 느른한 미소를 짓고 있었다.

"허어, 제법 잘 어울리는군."

둘이 배동을 지어 줄 때도 그랬지만, 퍽 잘 어울리는 한 쌍이었다.

"피렌티아 롬바르디가 올해 몇 살이던가요, 황후?"

"……."

라비니 황후는 아무 말도 하지 않았다.

요바네스도 대답을 기대하지는 않았던 듯, 혼자 중얼거렸다.

"갤러한, 갤러한 롬바르디라……."

지금 황제의 머릿속에서 바쁘게 주판알이 굴러가고 있음을 황후는 누구보다 잘 알았다.

요바네스는 페레스와 피렌티아가 혼약이라도 맺게 되면 갤러한 롬바르디에게서 어떤 것들을 얻어 낼 수 있을지 계산하고 있는 것이었다.

빠득.

라비니 황후가 조용히 이를 갈았다.

이미 페레스가 카발리에로 선정된 이상, 데뷔탕트 무도회에 등장하는 것을 멈출 방법은 없었다.

그러나 롬바르디의 계집과 파트너가 되는 것은 막아야 한다.

당장 요바네스 황제뿐만이 아니라 사교계의 귀족들도 페레스와 피렌티아를 붙여 생각하기 시작하면 걷잡을 수 없게 된다.

그러다 정말로 황제가 갤러한 롬바르디의 것들을 탐내기 시작하면!

그래서 둘을 정혼이라도 시키려 마음먹는 날에는 페레스에게 힘이 실려 버린다.

갤러한 롬바르디라는, 이미 지나치게 거물이 되어 버린 자의 힘이.

아직 아스타나의 혼약이 정해지지도 않은 이 상황에서 저 천한 것이 갤러한 롬바르디의 힘을 얻는 것을 두 손 놓고 지켜볼 수만은 없었다.

"하나, 둘, 셋⋯⋯. 하나, 둘, 셋⋯⋯."

라비니가 다시 이를 가는 소리가 멀리서 들려오는 구령 소리에 묻혔다.

"내가 카발리에가 된다면, 티아가 곤란해지는 일은 없나요?"

임피그라 시녀장이 포이락궁을 찾아 카발리에를 제안했을 때, 페레스가 물어본 첫 질문이었다.

"예⋯⋯?"

임피그라 시녀장은 잠시 당황하여 주름진 눈을 깜박였다.

'황후와 1황자의 견제를 피해서 귀족들에게 좋은 인상을 심어 줄 수 있는 기회다'라고 한 말에 돌아올 대답으론 예상치 못한 말이었기 때문이다.

그러나 임피그라 시녀장은 금방 평정심을 되찾고 차분한 목소리로 물었다.

"죄송합니다, 황자 전하. 제가 전하의 말씀을 잘 이해하지 못하였으니, 다시 말씀해 주시겠습니까."

"내가 배동이 되었을 때, 나의 위치 때문에 티아를 곤란하게 할 뻔한 적이 있어요."

페레스는 제법 담담한 목소리로 말했다.

"그 애의 카발리에가 되는 일이 내게 좋은 일이라는 것은 알겠지만, 또다시 내 욕심 때문에 티아가 난감해지는 일이라면 하지 않을 겁니다."

임피그라 시녀장은 잠시 말을 고르다가 입을 열었다.

"두 분이 매우 좋은 친구 사이이신 것이 틀림없군요."

"……."

페레스는 그 말에 대답하지 않았다.

그 대신 다른 질문을 던졌다.

"나를 카발리에로 선정하면 시녀장의 입장이 곤란해질 텐데, 어째서 내게 기회를 주는 겁니까?"

임피그라 시녀장은 움찔하다가 이내 작은 한숨을 내쉬며 고개를 저었다.

"아랫것들이 쓸데없는 말을 전해 드린 모양이군요."

"내게 어머니나 힘을 실어 줄 외가가 없는 것뿐이지, 눈과 귀가 없는 것은 아니니까요."

"흐음……."

낮게 침음을 흘리는 임피그라 시녀장의 주름이 더욱 깊어졌다.

"할 줄 아는 일이라고는 궁의 살림을 돌보는 것뿐인 늙은이입니다만, 황실 데뷔탕트 무도회만큼은 저의 온전한 권한으로 남아 있지요. 황자 전하께서는 걱정을 내려놓으셔도 됩니다."

"하지만……."

페레스가 감정을 알 수 없는 빨간 눈으로 임피그라 시녀장을 바라봤다.

마침 창밖으로 석양이 지며, 페레스의 눈동자를 더욱 붉게 물들였다.

그 모습에 임피그라는 자기도 모르게 누군가를 떠올렸다.

"2황자 전하께서는 참으로 선황 폐하를 닮으셨군요."

"……그런 말을 들은 적은 있습니다."

룰락 롬바르디가 말한 적이 있었다.

페레스는 부친인 요바네스 황제보다도 선황을 닮았다고.

임피그라 시녀장은 그리운 얼굴로 페레스를 잠시 바라보다가 말했다.

"이미 배동인 롬바르디 영애와 황자 전하가 데뷔 무도회에서 파트너가 된다고 하여 새로이 구설이 돌 일은 없다고 생각됩니다. 어찌하시겠습니까?"

페레스는 잠시 고민하다가 고개를 끄덕였다.

"하겠습니다, 카발리에."

그렇게 말하며 페레스는 처음으로 입꼬리에 미소를 그렸다.

임피그라 시녀장은 그날의 일을 회상하며 펜을 내려놓고, 업무 일지를 닫았다.

그때 누군가가 집무실 문을 두드렸다.

"황후마마께서 부르십니다."

황후궁의 시녀 중 하나로, 한때는 임피그라 시녀장이 아끼던 아이들 중 하나였던 이였다.

"……그래, 가세."

임피그라 시녀장은 지친 몸을 일으켰다.

그녀의 집무실이 있는 황제궁에서 황후궁까지의 거리는 현재 그녀의 건강 상태로는 걸어가기에 큰 무리가 있었다.

그것을 이미 알면서도 마차 하나 미리 준비하지 않은 황후궁 시녀의 속셈이 무엇인지는 뻔했다.

임피그라 시녀장은 힘든 내색을 하지 않으려 했지만, 황후궁에 도착했을 때의 창백한 안색과 흘러내리는 식은땀은 감출 수 없었다.

"어서 오세요, 임피그라 시녀장."

지팡이를 짚은 손이 바르르 떨리는 것을 보고도 황후는 자리를 권하지 않았다.

"데뷔탕트 무도회를 준비하느라 바쁜 것을 알면서도 건의할 것이 있어 시녀장을 불렀어요."

"……말씀하십시오."

"2황자를 카포리아 영애의 카발리에로 바꾸세요."

임피그라 시녀장은 뺨을 타고 흐르는 식은땀을 조용히 손수건으로 닦아 냈다.

황후는 무척이나 아름답고 야망이 넘치는 사람이었다.

그러나 그 야망에 눈이 멀어 독을 품었다.

"아니 되겠습니다."

임피그라는 단호하게 고개를 저었다.

롬바르디 영애를 줄곧 '티아'라고 부르며 소중하게 대하던 2황자의 모습이 눈에 선했기 때문이었다.

그저 예감이기는 하지만 롬바르디 영애의 카발리에가 되지 못한다면, 2황자에게 데뷔탕트 무도회는 아무런 의미가 없을 것이란 생각이 들었기 때문이었다.

"황실 데뷔탕트 무도회는 이 폰타 임피그라의 고유한 권한으로……."

"얼마 전에 집무실에서 쓰러져 의원이 다녀갔다죠?"

황후가 샐쭉 웃으며 말했다.

"그 사실을 폐하께서 아시면 올해가 시녀장의 마지막 데뷔탕트 무도회가 될 텐데요. 그래도 괜찮은가요?"

임피그라 시녀장은 황제에게 할머니나 다름없는 존재였다.

그런 시녀장의 건강이 날이 갈수록 나빠지고 있다는 것을 요바네스가 알면 당장에 은퇴해 요양하도록 명할 것이 눈에 보듯 선했다.

"은퇴하면 더 이상 황궁에서 지낼 수 없을 텐데……."

임피그라 시녀장에게 유일한 집은 황궁이었다.

그 마음을 잘 아는 황후는 여유로운 마음으로 항복을 기다렸다.

그러나 시녀장의 다음 말에 황후의 아름다운 얼굴이 일그러졌다.

"그럼 올해 데뷔탕트 무도회에 더욱 심혈을 기울여야겠군요. 제 마지막 데뷔탕트 무도회가 될 것이니 말입니다. 그럼 소인은 이만 돌아가 보도록 하겠습니다."

"이봐요, 임피그라 시녀장!"

시녀장이 이토록 쉽게 자리를 포기할 줄 몰랐던 황후는 자리에서 일어나 목소리를 높였다.

그러나 임피그라 시녀장은 그런 황후를 오히려 측은한 눈으로 보며 말했다.

"모든 것은 뿌리는 대로 거두는 법입니다, 황후마마. 그것을 명심하십시오."

"이 무엄한……!"

황후가 무어라 소리쳤지만, 임피그라 시녀장은 걸음을 멈추지 않았다.

어차피 이번이 마지막 데뷔탕트 무도회라면 이미 무서울 것이 없었다.

황도 헤슬롯 시장에 위치한 갤러한 의복점 본점.

오늘 하루 특별히 휴업 팻말을 내건 그곳에 갤러한이 혼자 앉아 긴장된 한숨을 내뱉고 있었다.

"휴우……. 티아가 좋아할까?"

갤러한의 시선이 한쪽에 걸린 드레스에 가닿았다.

서셔우 부인에게 부탁해 구한, 최고급 실크로 만든 녹색 드레스였다.

티아의 사교계 데뷔가 결정된 뒤로, 갤러한이 밤을 새워 가며 디자인한 것이다.

오로지 딸아이를 위해서 세상에 빛을 본 단 하나의 드레스.

원래는 티아와 레이스 하나까지 상의해 만들어 줄 생각이었지만, 무엇이든 혼자 척척 해내는 딸아이에게 아빠로서 깜짝 선물 하나

쯤은 주고 싶었다.

"물어볼 걸 그랬나⋯⋯."

그런데 이제 와 갤러한은 과거의 자신을 원망하고 있었다.

'마음에 들지 않아 하면 어쩌지' 하는 생각에 겁이 덜컥 났기 때문이었다.

긴장감으로 연신 마른세수를 하던 갤러한은 문득 그리운 아내 샨을 떠올렸다.

'티아의 녹색 드레스⋯⋯. 정말 예쁠 거야.'

아이를 낳은 후, 하루하루 약해져 가던 샨이 이제 막 백일이 되어 가던 티아를 품에 안고 했던 말이었다.

샨은 매우 신비로운 여자였다.

처음 만나던 날, 자신을 똑바로 바라보며 걸어오던 여인.

마치 그날 그 자리에서 두 사람의 인연이 시작될 것을 알고 있는 사람처럼.

샨은 그 외에도 마치 미래를 볼 수 있는 사람 같은 엉뚱한 말들을 가끔 했다.

'녹색 드레스'도 그런 말들 중 하나였다.

그동안 까맣게 잊고 살았던 그 말이 잠결에 되살아나, 갤러한은 티아의 데뷔탕트 드레스를 짙은 녹색으로 골랐다.

그리고 홀린 듯 밤을 새워 디자인을 그려 냈다.

마치 이미 오래전부터 머릿속에 있었던 것처럼 그의 손은 쉴 새 없이 움직였고, 드레스의 디자인은 해가 뜸과 동시에 완성되었다.

그리고 오늘까지, 갤러한은 드레스를 만들어 내느라 눈코 뜰 새 없이 바빴다.

갤러한의 머릿속에서, 이 드레스는 티아에게 딱 어울리는 완벽한 드레스였다.

장인에게 의뢰하여 드레스 단과 소매, 그리고 목선을 따라 금사로 촘촘하게 수놓은 섬세한 꽃들도.

가슴과 어깨 쪽에 풍성하게 잡힌 주름 군데군데에 단 희고 앙증맞은 진주도.

모두 세상에서 가장 소중한 티아를 위한 갤러한의 선물이었다.

"하지만 티아가 마음에 들어 하지 않으면……."

아무 의미가 없는데!

그때, 밖에서 마차 소리가 들리더니 티아와 로릴이 들어왔다.

"아빠!"

울상이던 갤러한의 얼굴도 있는 힘껏 달려오는 딸아이를 보자 언제 그랬냐는 듯 활짝 펴졌다.

"티아야!"

오도도 뛰어서 폴짝 안기는 티아의 몸을 꽉 끌어안자 갤러한은 마음이 가득 차오르는 것을 느꼈다.

작은 손이 그의 손가락을 꽉 쥐었던 그날부터 갤러한에게 티아는 이 세상의 전부였다.

이 아이를 위해서라면 백 번이고 천 번이고 목숨을 내놓아도 아깝지 않으리.

티아를 품에 안을 때마다, 갤러한은 그렇게 생각했다.

"와아, 이게 제 드레스예요?"

티아가 벽에 걸린 드레스 앞에 섰다.

갤러한의 가슴은 콩닥콩닥 빠르게 뛰기 시작했다.

그리고 잠시 후.

"꺄악! 너무 마음에 들어요! 고마워요, 아빠!"

티아가 다시 한번 갤러한의 품에 뛰어들었다.

"다, 다행이다……."

갤러한은 딸아이의 등을 작게 토닥여 주며 안도의 한숨을 내쉬었다.

"저 얼른 가서 입고 나올게요!"

티아가 로릴과 함께 드레스를 가지고 탈의실로 들어간 뒤, 갤러한은 다음 시험대에 오른 기분이었다.

잘 어울릴 텐데, 잘 어울릴 것 같은데, 잘 어울릴까?

잠깐의 시간이 참 길게도 느껴졌다.

"아빠! 저 어때요?"

티아가 탈의실에서 걸어 나오며 큰 소리로 외쳤다.

긴장감에 고개를 숙이고 있던 갤러한은 미소를 지었다.

예쁜 딸아이의 모습을 보면 두 손을 번쩍 들고, 환호성이라도 지를 것 같았는데.

"저한테 딱인 것 같아요!"

돌이켜 보면 티아에게는 미안한 것투성이였다.

딸아이가 한 살이 되기도 전에 샨은 마지막 숨을 거두었고, 혼자 남은 갤러한은 미숙한 아빠였다.

게다가 점점 자라나며 소심한 자신의 성격까지 그대로 닮아 가는 티아의 모습에 모든 것이 제 잘못 같아, 갤러한은 그저 미안하고 또 미안했다.

티아는 못난 아버지에게는 너무나 과분한 딸이었다.

"고마워요, 아빠!"

티아가 갤러한을 돌아보며 활짝 웃었다.

보드라운 강보에 싸여 한 팔에 쏙 들어올 만큼 작았던 아이가 어느새 쑥쑥 자라나 데뷔탕트 드레스를 입는 날이 와 버렸다.

"큰 거울 앞에서 더 제대로 봐야지!"

티아가 벽 앞에 세워진 거울 앞으로 총총 걸어갔다.

갤러한은 조용히 입을 가렸다.

툭.

무거운 눈물 한 방울이 떨어져 내려, 갤러한의 손등을 타고 흘러내렸다.

아아, 이 아이는 내게 정말 과분한 아이다.

나는 이렇게 사랑스러운 아이의 아버지가 될 수 있을 만큼 착한 일을 하지 않았는데.

신이 나서 로릴과 조잘조잘 떠드는 목소리가 너무나 소중했다.

'네 말이 맞았어.'

갤러한은 딸아이에게서 눈을 떼지 않으며 빙그레 미소 지었다.

'녹색 드레스를 입은 우리 딸은 너무나 예뻐.'

뜨거운 여름 하늘의 시원한 물줄기 같았던 샨의 웃음소리가 귓가에 들리는 것 같았다.

갤러한은 이 순간의 모든 것을 기억하려 티아에게서 눈을 떼지 않으며 그리운 이름을 불렀다.

'샨, 보고 있어?'

황실 데뷔탕트 무도회가 시작되었다.

매년 많은 관심을 받는 황실 데뷔탕트였지만 올해 연회장은 더욱 붐볐다.

"올해가 임피그라 시녀장이 여는 마지막 데뷔 무도회라지요?"

"수십 년의 전통이 끝나는 날인데, 꼭 참석하고 싶어서 부랴부랴 황도에 왔다니까요?"

무료한 귀족들의 생활에 이런 특별한 이벤트는 가뭄의 단비 같은 것이었다.

그래서인지, 삼삼오오 연회장 안으로 들어서는 이들은 유독 들떠 있었다.

그리고 입장을 하고 나면 그들은 하나같이 비슷한 표정을 지었다.

"맙소사!"

"이렇게 화려하고 성대한 데뷔탕트 연회는 처음이에요……!"

연회장에 들어서자마자 발걸음을 멈추고 두리번거리기 바쁜 사람들 때문에 약간의 정체가 일어났지만 불평하는 사람은 아무도 없었다.

"저 아름다운 꽃들 좀 봐……."

누군가가 앓듯이 탄식했다.

"허허, 거참……."

난생처음 보는 광경에 헛웃음을 터뜨리는 사람도 있었다.

원래 황궁 데뷔탕트 무도회는 정갈하면서도 황실의 품격을 보여 주는 성대한 무도회로 유명했다.

하지만 이 정도는 아니었다.

"연회장이 아니라 요정들의 나라에 온 것 같군요."

그 말에 주변의 귀족들이 자기도 모르게 입을 벌리고 고개를 끄덕였다.

무도회장 내부가 색색의 다채로운 꽃들로 꾸며져 있었다.

수백 명을 수용할 수 있는 커다란 내부가 꽃향기로 가득했다.

곳곳에 작은 샹들리에가 천장에서부터 길게 내려와 있었는데 그 주변에는 커다란 꽃송이를 동그랗게 만 장식을 함께 매달아, 마치 꿈속 같은 광경을 자아냈다.

테라스로 나가는 아치형의 문 위에는 곡식 알갱이처럼 작고 하얀 꽃이 넝쿨을 드리워 오가는 사람의 이마를 간지럽혔다.

잠시 뒤 데뷔탕트들이 입장하게 될 문과 그 한 면의 벽은 연한 핑크와 노란색 장미를 빼곡히 붙여 꽃담을 만들었다.

그리고 무엇보다 사람들의 시선을 가장 사로잡은 것은 연회장 전체를 무대로 흐르는 작은 시냇물이었다.

동선에 방해되지 않도록 벽을 따라 설계된 수로는 하얀 대리석으로 만들어져 깨끗하고 투명한 물이 졸졸 소리를 내며 흐르고 있었다.

"이게 도대체……."

"꿈을 꾸고 있는 건가?"

홀린 듯 다가선 사람들은 시냇물에 동동 떠 있는 작은 꽃송이를 꺼내 만져 보기도 하고, 아예 한쪽 무릎을 대고 앉아 차가운 물에 손가락을 담가 보기도 했다.

"오늘 이 데뷔탕트 무도회는 길이길이 기억될 것 같네요. 정말이지 너무나 아름다워요!”

“소문을 들었는데…… 롬바르디 가주가 오늘의 데뷔 무도회를 위해서 어마어마한 돈을 기부했다더라고요.”

“아아, 오늘 갤러한 롬바르디 공의 따님이 데뷔한다고 했죠!”

사람들은 그제야 납득한다는 듯 고개를 끄덕거리며 다시 한번 연회장 내부를 돌아봤다.

롬바르디의 돈과 임피그라 시녀장의 모든 노하우를 쏟아부은 마지막 연회.

그것만으로도 이 환상적인 연회가 설명됐다.

본격적으로 연회가 시작되고 관현악단이 연주를 시작했다.

그제야 연회장을 처음 보고 느꼈던 충격이 조금 가신 귀족들은 다른 것들에 관심을 가지기 시작했다.

“그런데 이건 뭘까요?”

“입장하는 사람들에게 하나씩 주는 걸 보니 연회 답례품인 것 같은데.”

펠렛 상회가 축하연에 참석했던 사람들에게 다이아몬드 목걸이를 나눠 준 이후로 귀족들 사이에선 이렇게 답례품을 주는 것이 새로운 관례로 자리 잡았다.

귀족들은 손에 들고 있던 작은 상자를 호기심 어린 눈으로 조심스레 열어 봤다.

“이거 다이아몬드 맞죠?”

“아아, 기뻐라!”

상자 안에 들어 있는 것은 다이아몬드를 붙인 금 단추였다.

여성과 남성 누구에게나 잘 어울릴 법한 크기와 디자인이어서 의복에 포인트를 주는 용도로 쓰기에 안성맞춤으로 보였다.

"오늘 데뷔하는 영애들은 정말 좋겠네요! 이렇게 화려한 연회라니."

"갤러한 공의 따님의 이름이 피렌티아라고 했었죠?"

"이제 제국 귀족들 중에서 그 이름을 모르는 사람은 없겠네요."

모두 들떠서 유난히 많은 대화가 오가는 연회장이었다.

적당히 분위기가 무르익었을 때를 맞춰 입장한 라비니 황후는 파르르 떨리는 입가를 와인 잔 뒤에 숨겼다.

시종이 황후의 입장을 큰 목소리로 알렸음에도 불구하고 출입문 근처에 있던 귀족들만 뒤를 돌아보고 인사를 했을 뿐이었다.

연회장이 워낙 크고 시끄러워서 일어난 단순한 해프닝이었지만, 황후는 웃어넘길 수 없었다.

전과 비교되지 않을 만큼 호화로운 연회의 모든 것이 마치 임피그라 시녀장이 자신을 비웃는 것처럼 느껴졌기 때문이었다.

그때 아스타나가 다가왔다.

"어머니."

"아아, 황자."

황후는 아스타나를 보고 반갑게 미소 지었지만, 웃는 얼굴이 그리 오래가지는 못했다.

"역시 롬바르디라는 말이 나오는 연회인 것 같습니다. 대단해요."

"뭐라고요?"

황후의 눈초리가 매서워졌지만 아스타나는 그것을 보고도 대수롭지 않게 말했다.

"제국의 어떤 가문이 손녀가 데뷔탕트 무도회를 한다고 해서 황궁을 이렇게 호화롭게 꾸밀 수 있겠어요. 거기에다 이런 다이아몬드 단추라니……."

가지고 있는 다이아몬드 브로치와 아주 잘 어울리겠군.

아스타나는 답례품으로 받은 다이아몬드 단추를 아주 흡족한 마음으로 만지작거렸다.

탁-!

그러나 황후가 거칠게 그것을 아스타나의 손에서 빼앗아 갔다.

"이런 질 낮은 물건은 황자의 품격에 어울리지 않아요."

질 낮은 물건이라니. 황후의 말은 억지였다.

가장 비싸고, 가장 구하기 힘든 보석이 다이아몬드인데!

아스타나의 얼굴이 일그러졌다.

그리고 황후의 손에서 다이아몬드 단추를 다시 빼앗았다.

아스타나가 설마 그러리라고는 예상하지 못했던 황후의 눈이 부릅떠졌다.

"추합니다, 어머니. 인정할 건 인정하셔야죠. 롬바르디를 싫어하기만 한다고 될 일이 아니지 않습니까."

"화, 황자……!"

라비니 황후는 자신의 귀를 의심했다.

"이번 연회도 어머니가 임피그라 시녀장을 건드리지 않았다면 긁어 부스럼이 될 일도 없었을 겁니다."

내 사랑하는 아드님이 지금 무슨 말을 하고 있는 거지?

하지만 아스타나의 날카로운 말은 멈추지 않았다.

"그리고 아무리 어머니라고 하더라도 내 물건을 그렇게 함부로 빼앗아 가는 것은 용납할 수 없어요."

"요, 용납……."

황후가 충격에 작게 비틀거렸다.

그러나 아스타나는 그런 그녀를 차갑게 노려볼 뿐, 부축하지 않았다.

"황자, 어찌 그런 말을……. 어떻게 나에게……."

하지만 아스타나는 흥 하고 콧바람을 뿜더니 연회장 중앙의 홀 쪽으로 걸어가 황후에게서 멀어졌다.

"황후의 품위란 게 있는 것인데……."

아스타나는 짜증스레 중얼거렸다.

모친의 롬바르디에 대한 저 병적인 집착도, 일 처리 하나 제대로 하지 못하는 앙게나스도 지겨웠다.

"거기, 이리 와."

아스타나가 와인 잔을 쟁반에 받쳐 들고 지나가던 시종을 불렀다.

아직 성년이 되지 않았지만 아스타나는 황자였다.

그것도 제국의 유일한 적장자.

우물쭈물하던 시종은 결국 와인 한 잔을 아스타나에게 내주었다.

"호오, 꽤 맛있는데?"

와인을 한 모금 마신 아스타나가 그렇게 감탄하자, 시종이 조용히 설명했다.

"카를로 빈티지 와인입니다."

"그럼 매우 비싼 것 아닌가?"

아직 술에 대해서는 잘 모르는 아스타나도 두어 번 들어 본 적이 있는 이름이었다.

"역시 롬바르디……."

롬바르디의 재력은 해가 갈수록 대단해지고 있었다.

롬바르디 가문뿐만이 아니라, 갤러한 의복점도 그랬고 최근에 독립한 펠렛 상회도 그랬다.

당장에 이 데뷔탕트 연회만 보더라도 롬바르디는 특별한 존재임을 알 수 있었다.

"괜찮은 사냥터 하나 구해 내지 못하는 앙게나스와는 천지 차이지."

앙게나스 가주는 결국 아스타나가 원했던 사냥터를 얻어 내는 데에 실패했다.

그 근처에 비슷한 조건인 작은 땅을 차명으로 마련해 주었지만, 만족스럽지 못했다.

그때 꽃으로 장식된 문 앞에 서 있던 시종이 목소리를 높였다.

"데뷔탕트들이 입장을 시작하겠습니다!"

곧이어 굳게 닫혀 있던 문이 열리며 첫 번째 커플이 등장했다.

그해에 단독으로 첫 춤을 추게 되는 데뷔탕트와 카발리에였다.

"피렌티아 롬바르디 영애입니다! 갤러한 롬바르디 공의 외동 따님으로서……."

사람들의 박수를 받으며 피렌티아가 페레스의 손을 잡고 연회장으로 들어섰다.

녹색 드레스와 빛을 받아 반짝이는 결 좋은 갈색 머리칼이 주변의 꽃과 식물 장식을 만나 예쁜 숲의 요정을 보는 것 같았다.

"와아, 정말 잘 어울리는 한 쌍이네요!"

"어렸을 적부터 배동으로 쭉 자라서 그런지 유독 더 친해 보이죠?"

사교계에서 한자리한다는 귀부인들이 나누는 대화 소리가 들렸다.

아스타나는 피렌티아를 바라봤다.

그리고 고개를 돌려 그 손을 잡고 있는 페레스도 눈에 담았다.

"롬바르디라······."

아스타나가 쌉싸름한 와인의 뒷맛에 인상을 찌푸리며 중얼거렸다.

"으아, 떨려."

데뷔탕트 연회장으로 들어가는 문 앞에 서자 갑작스레 긴장감이 몰려왔다.

"아가씨, 괜찮으세요?"

로릴이 내 등을 쓸어 주면서 걱정스레 물었다.

"응, 괜찮아."

아니, 사실은 안 괜찮아.

심장이 입 밖으로 튀어나올 것 같다고, 로릴.

"조금 전에 가주님과 갤러한 님, 그리고 샤나넷 님 가족분들이 연회장에 도착하셨다고 해요. 아! 그리고 오라버····· 아니, 클레리반 님도요."

"그래, 온 가족이 다 왔구나."

"그럼요! 아가씨의 데뷔 날인걸요! 다들 놓칠 리가 없죠!"

"으윽······."

롬바르디의 사람들이 다 출동할 만큼 큰일이라는 것을 상기하자, 다시 속이 뒤틀리는 것 같았다.

"왜 이렇게 떨리지, 로릴? 나 이러다 기절하는 거 아닐까?"

그냥 사람들 앞에서 인사 한번 하고, 춤 한번 추는 것이 전부인 행사인데.

하긴 사람이 조금 많기는 하다.

조금, 아니 조금 많이…….

"그래도 아가씨는 괜찮으신 편이에요. 다른 영애들은…… 특히 저 기터웰 영애는…….."

로릴의 말에 내 바로 뒤에 있는 틸리아나를 돌아봤다.

혈색 좋던 얼굴이 새하얗게 질린 틸리아나는 옆에서 자기 카발리에가 뭐라고 다독이는 말도 한 귀로 흘리며 멍하니 한 곳만 바라보고 있었다.

나는 틸리아나에게 다가가 말했다.

"저기, 틸리아나."

"……네."

반응이 한 박자 늦다.

"너무 긴장되면 물이라도 마셔 보는 게 어때요?"

"……네."

"어, 방금 드레스 안으로 개구리가 뛰어 들어간 것 같은데."

"……네."

"지금 내가 하는 말 하나도 안 들리죠?"

"……네."

갔네, 갔어.

아무래도 얼른 연회가 시작되어서 빨리 매를 맞는 방법 말고는 해결책이 없어 보인다.

"수고하세요."

지난번에 크레니를 닮았다고 생각했던 틸리아나의 파트너의 어깨를 두어 번 두드려 준 나는 제자리로 돌아왔다.

"아가씨, 잠시만 가만히 서 보세요."

로릴은 신중한 얼굴로 내 머리카락이나 옷매무새들을 마지막으로 잡아 주더니 말했다.

"저는 이제 안으로 들어가 봐야 할 것 같아요. 안에서 뵈어요, 아가씨? 너무 긴장하지 마시고요."

"응, 난 괜찮으니까 들어가."

로릴은 그래도 걱정이 되는지 몇 번이고 나를 돌아보며 떠나갔다.

"후우……."

사실 안 괜찮다.

황제와 황후를 만날 때도, 수천 골드가 오가는 사업을 벌일 때에도 멀쩡했던 심장이 오늘따라 난리 법석이었다.

"심호흡해야지. 심호흡……."

길게 숨을 내쉬면서 고개를 들었을 때였다.

저 멀리 서 있는 페레스가 보였다.

"언제부터 저기 서 있었던 거야?"

시선은 분명히 나를 보고 있는 게 맞는데.

왜 가까이 오지도 않고 저기서 저러고 있지?

"페레스? 너 거기서 뭐 해?"

내 목소리를 들은 페레스가 그제야 잠에서 깬 사람처럼 느리게 눈을 한 번 깜박였다.

"티아."

그리고는 내 이름을 부르며 천천히 내게로 다가오기 시작했다.

깔끔한 검은색 정장을 입고, 가슴팍에 내가 전에 준 커다란 다이아몬드 브로치를 단 페레스의 모습은 오늘따라 더욱 번쩍번쩍 빛이 났다.

열두 살에 오러를 뽑아냈던 천재인 것도 모자라, 이렇게 잘생긴 2황자라니.

귀족들 사이에서 페레스의 주가가 수직 상승하는 소리가 들리는 것 같다.

"페레스, 너 오늘 멋있……."

"예쁘다."

"……어?"

"예뻐."

페레스가 긴 속눈썹 아래로 살짝 눈웃음 지으며 말했다.

"어? 그, 그래. 너도 오늘 예쁘네."

나는 얼결에 대답했다.

"고마워."

그런데 페레스가 굉장히 담백하게 고맙단다.

나는 조금 의아해서 물었다.

"화 안 내?"

"화? 내가 너한테?"

페레스는 세상 신기한 말을 들었다는 듯 눈을 살짝 크게 떴다.

"아니……. 남자들은 '예쁘다'는 말 들으면 그렇게 탐탁지 않아 하지 않나?"

특히 애들은.

하지만 페레스는 오히려 은근히 웃으며 대답했다.

"티아는 예쁜 거 좋아하잖아."

"그렇…… 지."

내가 페레스의 말을 곰곰이 곱씹고 있을 때였다.

"2황자 전하, 롬바르디 영애."

임피그라 시녀장이 우리에게 다가왔다.

"이제 입장하실 시간입니다."

"드, 드디어……."

페레스와 대화하며 조금 가라앉았던 심장이 다시 요동치기 시작
했다.

"후우……."

별로 도움이 되지 않을 것을 알면서도 길게 심호흡을 해 본다.

"들어가시죠."

임피그라 시녀장이 나와 페레스의 어깨를 부드럽게 밀면서 말했다.

동시에 눈앞에 닫혀 있던 문이 서서히 열리기 시작했다.

연회장 안쪽에서 나를 소개하는 시종의 목소리가 새어 나왔다.

"피렌티아 롬바르디 영애입니다! 갤러한 롬바르디 공의 외동 따
님으로서……."

내 모든 생의 첫 데뷔탕트 무도회가 시작된 것이다.

무사히 자기소개와 인사를 마치고, 첫 춤을 추기 위해 페레스와
모두가 보는 앞에 손을 잡고 마주 섰다.

온몸에 사람들의 시선이 느껴진다.

나는 억지로라도 긴장을 풀어 보려, 페레스에게 나지막하게 귓속
말을 했다.

"생각보다 사람들이 더 많네."

"그러게."

"페레스, 넌 긴장 안 돼?"

내 말에 페레스가 나와 잡은 손을 흘끔 내려다보더니 대답했다.

"긴장돼."

"……거짓말쟁이."

조금도 긴장하고 있지 않으면서.

"그래도 참 다행이야."

"뭐가?"

"네가 워낙 잘생겨서, 사람들이 널 더 많이 볼 거 아냐."

"……그런가."

페레스가 잠시 나를 빤히 내려다보더니 말을 이었다.

"그렇다면 다행이고."

그리고 그 순간 음악이 시작되었다.

이제 귀에 익은 음악을 따라서 우리는 천천히 스텝을 밟아 나가기 시작했다.

하나, 둘, 셋. 하나, 둘, 셋.

처음은 순조로웠다.

워낙 연습을 많이 했기 때문에 실수에 대한 두려움은 없었다.

그런데 후반부로 넘어가면서 조금 템포가 빨라지는 부분이 되자 이야기가 달라졌다.

긴장으로 굳은 다리가 순간적으로 한 박자를 놓치며 몸이 휘청했다.

망했다!

순간적으로 그 생각뿐이었다.

내 허리를 단단히 잡은 페레스의 팔에 힘이 들어가며 내 몸을 지탱해 주기 전까지는.

"어어⋯⋯."

나도 모르게 깜짝 놀라며 페레스를 올려다봤다.

"괜찮아."

페레스가 희미한 미소를 지으며 낮은 목소리로 말했다.

내가 당황해서 갈 길을 잃은 와중에도 페레스는 오롯이 혼자서 나를 이끌고 있었다.

내 눈을 지그시 바라보면서 여유를 잃지 않았다.

다시 정신을 차리고 무사히 후반부를 마무리하면서도 내 머릿속에는 이 생각뿐이었다.

애가⋯⋯ 언제 이렇게 컸지?

혼자 숲속에 쪼그리고 앉아서 약초 이파리를 뜯어먹고 있던 녀석이, 언제 이렇게.

그렇게 생각하는 사이 나머지 커플들이 합류해서 다시 한번 춘 군무까지 모두 마쳤다.

그리고 마지막에는 카발리에들이 한 발짝 뒤로 물러나 정중히 인사를 하면서 음악이 끝났다.

사람들이 박수를 쳐 주는 와중에 페레스가 내 손등에 짧게 입을 맞췄다.

놀랐지만 잠깐 움찔했을 뿐, 손을 빼내거나 하지는 않았다.

그것을 느꼈는지 숙였던 고개를 들고는 페레스가 웃었다.

진하고, 잔향이 긴 미소였다.

다른 사람이라면 백이면 백, 넋을 놓고 바라봤을 아름다운 얼굴이 나에게는 묘한 경종을 울렸다.

뭔가 이상한데.

평소와 별다른 점이 없는 모습이었지만, 뭔가가 달랐다.

"잠깐 이리로 와 봐."

일단 댄스 플로어에서 빠져나온 나는 페레스의 손을 잡고 음료가 있는 테이블 쪽으로 이끌었다.

다행히 아직 그 주변에는 사람들이 많지 않았다.

"너 왜 그래?"

나는 작은 목소리로 물었다.

"뭐가?"

페레스가 아무렇지 않은 얼굴로 되물었다.

시치미를 떼려는 것 같은데.

"나한테는 안 통해. 빨리 말해 봐. 무슨 일이야?"

데뷔탕트의 카발리에로 페레스가 등장했을 때부터 이상하게 낯설게 느껴지기도 하고, 또 묘하게 신경이 거슬렸다.

분명히 뭔가가 있다.

"너는 어떻게…… 그렇게 날 잘 알아?"

페레스가 살짝 눈썹을 찡그리며 말했다.

"뭐야, 새삼스럽게. 친구인데 당연한 거 아니야?"

"그런가……."

페레스가 어째서인지 기운 빠진 듯이 살짝 미소 지었다.

"그래. 그러니까 말해 봐. 너 무슨 생각을 하고 있는 거야?"

"음, 그냥."

페레스가 내 등 뒤를 가리키며 대답했다.

"어렵게 같이 연습했는데, 너랑 춤을 출 기회가 이제 더 없을 것 같아서."

뒤를 돌아보니 아버지가 함박웃음을 지은 채로 다가오고 있었다.

그게 아닌 것 같은데.

내가 눈을 흘기자 페레스가 슬쩍 내 시선을 피했다.

"티아야!"

그사이 아버지가 한걸음에 다가와 나를 꼭 안아 주었다.

"성공적으로 사교계 데뷔한 것을 축하해, 우리 딸!"

그러게요, 아버지.

내가 사교계 데뷔를 다 하다니.

아버지의 입을 통해 들으니 새삼 실감이 났다.

열두 살.

이전 생에선 인생에서 가장 어두운 암흑기를 지나고 있을 나이였다.

"감사합니다, 황자 전하. 수고 많으셨습니다."

"저도 티아의 카발리에가 될 수 있어서 영광이었습니다."

아버지가 정중하게 인사를 하자, 페레스도 마찬가지로 머리를 숙여 보였다.

아버지는 그런 페레스를 보며 고개를 끄덕끄덕하면서 흡족하게 웃더니 말했다.

"그럼 티아, 데뷔 후 첫 춤을 이 아빠와 추지 않겠니?"

아버지가 살짝 허리를 굽히고 한 손을 내게 내밀며 말했다.

춤을 신청할 때 하는 흔한 예법인데 아버지가 하니까 다르다.

훨씬 태가 나고 정중해 보인다고 해야 하나?

주변의 귀부인들이 아버지를 흘끔 돌아볼 정도였다.

역시 멋지다, 우리 아버지.

"네, 아빠!"

나는 한 손을 아버지의 손 위에 척 얹으며 말했다.

"조금 이따가 봐, 페레스!"

우리 아직 말 다 안 끝났어!

"응."

페레스에게 손을 흔들어 주며 아버지와 다시 댄스 플로어에 섰다.

엄격하게 박자를 지켜야 했던 데뷔탕트 군무 때와는 달리, 지금은 가벼운 음악이 흐르고 있었다.

그래서인지 다른 사람들이 훨씬 자유로운 분위기로 춤을 추고 있는 것이 보였다.

"첫 춤을 함께할 수 있게 되어 영광입니다, 롬바르디 영애."

아버지가 정말로 사교계에서 춤을 신청할 때 사용하는 말투로 내게 말했다.

나도 그것에 장단을 맞춰 대답했다.

"당연한 말씀을요, 롬바르디 공."

그리고 우리가 손을 맞잡자마자 기다렸다는 듯 새로운 음악이 시작되었다.

하지만 나는 온전히 그것을 즐길 수가 없었다.

어느새 사람들이 나와 아버지를 주목했기 때문이었다.

춤을 추며 아버지를 바라보고 있었지만 바쁘게 지나가는 배경으로 낯선 사람들의 면면이 가득했다.

첫 번째 춤이 끝나고 두 번째 춤이 시작될 때, 아버지는 그런 내 상태를 눈치챈 듯 날 불렀다.

"티아?"

그리고 아버지는 주변을 둘러보더니 알겠다는 듯 고개를 끄덕였다.

"흐음. 그렇다면……."

순간 아버지의 얼굴 위로 조금 짓궂은 표정이 지나갔다.

"꺅! 아빠!"

아버지가 내 손을 위로 잡아 올리더니 그대로 내 어깨를 가볍게 밀어 제자리에서 팽그르르 돌게 했다.

"하하!"

깜짝 놀란 나를 보고 아버지가 마치 어린아이처럼 웃었다.

그러니 결국은 나도 웃음이 터져 나올 수밖에.

"하하! 뭐예요, 아빠!"

다시 일반적인 스텝으로 돌아오자 아버지는 내 손을 다정하게 잡으며 말했다.

"이제 조금 웃는구나, 우리 딸."

어? 내가 웃지 않고 있었나?

나는 잠시 멍해졌다.

그런 나에게 아버지가 다독이듯이 말해 주었다.

"아무래도 긴장했을 테니까. 이제 조금 괜찮아졌니?"

"아, 그래서 아까."

아버지답지 않게 장난스런 행동을 한 것엔 이유가 있었던 것이다.

확실히 한바탕 크게 웃고 나니 마음이 한결 가벼워진 것이 느껴졌다.

"네. 이제 괜찮아요, 아빠."

"너무 긴장하지 않아도 돼, 티아. 그리고 한 가지 명심할 것은."

아버지가 나를 부드럽게 댄스 플로어 가장자리로 끌어 주면서 말했다.

"꼭 사교계에 남아 있어야 할 필요는 없단다. 언제든 그만두고 싶으면 그만두어도 돼. 지금 이렇게 댄스 플로어에서 떠나는 것처럼. 알겠지?"

사교계는 귀족들에게 중요한 만큼 힘들고, 또 잔인한 곳이다.

실제로 많은 여성들이 지나치게 몰입한 나머지, 무리해서 사교 활동을 하다가 마음에 상처를 입고 심한 경우에는 마음의 병까지 얻는다.

아버지는 그것을 내게 말해 주고 싶은 것이다.

사교계가 이 세상의 전부가 아니라는 것을.

"아무래도 사교계는 여성들에게 더 힘든 곳이니까. 티아는 힘들게……."

갑자기 아버지가 말을 멈춘다.

뭔가 심상치 않아서 조금 더 가까이 다가서서 아버지의 얼굴을 확인했다.

"아, 아빠, 울어요……?"

"……아니야, 울긴. 그냥 우리 티아가 언제 이렇게 컸나 싶……."

안 울긴! 우는 거 맞잖아!

아버지가 필사적으로 눈을 깜박여 보지만 뜨겁게 솟아오르는 눈물이 훨씬 빨랐다.

어느새 주변의 사람들이 웃으며 아버지를 흘끔흘끔 보고 있었다.

도대체 우는 아빠는 어떻게 달래야 하는 거지?

나는 일단 손을 높이 뻗어 아버지의 어깨를 작게 토닥거리며 말했다.

"아, 아빠, 울지 마시고……. 좋은 날인데 왜 이러실까, 우리 아빠."

"그래, 좋은 날인데 아빠가 참 주책이다."

다행히 아버지는 금방 마음을 추스르는 것 같았다.

소매로 얼른 눈물을 대충 찍어 낸 아버지는 아직 빨갛게 젖은 눈으로 웃었다.

"겨우 사교계 데뷔 가지고 울다니. 나중에 우리 티아가 결혼을 하면…… 흡!"

아, 젠장.

이번에는 제대로 터졌다.

아버지가 입을 틀어막고 고개를 옆으로 돌린 채 어깨를 들썩거렸다.

이러면 내가 울린 것 같잖아!

하지만 그때 마침 할아버지가 다가와 물었다.

"으응? 너 왜 그러느냐, 갤러한?"

"……."

아버지는 대답도 제대로 못 하고 훌쩍이며 소매로 연신 눈물을 찍어 내고 있었다.

나는 작게 한숨을 쉬면서 대신 대답했다.

"저보고 '언제 이렇게 컸냐'고 하더니, 사교계 데뷔 때도 이런데 제가 결혼할 때는 어떻게 하냐고……. 하, 할아버지?"

"……."

망했다.

할아버지도 결국 미간을 잡는다.

아, 이제 나도 몰라.

반쯤 포기한 상태로 할아버지와 아버지를 보고 서 있는데 뒤쪽에서 샤나넷이 쌍둥이와 함께 다가왔다.

나는 설명할 기운도 없어서 샤나넷을 물끄러미 올려다봤다.

샤나넷은 그런 나를 보더니 말 안 해도 알겠다는 듯 고개를 절레절레 저었다.

"보는 눈이 많은데 여기서 이러지 마시고 저쪽으로 가세요."

"……커흠."

할아버지와 아버지는 민망한지 간간이 코를 훌쩍이며 조용히 샤나넷의 뒤를 따랐다.

"후우……."

테라스로 나와 찬 공기를 가득 들이쉰 페레스의 입에서 반쯤 삼킨 한숨이 흘러나왔다.

일부러 의도한 것이기는 했지만, 자꾸 말을 걸어오는 귀족들이나 춤 신청을 하는 영애들이 거북했다.

페레스는 테라스의 난간에 기대어 서며 팔짱을 꼈다.

귀찮을 정도로 계속해서 자신의 뒤를 따라붙던 시선의 주인공이 그를 따라 테라스로 나왔기 때문이었다.

"배동 하나 잘 둬서 아주 좋겠다, 너?"

잔뜩 이죽거리는 것은 취해서 얼굴이 불콰해진 아스타나였다.

페레스는 그런 아스타나를 경멸 섞인 한심한 눈으로 바라봤다.

그러자 울컥한 아스타나가 목에 핏대를 세우며 소리쳤다.

"너! 너 따위가 감히 날 그런 눈으로 봐?"

그러고는 우악스레 페레스를 잡아채려고 했지만 크게 헛손질했다.

멀쩡한 정신에도 불가능한 일이 술에 취해 비틀거리는 아스타나에게 가능할 리가 없었다.

"으앗!"

하마터면 중심을 잃고 난간 너머로 떨어질 뻔한 아스타나는 깜짝 놀라 꿀꺽 군침을 삼켰다.

그러나 이내 페레스가 자신을 보고 있다는 것을 깨닫고 큰 소리로 손가락질하며 말했다.

"즐길 수 있을 때 즐겨 둬라! 나중에는 꿈도 못 꿀 일이니까, 천한 것!"

페레스의 눈썹이 꿈틀거렸다.

귀가 닳도록 들은 '천한 것'이란 말 때문이 아니었다.

그런 말쯤은 이제 아무렇지도 않았다.

"즐길 수 있을 때, 즐겨 두라고?"

페레스의 반응에 아스타나는 더욱 의기양양해졌다.

"지금이야 피렌티아 롬바르디가 어리니 배동이라는 이유로 네가 친한 척하며 붙어 다닐 수 있는 거다. 조금만 더 나이가 들면 어림도 없을걸?"

"……."

페레스는 아무런 대답도 하지 않았지만 아스타나는 그 속을 알겠다는 듯 비웃었다.

"자그마치 갤러한 롬바르디의 딸이다. 그 어미의 혈통이 조금 흠이기는 하지만."

마치 개의 품종이라도 품평하는 듯한 말투였다.

"갤러한 공의 돈이라면 그걸 다 무마하고도 남지. 지금 당장 사라져도 아무도 찾지 않을 너랑은 다르게."

페레스의 입이 어떤 말을 뱉어 낼 듯 벌어졌다가 다시 꾹 닫혔다.

할 말이 없었으니까.

분하지만 아스타나가 비웃으며 하는 말들은 모두 사실이었다.

룰락 롬바르디가 포이락궁에 다녀간 이후로 계속해서 페레스의 머릿속을 떠다녔던 고민들이기도 했다.

"넌 피렌티아 롬바르디의 옆에 서기엔 가당치도 않지."

아득.

페레스가 결국 이를 악물었다.

"나라면 또 모를까."

페레스의 붉은 눈이 아스타나를 당장 태워 죽일 듯 노려봤다.

그리고 한 걸음, 한 걸음 다가섰다.

"뭐, 뭐야?"

실컷 빈정거리던 아스타나는 그제야 페레스가 오러를 뿜어내는 실력자라는 사실을 기억해 내고 뒷걸음질 쳤다.

결국 아스타나의 다리가 테라스 난간에 닿을 때까지 밀어붙인 페레스는 낮은 목소리로 말했다.

"틀렸어."

"뭐, 뭐?"

"틀렸다고."

그리고 잠시 고민하던 페레스는 이내 적절한 말을 생각해 냈다.

"벨레삭 같은 자식아."

티아가 가끔 정말 심한 욕으로 사용하는 말이었다.

"저, 저 천한 게 지금 뭐라는 거야?"

페레스는 달달 떨리는 아스타나의 다리를 비웃듯 한번 바라봐 주고 뒤돌아섰다.

"너야말로 즐길 수 있을 때 즐겨 둬."

그 말만 남긴 페레스는 다시 연회장 안으로 들어가 버렸다.

"얘는 어디에 있는 거야. 벌써 돌아간 건 아니겠지?"

아버지와 할아버지를 진정시키고 다시 페레스를 찾아 돌아다녔지만, 코빼기도 보이지 않았다.

주변을 둘러보는데 근처에 있는 플래티넘 블론드 머리칼과 약간 까무잡잡한 피부를 가진 십 대 중반의 남자애가 눈에 들어왔다.

"죄송합니다만, 춤을 추고 싶지 않아서요."

황도의 예법상 직설적이다 못해 무례의 범주에 살짝 걸쳐져 있는 정도의 말인데.

"어, 어머! 어떻게 그렇게 실례되는 말을⋯⋯."

아니나 다를까.

춤 신청을 했던 영애가 잔뜩 불쾌해하며 돌아갔다.

"후우⋯⋯."

오히려 자신이 곤란하다는 듯이 한숨을 푹 쉰 남자애는 그대로 돌아서다가 그 뒤에 서 있던 나와 부딪쳤다.

"으앗! 죄송합니다! 제가 너무 경황이 없어서⋯⋯. 괜찮으십니까, 영애?"

남자애는 엄청 미안하다는 듯 내 어깨를 잡아 일으켜 세우고, 딱히 더러워진 곳이 없는데도 내게 손수건을 건넸다.

"괜찮아요. 황도가 동부와는 많이 달라서 정신없으신 것 같은데."

내가 손수건을 돌려주며 말하자 남자애의 두 눈이 동그래졌다.

"제가 동부에서 온 것을 어떻게 아셨습니까?!"

"으음. 영식의 피부색이나 조금 전 춤 신청을 거절하는 모습을 보고 알았죠. 동부는 조금 문화가 다르다고 들었으니까요."

황도 사교계에서는 아무도 그런 말을 안 쓴다고.

"와아, 정말 대단하십니다!"

그렇게 말한 남자애가 활짝 웃었다.

연회장의 빛을 받아서 반짝이는 화려한 금발과 연한 하늘색의 눈동자, 그리고 싱그러운 미소가 합쳐지니 시너지 효과가 엄청났다.

번쩍번쩍 빛이 나는 밝은 태양 같다고 해야 하나.

그 웃는 얼굴을 물끄러미 보고 있는데, 남자애가 선뜻 손을 내밀며 말했다.

"처음 뵙겠습니다, 아비녹스 루만이라고 합니다."

아, 이번에 가주직을 이어받은 젊은 루만 가주의 아들이구나.

나는 아비녹스의 손을 맞잡으면서 소개했다.

"피렌티아 롬바르디예요."

"아! 롬바르디 영애셨군요!"

역시 아비녹스도 나를 바로 알아본다.

"만나서 반갑습니다, 피렌티아 롬바르디 영애!"

아부를 한다거나 지나치게 잘 보이려는 기색 따위는 없었다.

올곧고 당당했다.

조금 전에 내가 왜 '태양 같다'고 느껴졌던 건지 이제 이해가 됐다.

그때, 멀지 않은 테라스에서 막 모습을 드러낸 페레스가 보였다.

"페레스! 여기야!"

내가 외치자 페레스가 내 쪽을 바라봤다.

그런데 녀석의 표정이 어째 심상치 않았다.

나만 보면서 뚜벅뚜벅 걸어오는 걸음이 평소의 배 이상은 빠른 것 같은데.

"티아."

"어디 갔었어?"

"잠깐 바람을 쐬러 다녀왔어."

"뭐야, 그런 줄도 모르고 한참 찾았잖아."

"……찾았어?"

순간 페레스의 얼굴이 묘하게 기뻐 보인다.

"그럼 찾지, 안 찾아?"

애가 당연한 말을.

그런데 페레스와 이야기를 나누다 보니 아비녹스가 열렬한 눈으로 페레스를 바라보고 있는 것이 보였다.

"아, 이쪽은…….."

"아비녹스 루만입니다, 2황자 전하!"

기합이 잔뜩 들어가고, 눈에는 레이저가 번쩍거리는 것 같다.

뒷짐 진 손 어딘가에 야광봉도 쥐어져 있지 싶은데.

그런데 의외의 대답이 페레스에게서 튀어나왔다.

"아, 이번에 가주가 된 인디트 루만 공의…….."

최근에 동부 루만가의 가주가 바뀌었다는 것을 알고 있는 모양이었다.

아, 쟤 엄청 똑똑한 애였지.

미모와 검술 실력에 페레스의 명석한 두뇌가 자꾸 가려진다.

"저, 저를 알고 계시는 겁니까?"

정확히는 아버지인 루만 가주를 알고 있는 것이겠지만.

페레스는 고개를 끄덕였다.

"아아, 감사합니다. 아직 어린 나이에 오러를 만들어 내신다는 이야기를 들은 이후로 언젠가 꼭 만나 뵙고 싶었습니다!"

알고 보니 아비녹스는 페레스의 팬이었나 보다.

"으응……."

페레스는 이 상황이 퍽 곤란한 모습이었다.

그는 아직 이렇게 직설적으로 호감을 드러내는 귀족을 만나 본 적이 없을 테니까.

온 제국의 귀족들을 다 홀려서 자기편으로 만들고 다녔던 페레스의 모습을 기억하는 나로서는 조금 묘한 기분이었다.

"아! 아버지!"

그때 아비녹스가 근처를 지나가던 누군가를 불렀다.

"앗! 피렌티아 님!"

그런데 대답을 한 것은 한 남자 뒤쪽에서 쏙 하고 얼굴을 드러낸 틸리아나였다.

반가운 얼굴로 내게 반쯤 뛰듯 달려온 틸리아나는 뒤에 우르르 따라오는 한 무리의 사람들에게 나를 소개했다.

"여기 이분이 바로 피렌티아 롬바르디 영애세요!"

참 화려한 복식의 사람들이었다.

밝은 색상을 과감하게 사용하는 살짝 그을린 피부의 사람들.

그중에 가장 키가 큰 삼십 대 후반쯤으로 보이는 남자가 내게 다가와 인사했다.

"안녕하시오, 롬바르디 영애. 루만가의 가주 인디트 루만이라고 하오."

턱 쪽에 길쭉한 흉터가 있음에도 불구하고 꾸밈없이 싱긋 웃는 얼굴이 아비녹스와 판박이였다.

"내 조카인 틸리아나를 많이 도와주셨다고 들어서 직접 감사의 인사를 하러 왔소."

"아, 별말씀을요……."

내가 고개를 끄덕이자 인디트 루만은 오히려 본인이 놀란 듯 눈을 동그랗게 떴다.

"음? 나와 성이 다른데도 조카라는 사실에 놀라지 않으시는군?"

"아뇨, 많이 놀라고 있어요."

"피렌티아 님이 얼마나 침착한 성격이신데요!"

틸리아나가 옆에서 끼어들었다.

사실 틸리아나 기터웰이 누군지는 이름을 들었을 때부터 알고 있었다.

인디트 루만의 남동생 튜케 루만은 결혼해 독립하면서 '기터웰'이라는 작은 영지를 받았다.

그리고 성까지 기터웰로 바꿔 버렸다.

듣기로 동부에서는 그리 드문 일이 아니라고 했다.

하지만 동부의 사정에 어두운 어린 영애들이 그 사실을 알 리 없었다.

"전해 들으니 틸리아나가 동부의 촌뜨기라고 오해받아 놀림을 당했다던데…….."

"크, 큰아버지!"

틸리아나가 펄쩍 뛰었지만, 루만 가주는 그저 짓궂게 웃을 뿐이었다.

"틸리아나가 루만의 사람이라는 것을 몰랐으면서도 살갑게 도와준 롬바르디 영애의 마음씨가 참 아름답소."

"당연히 해야 할 일을 했을 뿐인데요. 과찬이세요."

크레니 같은 틸리아나 덕분에 심심하지 않았으니까.

그리고 먼저 말을 걸어온 건 틸리아나이기도 했고 말이지.

"아아, 역시…….."

루만 가주는 나를 보며 흐뭇하게 고개를 끄덕였다.

그때 주변을 둘러싸고 있던 사람들이 쓱 갈라지며 또 다른 무리의 사람들이 다가왔다.

"오오, 루만 가주."

"황제 폐하를 뵙습니다."

요바네스 황제와 할아버지 그리고 그 뒤쪽으로는 아버지와 클레리반까지 함께였다.

그런데 화려한 두 그룹의 사람들이 한 곳에 몰려 있으니 당연히 연회장에 있는 다른 이들의 시선이 한 번에 쏠린다.

"우리 여기서 이러지 말고, 위로 올라가지."

연회에서 아주 소수에게만 허락되는 '뒷방'으로의 초대였다.

"예, 폐하."

루만 가주는 기쁘게 고개를 끄덕이면서 주변 가족들에게 눈치를 줬다.

그러자 가장 가까운 이로 보이는 남자 한 명만 빠르게 루만 가주의 옆에 남았다.

"이제 사교계에 데뷔를 하였으니 오늘의 주인공인 피렌티아도 함께 오거라."

황제가 내게 말했다.

좀 귀찮은데.

하지만 거절할 수는 없기에 나는 감사하다는 의미로 살짝 무릎을 굽혔다.

그리고 요바네스 황제의 시선이 내 옆에 선 페레스에게 가 닿았다.

"2황자도."

그 말이 전부였다.

페레스도 정식으로 초대받은 것이다.

우리가 다 함께 위층으로 향하기 시작하자 사람들이 뒤로 물러서며 길을 터 주었다.

사람들의 시선은 특히 페레스에게 오래 머물렀다.

황자이지만, 그동안 이렇다 할 평판이 없던 페레스가 황제를 포함한 중요 인물들과 함께 뒷방으로 향한다는 사실에 놀란 것이다.

페레스도 그들의 시선을 의식한 것인지 얼굴이 조금 굳어 있었다.

나는 그런 페레스의 옆구리를 툭 치면서 말했다.

"가면 맛있는 거 있을걸. 어른들 이야기하는 동안 우리는 그거나 먹자."

"……응, 그러자."

페레스가 그제야 작게 미소 지으며 고개를 끄덕였다.

그러고는 잠시 걸음을 늦춰 무언가를 확인하듯 돌아봤다.

"뭘 봐?"

"응, 아무것도 아니야."

페레스는 금방 고개를 저으며 내 뒤로 따라붙었다.

그리고 그날 밤.

아주 어둑한 밤이 되어서야 우리는 롬바르디로 돌아가는 마차에 올라탈 수 있었다.

로릴과 클레리반은 따로 마차를 불러 각자의 집으로 돌아갔고, 롬바르디의 커다란 마차 안에는 가족들이 모두 모여 앉았다.

내 옆자리에는 아버지, 앞자리에는 쌍둥이들이 앉았고 샤나넷은 창가 옆에서 요바네스 황제와 루만 가주와 함께 과음을 한 할아버지를 챙겨 주고 있었다.

"티아 미워."

"너무해 정말."

길리우와 메이론이 입을 삐죽이며 말했다.

"왜 또."

내가 심드렁하게 묻자 쌍둥이가 성토를 시작했다.

"어떻게 우리랑 춤을 안 출 수가 있어?"

"계속 2황자 자식…… 아니 2황자랑만 붙어 있고."

길리우가 슬쩍 샤나넷의 눈치를 보더니 말했다.

"다음에 춰, 그럼. 앞으로 연회는 같이 지겹도록 다닐 텐데 뭘."

"다, 다음에?"

"같이……."

쌍둥이가 빠르게 눈빛을 교환하더니 갑자기 가위바위보를 했다.

"내가 이겼다! 내가 먼저야!"

"으악!"

메이론이 이기고 길리우가 졌다.

겨우 그거 가지고 메이론은 세상을 얻은 듯이 크게 웃고, 길리우는 머리를 쥐어뜯었다.

거참, 어려서 그런가.

연회 끝나고 힘들어 죽겠구만 애들은 팔팔하네.

그런 생각을 하고 있는데 마차가 한번 덜컹거렸다.

그 움직임에 술에 취한 아버지가 내 어깨에 툭 기댔다.

"티아야……."

아버지가 낮은 목소리로 정신없이 중얼거렸다.

"우리 티아, 조금만 천천히 크자…… 조금만…….."

아이고, 우리 아버지.

나는 그런 아버지의 머리를 작게 토닥이며 마차 창문 밖을 바라봤다.

창밖으로 황궁이 멀어지고 있었다.

데뷔탕트 무도회 다음 날.

언제나처럼 이른 아침에 검술 훈련을 마친 페레스는 여유롭게 아침 식사를 하고 있었다.

평소와 다름없는 날이었다.

그러다 문득, 페레스가 음료를 따라 주던 케이틀린에게 말했다.

"아카데미로 갈 준비를 해 둬."

"……예?"

"조만간 아카데미로 갈 거니까. 하지만 아직 아무에게도 알리지는 말고."

페레스가 내리깔았던 눈을 들어 케이틀린을 바라봤다.

'아무도'라는 말은 분명 롬바르디 가주를 뜻하는 것이었다.

"……예."

"고마워."

롬바르디에게 충성하는 케이틀린에게 그것이 얼마나 큰일인지 알고 있는 페레스였다.

"그리고 오늘 손님이 오실 테니, 준비하는 게 좋을 거야."

"손님…… 이라면."

둘의 대화를 듣고 있던 카일러스도 함께 고개를 갸웃할 때였다.

똑똑.

노크 소리와 함께 포이락궁의 기사가 방문자가 왔음을 알려 왔다.

이제는 시종이 아니라 귀족 부인인가.

페레스는 턱을 도도하게 치켜든 채로 걸어 들어오는 귀부인을 바라보며 생각했다.

"이게 무슨 무례한 태도입니까!"

케이틀린이 인사조차 제대로 하지 않는 귀부인의 태도에 큰 목소리로 항의했다.

그러자 귀부인은 작게 콧방귀를 뀌더니, 그제야 마지못해 무릎을 굽히며 인사를 했다.

"안녕하십니까, 2황자 전하."

페레스는 대답 없이 고개만 까딱해서 그 인사를 받았다.

그것이 모욕적이었는지, 귀부인의 눈가가 파르르 떨렸다.

"황후마마의 전언을 가지고 왔습니다. 지금 황후궁으로 오시라
는 명입니다. 저와 함께 가시지요."

마치 자신이 황후라도 되는 듯, 고압적이기 그지없는 자세였다.

페레스는 여유롭게 냅킨으로 입을 닦으며 말했다.

"지금은 못 가는데."

"……네?"

귀부인이 당황한 얼굴을 감추지 못하고 되물었다.

"지금 바로 모셔 오라는 황후마마의 명……."

"내가 좀 아파서."

페레스가 긴 속눈썹 아래로 눈을 내리뜨며 말했다.

"아파서 가질 못하겠다고 전해."

"도대체 어디가 아프다는……."

"아파."

페레스가 귀부인의 말허리를 뚝 끊었다.

"내가 아프다는데 무슨 설명이 필요하지?"

"그건……."

귀부인은 할 말이 없었다.

어찌 되었든 제국의 황자가 아프다고 초대를 거절하는데 그것을
강제할 명분이 없었기 때문이었다.

"카일러스, 배웅해 드려."

페레스는 바로 귀부인에게서 고개를 돌리고 식사를 계속하기 시

작했다.

카일러스가 그녀를 데리고 나간 뒤, 케이틀린은 조용히 다가가 페레스의 안색을 확인했다.

혹시나 정말로 아프신가 싶었던 것이다.

그런 그녀에게 페레스가 말했다.

"오늘 손님은 저게 마지막이 아닐 테니까, 문 앞에 사람이라도 따로 하나 세워 두는 게 편할 거야."

그리고 그 말은 정확히 맞아떨어졌다.

황후는 한 시간이 멀다 하고 사람을 보내왔다.

처음에는 측근인 귀부인들이 차례로 왔다가, 나중에는 앙게나스 출신의 관료들까지 보냈다.

그러나 페레스는 그럴 때마다 같은 말을 하면서 그들을 돌려보냈다.

나는 아프니 할 말이 있으면 황후가 직접 오시라.

페레스가 이렇게까지 대범하게 나올 줄 몰랐던 전령들은 모두 당황하며 돌아갔다.

그리고 결국 하늘이 완전히 어두워질 무렵이었다.

응접실에 앉아서 책을 읽고 있는 페레스 앞에 케이틀린이 다양한 크기와 색깔의 봉투들을 내려놓았다.

"오늘 하루 동안 전하께 온 연회와 사교 모임의 초청장입니다."

"오늘 하루……?"

페레스는 한 손에는 다 들어오지 않을 정도로 두꺼운 봉투 뭉치를 바라봤다.

어느 정도 예상은 했지만 반응이 더 뜨거웠다.

일부러 연회장 이곳저곳을 걸어 다니며 말을 걸어 오는 귀족들을 적당히 상대해 주고, 얼굴을 비친 보람이 있었다.

그때였다.

"자, 잠시만, 그러시면……!"

카일러스가 당황해서 소리치는 목소리가 들려왔다.

그리고 이어지는 아주 잠깐의 소란 뒤에, 응접실의 문이 벌컥 하고 열렸다.

"……왔네, 손님."

페레스가 오늘 하루 동안 기다리고 있었던 무례한 방문자를 바라보며 중얼거렸다.

"2황자."

얼마나 급했는지 직접 문을 열고 나타난 것은 라비니 황후였다.

성큼성큼 걸어 들어오는 황후는 가면 같은 미소를 짓고 있었지만 페레스를 바라보는 눈은 싸늘하기 그지없었다.

"몸이 많이 좋지 않다고 하던데."

그리고 페레스는 목격했다.

자신이 들고 있는 초대장 뭉치를 빠르게 훑는 황후의 시선을.

"카일러스, 케이틀린, 잠시 나가 있어. 그편이 대화가 훨씬 빨리 끝날 것 같으니까."

페레스의 말에 두 사람은 잠시 멈칫했지만, 이내 밖으로 나가 응접실의 문을 닫았다.

이제 페레스와 황후 두 사람만이 남아 있었다.

지난번, 온실에서 대화를 나눴을 때와 같은 상황이었다.

"어째서 내 초대에 응하지 않았죠, 황자?"

"말씀드렸다시피, 몸이 좋지 않아서요. 그리고 조금 바쁘기도 했고."

페레스는 일부러 가득한 초대장들을 가리키며 말했다.

그러자 황후의 입꼬리가 움찔 떨렸다.

"……이제 곧 아카데미로 가야 할 황자가 초대장을 봐서 무엇 하겠어요."

"아카데미에 갈 생각은 없다 몇 번이고 말씀드렸습니다. 게다가 이렇게 저를 찾아 주는 사람들이 많으니, 점점 더 마음이 없어져서요."

페레스는 잠시 말을 멈췄다.

그러곤 조금 더 자극적인 말을 흘렸다.

"그리고 어제 황제 폐하와 뜻깊은 시간을 많이 보내고 나니, 제가 있어야 할 곳은 아카데미가 아니라 황도라는 확신이 점점 듭니다. 그러니 어쩌겠습니까."

황후는 굵은 반지를 낀 손마디가 희게 질릴 만큼 손을 꽉 말아 쥐었다.

황후가 분노하는 모습에 페레스는 한쪽 입꼬리를 말아 올렸다.

이 모든 것은 롬바르디 가주가 다녀간 뒤, 곰곰이 생각해 낸 결과였다.

황후가 가장 원하는 것은 아스타나가 황좌에 오르는 것.

그렇다면 페레스는 그 길을 막는 제일 크고 유일한 장애물이었다.

그리고 그들이 가장 두려워하는 것은 바로 페레스가 2황자로서 입지를 다져 가는 것이었다.

그래서 데뷔탕트에서 일부러 귀족들과 말을 섞고, 마치 연회나 사교 모임에 관심이 있는 것처럼 말을 흘렸다.

마지막에 황제가 뒷방으로 초대한 것은 예상치 못한 수확이었고 말이다.

연회 내내, 페레스는 자신을 감시하는 황후의 시선을 이용했다.

그리고 역시나 황후는 연회 바로 다음 날부터 몸이 달아 사람들을 보내온 것이다.

"……원하는 걸 말해라."

라비니 황후가 확연히 달라진 말투로 말했다.

"네놈이 원하는 게 뭐지?"

"만 골드."

"……돈?"

만 골드는 어마어마한 금액이었다.

앙게나스도 그 정도 돈을 마련하려면 영지를 몇 개나 처분해야 한다.

그러나 그 돈으로 페레스를 아카데미로 보낼 수만 있다면, 아스타나는 거칠 것이 없다.

저 어리석은 2황자는 지금 만 골드에 모든 권리를 포기하겠다고 말하고 있는 것이나 매한가지였다.

눈을 가늘게 뜨고 페레스를 노려보던 황후가 돌연 코웃음을 쳤다.

"원하는 게 겨우 돈이라니. 그 천한 피는 속일 수 없나 보군."

황후는 경멸스럽다는 듯 페레스를 바라봤다.

그러나 페레스는 당당했다.

앞으로 자신이 생각해 둔 길을 걸어가려면 돈이 필요했다.

하지만 페레스에게는 생활비로 사용할 수 있는 내탕금 말고는 세력을 키울 수 있도록 지원해 줄 외가가 없었다.

"그래, 주마."

마치 거지에게 적선이라도 하는 듯한 말투였다.

"대신, 졸업할 때까지 황궁에 돌아올 생각은 하지 마라."

"……그러죠."

어차피 험한 길이 될 것이다.

아카데미에서의 6년은 아스타나에게 기회였지만, 그것은 페레스에게도 마찬가지였다.

한가하게 방학이나 챙기며 보낼 생각은 없었다.

그리고, 황후는 분명히 말했다.

'졸업할 때까지'라고.

6년제의 아카데미였지만, 우수한 학생을 위한 조기 졸업 제도가 있었다.

페레스의 확답을 받은 황후는 더 이상 볼일이 없다는 듯 자리에서 일어났다.

돌아 나가는 황후의 등에 대고 페레스가 말했다.

"돈을 받기 전에는 출발하지 않을 것이니 나를 빨리 치우고 싶다면 서두르셔야 할 겁니다."

졸지에 가까운 귀족들에게 돈을 빌리고 다니게 생긴 황후는 마지막까지 페레스를 노려보다가 포이락궁을 떠났다.

케이틀린과 카일러스가 서둘러 다가왔지만 페레스는 달과 별이 뜬 밤하늘만 내다볼 뿐, 아무 말도 하지 않았다.

연구와 공부를 마치기 위해 아카데미로 돌아갔던 에스티라가 드디어 롬바르디로 왔다.

오말리 박사가 쫓겨나고 그동안 공석이었던 롬바르디 주치의가 된 것이다.

그리고 아침 일찍 시작한 에스티라의 첫 일정은 바로 할아버지의 건강 검진이었다.

"에스티라, 할아버지 건강은 좀 어때?"

검사가 끝났다는 말에 할아버지 집무실로 서둘러 들어간 나는 기다리지 못하고 물었다.

"예상대로입니다."

"예상대로?"

"계속된 과로로 인해서 몸 상태가 전반적으로 좋지 않으세요. 주치의가 없는 동안에 건강 관리에도 소홀히 하신 듯한데……."

그럴 줄 알았어.

건강을 과신하는 것은 할아버지의 나쁜 버릇이었다.

나는 옷 단추를 잠그고 있는 할아버지에게 다가가 울상을 지으며 말했다.

"할아버지, 제가 드린 영양제 잘 챙겨 드시기로 했잖아요."

"어허허, 티아가 이 할아비 걱정을 다 해 주다니……."

할아버지가 내 머리를 쓱쓱 쓰다듬었다.

손녀가 본인의 건강을 염려하는 것이 매우 좋으신 모양이었다.

"장난 아닌데……. 안 되겠어요, 영양제는 요한 집사에게 맡겨 두고 매일 챙겨 드리라고 해야지. 그리고 약주도 좀 줄이시고요, 네?"

할아버지에게 일을 줄이라고 해 봤자, 그건 불가능한 일이니까.

"그래. 알겠다, 알겠어. 녀석 참."

"꼭이요, 할아버지? 아빠도 할아버지도 건강을 좀 더 챙기셔야 해요."

"티아야……."

내가 아버지를 거론하자 할아버지도 그제야 내 말을 진지하게 받아들이시는 것 같았다.

"그래, 이 할아비가 약속하마."

"새끼손가락 거세요."

"어허허. 그래, 그래."

할아버지가 내가 내민 새끼손가락에 자신의 것을 걸며 웃었다.

할아버지는 곧바로 다음 일정이 있었기 때문에 나는 에스티라와 함께 밖으로 나왔다.

"잘 좀 부탁드릴게, 에스티라."

"네, 피렌티아 님."

그렇게 별관 쪽으로 넘어왔는데, 처음 보는 마차가 서 있는 것이 보였다.

가문의 문양은 없지만 매우 비싸 보이는 마차였다.

그리고 그곳에서 페레스가 내렸다.

"티아."

"웬일이야, 페레스?"

"혹시 오늘 일정이 있어?"

"오늘? 아니, 별다를 건 없는데. 왜?"

어차피 방에서 책이나 읽으려고 했으니까.

그러자 페레스가 옅은 미소를 지으며 내게 물었다.

"그럼 오늘, 나랑 놀러 가지 않을래?"

나는 그 길로 페레스를 따라 마차를 타고 롬바르디 저택을 나왔다.

"우리 지금 어디로 가고 있는 거야?"

대충 롬바르디를 벗어나고 있는 것 같기는 한데.

"황도로 돌아가고 있어. 물건을 좀 찾아야 해서."

"으응, 그래."

황궁 밖으로 잘 다니지 않는 페레스니까.

한 번 나왔을 때 볼일을 다 처리하는 모양이지.

나는 그렇게 생각하며 마차의 창문을 열었다.

흘러 들어오는 바람이 제법 시원했다.

머리카락이 조금 흐트러질 것 같지만, 뭐 어때.

그렇게 눈을 감고 간만의 여유를 즐기고 있을 때였다.

나는 한쪽 눈을 살짝 뜨며 앞을 바라봤다.

"페레스."

"응."

"내 얼굴 뚫어지겠다."

맞은편에 앉은 페레스가 얼마나 강렬한 시선으로 나를 보는지, 눈을 감고 있는데도 알겠다.

"무슨 할 말이라도 있어?"

"아니, 아직."

"아직?"

할 말은 있지만 때가 되면 하겠다는 말인가?

나는 어깨를 으쓱했다.

뭐, 사람이 살다 보면 그런 상황이 생길 때가 있지.

"그래, 기다릴게. 오늘 안에만 말해 줘."

아직 이른 오전이었고 하루는 기니까.

"고마워."

"별말씀을."

나는 그렇게 대답하고 다시 눈을 감고 바람을 즐겼다.

그러다 슬슬 마차가 천천히 달리는 것 같아 눈을 뜨니 우리는 어느새 황도 안에 들어와 있었다.

그런데 창밖으로 보이는 풍경이 조금 낯익었다.

"어, 여기⋯⋯."

"세다큐나 거리 근처야. 여기 있는 공방에 잠시 볼일이 있어."

"공방?"

잠깐, 공방이라면 설마.

마차가 멈추고 땅을 디딘 나는 결국 멈칫했다.

그런 나의 뒤를 따라 내리며 페레스가 말했다.

"요즘 제국에서 가장 아름다운 장신구를 만들어 내는 곳이라고 했어. 원래 '아이반' 소속이었던 다이아몬드 장인이 따로 나와 차린 공방이라는 것 같아."

그렇게 말한 페레스는 먼저 걸어가 공방의 문을 열고 서 있었다.

나에게 먼저 들어가라는 뜻인 것 같은데.

나는 흘러나오려는 한숨을 속으로 삼켰다.

내가 못 올 곳을 온 건 아니었다.

이곳은 가끔 시간이 나면 클레리반과 함께 들르는 곳이었으니까.

문제는.

"티아?"

아무것도 모르고 고개를 갸웃하고 있는 저 녀석이다.

그동안 나는 클레리반과 함께 일을 하는 영역과 롬바르디 가족들이나 페레스처럼 사적인 영역을 구분 지어 왔다.

아직은 내가 가진 것들이 밖으로 흘러나오지 않게 하기 위함이었다.

그런데 페레스가 공방의 문고리를 잡고 있는 것을 보고 있자니, 그 두 세계가 섞여 버리는 것 같은 느낌이었다.

"어, 그래. 들어가자."

나는 결국 공방 안으로 들어섰다.

설마 뭐 별일 있겠어.

페레스가 건넨 작은 종이를 받은 직원은 두어 마디 대화를 나누다 뒤로 돌아들었다.

"물건을 가지고 나온대."

"나는 구경 좀 하고 있을게. 천천히 해."

익숙한 공방이었지만 손님으로 오니 조금 색다르게 느껴졌다.

그렇게 전시된 물건들을 하나씩 구경하고 있는데 익숙하면서도 지금은 달갑지 않은 목소리가 들려왔다.

"웃돈을 얹어 주고 급하게 들어온 주문이 누군가 했더니, 꼬마 주인 아가씨셨구먼!"

크로일리 할아버지가 나를 보고 으하하 웃음을 터뜨리고 있었다.

"꼬마 주인 아가씨?"

페레스가 고개를 갸웃하며 중얼거린다.

다이아몬드 장인인 크로일리 할아버지는 내가 펠렛 상회의 주인인 것은 모른다.

그런데 연륜이 쌓인 노인 특유의 예리함이 쓸데없이 빛을 발한 경우였다.

"아아, 내가 롬바르디 아가씨를 부르는 별명이오. 펠렛 상회주의 제자라고는 하지만, 둘이 하는 것을 봐서는 롬바르디 아가씨가 오히려 가르치는 쪽인 것 같아서."

나와 클레리반은 남들 앞에서 철저하게 연기를 했고 아직 아무도 눈치를 채지 못했는데도 이 모양이었다.

"오늘 물건을 사러 온 것은 제가 아니라 여기 이 친구라서요."

페레스는 오늘따라 수수한 옷을 입었고, 황실의 문양이 달리지 않은 마차를 탔다.

자신이 황자임을 밝히고 싶지 않은 것이다.

"아, 그러셨군. 자, 한번 확인해 보시오."

크로일리 할아버지가 작은 상자를 열어 페레스 앞에 놓았다.

"머리핀?"

그 안에 놓인 것은 머리핀 한 쌍이었다.

심플하게 세공된 루비가 붙어 있어 부담 없이 자주 사용할 수 있을 만한 디자인이었다.

페레스는 아무 말 없이 머리핀 하나를 꺼내 들었다.

그리고 그것을 조금 전 창문을 열어 놓는 바람에 조금 흐트러진 내 머리칼에 살짝 꽂았다.

"페레스?"

내가 당황해서 녀석을 불렀지만, 페레스는 핀을 꽂은 나의 모습을 찬찬히 보더니 말했다.

"……예쁘다, 티아."

"이거 내 거야?"

"응, 마음에 들어?"

페레스가 잔뜩 기대를 담은 눈으로 내게 물었다.

마음에 들지 않을 리 없는 예쁜 머리핀이기도 했지만.

저렇게 꼬리가 살랑거릴 것 같은 얼굴로 보면, 녹이 잔뜩 슨 것이라고 하더라도 마음에 들지 않는다고는 못 할 것 같은데.

"응, 고마워. 잘 쓸게."

내가 고개를 끄덕이며 말하자 페레스가 조용히 미소 지었다.

다른 사람들에 비해 유독 감정 표현이 적은 페레스다.

그러니 저 웃는 얼굴을 일반인의 반응으로 환산해 보면, 저건 좋아서 펄쩍펄쩍 뛰는 정도의 표현이다.

선물을 준 사람이 저렇게 더 기뻐하다니.

나는 내가 정말로 머리핀을 마음에 들어 한다는 것을 보여 주기 위해, 나머지 하나를 들어 머리칼에 꽂았다.

페레스의 미소가 더욱 짙어졌다.

그 뒤로 우리는 '황도에서 제일 유명하고 인기가 많은' 레스토랑에 들렀다가 해 질 녘 즈음이 되어 다시 롬바르디 저택으로 향했다.

조용한 마차 안에서 나는 갈 때와 마찬가지로 창문을 열어 놓고 바람을 즐겼다.

그러나 페레스가 준 머리핀 덕분에 머리가 엉망이 될 걱정은 하지 않아도 됐다.

"티아."

페레스의 부름에 나는 감고 있던 눈을 떴다.

"이제 말할 준비가 된 거야?"

"……응."

페레스는 작게 숨을 한 번 들이쉬더니 말했다.

"나 아카데미에 갈 거야."

그리고 마차 안에 정적이 흘렀다.

페레스는 어째서인지 조금 긴장한 얼굴이었다.

"그래, 그렇게 하기로 했구나."

어느 정도 짐작은 하고 있었다.

곧 아카데미의 새 학기가 시작되니까.

"페레스 네가 원해서 가는 거야?"

"응."

내 질문에 페레스는 입술을 꾹 다물며 대답했다.

이전 생에서도 페레스는 열다섯 살의 나이에 아카데미로 떠났다.

그때와 지금의 차이라면 단 한 가지.

이전 생에선 황후의 꼬임에 넘어간 황명에 의해 억지로 아카데미
로 밀려났었다는 것이다.

"잘됐다. 가서 많이 배우고 와, 페레스."

"……나 물어보고 싶은 게 있어, 티아."

"뭔데?"

"티아가 생각하기에 아카데미에 가는 것이 내게 좋은 일이야?"

"그렇지."

"어째서?"

넌 그곳에서 너의 사람들을 만나게 되니까.

널 황태자, 그리고 황제로 만들어 줄 사람들 말이야.

"많은 걸 배울 수 있을 테니까."

"그런데 왜 나를 설득하지 않았어? 나에게 좋은 일이니까 꼭 아

카데미로 가라고 할 수도 있었잖아.”

“그건······.”

나는 잠시 말을 골랐다.

그리고 말했다.

“그건 네가 스스로 결정해야 하는 일이니까.”

페레스는 어린 나이에 너무나 많은 일들을 겪어 왔다.

그러나 분명히 이전 생의 페레스만큼은 아니었다.

그때의 그는 처절한 독기가 흐르는 사람이었다.

그리고 그 독기가 페레스로 하여금 모든 것을 이겨 내고 황태자가 되게 만들었다.

하지만 내 눈앞에 있는 지금의 페레스는 그렇지 않다.

이런 상황에서 등 떠밀려 아카데미에 들어간다고 한들, 이전 생과 같은 결과를 얻어 낼 수 있을 리 없다.

페레스의 사람들은 모두 페레스만큼이나 상처가 많고 세상에게 갚아 줄 것이 많은 사람들이었으니까.

그의 독기에 이끌린 사람들이었으니까.

애매하게 아카데미에서 시간만 낭비할 거라면 차라리 가지 않는 편이 나았다.

그래서 나는 페레스를 아카데미에 가라고 설득하지 않았던 것이다.

“나 스스로 결정해야 할 일······.”

페레스가 내가 한 말을 곱씹었다.

“티아 네 말이 맞아.”

페레스의 입가에 잔잔한 미소가 번졌다.

“이건 내가 처음으로 결정하고 선택한 나의 길이야.”

그렇게 말하는 페레스의 얼굴은 조금 전보다 훨씬 편안해 보였다.

"깊게 고민해 보고 나서 알았어. 내가 아카데미에 가야 하는 이유를."

페레스의 붉은 눈이 나를 보았다.

웃음기 없이 깊고 맑은 눈이었다.

잠시 뒤, 마차가 롬바르디 저택에 도착했다.

그렇게 할 필요 없다고 말하는데도 페레스는 굳이 마차에서 내려 나를 에스코트해 주었다.

작별 인사를 하기 직전, 나는 페레스에게 물었다.

"그래서 언제 아카데미로 떠나는 거야?"

페레스가 잠시 생각하더니 말했다.

"……아직은 잘 모르겠어."

"정해지면 바로 연락 줘. 배웅할 테니까."

"알겠어."

별관 안으로 걸어 들어온 뒤, 창밖을 바라보니 페레스의 마차가 뒤늦게 출발하고 있는 모습이 보였다.

아직 동이 트지 않은 이른 아침이었다.

어둑한 방에서 혼자 망토의 끈을 묶고 있던 페레스에게 마찬가지로 먼 여정을 떠날 채비를 마친 케이틀린이 다가와 알렸다.

"전하, 모든 준비가 끝났습니다."

"그래, 나갈게."

"저어, 그리고 임피그라 시녀장이 잠시 뵙기를 청하는데……."

"임피그라 시녀장?"

고개를 갸웃하던 페레스가 들어오라고 허락했다.

잠시 뒤, 지팡이를 짚은 임피그라 시녀장이 침실 안으로 들어왔다.

새벽의 싸늘함이 고역인 듯, 시녀장의 안색이 그리 좋지 않았다.

"오늘 아카데미로 먼 길을 떠나신다고 어젯밤 폐하께 전해 듣고 무리하여 찾아뵈었습니다, 2황자 전하."

"무슨 일이죠?"

"전하께 드릴 것이 있습니다."

임피그라 시녀장은 그렇게 말하며 길쭉한 상자를 건넸다.

아주 가벼운 그것을 열어 본 페레스는 멍하니 중얼거렸다.

"……장갑?"

겉보기에도 고급품이 분명한 검은색의 가죽 장갑이었다.

"황궁의 기사들에게 물어보니, 한겨울 훈련을 대비하는 데 질 좋은 장갑만 한 물건이 없다고 하더군요."

"아……."

"아카데미는 산간 지방에 위치하여 겨울이 황도와는 다르게 매우 춥습니다. 눈도 많이 내리는 지역이지요."

페레스는 장갑에서 눈을 떼곤 시녀장을 바라봤다.

여전히 엄한 얼굴이었지만, 그 안에 아직 어린 나이에 아카데미로 향하는 페레스에 대한 걱정이 서려 있었다.

"고맙…… 습니다."

페레스는 잠시 목을 가다듬으며 말했다.

"제가 아카데미에 간다는 사실을 어제 들었다고 했는데 어떻게……."

시녀장은 씁쓸하게 대답했다.

"언젠가 아카데미로 떠나실 것을 짐작했습니다. 그리고……."

시녀장이 망설였다.

임피그라답지 않은 모습이었다.

"황자님의 모친이신 케일라 님은…… 하녀로 입궁하였지만 심성이 곧고 명석하여 제가 시녀로 승격시켰던 분이셨습니다. 직접 데리고 가르치기도 하였지요."

처음 듣는 사실에 페레스가 눈을 동그랗게 떴다.

하지만 임피그라 시녀장의 얼굴은 점점 어두워졌다.

"그저 하녀로 있었다면 폐하의 눈에 띄지도 않았을 것을, 그랬다면 그리 가지도 않았을 것을……."

잘 웃었던 케일라의 순수하고 청초한 얼굴이 떠오르자 임피그라 시녀장은 가슴 위에 바위가 내려앉은 것 같았다.

병에 걸렸다는 소식을 듣고 어떻게 해서든 의원을 별궁으로 들여보내려 했지만, 황후궁은 임피그라 시녀장의 힘이 제대로 닿지 않는 곳이었다.

결국 마지막에는 황후에게 붙들려 일주일을 방에 갇혀 있기도 했다. 그 사실을 알게 된 요바네스 황제 덕분에 가까스로 풀려나기는 했지만 이미 늦은 뒤였다.

케일라는 죽었고 페레스는 한밤중에 유모와 황궁을 떠났다는 소식만이 임피그라 시녀장을 기다리고 있었다.

그렇게 그녀는 한 번의 빚을, 그리고 페레스가 황궁 안에 버젓이 남아 있다는 것을 미처 모르고 산 죄로 또 한 번의 빚을 지었다.

과거를 회상한 임피그라 시녀장은 일부러 엄한 목소리로 슬픔을 감췄다.

"아카데미에 외부인은 출입할 수 없지만, 황궁에서 보낸 심부름꾼은 드나드는 것이 가능합니다. 부족한 것이 있으면 서신을 보내십시오. 이 늙은이가 준비하겠습니다."

"……그럴게요. 고맙습니다."

멀리서 말 울음소리가 들려왔다.

페레스는 조금 어색하게 장갑을 끼고 검을 챙겼다.

쌀쌀한 날씨 때문에 차가워졌던 손을 장갑이 포근하게 감쌌다.

마지막으로 페레스는 자신의 침실에 홀로 우두커니 서 있는 임피그라 시녀장을 돌아보고 묵례를 했다.

"부디 건강을 돌보십시오, 2황자 전하."

임피그라 시녀장이 그렇게 말하며 허리를 깊이 숙였다.

페레스는 잠시 그 모습을 지켜보다가 돌아섰다.

성큼, 성큼.

거침없는 발걸음으로 포이락궁을 나섰다.

당분간 황궁에 돌아올 일은 없을 것이다.

그리고 마침내 돌아왔을 때, 페레스는 지금과는 전혀 다른 사람이 되어 있을 예정이었다.

그렇게 생각하자, 무거웠던 발걸음이 더욱 가벼워졌다.

황자가 아카데미로 떠나는데도, 홀로 찾아온 시녀장을 제외하고는 배웅해 주는 이 하나 없는 이 황궁의 적막함도 기꺼웠다.

페레스의 걸음은 거칠 것이 없었다.

"좋은 아침이야, 페레스."

마차 앞에 서 있는 피렌티아를 발견하기 전까지는.

"어떻게…… 알았어?"

일부러 아무에게도 말하지 않았는데.

오늘 떠난다는 사실을 페레스가 미리 알린 사람은 요바네스 황제뿐이었다.

허가가 필요했기 때문이었다.

케이틀린도 페레스의 의사를 존중해 주기로 약속했다.

그래서 후견인인 롬바르디 가주에게는 오늘 오후에 서신이 갈 예정이었다.

그런데 어떻게.

"그냥."

티아가 웃으며 말했다.

"너라면 오늘 갈 것 같았어. 이런 동틀 녘에 아무도 모르게."

조용한 새벽 공기에 명랑한 목소리가 맑게 울렸다.

티아는 걸어오던 자리에 뿌리라도 내린 듯 움직이지 못하는 페레스를 대신해 망설임 없이 다가왔다.

움직이는 걸음마다 두르고 있는 도톰한 갈색 망토 자락이 함께 춤을 췄다.

페레스 바로 앞까지 다가온 티아가 싱긋 미소 지었다.

"친구가 먼 길 간다는데 배웅은 해 줘야지."

페레스는 허탈해서 작게 웃었다.

이번에도 읽히고 말았다.

티아는 언제나 그랬다.

자기 자신보다 더 그를 잘 아는 것 같았다.

저 맑은 눈동자 앞에 설 때면 속마음이 모두 다 읽히는 것 같은 기분이 들곤 했다.

"이번에도 또 나타나 줬네, 티아."

도와줄 누군가가 필요할 때면 언제나 나타나 주었던 내 작은 영웅.

페레스는 쓰게 웃으며 티아를 바라봤다.

"난생처음으로 네가 황도 밖 세상으로 나가는데 혼자 떠나면 조금 슬프잖아?"

"……고마워."

"친구 사이에 이 정도쯤이야. 아, 그리고 초콜릿이랑 사탕을 마차에 실어 놨어. 가는 길에 먹어."

"……응."

단 음식은 페레스가 좋아하는 것이었다.

입 안 가득 단맛이 퍼질 때면, 티아가 떠올랐다.

약초의 비리고 쓴맛만 가득하던 입 안에 쏙 하고 알사탕이 들어왔던 것처럼.

어둡고 혼자였던 페레스의 삶에 티아도 그렇게 들어왔으니까.

입에 단것을 물 때면, 어린 티아의 하얗고 동그란 얼굴이 떠올랐다.

"살았으면 좋겠어. 아니, 살아야 된다고 생각해."

어둠 속의 빛이었다.

"그리고 너는 내가 도와줄 거야."

구원의 손길이었다.

그리고 티아는 약속을 지켰다.

아마 아카데미에서의 시간 동안 가장 힘든 것은 티아를 볼 수 없다는 사실이리라.

페레스는 자신의 미래를 떠올리니 벌써부터 암담해져 입술을 꾹 다물었다.

그 모습을 지켜보던 티아가 한 걸음 더 다가섰다.

"페레스."

그리고 천천히 두 손을 들어 페레스의 망토를 꼭 여며 주었다.

무언가 못마땅한지 티아의 예쁜 눈썹이 찡그려졌다.

"아무래도 가는 동안 추울 것 같은데……."

오러를 사용하기 시작하면서부터는 그리 추위를 타지 않는 페레스는 괜찮다고 말하려고 했다.

그러나 이어진 티아의 행동에 할 말을 잃었다.

"이거라도 더 하고 가."

티아가 자신이 하고 있던 밤색 스카프를 풀어 페레스의 목에 묶어 주었기 때문이었다.

꽃향기 같은 티아의 향이 순식간에 훅 피어올랐다.

"아……."

페레스는 멍하니 자신의 목 언저리를 더듬어 보았다.

손끝에 느껴지는 천이 부드러웠다.

티아 같았다.

그때 또 다른 감각이 페레스를 일깨웠다.

"잘 다녀와. 편지 자주 하고."

쓱쓱.

페레스의 머리를 쓰다듬는 티아의 손길이었다.

"아카데미는 외부인이 방문할 수 없다고 하니까 아쉽긴 하지만, 방학 때마다 꼭 얼굴 보여 주는 거 잊지 말고."

키 차이가 나는 덕에, 페레스의 머리를 쓰다듬기 위해 티아의 얼굴이 바로 앞에 와 있었다.

두근.

다정하고 상냥한 녹색 눈동자였다.

그러나 애석하게도 그 따듯함은 페레스만의 것이 아니었다.

티아는 너무나 착하고 또 친절한 사람이어서, 어려운 사람을 그냥 지나치지 못하고 곤경에 처한 이를 돕는다.

어릴 적 자신에게 뻗어졌던 그 구원의 손길을 다른 사람과 공유해야만 했다.

독점욕.

티아의 녹색 눈동자가 다른 사람을 담을 때면, 나쁜 마음이 걷잡을 수 없이 덩치를 키웠다.

페레스가 그런 마음을 먹고 있는 줄도 모르고, 티아는 또 맑은 목소리로 말했다.

"무슨 일 있으면 편지하고. 알겠지?"

"……내가 걱정돼?"

흘러나오는 목소리가 낮고 탁했다.

"그럼, 당연한 것 아니야?"

날 걱정하는구나.

페레스는 그 말 한마디에 뜨거운 안도감을 느꼈다.

그리고 또다시 불쑥, 욕심이 들었다.

이번만.

이번만 티아에게 나쁜 아이가 되어 볼까.

아무것도 모르고 고개를 갸웃하는 그 말간 얼굴에 페레스는 '이번만' 하는 말을 삼켰다.

그러고선 그대로 티아의 하얀 이마에 자신의 입술로 콕, 도장을 찍었다.

"너, 너어……!"

후다닥 물러선 티아가 이마를 손으로 가리고 얼굴을 새빨갛게 물들였다.

당황한 모습을 보니 페레스는 어쩐지 기뻤다.

"작별 인사 대신이야."

루비처럼 붉은 눈동자를 담은 눈이 사르르 접히며 진한 미소가 페레스의 얼굴에 피어났다.

"티아."

페레스는 진심을 담아 말했다.

"날 잊어버리면, 안 돼."

녹음을 담은 눈동자를 바라보며 주문을 걸듯, 간절하게.

"난 너를 매일 생각할 거니까."

후웅 하고 불어온 바람에 잎사귀가 파르르 떨리듯, 티아의 눈동자가 흔들리는 것이 보였다.

그래, 지금은 그거면 됐어.

페레스는 만족하며 웃어 보였다.

"다녀올게."

날 기다리고 있어.

페레스가 아카데미로 떠났다.

며칠 전의 이야기였다.

더 이상 황궁에 갈 이유가 없다는 것만 빼면 내 일상은 딱히 달라진 것이 없었다.

펠렛 상회의 일을 돌보다가 이렇게 가끔 할아버지의 집무실을 들러서 약은 잘 챙겨 드시는지 확인하고 같이 식사를 하기도 하는 나날의 연속이었다.

아버지는 남부에 추가로 오픈한 의복점 분점을 확인하기 위해 출장을 가고 없었다.

아버지도 없고, 쌍둥이들도 훈련으로 바쁘고.

오전에 이미 펠렛 상회에도 다녀온 나는 할아버지와 점심 식사를 하기 위해 집무실로 가는 중이었다.

함께 식사를 하기로 한 라라네는 식당에서 만나기로 했다.

페레스가 없으니 조금 심심한 것 같⋯⋯.

"으윽!"

갑자기 그날 아침이 떠올라 버렸다.

"어린 녀석이 얼굴만 예뻐서는!"

아, 그건 아닌가.

페레스는 머리도 좋고, 검도 잘 쓰고, 성격도 착하니까.

아무튼 그날은 너무 당황한 나머지 뭐라고 혼도 못 내고 그대로 보내 버렸다.

"다음에 만나면 엉덩이를 때려 줘야지."

아주 혼쭐을 내 줘야겠다.

그 예쁜 얼굴로 만약 버릇이라도 잘못 드는 날엔 아마 제국이 난리가 날 거다.

그렇게 생각하며 걷다 보니 어느새 집무실 앞이었다.

똑똑.

노크를 했는데 이상하게도 답이 없었다.

내가 올 것을 알고 계실 텐데.

다시 한번 두드려 보았지만 아무 말도 없었다.

혹시.

순간 가슴이 덜컥 내려앉았다.

"할아버지?"

무례한 일이라는 것은 알았지만 나는 집무실 문을 열었다.

그리고 안으로 들어서자마자 나는 책상 앞에서 무언가를 읽고 계시는 할아버지를 발견할 수 있었다.

아, 다행이다.

나는 속으로 가슴을 쓸어내렸다.

"할아버지, 바쁘세요?"

내가 문간에 서서 한 번 더 부르자 할아버지는 그제야 놀라며 서류에서 눈을 떼었다.

"오오, 티아 왔구나. 들어오지 않고 거기서 무엇 하느냐? 이리 오거라."

다행히 할아버지는 내가 허락 없이 문을 연 것에 대해선 크게 신경 쓰지 않는 듯했다.

"많이 바쁘세요?"

"으음, 근래 들어 조금 그렇구나."

할아버지는 웃으면서도 눈가를 연신 꾹꾹 누르며 대답했다.

"눈이 안 좋으세요?"

"으응? 허허, 아무것도 아니다. 이 할아비 정도의 나이가 되면 눈도 침침해지고 그러는 것이지. 아직 어린 티아는 모르겠지만."

할아버지는 그렇게 말하며 내 머리를 쓰다듬어 주었다.

하지만 나는 할아버지의 안색을 꼼꼼하게 살폈다.

그냥 노안이라면 다행이지만.

이전 생에서 할아버지는 병의 후유증으로 시력을 가장 먼저 잃었다.

그것을 알고 있는 나는 할아버지처럼 그냥 웃어넘길 수가 없다.

"할아버지, 아침 식사는 하셨어요?"

"그럼, 먹었지."

"대충 말고, 제대로요?"

"……."

할아버지가 짧게 다듬은 수염을 쓰다듬으며 내 시선을 슬쩍 피한다.

"그럼 에스티라가 지어 드린 영양제도 안 드셨겠네요?"

"저, 점심 식사를 하고 먹으려고 생각했단다."

어휴.

한숨이 나올 것 같았다.

이럴 때는 나만 미래를 알고 있다는 게 답답하기 그지없다.

내가 침울한 얼굴을 하자, 할아버지는 진땀을 흘리기 시작했다.

"어제까지는 빠지지 않고 꼬박꼬박 챙겨 먹었단다, 티아야. 그러니까 너무 속상해 말고……."

"영양제를 안 챙겨 드셔서 속상한 게 아니에요. 아니, 그것도 맞기는 한데……."

"그럼 무어냐?"

할아버지가 걱정스레 내 얼굴을 들여다보며 물었다.

"할아버지가 이렇게 무리하셔야 한다는 게 슬퍼요. 조금 편하게 마음 놓으실 수 있도록 도와주는 사람이 있으면 좋은데."

할아버지만큼의 나이가 되도록 가주직을 유지하는 사람들은 많았다.

그러나 보통 그들 곁에는 가주를 도와줄 다음 대 후계자가 있었다.

옆에서 일을 도와주면서 자연스레 가문을 이끌어 가는 법을 하나씩 배워 가는 것이다.

하지만 할아버지는 아직도 모든 일을 혼자 처리했다.

비에제가 끊임없이 본인도 돕겠다 나서고 있지만 아직까지 할아버지가 허락하지 않았기 때문이었다.

그러니 한 해씩 지나감에 따라 점점 할아버지에게는 부담이 커져 가는 것이고.

이전 생에서도 할아버지가 마지못해 비에제에게 가문의 일을 가르치기 시작한 것은 한참 뒤의 일이었다.

아마 그때까지 할아버지는 비에제가 아닌, 가문을 맡길 만한 누군가가 두각을 보이기를 기다리고 계셨던 게 아닐까.

하지만 마침내 할아버지의 신뢰를 얻어 낸 뒤에도 비에제의 능력은 부족하기 그지없었다.

그래서 내가 비서처럼 할아버지의 옆에서 일하며 비에제가 벌인 일들의 공백을 메꿔야 했던 것이고 말이다.

"우리 티아가 할아비 생각을 이리 해 주는지는 몰랐구나. 아이고, 예쁜 녀석."

내 속을 모르는 할아버지는 그저 흐뭇한 얼굴로 내 머리를 쓰다듬었다.

그 인자하게 미소 짓는 얼굴에 이전 생에서 보았던 노쇠한 할아버지의 얼굴이 겹쳐 보여 조금 울컥하기도 했다.

걱정 마세요, 할아버지.

제가 얼른 커서 그 부담을 덜어 드릴 테니까.

"할아버지, 우리 점심 먹으러 가요!"

일단은 그때까지 할아버지의 건강을 최대한 지켜 드리는 게 우선이었다.

"어허허, 그래. 그러자꾸나."

나는 할아버지의 손을 잡고 식당으로 향했다.

"라라네도 같이 식사를 하자고 했어요. 아마 지금쯤 식당에 먼저 도착해서 기다리고 있을 거예요. 어쩌면 크레니도요."

"그렇구나. 크레니는 요즘 어찌 지내고 있다더냐."

"벨레삭 새…… 아니, 벨레삭이 더 이상 괴롭히지 않으니까 너무 좋은가 봐요. 거의 매일 책을 빌리러 제 서재에 올 정도예요."

"그래, 다행이구나. 크레니가 외롭지 않도록 네가 잘 챙겨 주……."

눈 깜짝할 사이에 벌어진 일이었다.

허허 웃으며 계단을 내려가던 할아버지의 몸이 갑자기 중심을 잃고 크게 휘청거렸다.

무릎의 힘이 풀린 사람처럼 반쯤 주저앉더니 이내 몸이 앞으로 고꾸라지기 시작했다.

"아, 안 돼!"

우리는 계단 위였다.

이대로 내버려 두면 할아버지는 꼼짝없이 계단에서 굴러떨어지게 된다.

나는 있는 힘껏 잡고 있던 할아버지의 손을 잡아당겼다.

나 스스로 중심 잡기를 포기하고 아예 머리를 뒤로 빼면서 할아버지의 몸을 내 쪽으로 끌었다.

다행히 효과는 있었다.

앞으로 쓰러지던 할아버지의 몸이 대신 내 쪽으로 방향을 바꾼 것이다.

그러나 아직 열두 살인 내 몸은 그만한 무게를 감당할 힘이 없었다.

당연히 할아버지의 몸이 내 위로 겹쳐 쓰러지며 나는 그 밑에 깔려 버렸다.

"으윽!"

본능적으로 뒤를 짚은 팔과 어깨가 뾰족한 계단의 모서리에 부딪치는 것이 느껴지며 날카로운 통증이 나를 덮쳤다.

쿵!

무거운 소리와 함께 쓰러진 할아버지의 몸을 끌어안은 나는 그대로 계단 두 개 아래로 밀려난 뒤에야 멈출 수 있었다.

더 이상 미끄러져 내리지 않는다는 것을 확인한 나는 서둘러 할아버지를 살폈다.

"할아버지! 할아버지!"

그러나 눈을 굳게 감은 할아버지는 대답이 없다.

어깨를 흔들어서라도 의식을 확인하고 싶은데, 할아버지를 안은 채로 그 아래에 깔린 팔은 자유롭지 못했다.

"도와줘!"

나는 울부짖었다.

내가 지른 소리가 벽을 타고 저택을 울렸다.

"누가, 누가 좀 도와줘!"

롬바르디 저택에 비상이 걸렸다.

가주인 룰락 롬바르디가 쓰러졌기 때문이었다.

하필이면 계단에서 일어난 일이라, 고용인들은 큰일 난 것 아니냐며 불안감에 떨었다.

그리고 가주의 침실.

그 앞을 지키는 기사들도 포함해 많은 사람들이 모여 서서 의원이 좋은 소식을 전해 주기를 기다리고 있었다.

그때 안에서 커다란 목소리가 터져 나왔다.

"아, 글쎄! 나 말고 티아를 먼저 살피라고 하지 않나!"

침대에 등을 기대고 앉은 룰락은 화가 나 호통을 쳤다.

"저 피를 좀 보라 이 말일세! 멀쩡한 나보다 아이가 먼저가 아닌가! 나는 그저 발을 헛디딘 것뿐이라니까!"

룰락의 침대 옆에 선 에스티라가 차분한 목소리로 설득하려 했다.

"피렌티아 님은 올리어 씨가 치료 중이니……."

올리어는 에스티라가 아카데미에서 데려온 제자이자 동료였다.

"자네가 더 잘하지 않나! 나는 멀쩡하니 자네가 티아를 보란 말일세, 에스티라 박사!"

샤나넷은 그런 룰락의 완강한 태도에 고개를 저으면서도 티아를 걱정스레 바라봤다.

발견 당시에 룰락의 몸에 완전히 깔려 있던 아이는 작은 몸으로 두 사람분의 충격을 다 받아 낸 것인지 어깨가 탈골되고 팔의 살이 찢어져 드레스가 붉게 물들어 있었다.

하지만 그런 와중에도 티아는 할아버지가 의식이 없다고 소리치고 있었다.

그때, 팔짱을 끼고 서 있던 비에제가 툭 쏘아붙였다.

"가주인 아버지가 중요하지, 저런 아이가 중요하답니까! 어서 고집을 꺾으시고…….."

"비에제!"

룰락이 버럭, 소리를 질렀다.

저러다 다시 쓰러지지 않을까 걱정이 될 정도로 노기 어린 모습이었다.

그러나 그때 작지만 차분한 목소리가 들렸다.

"아뇨, 그 말이 맞아요."

침대 맞은편 의자에 앉아 있던 티아였다.

다친 어깨를 살펴보고 있는 올리어 쪽은 바라보지도 않고, 허리를 꼿꼿하게 세우고 앉은 모습이었다.

"할아버지는 발을 헛디디신 게 아니에요. 제가 봤어요. 잠깐이기는 했지만 완전히 의식을 잃고 쓰러지신 거였어요."

"크흠……."

룰락이 뜨끔한 표정으로 헛기침을 했다.

"그러니까 에스티라, 할아버지를 어서 진찰해 줘."

왕진 가방에서 꺼낸 것들로 꼼꼼하게 할아버지를 살피는 동안 내 어깨에도 응급처치가 끝났다.

나머지는 의원으로 자리를 옮겨서 마취를 하고 찢어진 부분을 꿰매야 한다고 했다.

그리고 마침내 에스티라가 어두운 안색으로 말했다.

"자세한 것은 더 시간을 들여 검사를 해 봐야 알겠지만, 피렌티아 아가씨의 말이 맞는 것 같습니다. 단순한 사고는 아니었어요."

역시.

불길한 예감은 틀린 적이 없다.

이전 생에서도 할아버지는 이즈음에 크게 건강이 악화되었다.

아침에 방에서 쓰러진 채로 발견되었던 할아버지는 일주일 동안 의식이 돌아오지 않고 있다가 몇 달 동안 병상에 누워 있어야 했다.

다행히 이번에는 그때처럼 심각한 상황은 아니었지만 그래도 비슷한 일이 일어나 버렸다.

"롬바르디 가문의 주치의로서 가주님께 한 달 정도 치료받으시며 요양하시어 체력을 회복하실 것을 권유합니다."

"그럼 업무도 보지 말라는 말인가?"

할아버지가 에스티라의 말에 질문했다.

"……체력을 회복하려면 휴식을 취하셔야 합니다."

"말도 안 되는 소리."

"하지만 가주님……."

"그럼 이 가문은, 롬바르디는 그동안 누가 돌본단 말인가?"

다들 아무런 대답이 없었다.

당장 할아버지를 대체할 수 있는 사람이 없었으니까.

내 머릿속에도 봉신 가문의 가주들 몇의 이름이 떠올랐다가 이내 사라져 버렸다.

그 사람들은 이미 자신의 위치에서 충분히 격무에 시달리고 있는 사람들이었다.

그때였다.

"제가 있지 않습니까?"

비에제가 침대로 한 걸음 다가서며 말했다.

"제가 아버님 대신 롬바르디를 이끌겠습니다. 그러니까 요양하시는 동안만 말입니다."

자기 아버지가 아프다는데, 비에제의 얼굴에 화색이 도는 것이 볼만했다.

"아버지."

결국 샤나넷이 다급하게 할아버지를 불렀다.

이건 아니다 싶은 것이다.

그리고 그건 이 방 안에 있는 사람들의 공통적인 생각이었다.

심지어 집사인 요한은 낯빛이 노랗게 변했다.

"뭡니까, 누님. 제가 부족하기라도 하단 말씀입니까?"

비에제가 불만스런 목소리로 물었지만 샤나넷은 잠시 침묵하다가 다시 할아버지에게 말했다.

"차라리 봉신 가문의 도움을 받는 것이 어떨까요, 아버지."

"누님!"

비에제가 드물게 샤나넷에게 큰 소리를 쳤다.

"이 가문의 장자는 나입니다! 아버님이 쓰러지셨는데 내가 나서지 않는다면 누가 나선단 말입니까!"

모자라긴 하지만 비에제가 롬바르디의 장자인 것은 맞다.

하지만 모자람에도 정도가 있지.

무려 비에제였다.

잠시 침실 안에 정적이 흐르는 가운데 다들 조금씩 이성을 되찾는 분위기였다.

설마 할아버지가 비에제가 가주 대리가 되도록 하지는 않으려니 하는 것이었다.

그런데 그때 무언가 고심하는 듯하던 할아버지가 청천벽력 같은 말을 했다.

"그렇게 해라, 비에제."

"아버님!"

"가주님!"

깜짝 발언에 놀란 사람들이 여기저기서 할아버지를 불렀다.

그러나 할아버지는 별다른 대답 없이 가만히 비에제를 바라보고 있었다.

마치 상대가 어떻게 반응할지 지켜보는 사람처럼.

"감사합니다, 아버님!"

비에제가 두 주먹을 불끈 쥐면서 힘차게 대답했다.

"믿어 주신 만큼 실망시켜 드리지 않겠습니다!"

할아버지는 속을 알 수 없는 눈으로 그런 비에제를 가만히 보다가 에스티라를 재촉했다.

"자, 이제 나는 됐으니 어서 가서 티아를 치료하게. 티아, 조금만 참거라."

할아버지가 멀리서 나를 걱정스레 보면서 말했다.

그러고는 성에 안 찬다는 듯 아예 침대에서 일어나려고 했다.

"안 되겠다. 내가 의원까지 같이……."

"여기 계세요, 할아버지. 또 걷다가 넘어지시면 어떻게 해요."

나는 단호하게 고개를 저었다.

"하지만……."

"저는 어깨 말고 아픈 곳 없어요. 걸어갈 수 있으니까 걱정하지
마세요."

그렇게 말하며 얼른 의자에서 일어나 보였다.

가만히 있다간 정말로 따라오실지도 모른다.

사실 제일 크게 다친 어깨와 팔 말고도 넘어지면서 부딪친 등,
다리 할 것 없이 다 아프다.

올리어가 꼼꼼하게 지혈을 하고 붕대를 감아 처치를 해 주었지만
그래도 욱신거리는 통증은 그대로였다.

이 자리에 할아버지가 안 계셨다면 더 아픈 척하고 드러누워서라
도 생색을 냈을 텐데.

조금 아쉽기는 하네.

"가자, 에스티라."

나는 내 등 뒤에 꽂히는 사람들의 시선을 고스란히 느끼며 할아
버지의 침실을 빠져나왔다.

조용조용한 발걸음 하나가 그런 내 뒤를 따라왔다.

"티아."

샤나넷이었다.

복잡한 심경이 고스란히 드러난 얼굴이었지만 나를 향해 미소를 짓고 있었다.

"의원실에 나도 함께 가자꾸나."

하필이면 아버지도 지금 출장 중이라 없고.

다친 나를 혼자서 보낼 수 없어서 그러는 것이겠지.

나는 순순히 고개를 끄덕였다.

다행히 할아버지의 침실에서 의원실까지는 그리 멀지 않다.

그냥 작은 안마당만 건너가면 되는 길이었다.

하지만 그 와중에도 샤나넷은 끊임없이 말을 걸어 주었다.

"많이 아플 텐데, 티아는 참 의젓하구나."

말수가 적은 편인 샤나넷치고는 정말 숨도 쉬지 않고 말하는 정도였다.

"쌍둥이들이 네 나이만 할 때 장난치다가 발목을 다친 적이 있었지. 그때 메이론이 얼마나 울었는지 기억나니, 티아?"

"네, 길리우도 같이 우는 통에 머리까지 아플 지경이었잖아요."

"그래, 그랬었지."

아마 샤나넷은 내가 살을 꿰매는 일 때문에 긴장을 하고 있다고 생각하는 것 같았다.

사실 긴장한 건 맞다.

여기도 마취 기술이 있기는 하지만 현대 의학처럼 완벽하지는 않다.

어느 정도 마음의 준비를 하기는 했지만 그래도 떨리는 것은 어쩔 수 없었다.

아니나 다를까.

의원실에 도착해 찢어진 살을 꿰매기 시작하니 정말 악 소리가 나올 것 같았다.

"으윽!"

"조금만 참으세요, 피렌티아 님."

에스티라는 내 고통을 짧게 줄여 주기 위해서 최대한 서두르기 시작했지만, 당연히 아픈 정도는 더욱 심해졌다.

그냥 살이 조금 찢어진 것뿐이라는 것을 알고 있으니, 두려움이나 무서움은 없었다.

그러나 고통스러운 것은 어쩔 수 없어서, 생리적인 눈물이 툭툭 떨어지기 시작했다.

그때였다.

치맛자락을 꽉 움켜쥐고 있던 내 손을 부드럽게 잡아 주는 손길이 있었다.

"내 손을 잡거라."

샤나넷이었다.

놀란 내가 멍하니 샤나넷을 올려다보는데 그 순간 바늘이 다시 살을 파고들었다.

"윽!"

나도 모르게 샤나넷의 손에 손톱이 파고들 정도로 꽉 잡았고, 그 행위에 또 놀란 나는 서둘러 샤나넷의 손을 놓으려고 했다.

"괜찮아. 괜찮아, 티아."

하지만 샤나넷은 오히려 내 손을 더 꽉 잡아 주면서 나를 놓아주지 않았다.

"내 손을 잡으렴."

샤나넷이 다정하게 눈을 맞춰 오며 말했다.

"고, 고마······."

고맙다는 말도 제대로 하기 어려웠다.

결국 나는 살을 꿰매는 내내 샤나넷의 손을 붙들고 그 과정을 겨우 버텨 냈다.

"끝났습니다, 피렌티아 님."

"후, 후우······."

에스티라의 말에 소리를 지르지 않으려 참았던 숨을 겨우 흘려 낸 나는 질끈 감은 두 눈을 떴다.

"고생하셨어요, 정말."

에스티라가 이마의 땀을 훔치며 말했다.

"응, 에스티라도 고생이 많았······. 아······."

내가 잡고 있던 샤나넷의 손등에 핏방울이 맺혀 있는 것이 보였다.

그리고 그 새빨간 피는 내 손톱 아래에도 스며 있었다.

내가 샤나넷의 손을 너무 꽉 쥔 나머지, 손등에 상처를 내고 만 것이다.

"죄송해요. 저도 모르게."

나는 얼른 사과했다.

하지만 샤나넷은 웃으며 고개를 가로저었다.

"미안하기는. 장하다, 티아. 잘 참아 냈구나."

그러곤 내 머리를 쓱쓱 쓰다듬어 주었다.

샤나넷이 무뚝뚝하기만 한 사람이 아니라는 것은 잘 알고 있었지만 이런 면을 직접 겪는 것은 또 처음이었다.

"그럼 다른 곳에도 약을 발라 드릴게요."

그 뒤로도 한참이 지난 뒤에야 나는 온몸의 상처에 약을 바르고,

엉망이 되었던 옷을 갈아입은 뒤 의원실의 침대에 누울 수 있었다.

일종의 입원이었다.

"가주님의 곁에는 오늘 밤 올리어 씨가 있기로 했으니, 피렌티아 님은 여기서 제가 보살펴 드릴게요."

"하지만 할아버지는……."

"가주님은 혹시 모를 상황을 대비해서 지켜볼 사람이 필요하신 것뿐이에요. 지금 당장 더 많은 치료가 필요하신 것은 피렌티아 님이십니다."

이럴 때는 에스티라도 단호하구나.

"그래, 오늘은 여기서 푹 쉬렴."

샤나넷도 두꺼운 이불을 목 아래까지 덮어 주며 말했다.

똑똑.

"들어가도 되겠느냐?"

기어코 의원실까지 오신 할아버지였다.

"들어오십시오, 가주님."

에스티라가 대신 대답했다.

문이 열리고 반쯤 울상을 지은 할아버지가 내가 누워 있는 침대로 다가왔다.

조금 전 모두의 앞에서 큰소리를 치시던 것과는 많이 다른 모습이었다.

"티아……. 아이고, 녀석."

할아버지는 아직 젖어 있는 내 눈가를 안쓰럽게 손가락으로 쓸더니 붕대가 칭칭 감겨 있는 내 어깨에서 눈을 떼지 못했다.

한참 동안의 침묵이 흐른 뒤에야 할아버지가 떨리는 목소리로 말했다.

"미안하구나……. 이 할아비가 너를……."

본인 때문에 내가 이렇게 다쳤다고 크게 자책하고 있는 것 같았다.

나는 그런 할아버지를 보면서 물었다.

"정말로 미안하다고 생각하세요?"

"그래……. 나 때문에 네가 이렇게……."

"그러면 앞으로는 치료도 잘 받으시고, 에스티라가 지어 주는 약
도 잘 드시겠다고 저랑 약속하세요."

나는 척 하고 새끼손가락을 내밀었다.

"티아야……."

할아버지는 말을 잇지 못하고, 내가 내민 손가락을 바라보더니
이내 고개를 끄덕이며 손가락을 걸었다.

아직 잘게 떨리는 손이었다.

그러고는 내가 다친 쪽을 피해서 아프지 않게 안아 주시더니 몇
번이고 중얼거렸다.

"미안하다. 이 할아비가 미안해……."

나는 그런 할아버지의 등을 작게 토닥여 주었다.

이전 생에서처럼 할아버지가 크게 다치지 않아서 다행이야.

진심으로 그렇게 생각했다.

다음 날 아침.

비에제가 아내인 세랄, 그리고 라라네와 벨레삭을 데리고 나란히

가주 집무실에 들어섰다.

이 순간을 즐기려는 듯, 천천히 가주 책상에 다가선 비에제는 의자에 크게 털썩 앉으며 웃었다.

"그래, 이런 느낌이군!"

그동안 그리도 염원하던 순간이 조금 일찍 찾아왔다.

한 달 동안의 임시직이었지만 상관없었다.

언젠가 자신의 것이 될 자리를 미리 맛볼 수 있는 것이 매우 만족스러웠기 때문이었다.

"축하드려요, 여보."

세랄이 비에제의 어깨를 부드럽게 감싸며 말했다.

"아버님이 쓰러지신 일이, 이렇게 전화위복이 되네요?"

"그러게나 말이야. 하늘이 날 돕는 게 틀림없어."

"이대로 할아버지가 영영 물러나게 되실 수도 있잖아요?"

벨레삭이 슬쩍 끼어들어 말을 얹었다.

비에제는 그런 아들에게 눈총을 주는 듯하다가도 슬쩍 웃으며 말했다.

"뭐, 그런 일이 없으라는 법은 없지. 아버님도 연세가 많이 드셨으니 여생을 편안하게 보내고 싶으실 때도 되었으니까."

그때 비에제의 눈에 어딘가 불만스러운 얼굴을 하고 있는 라라네가 보였다.

몇 년 전부터 가끔 피렌티아와 가까이 지내곤 하더니, 요즘은 영 마음에 들지 않는 행동을 하곤 했다.

"그럼 너희 둘은 이만 나가 보거라."

이 행복한 순간을 망치고 싶지 않은 비에제는 벨레삭과 라라네에게 말했다.

졸지에 쫓겨나게 된 벨레삭은 입을 삐죽였지만, 곧 검술 선생이 올 시간이었기에 순순히 집무실에서 나왔다.

그리고 피식 웃으며 말했다.

"피렌티아 그 계집이 꽤 다쳤다고 했지? 흥, 쌤통이다."

지난번 졸지에 새 밥이 될 뻔한 이후로 벨레삭은 피렌티아에게 언젠가 복수하겠다 이를 갈고 있었다.

이상한 일이었다.

자신이 새를 무서워하는 것은 분명 아무도 모르는 비밀이었는데.

그걸 어떻게 알아낸 것인지.

기회를 봐서 혼쭐을 내준 뒤에 그것부터 캐내야겠다고 벼르고 있던 와중에 희소식이 들려왔다.

피렌티아가 할아버지를 구하려다가 계단을 데굴데굴 굴렀다고.

얼마나 피가 낭자했는지, 청소를 하던 하녀들이 엉엉 울 정도라는 소문도 돌았다.

"그 꼴을 내가 봤었어야 했는데!"

하필 황궁에 가 있던 날 그런 재미있는 일이 일어나다니.

벨레삭은 비릿하게 웃었다.

"한동안은 제대로 움직이지도 못할 테니 더 잘됐……."

"벨레삭!"

별안간 바로 옆에서 큰 소리가 터져 나왔다.

"누, 누나?"

벨레삭은 옆에서 걷던 라라네가 자신에게 소리를 질렀다는 것이 믿기지 않아 눈을 동그랗게 떴다.

"너, 어떻게 그런 말을 할 수가 있어!"

라라네는 두 주먹을 꽉 쥐고 얼굴이 새빨개질 정도로 화를 내고 있었다.

벨레삭은 맹세코 태어나 처음 보는 것이었다.

라라네는 절대로 저렇게 화를 내는 사람이 아니었다.

"아무리 티아가 싫어도 그렇지! 티아는 할아버지를 구하다가 다쳤어!"

라라네의 눈에는 눈물까지 조금 고여 있었다.

"지금도 얼마나 아파하고 있을까 걱정인데! 그런데 넌……!"

검지를 치켜든 라라네가 위협적으로 벨레삭에게 다가왔다.

벨레삭은 저도 모르게 뒷걸음질을 쳤다.

"티아가 아픈 동안, 티아에게 얼씬하기만 해 봐. 그러면 벨레삭 너……."

라라네가 눈을 가늘게 뜨고 벨레삭을 노려보며 말했다.

"다시는 안 봐."

벨레삭이 할 말을 잃고 '어버버' 하는 동안 라라네는 찬바람을 쌩하고 일으키며 저 멀리 가 버렸다.

벌컥!

"피렌티아 님! 피렌티아 님, 어디 계십니까!"

문이 거세게 열리는 소리와 함께 다급하게 나를 찾는 클레리반의 목소리가 들려왔다.

"나 여기 있어요, 클레리반! 침실에요!"

대답해 주기가 무섭게 저벅저벅 하는 소리가 들리더니 문간에 클
레리반이 나타났다.

"피렌티아 님!"

땀까지 흘리며 뛰어 들어온 클레리반의 얼굴은 사색이 되어 있었다.

"왔어요?"

나는 멀쩡한 팔을 들어 클레리반에게 손을 흔들며 인사했다.

"오셨어요, 오라버니? 아가씨, 과일 한 조각 더 드세요."

"응. 고마워, 로릴."

로릴이 잘라 주는 과일을 아삭아삭 먹고 있는 나의 태평한 모습
을 보던 클레리반이 다가와 물었다.

"괜찮으신 겁니까? 가주님을 구하려다가 계단에서 데굴데굴 굴
러떨어지셨다는 이야기를 듣고 달려왔는데……."

"데굴데굴? 이야기가 또 그렇게 부풀려졌나 보네."

"그, 그럼 다친 곳은……."

"좀 다치기는 했어요. 오른쪽 어깨랑 살이 좀 찢어져서 보다시피
자유롭지는 못해요."

"아아, 역시……."

클레리반이 울상이 되어서 비척비척 침대에 털썩 걸터앉았다.

"근데 소문처럼 심한 건 아니에요. 자, 과일 먹어요."

나는 클레리반의 손에 포크로 찍은 과일을 하나 들려 주었다.

잠시 나와 손에 들린 과일을 번갈아 보던 클레리반은 작게 한숨
을 내쉬더니 마지못해 과일을 한 입 베어 물었다.

"도대체 무슨 일이 있었던 겁니까, 피렌티아 님."

그래도 내가 멀쩡하다는 것을 보아서 긴장이 풀렸는지, 클레리반

이 훨씬 나아진 안색으로 물었다.

"할아버지랑 같이 식사를 하러 내려가고 있었는데……."

나는 간단하게 이야기를 들려주었다.

잠자코 듣고 있던 클레리반은 고개를 끄덕끄덕하며 말했다.

"그래도 다행입니다. 피렌티아 님도 더 크게 다치지 않으셨고, 가주님의 병도 일찍 발견한 것 같으니……."

"두 분은 걱정도 안 되세요?"

한숨 섞인 목소리로 물은 것은 과일을 깎고 있던 로릴이었다.

"그 비에제 님이 가주 대리가 되셨는데, 지금 가문의 사람들이나 고용인들은 정말 난리가 났다고요. 그런데 어떻게 두 분은 이렇게 태평하세요?"

로릴의 질문에 나와 클레리반은 서로를 바라봤다.

그리고 클레리반이 아무렇지 않은 목소리로 대답했다.

"저는 오히려 비에제가 가주 대리가 되어 다행이라고 생각하고 있습니다."

"다행…… 이라고요?"

"네."

로릴의 혼란스러운 물음에 클레리반은 산뜻 간결하게 대답했다.

"저는 오라버니의 말씀이 잘 이해가 되지 않아요. 어떻게 그 일이 다행이라고 하시는 건지……."

"물론 잠시라도 비에제가 가주님과 같은 권리를 행사할 수 있다는 것은 좋은 일이 아니지요."

클레리반은 로릴이 자신을 오라버니라고 부르는 것이 신경 쓰이는지 잠시 눈을 찡그리다가 말을 이었다.

"하지만 중요한 것은 비에제는 가주 대리직을 엉망으로 수행할 거란 겁니다. 아마 눈 뜨고 보기 힘들 정도로요."

클레리반이 상상만 해도 우습다는 듯 한쪽 입꼬리를 올리며 말했다.

"그러니 걱정할 건 없습니다."

"그렇다면 다행이지만요."

로릴이 또 한숨을 푹 쉬었다.

클레리반의 말을 못 믿는 눈치는 아니었다.

다만 비에제가 임시로나마 가주가 되었다는 것이 그만큼 걱정이 되는 것이다.

어떻게 보면 참 대단한 일이었다.

이렇게 가문의 사람들 모두가 한마음으로 롬바르디를 걱정하게 만들다니.

"나도 클레리반의 말에 동의해요."

내 말에 눈을 동그랗게 뜬 로릴이 나를 바라봤다.

비에제를 정말 싫어하는 것을 은연중에 티를 냈던 만큼 나도 자신처럼 치를 떨 거라고 생각한 모양이었다.

물론 로릴의 생각이 맞다.

롬바르디에서 나만큼 비에제를 싫어하는 사람은 없을 거다.

그건 내가 장담할 수 있다.

하지만 동시에 클레리반처럼 할아버지의 판단을 믿고 있었다.

혈연에 대한 정이 두텁기는 하지만 공과 사를 구분해서 생각하지 못하실 분이 아니었다.

게다가.

"어쩌면 좋은 기회일 수도 있어요."

"좋은…… 기회요?"

로릴의 머리 위에 커다란 물음표가 생겼다.

비에제와 '좋은 기회'라는 말이 머릿속에서 영 연관되지 않는 모양이었다.

"이번 기회에 모두가 알 수 있을 거니까."

나는 그런 로릴에게 웃으며 친절하게 설명해 주었다.

"비에제가 얼마나 가주직에 모자란 사람인지 모두가 알게 될 거야."

지금은 나만 알고 있는 미래의 모습을 사람들도 조금이나마 보게 될 것이다.

일종의 리허설이랄까?

이대로 비에제가 가주가 되면 어떤 일이 벌어지는지 모두 미리 보기를 하는 셈이다.

"마침 때도 적당하고."

이전 생에서도 할아버지는 이맘때쯤 크게 병을 앓으셨고, 엎친 데 덮친 격으로 '그 일'이 터졌다.

물론 그때도 비에제가 가주 대리를 맡았고 말이다.

하지만 비에제는 코앞에서 벌어지는 '그 일'의 심각성을 제대로 인지하지 못했다.

그 탓에 제대로 대응하고 대처할 골든 타임을 놓친 롬바르디는 큰 손해를 감수해야 했다.

결국 겨우 몸을 추스른 할아버지가 병상에서 은행장의 보고를 받아 직접 일을 처리하는 일까지 벌어졌었다.

"때가 적당하다는 것이 무슨 말씀이십니까?"

그때 클레리반이 고개를 갸웃하며 물었다.

"그냥요. 할아버지가 크게 편찮으신 것은 아니니까 해 본 말이에
요. 제 생각에 할아버지는 그냥 비에제에게 모든 것을 맡겨 두고만
계실 분이 아니니까요."

"그렇죠. 지당하신 말씀이십니다. 그럴 분이 아니시죠."

내가 둘러댄 말에 클레리반이 고개를 끄덕였다.

나는 로릴을 향해서도 걱정하지 말라고 웃어 주었다.

분명 이번 생과 저번 생은 비슷한 면이 있다.

일단 지난번 생에선 이맘때에 가주 대리를 할 만한 사람이 비에
제밖에 남아 있지 않았다.

가주직과 마찬가지로 다른 선택지가 없었던 것이다.

또한 이번에도 할아버지는 제대로 직무를 보지 못하고, 비에제가
임시로 가주가 되었다.

그러나 지난 생과 이번 생에는 커다란 차이점이 있었다.

바로 나였다.

이번 생에는 미래를 아는 내가 있다.

비에제가 가주 대리로서 일하기 시작한 지 며칠이 지났다.

가주로서의 자리는 그동안 비에제가 꿈꿔 왔던 대로였다.

그 누구도 부럽지 않은 권한과 권력을 가지게 되었다.

덕분에 비에제는 하루하루가 매우 만족스러웠다.

내심 긴장했던 업무 처리도 하루가 다르게 능숙해지고 있었으니
더할 나위 없었다.

솔직히 너무 수월해서 '그동안 아버님은 겨우 이런 일로 힘들다 하신 건가?' 하는 생각이 계속 들 정도였다.

"자, 이 정도면 되었겠지?"

비에제가 자신의 앞에 선 데본가의 젊은 가주를 바라보며 물었다.

"왜 대답이 없어?"

데본가는 롬바르디의 여러 봉신 가문들 중 하나로 롬바르디의 교통사업을 맡고 있는 가문이었다.

롬바르디는 대륙 전역에 상단, 은행, 그리고 농산물 재배지를 가지고 있는 가문이니만큼 가문의 여러 사업을 하나로 모아 주는 역할을 하는 중요한 가문이기도 했다.

그러나 데본가의 전대 가주가 건강이 악화되어 얼마 전 그 아들이 막 가주직을 물려받은 상황이었다.

그러니 나이가 어려도 가주임을 존중하며 서로 존대를 사용하는 것이 맞다.

그런데 아직은 가주의 큰아들에 불과한, 현재는 임시로 가주 대리를 하고 있는 비에제는 데본가의 젊은 가주에게 툭툭 반말을 던지고 있었다.

"……네, 다 되었습니다."

데본가의 가주, 클랑은 치밀어 오르는 화를 꾹 눌러 참으며 대답했다.

보고 내용을 제대로 이해하지 못하는 비에제에게 더 이상 설명하는 것은 시간 낭비였다.

차라리 나중에 가주님이 복귀를 하면 그때 다시 보고를 하는 것이 나을 것이란 판단이었다.

봉신 가문의 후계자로서 비에제를 쭉 봐 왔기에 그가 멍청하다는 것은 알고 있었지만, 이 정도일 줄이야.

봉신가의 가주들은 매우 바쁜 사람이었다.

맡아서 운영하고 있는 롬바르디의 사업체도 다수였고, 또 각자 가문의 일도 돌봐야 했다.

그렇기 때문에 가주들은 웬만한 일에는 직접 움직이지 않았다.

한 달에 한 번 정도 모이는 정기 회의를 제외하고는 대리자를 보내거나 서류를 올려서 룰락의 결재를 받는 식이었다.

그러나 단 며칠 만에 봉신가의 가주들은 이런 식으로 비에제와 일해서는 안 된다는 것을 깨달았다.

올린 서류를 제대로 이해하지 못하는 것인지, 되돌아온 결재 서류에는 도장 대신 엉뚱한 말이 쓰여 있었고.

오래전부터 준비해 온 일 대신에 뜬금없이 새로운 일을 시키는 경우도 있었다.

가주가 요양을 하는, 단지 한 달에 불과한 가주 대리직이었지만 비에제는 마치 자신이 완전히 다음 대 가주인 것처럼 행동했다.

"후우……."

한숨을 쉬면서 집무실에서 나온 클랑 데본은 조금 전의 자신처럼 문 앞에서 기다리고 있던 브레이가의 첫째 아들인 그로딕 브레이와 마주쳤다.

나이가 많은 브레이 가주를 대신해 롬바르디 은행을 맡아 경영하는 그도 사태를 파악하고 직접 업무 보고를 하러 달려온 모양이었다.

"어떻습니까?"

"……어서 들어가 보십시오. 마음의 준비도 좀 하시고요."

"이런……."

눈 밑이 퀭한 클랑 데본의 얼굴을 보고 침음을 흘린 그로딕은 짧은 헛기침과 함께 집무실 안으로 들어갔다.

하필 가주님과 긴히 의논할 일이 있었는데 이때 비에제가 가주 대리가 되다니.

타이밍이 좋지 않았다.

제대로 인사조차 하지 않는 비에제를 대신해, 집사 요한이 다가왔다.

룰락의 명에 따라 비에제의 업무를 보조하고 있는 요한이었다.

"차는 어떤 것으로 하시겠……."

그러나 그 물음이 다 끝나기도 전에 비에제가 그로딕에게 불쑥 물었다.

"내가 지난번에 소개한 대출 건은 어떻게 되어 가고 있지?"

비에제가 몇 주 전에 지인 여럿의 대출 신청을 중개한 일이 있었다.

"아, 그 건은……."

"나를 믿고 롬바르디 은행에서 대출을 받기로 한 것인데 자꾸 승인이 늦어진다면서 자꾸 말이 나온단 말이야!"

애초에 램브루 제국에 롬바르디 은행만큼 믿고 거래를 할 만한 은행은 없었다.

그러니 비에제가 중개를 하지 않았더라도 어지간한 자들은 롬바르디 은행을 제일 먼저 두드렸다.

그리고 거액의 대출은 몇 개월간의 심사 과정을 거치는 것이 당연했다.

게다가 그로딕이 살펴본 결과 그들 중 몇몇은 신용도 부족하고 사업안도 부실하여 대출을 받기에 적합하지 않았다.

비에제는 도움은커녕 오히려 롬바르디 은행에 골치 아픈 쓰레기들을 던져 주고 있는 것이다.

"……제가 직접 신청서를 살펴보고 있으니 조만간……."

"내가 어련히 알아서 건실한 사람들만 소개하지 않았을까! 빨리빨리 처리해 줘야 그 사람들이 이자를 한 달이라도 더 낼 것 아닌가."

그러다 대출해 준 금액을 홀라당 날려 버리고 제대로 돌려받지 못하는 경우가 생기는 거다, 이 멍청한 놈아!

그로딕은 비에제의 면전에 대고 그렇게 소리치고 싶었다.

"……네, 알겠습니다."

딱 한 달만 참자.

그로딕은 그렇게 생각하며 울분을 참아 냈다.

그리고 한동안 롬바르디 은행 전반에 대한 보고가 이어졌다.

평소라면 얼마 걸리지 않았을 과정이 한없이 길어졌다.

한 번에 알아듣지 못해 재차 설명하게 만드는 것도 모자라, 말도 안 되는 것을 우기는 비에제 때문이었다.

"아, 그리고 한 가지 더……."

"또 뭐가 있는 거지?"

하품을 하고 있던 비에제가 피곤하다는 듯 쏘아붙였다.

"어제 위조 수표가 발견되었습니다."

"위조?"

"예, 정확히는 예금 수표입니다."

개인이나 사업체가 대금을 치러야 할 때, 현금 대신 미리 은행에서 떼어 두었던 수표를 사용하여 지불한다.

그러면 그 수표를 받은 사람이 롬바르디 은행에 와서 수표에 적힌 만큼의 돈을 가져가는 방식이었다.

"이걸 왜 속은 거지?"

"육안으로 확인하기에 차이를 느끼지 못할 만큼 똑같습니다. 종이도 같은 재질의 것을 사용할 정도로 치밀합니다."

그로딕이 차분하게 설명했다.

"수표가 들어오면 일단 돈을 내주고 일주일에 한 번씩 전역에서 들어온 수표를 모아 장부와 대조하는 방식이라, 생긴 것이 똑같으면 그 자리에서 위조품을 잡아내기가 어렵습니다."

말하는 와중에도 그로딕은 비에제가 자신이 하는 말을 모두 이해했는지 의심스러웠다.

"크흠……. 그 위조 수표가 몇 장이나 되는데?"

"한 장입니다."

"뭐? 한 장? 겨우 한 장 가지고 무슨! 난 또 한 열 장쯤 되는 줄 알았군!"

"비에제 님, 이것은 쉽게 넘길 문제가 아닙니다. 일단 그쪽에서 자신이 만든 위조 수표가 통한다는 것을 확인하게 되면……."

"아, 됐고!"

비에제가 귀찮은 듯 손을 휘휘 저으며 그로딕의 말허리를 잘랐다.

"그 위조 수표가 한 열 장쯤 들어오면 말해!"

"……."

그로딕은 할 말을 잃었다.

지금 당장이라도 가주의 침실로 가 버릴까 하는 생각이 들었지만, 참았다.

룰락이 쓰러진 것에 자책하고 있었기 때문이었다.

그로딕뿐만이 아니었다.

봉신가의 가주들이 모두 그랬다.

자신들이 제대로 보필하지 못했다고 생각하는 것이다.

할 말을 한 보따리쯤 삼킨 그로딕은 그대로 인사를 하고 집무실을 나갔다.

"한가하게 수표 한 장에 신경 쓸 시간이 있으면, 대출 건이나 빨리 해결하라고!"

비에제가 그 뒤에 대고 그렇게 외쳤다.

달칵.

문이 닫히고 혼자 남겨진 비에제는 계속해서 툴툴거렸다.

그때 집사 요한이 조용히 다가와 말했다.

"그럼 저는 저녁 식사를 준비하러 잠시 식당으로 내려가겠습니다."

"응? 그래, 그러라고."

그렇게 집무실을 나온 요한은 식당으로 향하지 않았다.

정갈하고 조용한 발걸음으로 여유롭게 가주의 침실로 향했다.

똑똑.

"들어오게."

기다렸다는 듯 룰락이 침실 안에서 대답했다.

에스티라가 시킨 대로 얌전히 침대에 앉아 책을 읽고 있던 룰락이 요한을 반겼다.

"어땠나?"

"힘들었습니다."

"허허, 자네가 힘들다는 말을 다 하다니 별일이구먼."

룰락이 피식 웃었다.

"그러니 어서 쾌차하셔서 집무실로 돌아오십시오."

"그래, 그래야지."

이제 한가한 수다는 끝났다.

룰락은 웃음기 가신 얼굴로 집사 요한에게 물었다.

"그래서, 오늘 하루 비에제는 무엇을 하고 어떤 결정들을 내렸나?"

집사는 오늘 하루 동안 자신이 보고 들은 것을 가감 없이 이야기하기 시작했다.

비에제가 가주 대리로 업무를 한 지 일주일째.

룰락은 매일 요한에게 비에제의 업무를 보고받고 있었다.

며칠에 한 번씩 비에제도 룰락에게 보고를 하러 오지만, 요한은 개인적인 감정은 내려놓고 철저하게 제삼자의 입장으로 이야기했다.

역시나 놀랍지 않게도, 두 사람의 보고는 많이 달랐다.

"……역시 그런가."

룰락이 씁쓸하게 웃었다.

비에제에게 가주 대리직을 맡겼을 때, 혹시나 하는 일말의 기대감이 있었다.

가주로서의 책임감을 깨닫고 다른 모습을 보여 주지 않을까 하는 그런.

"비에제의 기분은 어떻던가?"

"……매우 좋아 보이셨습니다."

"으음……."

그렇다면 본인이 저지르고 있는 실수들을 자각조차 하지 못하고 있다는 말이었다.

"비에제가 자신의 모자람을 볼 수 있다면 좋으련만."

롬바르디의 가주라는 자리가 얼마나 막중한 책임감이 따르는 자리인지 배웠으면 했다.

그래서 그 욕심을 내려놓았으면 하고 바랐다.

"그것조차 내 욕심이었는가……."

룰락은 시름을 감추지 못하고 긴 한숨을 내쉬었다.

"이제 미련을 버려야겠지."

"가주님……."

요한이 걱정스레 룰락을 불렀다.

"아아, 난 괜찮네. 걱정하지 말게. 그저 가주들에게 미안하게 됐구먼."

룰락이 씁쓸하게 웃으며 말했다.

"그러니 어서 건강을 회복하셔서 자리를 털고 일어나셔야 하는 것 아니겠습니까."

요한이 위로하려 부드럽게 웃으며 말했다.

"그래. 고맙네, 고마워."

아직 차기 가주에 대한 걱정이 가슴에 응어리지듯 남아 있었지만, 룰락은 애써 웃으려고 노력했다.

"다행히 일찍 발견하여서 약을 꾸준히 먹고 휴식하면 괜찮을 것이라 하더군."

"아아, 그것참 다행입니다!"

"솔직히 나이가 어려 별 기대가 없었는데 에스티라 박사가……."

똑똑.

"할아버지!"

별안간 명랑한 목소리가 방문을 두드렸다.

"티아?"

목소리만 듣고도 누구인지 알아차린 룰락은 자기도 모르게 침대에서 일어나 걸어가려고 했다.

그런 룰락을 말리고 본인이 대신 문을 열어 주는 요한의 얼굴에도 미소가 가득했다.

"할아버지, 저 왔어요!"

"호오, 그래 티아가 왔……. 으음?"

룰락은 무심코 손녀를 반기다가 놀라서 눈을 동그랗게 떴다.

열린 문 앞에 서 있는 것은 티아뿐만이 아니었다.

라라네와 그 옆에 선 크레니, 그리고 뒤를 든든하게 지키고 있는 쌍둥이까지 함께였다.

서로 닮지 않은 듯, 또 닮은 아이들이 밝은 얼굴로 문간을 가득 채우고 있었다.

놀란 룰락에게 티아가 밝게 웃으며 말했다.

"오늘은 저 혼자가 아니라 다 같이 왔어요, 할아버지!"

"……그래. 어서 들어오려무나."

할아버지의 얼굴에 서서히 함박웃음이 지어졌다.

숨길 수 없이 속에서 우러나오는 그런 미소였다.

"음료와 간식을 준비해 드리겠습니다."

집사가 그렇게 말하며 얼른 한쪽에 놓여 있던 빵과 주스 등을 챙기기 시작했다.

달그락달그락 소리만 들리는 가운데에 나는 크레니의 등을 살짝 밀며 말했다.

"뭐 해, 크레니. 할아버지께 병문안 선물 드려야지."

"선물을 가져왔느냐?"

할아버지가 크레니를 바라보며 물었다.

"그, 그게……. 으응."

크레니가 얼굴을 새빨갛게 물들이더니 등 뒤에 숨기고 있던 작은 꽃다발을 할아버지에게 내밀었다.

"빨리 나으세요, 할아버지!"

"허허…….."

크레니가 얼마나 소심하고 숫기가 없는 성격인지, 할아버지도 잘 알고 있다.

그래서 이렇게 준비한 선물을 평소 무서워하던 할아버지에게 드리는 것이 얼마나 용기 있는 행동인지도 말이다.

"그래, 고맙구나, 크레니."

할아버지는 꽃다발을 받아 들면서 크레니의 어깨를 토닥여 주었다.

"꽃을 고르는 눈이 아주 좋구나."

이런 칭찬도 함께.

"제, 제가 오늘 하루 종일 저택 들판에서 꺾은 거예요!"

"그래, 아주 예쁘다."

"치, 칭찬받았다."

크레니의 웃는 얼굴에 기쁨이 가득했다.

평소 책을 좋아하고, 또 예쁜 꽃 같은 것들을 좋아한다고 제 형인 아스탈리우에게 놀림을 많이 받은 모양이었다.

그런데 할아버지에게 꽃다발이 예쁘다 칭찬을 받으니 귀 끝까지 새빨개질 정도로 좋은 것이다.

"할아버지, 저는 이거······."

라라네가 수줍게 웃으며 책을 한 권 건넸다.

"제가 가끔 아플 때, 책만큼 위로가 되는 게 없었던 것 같아서요······."

할아버지는 라라네도 선물을 줄 줄은 몰랐던 듯 잠시 책을 바라 보더니 마찬가지로 아주 흡족하게 웃었다.

"고맙다, 라라네. 안 그래도 마침 챙겨 두었던 책을 다 읽어 가던 참에 아주 잘되었다. 오늘 바로 읽으마."

라라네의 얼굴에도 예쁜 홍조가 피어났다.

"다과가 준비되었습니다. 그럼 저는 이만 식당으로 내려가 보겠 습니다, 가주님."

"그래, 수고했네."

요한이 침실에서 나가고, 애들은 간단한 케이크와 달콤한 쿠키가 차려진 테이블에 우르르 둘러앉았다.

그때였다.

먼저 쿠키를 한 입 먹어 본 메이론이 길리우의 옆구리를 툭 치더 니, 작은 접시에 같은 쿠키 두 개를 덜어서 줬다.

그러자 길리우는 그것을 들고 뚜벅뚜벅 걸어와 할아버지의 손에 들려 드리고 돌아가는 것이다.

"맛있어요, 할아버지. 드세요."

살가운 말을 많이 하지는 못하고 자기들 딴에 할아버지를 챙기는 쌍둥이만의 방식이었다.

할아버지는 동그마니 접시에 놓인 쿠키와 둘러앉은 애들을 번갈 아 바라보더니 나를 불렀다.

"티아."

"네, 할아버지."

"사촌들과 다 같이 병문안을 오는 것은 너의 생각이었겠지?"

그건 어떻게 아셨대.

나는 웃으며 어깨를 한번 으쓱했다.

"……고맙다, 티아."

할아버지가 기쁜 듯하면서도 어딘가 쓸쓸한 미소를 지으며 말했다.

"너희가 이렇게 잘 지내서 다행이다, 다행이야……."

그 말의 의미가 대충 이해가 갔기에 나는 그저 헤헤 하고 웃었다.

할아버지는 함께 맛있는 음식을 나눠 먹는 사촌들을 바라보며, 조용히 내 머리를 쓰다듬어 주었다.

[……티아의 어깨는 하루가 다르게 좋아지고 있으니 너무 걱정하지 말렴. 너의 중병도 고친 에스티라가 아니니. 중요한 일 때문에 남부에 간 네가 자기 때문에 업무를 제대로 처리하지 못하고 돌아온다면, 티아는 많이 속상해할 거야. 그러니 당장 롬바르디로 돌아오겠다는 말은 그만하는 것이…….]

광업사에 출근해 바쁜 오전을 보낸 샤나넷은 저택에 돌아오자마자 갤러한에게 보낼 편지를 쓰고 있었다.

똑똑.

"샤나넷 님, 계십니까?"

낯선 목소리가 문을 두드린 것도 그때의 일이었다.

"누구지?"

고개를 갸웃하며 깃펜을 내려놓은 샤나넷은 직접 현관문을 열었다.

"안녕하십니까, 샤나넷 님. 오랜만에 뵙습니다. 그로딕 브레이입니다."

조금 굳은 얼굴의 남성이 얼른 모자를 벗으며 정중하게 인사했다.

"네, 오랜만이네요, 브레이 공. 들어오세요."

샤나넷은 문을 더욱 활짝 열어 주며 그로딕을 응접실로 안내했다.

"그럼, 실례하겠습니다."

"차를 드릴까요? 어떤 음료가 좋으세요?"

"아, 아무거나 괜찮습니다."

응접실 소파에 앉으려던 그로딕은 안쪽에서 들려온 샤나넷의 말에 다시 엉거주춤 엉덩이를 떼면서 얼른 대답했다.

"이렇게 직접 차를 주시다니……."

잠시 뒤 차를 가지고 나오는 샤나넷을 보며 그로딕이 어색하게 말했다.

"직접 할 수 있는 작은 일들은 내 손으로 하는 걸 좋아해서요. 나도 유난이죠."

그렇게 말하는 샤나넷의 얼굴은 매우 평온해 보였다.

베스티안 슐스가 얼마나 철저하게 샤나넷을 기만했는지 모르는 사람은 없었다.

그러나 그로딕은 샤나넷을 보며 오히려 전보다 더 안색이 좋아 보인다고 생각했다.

"은행 일이 바쁘실 텐데. 오늘은 무슨 일로 찾아오셨죠, 브레이 공?"

"아, 저 그것이…….."

잠시 머뭇거리던 그로딕은 가져온 것을 꺼내 테이블 위에 나란히 내려놓았다.

"롬바르디 은행의 수표인가요?"

"예, 그렇습니다."

"그런데 수표를 왜……. 혹시 지금 저에게…….."

샤나넷의 목소리가 설핏 차가워졌다.

롬바르디의 직계들은 이런 상황을 자주 마주한다.

누군가가 현금이나 보석 등을 챙겨 와서 잘 봐 달라 뇌물로 바치는 것이다.

이 상황이 그렇게 보일 수도 있다는 생각에 그로딕은 펄쩍 뛰었다.

"아니요! 그런 것이 아닙니다! 제가 어찌…….."

자기도 모르게 이마에서 흐르는 진땀을 손수건을 꺼내 닦으며 그로딕이 설명했다.

"여기 이 수표 두 장 중에 한 장은 가짜입니다."

"가짜라니요?"

"누군가가 엄청난 공을 들여서 위조 수표를 만들어 낸 것이지요."

"그런 일이…….."

샤나넷이 인상을 찌푸렸다.

그로딕이 말해 주기 전까지 전혀 눈치채지 못했을 만큼 감쪽같았다.

손을 뻗어 두 장의 수표를 만져 보았다.

손끝으로 느껴지는 질감에도 다른 것이 없었다.

"이런 수표가 지금 몇 장이나 발견되었죠?"

"오늘까지 총 다섯 장입니다."

"다섯 장이라니. 브레이 공도 알겠지만, 이건 심각한 일이에요."

"제 말이 바로 그 말입니다!"

그로딕은 드디어 이 일의 심각성을 알아주는 롬바르디를 만나 반가운 마음에 자기도 모르게 크게 소리쳤다.

"흠흠, 저도 사태의 심각성을 인지하고 은행의 직원들과 함께 방법을 찾아보려 노력 중이지만 쉽지가 않습니다."

"확실히 그렇겠네요."

이토록 똑같은 위조 수표라니.

샤나넷은 굳은 얼굴로 수표를 바라보다가 물었다.

"비에제에게는 이 일에 대해서 알렸나요?"

"조금 전에 두 번째로 말씀드리고 나오는 길입니다."

"그런데 성과가 없었던 모양이군요."

"……그래서 샤나넷 님을 찾아온 겁니다."

룰락을 제외하고 막무가내인 비에제를 컨트롤할 수 있는 것은 샤나넷뿐이었다.

"사안이 사안인지라 가주님께 말씀을 드릴까 싶기도 했지만 차마 그럴 면목이 없어서……."

샤나넷은 그런 그로딕의 마음을 이해할 수 있었다.

롬바르디의 봉신들은 매우 충성스러운 사람들이었다.

그런 그들이 노령의 가주가 건강 악화로 쓰러졌다는 사실에 대해 큰 부채감을 느끼고 있다는 것은 샤나넷도 익히 짐작하고 있던 바였다.

"일단은 나도 함께 고민해 봅시다."

"후우."

샤나넷의 말에 깊은 한숨이 그로딕에게서 터져 나왔다.

불만이 섞인 한숨이 아니었다.

오히려 안도에 가까웠다.

별것 아닌 샤나넷의 '같이 고민해 보자'라는 말이 이렇게 위안이 될 수 없었다.

게다가 샤나넷은 거기서 멈추지 않았다.

"일단 가짜를 구분해 내는 방법을 찾기 전까지는 기존의 수표 발행을 멈추고 새로운 모양의 수표를 만들어 내야 할 텐데……."

"하지만 그건 가주님의 권한이라……."

"비에제는 이 문제에 대해 뭐라고 하던가요?"

"……가짜 수표가 열 장 정도 발견되면 그때 와서 말하라고……."

"하아……."

샤나넷도 결국 한숨을 내쉬었다.

답답했지만 어쨌든 현재 가주 대리는 비에제였다.

"비에제에게는 내가 말해 보겠어요. 그러니 그때까지 브레이 공은 위조 수표 구별 방법을 연구해 보세요."

"예, 알겠습니다."

샤나넷의 지지를 얻게 된 그로딕은 그제야 한결 밝아진 얼굴로 찻잔을 입에 가져다 댔다.

하지만 샤나넷의 어두운 눈동자는 테이블 위에 나란히 놓인 수표 두 장에서 떨어질 줄을 몰랐다.

펠렛 상회의 사무실.

오랜만에 나와 클레리반, 바이올렛, 그리고 베이트까지 한자리에 모였다.

"구해 왔어요, 베이트?"

약간 마음이 급해진 내가 막 자리에 앉는 베이트에게 물었다.

오늘도 케이크 배달로 위장해서 상회에 찾아온 베이트는 상자를 내려놓으며 고개를 끄덕였다.

"여기 있습니다."

커다란 케이크 상자는 바닥에 아무렇게나 놓였고, 텅 빈 테이블 위에는 길쭉한 종이 두 장이 나란히 놓였다.

롬바르디의 인장이 당당하게 찍혀 있는 예금 수표였다.

"하나는 롬바르디 은행이 발행한 수표이고, 다른 하나는 위조품입니다. 한번 맞혀 보시겠습니까, 무엇이 가짜인지."

그거야 그리 어려운 일은 아니지.

나야 구분 방법을 알고 있으니까.

하지만 다른 사람들에게는 아마 불가능에 가까운 일일 거다.

"흐음……."

수표를 본 클레리반은 신음 같은 침음을 흘리며 머리를 부여잡았다.

"어떻게 이렇게 똑같을 수가 있죠?"

바이올렛은 동그랗게 뜬 눈을 몇 번이고 비볐다.

그 말에 나도 백번 동감했다.

겉으로 보기엔 어느 게 진짜인지 구분이 되지 않았다.

이전 생에서 위조 수표 사건이 벌어질 때 나는 혼자 방에 틀어박혀 암울한 시간을 보내고 있었다.

나중에 할아버지의 일을 도우며 롬바르디의 과거사를 돌아보다가 이맘때쯤에 이런 일이 있었다고 지식으로만 알고 있었을 뿐이었다.

그러니 위조 수표를 직접 눈으로 보는 것은 이번이 처음이었다.

"누군지는 몰라도, 참 지독하게도 똑같게 만들어 놨네."

나는 수표를 노려보면서 중얼거렸다.

좋은 말이 나올 수가 없다.

저 위조 수표를 만든 사람은 명백하게 롬바르디에게서 도둑질을 하고 있는 것이니까.

게다가 은행의 자산은 신용이다.

이렇게 롬바르디 은행의 돈과 신용에 직격탄을 날리다니.

나쁜 놈.

나는 테이블 위에 놓인 수표를 노려보다가 고개를 돌려 소파에 등을 기대고 편하게 앉아 있는 베이트에게 물었다.

"그런데 위조 수표는 어떻게 구했어요? 아직 많이 풀리지 않은 거라 쉽지 않았을 텐데."

아마 롬바르디 은행장이 파악한 것도 몇 장 되지 않았을 텐데.

하지만 베이트는 그중에서 하나를 구해 온 것이다.

"……그건 영업 비밀입니다."

그렇게 대답하며 베이트가 슬쩍 시선을 피했다.

"그렇긴 하겠네요."

나는 깔끔하게 물러섰다.

정보상에게 출처를 묻다니.

"실례했어요."

그런데 베이트가 나를 빤히 바라본다.

"왜 그래요, 베이트?"

"더 캐묻지 않으십니까?"

"베이트가 이미 말했잖아요, 영업 비밀이라고. 그런데 더 물을 게 뭐가 있어요?"

"하지만 어쨌든 피렌티아 님께선 저희 카라멜 에비뉴를 후원하는 분이시기도 하고…….'

원하면 자금줄을 잡고 흔들어서라도 대답을 토해 내게 만들 수 있지 않냐는 말이었다.

"나는 카라멜 에비뉴와 나의 관계가 건강하게 오랫동안 지속되기를 원해요."

이거 하나 듣겠다고 베이트를 협박하는 짓은 황금알을 낳는 거위의 배를 가르는 것이나 마찬가지다.

게다가 지금 이 상황에서 나를 배신하기엔, 베이트는 잃을 게 너무 많아졌다.

베이트에게 필요한 것은 정보 길드를 키울 수 있는 안정적인 기반이지, 위조범에게서 얻을 수 있는 알량한 돈이 아니었으니까.

"……감사합니다."

고개를 끄덕이며 말하는 베이트의 입가가 슬쩍 풀어져 있었다.

"정말 대단할 정도네요!"

내가 베이트와 대화를 나누는 동안 더 공들여 수표를 보고 있던 바이올렛이 반쯤 감탄하듯 말했다.

그러고는 아차 싶은지 내 눈치를 보며 얼른 덧붙였다.

"그, 그러니까 제 말은 위조범 주제에 실력은 좋다는……."

"알아요, 바이올렛이 무슨 말을 하는 건지."

"괜찮으세요, 피렌티아 님?"

바이올렛이 저조한 나의 기분을 신경 쓰고 있다는 것이 미안하기는 했지만 어쩔 수 없었다.

"좀 화가 나서요."

"위조범은 어떻게든 잡을 수 있을 거예요."

"위조범도 위조범이지만……."

결국 비에제는 이번에도 사태가 악화되는 것을 막지 못했다.

이전 생에서 위조 수표는 결국 걷잡을 수 없이 풀렸다.

피해 금액은 가히 천문학적이었다.

비에제가 사태를 파악하고 수습해 보려고 했을 때는 이미 늦었고, 병상에 누워 있던 할아버지가 결국 특단의 조치를 내려야 했다.

'즉시 새로운 디자인의 수표를 만들어 구식 수표와 바꿔 주고, 위조 수표로 발생한 모든 손해는 롬바르디가 감수한다.'

현실적으로 은행 창구에서 위조 수표를 감별해 내는 것은 불가능했기 때문에 어쩔 수 없는 일이었다.

"멍청한 자식……."

수표의 발행을 멈추고, 수표의 새로운 디자인을 만들고, 위조 수표로 인한 손해를 어떻게 처리할지 결정하는 것은 그로딕 브레이의 권한 밖의 일이다.

롬바르디의 가주가 나서야 하는 일이란 말이었다.

그때 베이트가 말을 덧붙였다.

"아, 그리고 한 가지 더 있습니다. 그로딕 브레이가 샤나넷 님을 찾아갔다고 합니다."

"역시."

사람들의 생각은 다 비슷한 모양이었다.

비에제가 열심히 죽을 쑤고 있으니 그것을 막을 수 있는 사람은 샤나넷밖에 없다는 판단이었겠지.

이전 생이었다면 이혼 후에 휴양지에 내려가 있었을 샤나넷이 지금은 당당히 복귀해 가문의 일들을 돌보기 시작했으니 생겨난 변화였다.

클레리반이 다시 위조 수표를 보면서 중얼거렸다.

"위조품을 구별할 수 있는 방법을 알아낼 수 있다면 정말 좋을 텐데요. 그리고 그 방법을 샤나넷 님께 알려 드린다면……."

"한번 햇빛에 비춰 볼까요?"

바이올렛이 수표 두 장을 들어서 요리조리 살펴봤다.

하지만 전혀 다른 점을 찾지 못했다.

"분명히 다른 점이 있을 텐데……."

미간을 찌푸리고 고민에 빠진 것은 클레리반도 마찬가지였다.

그러다 문득 낮은 목소리로 내게 물었다.

"혹시 롬바르디 은행 내부의 사람은 아니겠습니까? 이 정도로 똑같다면 아예 같은 곳에서 만들어진 수표를 빼돌린 것이 아닐까 싶은 정도인데요."

타당한 추리였다.

"정말 그럴 수도 있겠네요."

바이올렛도, 베이트도 고개를 끄덕였다.

롬바르디 내부자의 배신.

실제로 이 위조 수표 사건의 범인을 찾을 때 가장 유력하게 꼽았던 가설이었다.

그러나 그건 아니었다.

범인은 그저 위조 기술이 매우 뛰어난 사람일 뿐이었다.

"정말 그런 거라면 어떻게 하죠……."

바이올렛이 혼란스러워하는 것을 보며 나는 이만 정답을 알려 줘야겠다는 생각이 들었다.

"베이트, 성냥 가지고 있죠?"

"예, 그렇습니다만."

"한번 꺼내 봐요."

내 말에 고개를 갸웃한 베이트가 주머니에서 성냥 한 갑을 꺼냈다.

"그걸로 수표를 태워 보세요."

"예?"

"어서요."

내 황당한 요구에 베이트가 클레리반과 바이올렛을 바라봤다.

하지만 두 사람의 눈빛에는 흔들림이 없었다.

내 판단을 완벽하게 믿고 있는 것이다.

"……알겠습니다."

꿀꺽하고 크게 침을 삼킨 베이트가 조심스럽게 성냥을 그어 수표에 불을 붙였다.

"어? 어어······?"

분명히 겉보기엔 똑같았던 수표가 하나는 붉은색 불꽃을, 또 하나는 푸른색 불꽃을 내며 타올랐다.

"이, 이상하다?"

후후 입김을 불어 얼른 불을 끈 베이트가 다시 한번 성냥을 그어 불을 붙였다.

이번에도 결과는 마찬가지였다.

"그게 진짜와 가짜를 구별하는 방법이에요."

이전 생에서 결국 구분 방법을 찾지 못한 롬바르디 은행의 직원들이 모아 놓았던 위조 수표를 파기하는 과정에서야 비로소 찾아냈던 방법이었다.

뭐, 알게 되었을 때는 이미 늦은 뒤였지만.

"어떻게, 어떻게 아셨습니까?"

베이트가 커다래진 눈으로 나에게 물었다.

활짝 벌어진 호박색 눈동자에는 희열감이 가득했다.

나는 그런 베이트를 똑바로 바라보며 웃는 얼굴로 말해 주었다.

"영업 비밀이에요."

"······예?"

"영. 업. 비. 밀. 이요."

"아아······."

베이트가 귀가 아래로 축 내려갈 것 같은 표정을 지으며 시무룩해했다.

내 쪽이야말로 절대 알려 줄 수 없는 영업 비밀이라고.

나는 그런 베이트를 내버려 두고 클레리반을 바라봤다.

"클레리반."

"말씀하십시오, 피렌티아 님."

나를 보는 눈이 반짝반짝했다.

"조금 전에 내가 보여 준 방법을 샤나넷에게 알려 주세요."

"예, 그렇게 하겠습니다."

"하루라도 빨리 가야 하니 바이올렛은 롬바르디 은행 금고에 넣어
두었던 '그것'을 꺼내 와서 클레리반에게 주는 것을 잊지 말고요."

"네, 피렌티아 님. 회의가 끝나면 바로 다녀올게요."

"그리고 베이트, 부탁이 하나 있어요."

내 말에 멍하니 있던 베이트가 화들짝 놀라며 깨어났다.

"사람 한 명을 조사해 주세요. 이름은……."

갑자기 사람을 조사해 달라는 나의 말에 베이트는 고개를 갸웃했다.

"그 정도야 어렵지 않은 일입니다. 그런데……."

그런데 무언가 말하려던 베이트가 갑자기 말을 멈추더니 클레리
반과 바이올렛을 바라봤다.

그러고는 무슨 생각이 들었는지 이내 굳게 고개를 끄덕였다.

그런 베이트의 모습은 클레리반과 바이올렛을 어딘가 닮아 있었다.

그날 저녁.

샤나넷은 굳은 얼굴로 가주 집무실을 찾았다.

똑똑.

"비에제, 잠시 들어가도 되겠니."

집사에게 물어 일부러 일정이 다 끝난 때를 맞췄다.

그리고 잠시 뒤, 비에제의 대답이 들려왔다.

"……들어오세요."

어딘가 석연치 않은 대답이었지만 샤나넷은 별다른 생각이 없었다.

집무실 소파에 앉아 있는 세랄을 보기 전까지는.

"오셨어요."

집무실에서 둘이 함께 다과라도 즐기고 있었던 것인지, 오붓한 시간을 방해받은 세랄의 표정이 영 좋지 않았다.

"미안하게 되었어. 내가 비에제와 의논하고 싶은 일이 있어서."

"……의논이라고요?"

세랄 대신 비에제가 어딘가 가시 돋은 말로 되물었다.

"누님이 가주 대리인 나와 무슨 의논할 거리가 있다는 겁니까?"

"……둘이 이야기를 나누지 않겠니."

자존심이 상한 듯 거칠게 쏘아붙이는 비에제의 말에도 샤나넷은 차분하게 대답했다.

그러나 비에제는 세랄을 한번 흘끗 보더니 불퉁한 목소리로 말했다.

"내 아내의 앞에서 나누지 못할 대화는 없습니다. 뭡니까, 할 말이."

가주 대리가 된 이후로 무척이나 고깝게 변한 비에제의 말투였다.

"……그래, 요즘 가짜 수표가 돌고 있다던데. 그 일에 대해서 알고 있는 것이니?"

"가짜 수표?"

비에제가 와락 인상을 썼다.

"은행장 그놈이 누님을 찾아가 이른 겁니까?"

"그런 게 아니라……."

"감히 가주 대리인 나를 두고?"

비에제가 앉아 있던 자리에서 벌떡 일어나며 소리쳤다.

"……비에제, 진정하고 내 말을 들……."

"감히 아버님이 내게 주신 가주 대리의 권한을 무시하는 누님의 말을 내가 왜 들어야 합니까!"

"……감히?"

샤나넷의 목소리에도 은은한 분노가 스미기 시작했다.

"아버님이 네게 임시로 가주의 자리를 맡기신 건 그 권한을 네 편한 대로 휘두르며 가주 흉내를 내라는 뜻이 아니다, 비에제."

"가주 흉내? 나는 착실히 내 업무를 수행하고 있습니다! 이제 누님이 이래라저래라 할 수 있는 위치가 아니란 말입니다!"

"네 머릿속에서 가주 대리가 어떤 위치인지는 모르겠다만, 한 가지는 분명히 알겠구나. 너는 이 위조 수표가 얼마나 심각한 일인지 하나도 이해하지 못하고 있는 거야. 어리석은 녀석."

"말조심하세요! 아무리 누님이라도 가주 대리인 나에게 이런 식으로 무례하게 굴 수는 없는 겁니다! 나는 지금 아버님 대신 이 자리에 있는 거라고요!"

샤나넷은 마치 벽에다 대고 말하는 듯한 막막함에 아찔함을 느꼈다.

비에제가 신경 쓰는 것은 오로지 가주로서의 권한과 권리뿐이었다.

위조 수표에 대한 이야기를 꺼내도 대화는 계속 제자리를 맴돌고 있는 것을 보면 알 수 있었다.

"위조 수표 몇 장 따위가 뭐 그리 중요하다고! 누님이야말로 사소

한 것에 집착하여 공과 사를 구분하지 못하고 있는 것 아닙니까?"

비에제가 흥 하고 코웃음을 치며 말했다.

"내가 가주 대리가 된 것이 그리도 질투 나는 겁니까? 그래서 이렇게라도 꼬투리를 잡아서 내 일에 참견하려고 하는 것이 뻔히 보입니다!"

샤나넷은 헛웃음이 나왔다.

비에제는 진심으로 위조 수표가 나도는 일이 사소한 것이라고 믿고 있었다.

그리고 그런 비에제에게 샤나넷은 그저 악심을 품은 방해꾼에 지나지 않는 것이다.

"……그래, 비에제. 너에 대한 내 기대가 지나치게 컸다."

샤나넷은 그 말만 남기고 돌아섰다.

등 뒤로 비에제와 세랄의 웃음소리가 들렸지만 샤나넷은 돌아보지 않았다.

내일 아침, 바로 아버지를 찾아뵐 생각이었다.

싸늘한 마음으로 집으로 돌아온 샤나넷은 문 앞에서 자신을 기다리고 있던 누군가를 발견했다.

"샤나넷 님, 늦은 시간이지만 잠시 이야기를 나눌 수 있겠습니까?"

잘생긴 얼굴에 미소를 지으며 정중하게 인사를 하는 사람은 클레리반 펠렛이었다.

다음 날.

나는 일찌감치 할아버지께 드릴 영양제와 간식을 들고 침실을 찾았다.

"아이고, 우리 티아 왔구나!"

할아버지는 언제나 그렇듯 나를 반갑게 맞아 주었다.

"오늘은 어떠세요, 할아버지?"

"이 할아비야 멀쩡하다니까. 다친 곳은 어떠냐, 티아?"

"저도 이제 많이 괜찮아졌어요. 며칠 지나면 이 보호대도 풀 수 있대요."

"그것참 다행이구나."

할아버지가 내 머리를 쓰다듬으며 말했다.

"그런데 오늘은 아침 일찍부터 웬일이더냐?"

요즘 매일 병문안을 오기는 했지만 보통 점심시간에 맞춰 오곤 했기 때문에 할아버지는 무슨 일이 있나 걱정이 되는 듯했다.

아침부터 움직인 이유는 간단했다.

어젯밤 클레리반이 샤나넷을 찾아가 가짜 수표를 구분하는 방법을 알려 주었으니까.

샤나넷의 성격에 위조 수표같이 중요한 일을 더 지체시키지 않을 거란 생각이었다.

하지만 그렇게 말할 수는 없지.

나는 방긋 웃으며 말했다.

"그냥 오늘은 할아버지가 빨리 보고 싶어서요!"

"그랬느냐? 어허허."

할아버지가 다시 함박웃음을 지었다.

바로 그때 밖에서 문을 두드리는 소리가 들렸다.

왔구나, 드디어.

나는 그렇게 생각하고 쪼르르 달려가 문을 열었다.

"누구세…… 어라?"

샤나넷이 아니었다.

문을 열자 서 있는 것은 여섯 명 정도 되는 다양한 나이대의 남자들이었다.

"으음?"

그들도 나를 만나게 될 것이라고는 생각하지 않았는지 눈을 동그랗게 떴다.

"피렌티아 아가씨…… 아니십니까?"

"안녕하세요, 가주님들."

나는 공손하게 치맛자락을 잡고 인사했다.

방문자들은 롬바르디의 봉신 가문의 가주들이었다.

클레리반의 아버지인 로마시에 딜라드와 카일러스의 아버지인 헤링가의 가주도 보였다.

그런데 다들 뭘 그렇게 가져온 것인지, 양손이 짐으로 주렁주렁 무거워 보였다.

아, 역시 사회생활은 힘든 거지.

나는 파이팅 하는 마음을 담아 가주들에게 웃으며 말했다.

"오늘도 일찍부터 수고가 많으시네요."

"아, 예에……. 아가씨께서도……."

내 말에 반사적으로 대답하던 헤링가의 가주가 뭔가 이상하다고 느꼈는지 뒷머리를 긁적였다.

"들어오게나."

할아버지가 손짓하며 말하자 가주들이 저마다 손에 든 것을 낑낑 거리며 들고 들어갔다.

"……그게 다 뭔가?"

고동색 로브를 걸치고 침대에 앉은 할아버지는 황당하다는 듯 물었다.

"각자 몸에 좋다는 것들을 좀 챙겨와 봤습니다."

로마시에 딜라드가 쑥스럽게 웃으며 대답했다.

"이건 펠트로산 꿀입니다. 호흡기에 아주 좋지요."

"저는 최고급 침구 세트를 좀 가져와 봤습니다. 침대에 계속 누워 계시려면 침구가 아주 중요하지 않습니까."

"저는 구하기 힘든 희귀 과일을……."

가주들이 앞다투어 자신이 가져온 것을 소개하기 시작했다.

그런 그들을 빤히 바라보던 할아버지가 툭 내뱉었다.

"그렇게들 바리바리 싸 온 것을 보니, 하기 힘든 말을 하려고 하는 게로군."

"……."

가주들이 정곡을 찔린 듯 모두 입을 꾹 다물었다.

나는 그런 그들을 바라보다가 할아버지에게 말했다.

"저는 그럼 잠시 나가 있을게요, 할아버지."

"오오, 그래 주겠니? 이 할아비가 금방 이야기를 끝내고 너를 부르마."

"네, 할아버지."

눈치 있게 빠져 주는 척, 나는 다시 가주들에게 인사를 하고 침실을 빠져나왔다.

조용히 문을 닫을 때까지 그들의 시선이 내 뒤를 따르는 것이 느껴졌다.

그리고 문이 완전히 닫히려는 그때, 내 발끝으로 문을 톡 막았다.

겨우 종이 한 장 들어갈 만큼 열린 문틈 사이로 안쪽에서의 대화 내용이 흘러나오기 시작했다.

"그래, 무슨 일인가."

할아버지가 물었다.

"저어, 그것이……."

누군가가 머뭇거렸다.

그러나 망설임은 길지 않았다.

"가주님께 긴히 부탁드릴 것이 있어 다들 마음을 모아 찾아뵈었습니다."

아, 이 목소리는 알아듣겠다.

클레리반과 비슷하면서도 다른, 로마시에 딜라드였다.

"봉신가 가주들이 모여 부탁할 것이라……."

할아버지가 약간의 웃음기 서린 목소리로 말했다.

"그래, 내가 성의를 다해 들어주도록 하지. 말해 보게."

"……가주님의 판단을 재고해 주셨으면 합니다."

이번에는 조금 더 젊고 굵은 목소리였다.

울림이 큰 것이, 덩치가 있는 브레이가의 사람인 것 같았다.

"어떤 판단 말인가?"

"……비에제 님을 가주 대리로 한다는 결정을 다시 생각해 주십시오."

잠시 방 안에 침묵이 흘렀다.

그리 길지는 않았지만 아마 가주들에게는 억겁과 같이 느껴졌을 거다.

"다들 그렇게 생각하는가?"

할아버지가 낮은 목소리로 물었다.

"이 자리에 함께하지 못한 다른 가주들도 저희와 뜻은 같습니다, 가주님."

"비에제 님이 가주 대리가 된 이후, 업무량이 수 배 증가했습니다. 봄 수확물이 제국 전역으로 이동되는 시기라 저희 물류 쪽은 너무 힘이 듭니다, 가주님."

"저희 빌케이가도 마찬가지입니다. 뜬금없이 잘 진행되고 있던 북부의 토목 사업을 서부로 옮기는 걸 검토해 보라고 하시질 않나……."

가주들은 선을 넘지 않는 수준에서 솔직하게 불만을 털어놓았다.

그들의 이야기를 듣고 있던 할아버지가 물었다.

"그래서 내가 어찌해 주었으면 하나?"

"가주님께서 복귀하시기 전까지는 저희가 알아서 하겠습니다."

"각 가문에서 자율적으로 일 처리를 하겠다?"

"……차라리 그게 나을 것 같습니다."

가주들이 어지간히 불만이 쌓이지 않고서는 할 수 없는 말이었다.

할아버지와 롬바르디에 대한 충성심이 두터운 사람들이 저렇게 나올 정도면 솔직히 말 다 한 거지.

"자네는 어떻게 생각하는가, 그로딕?"

"저는……."

갑자기 호명된 롬바르디 은행의 그로딕 브레이가 머뭇거리는 사이, 할아버지가 한 번 더 물었다.

"위조 수표에 대한 대처가 미흡한 덕에 자네가 마음고생이 많았을 거야."

"알고…… 계셨습니까."

그로딕이 인정했다.

"예, 사실 그 일 때문에 확실하게 알 수 있었습니다. 비에제 님은 가주 대리로서 직무를 수행할 만큼의 능력이 없으십니다."

"……자네라면 어찌 해결했겠나?"

"만약 제게 결정 권한이 있었다면……."

그로딕 브레이의 목소리에 귀 기울이고 있을 때였다.

톡톡.

누군가가 내 어깨를 두드려 놀라 뒤를 바라봤다.

"왜 밖에 서 있는 거니?"

샤나넷이었다.

"아, 그게……."

나는 후다닥 문간에서 떨어지며 대답했다.

"봉신 가문의 가주들이 오셔서요. 안에서 이야기를 나누고 계세요."

"그렇구나."

분명히 내가 대화를 엿듣고 있는 것을 봤을 텐데.

샤나넷은 딱히 나를 무섭게 바라보지 않았다.

"하, 할아버지 만나러 오신 거예요?"

"잠시 드릴 말씀이 있었는데, 가주들이 찾아왔다니……."

샤나넷은 아직 이야기 소리가 흘러나오는 방 안을 슬쩍 보더니 이내 마음을 굳힌 듯 말했다.

"차라리 잘된 일일지도 모르겠다."

똑똑.

샤나넷은 문을 두드렸고 동시에 문틈에서 흘러나오던 목소리는 멈췄다.

"아버님, 저예요."

"샤나넷이냐? 들어 오거라."

아쉽기는 하지만 어쨌든 어른들의 대화에 내가 낄 수는 없었기에 나는 문 앞에서 반걸음 뒤로 물러났다.

그런데 그런 나를 돌아보며 샤나넷이 말했다.

"너도 들어오렴."

"네? 저요?"

"그래, 너도 들어 두는 게 도움이 되겠지."

샤나넷은 그렇게 말하곤 혼자 안으로 홀쩍 들어가 버렸다.

들어 두는 게 도움이 될 거라고?

그게 무슨 뜻이지?

머릿속에 몇 가지 의문이 생겼지만, 나는 일단 샤나넷을 따라 조용히 침실 안으로 들어갔다.

"아침 일찍부터 많은 분들이 병문안을 와 주셨네요. 기쁘시겠어요, 아버님."

샤나넷이 사뿐사뿐 안으로 들어서며 가볍게 말했다.

"오랜만입니다, 샤나넷 님."

가주들 중 몇 명이 샤나넷에게 반갑게 인사했다.

조금 전까지 비에제를 떠올리며 거무죽죽하게 죽어 있던 안색들이 샤나넷을 보는 것만으로 한층 살아났다.

그러면서도 그들은 안타까운 마음을 금치 않을 수 없었다.

지금 가주 대리직에 앉아 있는 사람이 비에제가 아니라 샤나넷이었다면.

이리 마음고생을 하다가 병상에 있는 가주님께 찾아오는 실례를 저지르지 않을 수 있었을 텐데.

"오늘은 출근하지 않았느냐, 샤나넷?"

"예, 북부의 새로운 채굴권을 따내느라 광업사의 사람들이 고생이 많았어요. 그래서 하루 휴가를 가지기로 했습니다."

샤나넷의 말에 롬바르디 상단의 로마시에 딜라드가 반색을 하고 말했다.

"들었습니다. 이번에 아주 큰 탄광의 채굴권을 따내셨다지요?"

"샤나넷 님이 복귀하신 뒤로 광업사가 연일 성업 중이라고 하던데. 나중에 저희에게도 그 비법 좀 알려 주십시오!"

샤나넷은 그동안 물러나 있던 세월이 아쉬울 정도로 날개 단 듯 성공을 거듭하고 있었다.

"마침 아버님께 상의드릴 일이 있어서 찾아왔어요."

"상의할 일?"

"예, 그런데 그 전에."

샤나넷이 룰락을 똑바로 바라보며 말했다.

"비에제를 잠시 불러 주시겠어요, 아버님?"

"……네가 그리 말하는 데는 다 이유가 있겠지. 그러마."

룰락이 가주 집무실로 사람을 보냈고, 잠시 뒤 비에제가 침실로 내려왔다.

"갑자기 어쩐 일로 부르셨……."

막 안으로 들어서던 비에제는 모여 있는 가주들과 샤나넷을 보고
인상을 굳혔다.

"다들 보고하러 오지 않고 어디 있나 했더니만."

비에제가 서 있는 가주들의 면면을 둘러보며 말했다.

"누님은 여기서 뭐 하고 있는 겁니까?"

샤나넷에게도 빈정거리는 말을 뱉어 냈다.

"비에제, 말조심하거라."

룰락은 그런 큰아들의 모습에 지끈거리는 이마를 꾹꾹 누르며 말
했다.

하지만 비에제는 기어코 몇 마디를 더 뱉어 냈다.

"쪼르르 달려와 아버님에게 이르기라도 한 건가? 내가 하는 일이
마음에 들지 않는다고?"

동시에 가주들의 얼굴에 숨길 수 없는 불쾌함이 스쳤지만, 비에
제는 더욱 입술을 뒤틀어 올렸다.

"할 말이 있으면 내게 직접 하면 될 일이지, 가주 대리인 나의 권
한을 무시하고 이런……."

"비에제, 그만!"

룰락이 결국 참지 못하고 큰 소리를 버럭 질렀다.

"샤나넷이 정식으로 건의할 것이 있다 찾아왔고, 너의 참석을 요
구했기에 이곳으로 부른 것이다! 그러니 너는 말을 조심하거라!"

비에제는 잠시 입술을 비죽거리더니 여전히 불퉁한 목소리로 물
었다.

"정식으로 건의할 것이요?"

비에제의 날카로운 시선이 샤나넷에게 향했다.

그러나 샤나넷은 그런 것에는 개의치 않는 듯 차분한 모습을 유지했다.

방 안에 모여 있는 사람들을 쭉 둘러보다가 마지막으로 피렌티아를 눈에 담았다.

영리하게도 문간 구석에 작은 몸을 숨기고 이 모든 상황을 지켜보고 있는 어린 조카 딸아이를.

그러고는 침대에 기대어 앉아 있는 룰락을 바라보며 특유의 침착한 말투로 말했다.

"오늘부로 비에제를 가주 대리의 직에서 면하고, 저 샤나넷 롬바르디를 새로운 가주 대리로 임명해 주시기를 정식으로 건의합니다."

샤나넷이 던진 돌의 반향은 컸다.

순식간에 조용한 폭풍이 침실 내부를 휩쓸고 지나갔다.

"허억……!"

누군가가 숨을 삼키는 소리만 조용히 울렸다.

그 순간이었다.

비에제가 시뻘게진 얼굴로 펑 하고 터지듯 소리를 질렀다.

"그게 무슨 개소리입니까!"

"비에제!"

룰락이 경고하듯 큰 소리로 불렀지만 폭발하는 비에제를 막을 수는 없었다.

"지금 누님이 무슨 말을 하는 건지 자각이나 하고 지껄이는 겁니까!"

"그래, 비에제. 나는 내가 말하는 바를 정확히 알고 있단다."

길길이 날뛰는 비에제의 모습에 샤나넷의 침착한 목소리가 더욱 대비되었다.

"능력이 부족한 너 대신 내가 그 자리를 수행하겠다 말씀드리고 있는 것이지."

비에제의 눈에 불길이 다시 한번 확 일었다.

성큼성큼 다가간 비에제는 당장이라도 샤나넷을 어찌하기라도 할 듯 위협적으로 다가서서 말했다.

"내 능력이 부족하다고?"

"그래, 그리 놀라운 일은 아니지."

"이봐요, 누님!"

악 소리라도 지를 것 같던 비에제는 돌연 '하!' 하고 헛웃음을 짓 더니 샤나넷을 위아래로 훑어봤다.

그리고 어이가 없다는 듯 말했다.

"여자가 가주 대리가 되려 하다니, 야무진 꿈에도 정도가 있는 겁니다."

"내가 여자라 불가능하다?"

샤나넷도 지지 않고 반걸음 앞으로 다가서며 비에제와 똑바로 눈 을 마주쳤다.

"그래, 그렇다면 내가 여자라는 것 말고 너에 비해 부족한 것이 하나라도 있다면 말해 보아라, 비에제."

비에제는 당장이라도 반박할 듯 입을 뻐끔거렸지만, 말소리는 나 오지 않았다.

대신 얼굴이 조금 전보다 더 붉게 달아올랐다.

그동안 비에제는 이런 식의 말다툼에서 한 번도 져 본 적이 없었다.

'롬바르디'라는 이름이면 한순간에 그 누구든 찍어 누를 수 있었다.

그러나 샤나넷은 아니었다.

샤나넷 또한 롬바르디였다.

게다가 샤나넷이 말했던 대로 비에제는 그 어느 것도 샤나넷보다 나은 구석이 없었다.

그래서 비에제는 대답 대신 붉어진 얼굴로 다시 한번 더 빈정거렸다.

"이런 식으로 나오다가는 나중에 롬바르디의 후계자로 고려해 달라고까지 하겠습니다?"

그러나 샤나넷은 태연한 얼굴로 대답했다.

"내가 지금껏 무엇을 하고 있는지 아직 깨닫지 못했던 모양이구나."

약간의 비웃음마저 섞인 말이었다.

"누님!"

비에제가 결국 참지 못하고 또다시 언성을 높였다.

"램브루 제국에 여자가 가주가 된 가문은 없습니다!"

"제국법상으로 금기된 것은 아니지. 아직 아무도 걷지 않은 길일 뿐이다."

"이, 이익……!"

비에제가 반박할 말을 찾지 못하고 이를 갈았다.

그때였다.

딱 한 가지, 비에제가 샤나넷보다 나은 점이 그의 머릿속에 떠올랐다.

그 어떤 말보다 샤나넷의 가슴에 더 비수로 꽂힐 말이었다.

비에제는 망설임 없이 그 칼을 빼 들었다.

"여자가 가주인 가문? 베스티안 같은 머저리에게 농락당해 이혼한 것도 모자라, 롬바르디를 어디까지 귀족 사회의 웃음거리로 만들 생각입니까, 누님?"

둘의 대화를 듣고 있던 가주들이 소리 없이 경악했다.

"저, 저놈이!"

침상에 앉아 있던 룰락도 당장 비에제에게 던져 버릴 것을 찾느라 주변을 두리번거렸을 정도였다.

샤나넷은 잠시 말이 없었다.

그런 그녀를 보며, 비에제는 가장 아픈 상처를 건드렸다 생각하며 의기양양하게 웃었다.

"우리 롬바르디가 언제부터 다른 귀족들의 눈치를 보며 살았지?"

샤나넷이 조금도 흔들리지 않는 목소리로 담담하게 되묻기 전까지는.

"귀족들이 나에 대해 수군거렸느냐? 그럼 그러라고들 해라. 나는 잘못한 것이 없으니 부끄러울 것도 없다. 한데 잊지 말거라, 비에제."

샤나넷의 눈에 전에 없던 적의가 진하게 타올랐다.

"너는 베스티안 슐스의 외도 사실을 알면서도 그것을 묵과하고 내연녀를 위한 부동산마저 지원해 주었지."

비에제의 몸이 크게 움찔했다.

그 사실을 샤나넷이 알고 있을 거라곤 생각하지 못했던 것이다.

샤나넷은 그런 비에제를 차갑게 노려보며 말했다.

"내가 가문의 웃음거리라면, 그러는 넌 무엇이 되겠니."

그 목소리에 비에제는 오싹 소름이 끼쳤다.

샤나넷은 그 모든 것을 알고 있으면서도 한 치의 내색도 하지 않았던 것이다.

그러나 켜켜이 쌓인 깊은 분노는 비에제를 사자 앞에 선 한 마리의 족제비로 만들어 버리기에 충분했다.

마지막으로 샤나넷은 비에제가 그랬던 것처럼 그를 위아래로 훑어 내려 보며 말했다.

"롬바르디는 제국의 귀족들과 살 부대끼며 놀지 않는다. 우리는 그들 위에 군림하는 일족이지. 그런데 너는 그 사실을 잊은 것 같구나."

은은한 미소마저 띤 샤나넷의 모습은 그 어느 때보다도 강하고 아름다웠다.

비에제는 제대로 반박하지 못한 채로 주변의 눈치를 살폈다.

룰락도, 봉신 가문의 가주들도 모두 비에제를 싸늘한 눈으로 바라보고 있었다.

분위기가 자신에게 불리하게 흘러가고 있었다.

"난 지금 이런 헛소리를 상대하고 있을 시간이 없습니다! 가주의 업무를 볼 시간도 모자라다는 말입니다!"

비에제는 버럭 소리를 지르며 자리를 벗어나 이 순간을 모면하려고 했다.

그러나 크지 않지만, 절대 무시할 수 없는 목소리가 그 발목을 잡았다.

"비에제."

룰락이었다.

"이번에는 내가 물으마. 지난 며칠간 나 대신 가주가 되어 네가 가장 힘쓴 일이 무엇이었느냐."

"지금 아버님까지 저의 능력을 의심하시는 겁니까?"

비에제가 너무하다는 듯, 감정에 호소하려고 했지만 룰락은 넘어

가지 않았다.

"……비에제, 너는 가주 대리로서 업무를 돌봐 왔다. 이는 가주인 나와 롬바르디를 이루는 사람들에 대한 책임 또한 가져야 한다는 의미이지. 그러니 대답해 보거라. 임시 가주로서 네가 실현하려 했던 것이 무엇인지."

"그건……."

빠져나갈 수 없다는 것을 알게 된 비에제는 열심히 머리를 굴렸다.

어쨌든 룰락은 그에게 대답할 기회를 주고 있었다.

그렇다면 아직 승산이 남아 있을지 모른다.

비에제는 머릿속에 떠오르는 제일 그럴듯한 대답을 꺼냈다.

"제가 보기에 롬바르디는 돈이라면 이미 충분히 가지고 있습니다. 그런데 지금까지 가문의 사업들은 오롯이 자산을 불리는 것에만 치중해 있는 것으로 보였기 때문에, 그런 면을 중화시키기 위해 노력했습니다."

"네가 말하는 중화가 무엇인지 자세하게 설명하거라."

"롬바르디는 적이 너무 많습니다. 귀족을 귀족답게 만드는 것은 다른 가문들과의 강력한 결속력이라고 생각합니다. 저는 롬바르디를 귀족답게 만들려고 했습니다."

"그래서 위조 수표 대신 너와 가까이 지내는 귀족들의 대출에 신경 쓰라고 한 것이었느냐?"

룰락의 말에 비에제가 날카로운 눈으로 그로딕 브레이를 노려봤다.

"내 말에 대답하거라, 비에제."

"……예, 맞습니다. 그리고 저는 위조 수표 건을 아예 무시하지 않았습니다. 그저 우선순위를 제대로 하라고 한 것뿐입니다."

우선순위.

룰락이 작게 한숨을 쉬었다.

모르는 자는 가르칠 수 있다.

어리석은 자는 깨우치게 할 수 있다.

"위조 수표 문제가 심각한 것도 아니었지 않습니까!"

그러나 이미 잘못된 신념을 품은 자는 어찌할 방도가 없다.

룰락은 샤나넷을 바라보며 물었다.

"너라면 어찌했겠느냐."

"저라면 그 즉시 기존 수표 발행을 멈추고, 새로운 판형을 제작하라고 했을 겁니다. 또한 이미 발행되었던 수표를 가진 사람들이 새로운 모양의 수표로 빠르게 바꿔 가도록 유도했을 것입니다."

"예를 들면?"

"수표에 명시되어 있는 금액에 소정의 돈을 얹어 주는 방식이 좋을 듯합니다."

"오오……."

가주들이 작게 탄성을 흘렸다.

그런 방법이라면 일단 피해는 최소화할 수 있을지도 모른다.

그러나 비에제는 피식 웃으며 빈정거렸다.

"그것은 위조 수표에 대한 해결안은 아니지 않습니까? 결국 위조범이 찍어 낸 위조 수표로 인한 손해는 피할 수 없습니다."

"그렇다면 너는 어찌할 테냐, 비에제."

"저라면 수표를 창구에서 바로 현금으로 바꿔 주지 않을 겁니다. 장부에서 확인이 될 때까지 일주일쯤 기다리라고 하죠."

"그건 안 됩니다."

샤나넷이 비에제의 말에 단호하게 반대하고 나섰다.

"롬바르디 은행은 믿고 돈을 맡길 수 있다는 신용을 기반으로 운영됩니다. 그런데 자신이 맡긴 돈을 바로 현금화할 수도 없는 은행을 사람들이 어떻게 신뢰할 수 있겠습니까."

"그럼 뭐 어쩌란 말입니까? 이것도 안 된다, 저것도 안 된다. 정 그러면 바로 그 자리에서 가짜 수표를 알아낼 수 있는 방법을 가져오든가!"

비에제가 어이없다는 듯 소리쳤다.

매일 수표를 보는 은행의 직원들도 깜박 속아 넘어갈 정도의 위조품이었다.

누님이라고 별수 있으려고.

비에제는 여유롭게 웃었다.

그러나 그 미소는 오래가지 못했다.

"저에게 진짜와 가짜를 구별해 낼 방법이 있습니다."

"거짓말!"

비에제가 바로 외치고 나섰지만, 샤나넷은 그쪽을 바라보지 않았다.

차분한 얼굴로 룰락의 말을 기다리고 있을 뿐이었다.

"그게 정말이냐, 샤나넷?"

"예, 아버님. 지금 제게 가짜와 진짜 수표 한 장씩을 주시면 바로 보여 드릴 수 있습니다."

"……그로딕."

룰락이 이름을 부르기가 무섭게, 그로딕 브레이가 허겁지겁 품에서 위조 수표와 진짜 수표를 한 장씩 꺼냈다.

사실 오늘 직접 위조 수표에 대해 룰락에게 보고하려 가져왔던 것이었다.

"여기 있습니다, 샤나넷 님."

"고마워요, 브레이 공."

수표를 한 장씩 손에 쥔 샤나넷이 주변을 둘러보며 말했다.

"그리고 성냥이 필요한데……."

"제, 제가 가지고 있습니다!"

평소 애연가인 헤링가의 가주가 얼른 주머니에서 성냥을 꺼내 허둥지둥 다가왔다.

그러다 샤나넷을 잠시 바라보더니 물었다.

"제가 불을 붙여 드릴까요, 샤나넷 님?"

"그래 주시면 더욱 감사하겠네요."

헤링가의 가주가 성냥 두 개를 꺼내는 동안, 샤나넷은 룰락에게 말했다.

"각각의 수표를 태우는 불꽃의 색을 봐 주세요, 아버님."

룰락이 굳은 얼굴로 고개를 끄덕였다.

마침내 헤링가의 가주가 성냥 두 개를 그어 불을 낸 뒤, 수표의 양쪽 끄트머리에 조심스럽게 가져다 대었다.

화르륵.

불이 붙는 작은 소리와 함께, 수표가 타오르기 시작했다.

"오오!"

"색이 다르군!"

한눈에 보기에도 명확하게 다른 붉은색과 푸른색의 불꽃에 가주들이 술렁였다.

"그런 방법이……."

룰락도 턱수염을 쓸며 고개를 끄덕였다.

"붉게 타오른 쪽이 진짜 롬바르디의 수표입니다. 불꽃이 푸른색을 띠는 것이 위조품이지요."

샤나넷이 수표가 모두 타기 전에 불을 끄며 대답했다.

"보시다시피 겨우 모서리 한쪽을 태우는 것만으로 알 수 있는 쉬운 방법입니다. 금액 등이 쓰여 있는 중요한 부분이 타기 전에요."

"이 정도라면 창구에서 바로 확인해 볼 수 있을 겁니다! 불에 태우다니! 정말이지 상상도 못 한 방법입니다, 샤나넷 님!"

그로딕 브레이가 잔뜩 흥분한 목소리로 믿기지 않는다는 듯 말했다.

"도대체 이 방법을 어찌 알아내신 겁니까?"

"……혼자서 이것저것 구분해 낼 방법을 알아보던 와중에 운이 좋았지요."

"정말 대단하십니다!"

샤나넷이 대답하기 전, 약간의 공백이 있었지만 아무도 그것을 알아차린 사람은 없었다.

"역시 샤나넷 님이시군!"

"이런 획기적인 방법이라니. 누가 생각해 낼 수 있었겠나!"

저마다 가짜 수표와 진짜 수표를 돌려 본 가주들의 시선이 자연스레 룰락에게 향했다.

모두들 룰락의 결정만을 기다리고 있는 것이다.

룰락은 마지막으로 비에제와 샤나넷을 한 번씩 바라봤다.

확신에 찼지만 미소는 띠지 않은 샤나넷과 분노로 잔뜩 일그러진 비에제의 얼굴이 동시에 그를 바라봤다.

가주는 때로 가문을 위해 어려운 결정을 내려야 한다.

지금이 바로 그럴 때였다.

룰락은 낮은 목소리로 말했다.

"내가 복귀할 때까지 샤나넷이 가주 대리의 직을 수행하도록 해라."

롬바르디 가주 대리가 비에제에서 샤나넷으로 바뀌는 순간이었다.

비에제가 찢어질 듯한 목소리로 항의했다.

"아버님!"

그러나 룰락은 조금도 그 결정을 번복할 생각이 없어 보였다.

바늘 하나 들어갈 틈 없는 얼굴로 자신을 부르짖는 비에제를 바라볼 뿐이었다.

"지금 이게 무슨 뜻인지 알고 이러시는 것입니까? 아버님께서는 방금 공식적으로 여자인 누님을 가주 후계자 후보로 인정한 것입니다!"

"그것을 내가 모를 것 같으냐?"

"진정 이러실 겁니까!"

비에제가 제 분을 이기지 못해 목에 핏대를 세우며 소리 질렀다.

"고작 위조 수표 하나 때문에 이러실 수는 없습니다! 장자인 저를 이렇게 대접할 수는 없다는 말입니다!"

응당한 자신의 것을 빼앗긴 사람처럼 억울하다 울부짖었다.

"네가 가주 대리직에서 물러나게 된 것이 그 일 한 가지 때문이라고 생각하는 것이냐."

"그게 아니라면 무엇이 있습니까!"

"……아무래도 내가 올바른 결정을 내린 것 같구나."

룰락이 싸늘하게 말했다.

"넌 이만 가 보거라."

더 이상 비에제가 할 수 있는 것은 없었다.

두 주먹을 쥐고 부르르 떨던 비에제는 마지막으로 샤나넷을 죽일 듯한 눈으로 노려본 뒤에 씩씩거리며 침실을 나섰다.

쾅-!

큰 소리를 내며 문이 닫혔지만 신경을 쓰는 사람은 없었다.

룰락은 혀를 쯧쯧 차며 한숨과 함께 고개를 저었고, 가주들은 오히려 안도의 한숨을 내쉬었다.

이제 숨 좀 쉴 수 있겠다는 표정들이었다.

그리고 샤나넷은 여태껏 문간에 기척 없이 서 있는 피렌티아를 돌아봤다.

쾅음을 내며 거세게 닫힌 문이 무서울 법도 한데.

피렌티아는 그런 것 따위 신경 쓰지 않았다.

그저 표정 없는 얼굴로 서 있었다.

아니, 오히려 아이는 웃고 있었다.

샤나넷은 이제 알 수 있었다.

저 언뜻 얌전한 얼굴과 어울리지 않는 들끓는 승리감과 성취감을.

태연히 내리깐 긴 속눈썹 아래로 반짝이는 피렌티아의 눈동자를 보며, 샤나넷도 슬쩍 미소 지었다.

클레리반이 샤나넷의 거처를 찾아왔던 날.

단정하면서도 차가운 클레리반과 우아하면서도 무르지 않은 샤나넷이 마주 앉았다.

두 사람은 닮은 듯, 매우 달랐다.

"이걸 드리고 싶어 찾아뵈었습니다, 샤나넷 님."

클레리반이 탁자 위에 작은 봉투를 올려놓으며 말했다.

의아해하며 봉투를 열어 내용물을 확인한 샤나넷은 놀라서 눈을 동그랗게 떴다.

"8000골드……?"

단 한 장의 무기명 어음에 적혀 있기엔 꽤 많은 금액이었다.

샤나넷은 시선을 들어 클레리반을 빤히 바라봤다.

웃음기 없는 그 눈빛에도 클레리반은 당황하지 않았다.

일전에 그로딕 브레이가 '뇌물이 아니냐'는 질문에 진땀을 뻘뻘 흘렸던 것과는 사뭇 다른 반응이었다.

"그 돈은 샤나넷 님의 것입니다. 아니, 정확히 말씀드리자면 롬 바르디의 돈이 되겠죠."

정중하지만 지극히 사무적인 말투로 클레리반이 말했다.

"일전에 베스티안 슐스가 다이아몬드 광산의 채굴사를 슐스 가문으로 바꿔 달라 청탁을 해 왔을 때 받은 돈입니다."

"……청탁을 받았단 말입니까?"

샤나넷이 살짝 눈살을 찌푸리며 말했지만, 클레리반은 어깨를 한 번 으쓱할 뿐이었다.

"저는 사업가이자 상인입니다. 정의보단 무엇이든 이득이 되는 일을 좇지요."

"이득이 되는 일……."

샤나넷이 진중한 눈으로 클레리반을 훑었다.

가주 룰락에 대한 충성심이 깊어 언제까지고 롬바르디에 머무를 줄 알았던 사람.

그러나 홀연히 롬바르디를 떠나, 더 크게 날개를 펼친 사람.

분명히 무언가 롬바르디보다 가치 있는 것을 찾은 것이리라.

그런 사람이 정의보단 이득을 좇는다고 하여 이상할 것은 없었다.

하지만.

"저로서는 잘 이해가 가지 않는군요. 정말 이득을 좇는 사람이라면, 이 어음도 그저 아무도 모르게 챙겨 넣으면 되는 일이 아니었나요?"

샤나넷의 물음에 클레리반이 잠시 생각을 하다가 가볍게 고개를 끄덕였다.

"사실 그렇게 하는 것이 더 제 성격에는 맞는 일이지만……."

무슨 생각을 하는 것인지.

클레리반의 얼굴에 희미하게 미소가 번졌다.

"어쨌든 베스티안 슐스가 주로 돈을 빼돌린 것은 광업사일 테니, 이 돈도 그쪽으로 돌려드리는 것이 맞는다는 생각이 들어 가져왔습니다."

샤나넷은 자신에게 내밀어진 어음을 다시 한번 바라봤다.

속 시원한 대답을 얻어 낼 수는 없었지만, 클레리반의 말이 맞았다.

"펠렛 공의 정직함에 감사드려요. 이 돈은 광업사에서 잘 사용하겠습니다."

"요즘은 어떠십니까?"

클레리반이 대화의 끝머리에 물었다.

"새로운 가주 대리 때문에 롬바르디가 소란스러운 것 같던데 말입니다.”

“……롬바르디 내부의 일에 아직 소문이 밝으시군요.”

“저도 롬바르디에서 오랫동안 일하지 않았습니까.”

클레리반의 말에 샤나넷은 고개를 끄덕이면서도 단호하게 선을 그었다.

“하지만 외부인이 롬바르디 가문의 일에 지나치게 관심을 가지는 것은…….”

“그렇다면 위조 수표에 대한 일은 어떻습니까?”

“그걸 어떻게……?”

“만약 제가 위조 수표를 감별해 낼 수 있는 방법을 알려 드린다면 어찌 사용하시겠습니까?”

샤나넷의 얼굴에 경계심이 어렸다.

당장 문제를 해결할 수 있는 열쇠를 쥐여 준다고 하는데도, 샤나넷은 그 열쇠가 부정하게 취득된 것은 아닌지 경계하고 있었다.

아마, 이런 점이 마음에 드신 것이겠지.

클레리반은 샤나넷에 대해서 말할 때마다 즐겁게 웃었던 피렌티아를 떠올리며 생각했다.

“답은 여기 들어 있습니다.”

클레리반은 품에서 또 다른 봉투를 하나 더 꺼내 어음 옆에 내려놓으며 말했다.

“이것을 어찌 사용하실지 결정하는 것은 샤나넷 님께 달려 있습니다.”

그렇게 말한 클레리반이 훌쩍 자리에서 일어났다.

“아, 그리고 그 방법은 그저 샤나넷 님이 혼자 알아낸 것이라 말씀하십시오. 사실대로 말씀하셨다간 되레 큰일이 되니까요."

말을 마치고 돌아 나가려는 그에게 샤나넷이 물었다.

"어떻게 알았습니까?"

그러나 클레리반은 그 궁금증을 해결해 줄 생각이 없었다.

잘 대답할 수 있는 방법이 뭐 없을까 생각하던 클레리반은 적당한 말을 떠올리고는 한쪽 입꼬리를 살짝 말아 올렸다.

"영업 비밀입니다."

설핏 미간을 찌푸리는 샤나넷을 웃는 얼굴로 바라본 클레리반은 그대로 성큼성큼 걸어 나갔다.

"으으……."

옆에서 들려오는 작은 소리에 회상에서 깨어난 샤나넷은 고개를 돌려 소리가 난 곳을 바라봤다.

"우유 말고, 다른 건 없어요?"

티아가 찌푸린 얼굴로 우유가 든 유리잔을 내려놓으며 투덜대고 있었다.

그 모습을 보던 쌍둥이가 한마디씩 젠체했다.

"안 돼, 티아는 우유 열심히 마셔야 해."

"그래, 한참 커야 해. 아직 너무 작잖아."

"이거 왜 이래? 두 사람이 무식하게 큰 거지, 이 정도면 평균이거든?"

샤나넷이 가주 대리가 된 이후로 2주의 시간이 지났다.

비에제가 그 자리에 앉아 있었을 때와는 비교도 안 되게 롬바르디는 안정적으로 흘러가고 있었다.

오죽하면 룰락이 '이참에 조금 더 쉬어야겠다!'며 요양 기간을 한 달 더 늘렸을 정도였다.

가주 대리의 자리에서 쫓겨난 비에제는 세랄의 친정인 앙게나스로 떠났다.

명목상 서부에 있는 온천에서 휴식을 취하러 가는 여행이라고 하지만, 샤나넷이 훌륭하게 가주 대리의 일을 수행하는 것을 차마 지켜보지 못했기 때문임을 모두가 알았다.

그리고 오늘은 샤나넷이 가주 대리가 된 뒤로 처음 맞이하는 휴일이었다.

쌍둥이도 오늘만큼은 검술 훈련에 나가지 않고 저택에 남았다.

달칵.

샤나넷이 찻잔을 내려놓으며 쌍둥이에게 말했다.

"두 사람, 새로운 검식을 배웠다고 하지 않았니? 오늘 그것을 티아에게 보여 주는 것은 어떠니?"

"그럴까요?"

"티아, 우리 잘 봐!"

길리우와 메이론이 신나서 응접실과 연결된 중정으로 뛰어나갔다.

활짝 열린 문을 통해 두 사람의 왁자지껄한 목소리가 흘러 들어왔다.

"난 주스가 좋은데."

여전히 작게 투덜거리는 티아가 마지못해 우유를 집어 드는 것을 보며 샤나넷이 티아를 불렀다.

"티아."

"네?"

아직 열두 살, 쌍둥이의 말대로 한참 커야 하는 나이.

그러나 샤나넷은 천천히 입을 열어 말했다.

"어서 자라서 롬바르디의 가주가 되어라, 티아."

"……네?"

아직 열두 살밖에 안 됐는데.

벌써 가는 귀가 먹었나.

나는 손가락으로 귀를 한번 후비면서 샤나넷에게 되물었다.

"네가 성년이 될 때까지 내가 시간을 벌어 주마. 그러니 어서 자라서 가주가 되거라."

샤나넷은 진심이었다.

그건 저 눈을 보면 바로 알 수 있는 것이었다.

"……고모도 참. 무슨 말씀을 그렇게……."

찔리게 하세요.

나는 고개를 갸웃하며 도대체 무슨 말인지 모르겠다는 듯 말했다.

"너는 참 똑똑한 아이지."

그러나 샤나넷은 나의 그런 노력은 아랑곳하지 않고 계속해서 말했다.

"그건 롬바르디가의 사람이라면 모두 다 아는 이야기지. 아버님도 틈만 나면 다른 귀족들이나 요바네스 폐하에게까지 네 자랑을 하실 정도이니."

아니, 또 할아버지는 언제 거기까지.

"그리고 넌 인재를 보는 눈을 가졌지. 그건 에스티라 박사의 예만 보더라도 알 수 있는 일이고."

엄격한 샤냐넷의 눈가에 미미하게 웃음이 번져 있었다.

"또한 사람들을 네 편으로 만들 줄도 알지. 그렇지 않니?"

이번에는 나도 모르게 움찔해 버렸다.

내 편으로 만든 사람이 한둘이어야지.

"제 편…… 이요?"

샤나넷은 분명히 나에 대해 어느 정도 눈치를 채고 있는 게 분명했다.

그러나 어디까지 알고 있는지는 확실치 않으니 일단 모르쇠를 잡는 게 맞다.

"그래. 길리우와 메이론도, 라라네도, 그리고 얼마 전에는 크레니까지. 사촌들을 한 명씩 네 편으로 만들고 있지 않니?"

"그거야 뭐, 다들 친하게 지내는 것이 좋으니까요."

난 또 클레리반이랑 베이트를 말하는 건 줄 알았잖아.

놀랐네.

나는 몰래 가슴을 쓸어내리며 앞에 놓인 우유를 한 모금 마셨다.

"그리고 펠렛 공도."

"콜록!"

하마터면 우유를 코로 뿜을 뻔했다.

사레가 들려 캑캑거리는 나의 등을 부드럽게 쓸어 주며 샤나넷이 설핏 웃었다.

"내 짐작이 맞았나 보구나."

"아니, 그런 게 아니라……. 클레리반은, 아니 클레리반 님은 그러니까."

"괜찮아. 내게 모든 것을 말해 줄 필요는 없다."

도대체 어디까지 알고 있는 거지?

그런 내 의문에 답이라도 하듯, 샤나넷이 말했다.

"네가 어떤 비밀을 가지고 있는지, 나는 확실하게 모른다. 하지만 네가 아주 특별한 아이라는 것은 알고 있지. 그리고 티아 네가 나만큼이나 이 롬바르디를 사랑하는 아이라는 것도."

샤나넷은 정말로 즐거운 듯 내 머리를 쓰다듬었다.

"그러니 티아, 네가 다음 대 가주가 되어라."

"……고모는요? 다음 대 가주는 제가 아니라 샤나넷 고모가 되어야 하는 거 아닌가요?"

내 물음에 샤나넷은 눈을 살짝 크게 뜨더니 낮게 웃었다.

"글쎄, 이런 말이 네게 가주가 되라고 말하는 지금 어찌 들릴지 모르겠지만."

샤나넷은 중정에서 목검으로 장난스레 칼싸움하는 쌍둥이들을 바라봤다.

"나는 내 아이들이 나와 같은 삶을 살지 않기를 바란단다."

"고모와 같은 삶이요?"

"후계자가 되고 싶은 욕심에 내 피붙이마저 경계해야 하는 삶이었지."

그렇게 말하는 샤나넷의 얼굴이 무척이나 슬퍼 보였다.

과거의 어느 순간을 떠올리는 듯, 눈가가 흐렸다.

"으하하하! 내가 이겼다!"

"다시 해! 다시!"

그때 쌍둥이의 웃음소리가 들려왔다.

그제야 미소를 되찾은 샤나넷이 중정을 내다봤다.

"언제까지나 저렇게 밝게, 솔직하게, 원하는 것을 좇으며 살았으면 해."

샤나넷은 그렇게 말하며 차분한 눈으로 나를 바라봤다.

"하지만 롬바르디 가주의 자리는 원하는 사람에겐 그 무엇보다 매혹적인 목표가 될 수 있지. 어머니, 티아?"

나의 가장 큰 약점은 나이다.

고작 열두 살짜리에게 가문을 맡길 사람은 이 세상에 아무도 없으니까.

그리고 그런 내게 지금 무엇보다 필요한 것은 바로 시간이었다.

그런데 샤나넷은 지금 그 두 가지를 모두 해결해 주겠다고 말했다.

가장 강력한 우군이 되어 주겠다 손을 내밀고 있는 것이었다.

"좋아요."

그런데 그 손을 내가 잡지 않을 리 없지.

무엇보다 샤나넷은 믿을 수 있다.

아마 아버지를 제외하고는 롬바르디 내에서 내가 완전히 신뢰할 수 있는 유일한 사람일지도 모른다.

나는 우유 대신 쿠키를 한 조각 집어 와삭 깨물어 먹으며 말했다.

"시간을 벌어 주신다면, 롬바르디 역사상 가장 뛰어난 가주가 되어 보답할게요."

"역사상 가장 뛰어난 가주?"

"네, 저는 이 가문을 위대하게 만들 거예요. 지금보다 더요."

"하하하!"

깜짝이야.

샤나넷이 갑자기 크게 웃음을 터뜨렸다.

맨날 미소만 짓던 사람이 저렇게 웃는 것은 처음 본다.

"그래. 티아, 너라면 가능할 거야. 너라면."

샤나넷이 내 머리를 꾹꾹 눌러 쓰다듬어 주며 말했다.

"그럼, 고모."

"으음?"

"저를 믿어 주시기로 했으니, 저도 고모에게 선물을 하나 드릴게요."

내 뜬금없는 말에 샤나넷이 고개를 갸웃했다.

"롬바르디시 8지구의 주황색 지붕 집 2층 뷔르기엔."

"8지구라면……. 평민 주거 구역 말이니? 그곳에 사는 뷔르기엔?"

"네, 맞아요. 그 사람의 신상이 제가 고모께 드리는 선물이에요."

"티아, 사람이 선물이 될 수는 없……."

"수표 위조범이에요."

샤나넷의 말이 뚝 끊겼다.

"고모에게는 가주 대리로서 선택지가 있죠. 뷔르기엔을 잡아다가 경비대에 넘겨서 법의 심판을 받게 할 수도 있고, 아니면……."

"아니면?"

"롬바르디 은행에 취직시켜 위조 불가능한 수표를 만들게 할 수도 있어요."

"아아……."

샤나넷이 약간 멍한 눈으로 날 바라보며 감탄했다.

"그 정도로 감쪽같은 위조 수표를 만들어 냈다는 건 분명 인쇄술에 엄청난 조예가 있다는 뜻이잖아요. 그냥 지하 감옥에서 몇 년 썩게 하기에는 좀 아까운 재능이죠."

법대로 처벌을 받는 것도 중요하지만 만약 롬바르디에게 이득이 될 수 있는 일이라면 최대한 이용하는 것도 좋은 방법이다.

"그리고 그 덕분에 롬바르디 은행의 보안이 한층 향상된다면, 분명 고모의 가주 대리로서의 평판도 올라갈 거라고 생각해요."

한 번 위조 수표가 돌았는데, 두 번은 없을 거란 장담은 아무도 못 하는 거니까.

"물론 처벌을 받는 대신이니까 임금을 좀 짜게 주는 정도의 불이익은 그쪽도 감수해야 하겠지만요."

지하 감옥에 갈 뻔한 걸 용서해 줬으니 그 정도로 불만을 표하지는 않을 거다.

"……그래, 네 선물은 내가 잘 사용하마. 그런데 티아."

"네?"

"그 위조범의 신상은 어찌 안 거니?"

샤나넷이 정말 순수하게 궁금하다는 얼굴로 물었다.

이럴 때 내가 할 수 있는 답변은 정해져 있다.

"영업 비밀이에요."

"……풋."

그런데 샤나넷이 입을 가리고 웃는다.

"왜 웃으세요?"

내 말이 웃긴가?

"아무것도 아니란다."

샤나넷은 그렇게 대답하면서도 웃음을 참지 못했다.

그때였다.

"티아! 티아아!"

누군가가 나를 애타게 부르며 중정을 가로질러 뛰어오고 있었다.

칼싸움을 하며 놀던 쌍둥이도 놀라서 멈출 정도로 급하게.

"아빠?"

"티아!"

나는 깜짝 놀라서 일어섰다.

"아빠 왜…….."

거지꼴이에요?

언제나 깔끔하고 단정하게 멋을 부릴 줄 알았던 아버지는 딱 봐도 며칠은 제대로 씻지 못한 행색이었다.

꾀죄죄한 얼굴하며, 잔뜩 구겨진 옷과 지저분하게 자란 수염까지.

하지만 아버지는 그런 것 따위는 아랑곳하지 않고 달려와 나를 와락 안았다.

물론 내가 다친 곳은 피해서.

"아빠가 늦어서 미안해……. 일을 마치고 오느라고 늦었어. 미안해, 티아야."

"괘, 괜찮아요."

나는 아버지의 커다란 등을 토닥여 주었다.

"우리 딸 괜찮니? 많이 아프지는 않아?"

아버지가 내 얼굴과 온몸을 울먹거리는 눈으로 찬찬히 살펴보며 물었다.

"아! 어깨라면 이제 괜찮아요! 저번 주에 실밥도 풀었어요!"

"시, 실밥……."

아버지가 잠시 휘청이더니 이내 굳게 마음먹은 듯 말했다.

"그래, 이제 아빠가 왔으니까 괜찮아. 아빠가 몸에 좋은 것 잘 챙겨 줄게!"

"네, 아빠!"

아마 내가 무척이나 걱정됐던 모양이었다.

남부에서 일을 마치자마자 잠도 안 자고, 쉬지도 않고 마차를 타고 저택으로 돌아온 거겠지.

우리 아부지도 참 못 말린다니까.

나는 아버지와 마주 보고 헤헤 웃었다.

"어휴, 못 본 동안 우리 티아 얼굴이 반쪽이 되었네……."

그건 제가 아니라 아버지 이야기 같은데.

그때, 우리 부녀의 상봉을 옆에서 지켜보고 있던 샤나넷이 아버지를 불렀다.

"갤러한."

"예, 누님."

"가서 씻고 오거라. 티아를 정말로 병들게 하고 싶은 게 아니라면."

샤나넷이 그렇게 말하며 나를 부드럽게 끌어 아버지에게서 떼어 났다.

"예? 아, 알겠습니다!"

아버지는 샤나넷의 말에 얼른 나에게서 반걸음 물러났다.

"씻고 오면 같이 식사를 하자꾸나. 아버님께 먼저 인사는…… 그래, 드리지도 않고 바로 이곳으로 뛰어왔겠지."

"하하. 급하다 보니……."

"그럼 아버님께도 함께 식사하자고 연락을 넣어 놓으마."

"예, 누님! 티아야, 아빠 얼른 씻고 올게!"

아버지가 며칠 만인지 모를 목욕을 하고 내가 알던 모습으로 돌아온 뒤 우리는 점심 식사를 했다.

샤나넷은 저택에 남아 있던 로렐스네 가족도 불러 만찬을 함께
했다.

라라네가 함께하지 못한 게 아쉽기는 했지만, 비에제가 없으니 오
랜만에 롬바르디 사람들이 둘러앉아 인상을 찌푸리는 일도 없었다.

그렇게 소란하던 하루가 지나가고.

잘 준비를 마치고 내 방으로 돌아오니 책상 위에 편지 봉투가 하
나 놓여 있는 것이 보였다.

[티아에게.]

페레스에게서 온 편지였다.

"아카데미에 잘 도착했나 보네."

도착하자마자 편지를 보낸다더니.

아카데미와 롬바르디의 거리가 워낙 멀어서 어쩔 수 없는 일이
었다.

[티아에게.

아카데미에 도착한 첫날 밤이야.

한 명씩 방을 배정받았는데, 방이 너무 좁다고 다들 아우성이야.

하지만 나는 괜찮아.

혼자 지내던 별궁에 비하면 아주 만족스러운걸.

아카데미 측에서 배려를 해 주어서 케이틀린과 카일러스도 내 양옆
방을 배정받을 수 있었어.

(중략)

산속에 있어서 그런지 이곳은 아주 추워.

아침과 밤에는 입김이 보일 정도야.

티아 네가 있는 곳은 춥지 않을 테니 다행이야.

(중략)

다음 주부터 나는 검술부 수업을 시작하기로 했어.

여유가 된다면 정치부 수업도 듣고 싶은데 어떻게 될지는 모르겠어.

(중략)

여기엔 참 다양한 사람들이 많아.

그리고 의외로 나에게 우호적인 사람도 많은 것 같아.

어쩌면 나도 여기서 친구를 사귈 수 있을까?

벌써 시간이 이렇게 되었네.

이제 소등 시간이 되었어.

이만 편지를 줄일게.

아프지 말고. 밥 잘 챙겨 먹고.

답장 기다릴게.

보고 싶은 페레스가.]

"무슨 편지를 이렇게 길게 보낸 거야?"

하나, 둘, 셋…….

세어 보니 총 여섯 장짜리의 길고 긴 편지였다.

편지 가득 담긴 녀석의 시시콜콜한 일상 이야기 속에서 딱 한 가지만큼은 분명하게 알 수 있었다.

"신났네, 지금."

페레스는 분명히 아카데미에 잘 적응하고 있는 것이다.

"답장 바로 안 써 주면 또 삐지겠지."

나는 바로 펜을 들어 답장을 써 내려가기 시작했다

[페레스에게.

아카데미에서 잘 적응하고 있는 것 같아서 다행이야.

나는 매일 비슷하게 살고 있어.

새로운 친구는 많이 사귀었어?

가끔은 네 새 친구에 대해서도 말해 줘.

어떤 사람들을 사귈지 궁금해.

그리고……]

페레스와 나는 꾸준히 편지를 주고받았다.

나는 편지를 보관하기 위해 커다란 상자도 하나 마련해야 했다.

나중에는 페레스가 보내오는 작은 선물들까지 모여 그것도 금방 가득 차 버렸지만.

그렇게 시간이 지남에 따라 편지는 가득히 쌓여 가기 시작했다.

Chapter 9-1

Chapter 9-1

나는 등받이가 푹신한 안락의자에 눈을 감고 앉아 있었다.

비스듬히 열린 창문으로 들어오는 부드러운 바람이 살결을 스쳐 가는 것을 느끼고 있자니, 미소가 절로 나온다.

내 생일이 봄이라서 좋은 이유는, 이즈음이 되면 항상 이렇게 꽃 향기가 섞인 바람을 느낄 수 있기 때문이다.

"우웅……."

그때, 내 품에 안겨 잠을 자던 아기가 꼼지락거리기 시작했다.

"메릴린, 벌써 일어났니?"

"하암-."

내 말에 대답이라도 하듯, 메릴린이 아직 이가 나지 않은 작은 입을 힘껏 벌리며 하품을 했다.

"잘 잤니, 메릴린?"

내가 아기의 뽀얀 볼을 살짝 어루만지자, 흑진주 같은 눈동자가 나를 바라봤다.

"꺄아—!"

"좋은 꿈이라도 꾼 거야?"

나를 보고 방긋방긋 웃는 아이의 보드라운 이마에 조심스레 입을 맞춰 주었다.

젖먹이 아기 특유의 달큼한 향기 때문에 나까지 덩달아 웃음이 났다.

"우리 메릴린, 누굴 닮아서 이렇게 예쁠까."

"꺄아, 우우!"

아기가 조막만 한 손을 나에게로 뻗었다.

이제 겨우 혼자 앉아 있는 법을 배운 아기에게는 최선을 다해 마음을 표현하는 방법이었다.

"그래. 나도 널 참 좋아해, 메릴린."

나는 작은 손을 잡아 말랑말랑한 손바닥에도 한 번 입을 맞춰 주었다.

아기가 간지러운지 발을 동동 굴렀다.

"자자, 물건이 다치지 않게 조심들 하라고!"

밖에서 일하는 인부들이 외치는 소리가 들려왔지만, 내 방 안은 소란스러운 밖과는 전혀 다른 세상인 듯 평화롭기만 했다.

"메릴린, 우리 또 연습해 볼까?"

길게 흘러내린 내 머리칼을 쥐었다 폈다 하면서 놀고 있던 메릴린이 나를 바라봤다.

"자, 따라 해 봐. '엄마', '엄마'."

나도 제대로 불러 본 적이 없는 말이라 혀끝에 구르는 단어가 조금 낯설다.

하지만 메릴린에게는 그 누구보다 사랑해 줄 엄마가 있으니까.

"내 입술이 움직이는 게 보이니, 메릴린? 이렇게 하는 거야. 엄마, 엄마."

"아이참, 아가씨도. 아직 말을 하려면 한참 멀었다니까요?"

화병의 물을 갈고 돌아온 로릴이 방 안으로 들어오며 말했다.

"아니야. 메릴린은 천재라고, 로릴. 이렇게 자꾸 들려주다 보면 다른 애들보다 훨씬 빨리 말을 할 거야."

"못 말려서 정말."

로릴은 나를 타박하면서도 싫지 않은 듯 얼굴에선 미소가 떠나질 않았다.

이 세상에 자기 자식이 천재 같다는데 싫어할 엄마는 없으니까.

"아가씨의 기대에 부응하려면 쑥쑥 커야겠다. 그치, 메릴린?"

메릴린은 3년 전 결혼한 로릴의 첫아기이다.

로릴은 무려 연애 결혼에 성공했는데, 상대는 롬바르디 기사단의 젊은 부기사단장인 플린트 데본.

로릴과 마찬가지로 봉신 가문들 중 하나인 데본가의 셋째 아들이다.

롬바르디의 교통, 운수업을 맡고 있는 데본가는 4년 전, 병상에 오랫동안 누워 있던 가주가 세상을 떠나고 그 큰아들인 클랑이 자리를 이어받았다.

로릴의 남편인 플린트 데본은 클랑의 막냇동생이었다.

세상의 빛을 본 지 이제 5개월이 된 메릴린은 로릴을 닮은 옅은

밀색 머리칼과 플린트를 닮은 까만 눈동자가 정말이지 사랑스러운 아이였다.

"메릴린, 엄마한테 오세요!"

내 품에 편안히 안겨 있던 메릴린이 방긋 웃으며 로릴에게 가려고 손을 뻗는다.

나는 그런 메릴린의 엉덩이를 받쳐서 로릴에게 넘겨주며 말했다.

"나 잠시 상회에 다녀올 거야. 여기서 메릴린이랑 놀다가 플린트의 훈련이 끝날 시간이 되면 같이 퇴근하도록 해, 로릴."

"어쩐지 기성복을 입고 계시더라니. 또 나가시게요? 저도 같이 갈까요? 메릴린은 잠시 맡기면 되는데."

"안 돼. 로릴은 아직 산후 휴가 중인 거 잊었어?"

"하지만……."

내 말에 로릴이 애꿎은 꽃잎을 만지작거리며 울상을 지었다.

"내일은 특별한 날이기도 하고, 요즘 아가씨도 통 못 뵈었는걸요."

"일주일 전에도 내가 로릴네로 놀러 갔었잖아?"

"그러니까요! 일주일이나 못 봤으니까! 식사는 잘하고 계시는지, 또 어느 연회에서 황후마마 떨거지들이 아가씨를 괴롭히고 있지는 않은지 걱정이 되는걸요!"

"……내가 괴롭힌다고 당할 사람이야?"

"그건 아니지만……."

원래부터 나이 차이가 많이 나는 동생을 돌보는 것처럼 나를 챙기던 로릴이었다.

그런데 메릴린을 낳고부터는 어째 내 걱정이 더 심해진 것 같다.

"그럼 내일 봐, 로릴!"

"알겠어요, 아가씨. 내일 입으실 드레스랑 액세서리 준비해 놓고 갈게요, 그럼."

"응, 메릴린도 내일 보자!"

나는 손을 크게 흔들어 준 뒤에 밖으로 나왔다.

원래도 하루 종일 드나드는 사람들이 많은 저택이었지만 오늘은 더했다.

나는 입고 있던 평범한 기성복 위에 겉옷을 입고 후드를 걸쳤다.

내일을 위해서 동원된 인부들은 다행히 옆을 지나쳐 가는 나를 알아보지 못하고 대화를 나누고 있었다.

"내일 롬바르디 저택에 큰 행사가 있나 보죠?"

"응? 자네 여태 그것도 모르고 일했나?"

"누가 알려 주는 사람이 있어야 말이죠."

"내일은 피렌티아 롬바르디 아가씨의 열여덟 번째 생일이야. 갤러한 롬바르디 공의 외동 따님이 성인이 되는 날이라고."

"아, 그래서 이렇게 성대하게……."

맞다.

내일은 드디어 내가 성인으로 인정받는 열여덟 살이 되는 역사적인 날이었다.

"나 왔어요."

나는 머리를 덮고 있던 후드를 벗으며 말했다.

"오셨습니까, 피렌티아 님."

클레리반이 안경을 벗으며 나를 반갑게 맞이했다.

올해로 당당히 삼십 대의 마지막 해를 맞이한 클레리반은 '멋지게 나이 먹는 남자가 이런 것이다'를 보여 주고 있었다.

이제껏 하나로 묶고 다니던 장발은 올해 들어서며 짧게 잘라 깔끔하게 뒤로 빗어 넘겼고, 눈빛은 해를 거듭할수록 깊어졌다.

그리고 무엇보다 클레리반의 가장 큰 매력 포인트는 펠렛 상회였다.

'금욕적'이라는 평판이 돌 정도로 연애 상대도 없었고, 젊은 데다 잘생긴 클레리반은 자그마치 펠렛 상회의 창립자였으니까.

"오늘도 좀 소란스럽네요. 공사는 언제쯤 끝난대요?"

"서편의 공사는 오늘 중으로 마무리될 예정입니다. 하지만 남쪽은 아무래도 도로를 새로 깔아야 하는 큰 공사라 몇 주 더 걸릴 듯합니다."

"어쩔 수 없죠, 뭐. 다들 고생이 많으시네요."

먼지가 날리고 시끄러운 공사를 하는 와중에도 상회의 업무는 계속 봐야 하니까.

하지만 클레리반은 웃으면서 고개를 저었다.

"이 근방의 건물과 땅을 모두 사들여 커다란 하나의 단지를 만드는 일인데, 이 정도는 감수할 수 있습니다."

클레리반은 밥을 먹지 않아도 배가 부르다는 듯한 표정이었다.

할아버지가 쓰러졌던 날로부터 다섯 해 하고도 반년.

그 시간 동안 펠렛 상회는 어마어마한 성장을 이룩했다.

내가 처음 클레리반에게 사 주었던 펠렛 상회의 건물은 금방 비좁아져 하나둘씩 근방의 건물을 사들였다.

그리고 결국에는 이렇게 하나의 단지를 만들게 된 것이다.

또한 제국 중앙인 롬바르디에 위치한 이곳 본부 말고도 동부지회와 남부지회가 생겼다.

서쪽은 앙게나스가 자리를 잡고 있었고, 사실 그리 이점이 없는 동네였기 때문에 우리는 현재 북쪽에 눈을 돌리고 있었다.

"바이올렛에게서 연락이 왔나요?"

"예, 안 그래도 마침 보고드리려던 참이었습니다."

클레리반이 봉투에서 막 꺼낸 듯 접힌 보고서를 나에게 내밀었다.

나는 그것을 받아 들고 빠르게 쭉 읽어 내렸다.

"……또 모낙 상단이에요?"

"면목 없습니다."

클레리반이 침울한 얼굴로 대답했다.

"저번부터 신경 쓰이네, 정말."

북부에는 광물 말고도 특산품이 하나 더 있었다.

바로 북부의 혹독한 기후를 견디며 자란 나무였다.

그중에서도 '트리바'라는 이름을 가진 나무는 성장도 빠른 데다 질기고 견고해서 건축부터 가구까지 쓰이지 않는 곳이 없었다.

펠렛 상회는 그 트리바 나무를 사들이며 북부에서의 영향력을 높여 가려는 심산이었고 말이다.

그런데 몇 개월 전부터 등장한 '모낙 상단'이라는 곳이 자꾸만 우리 펠렛 상회를 제치고 트리바 나무를 낙찰받는 어이없는 상황이 벌어지고 있었다.

결국에는 보다 못한 바이올렛이 직접 나서서 북부로 향했다.

그러나 상황은 별로 나아지지 않고 있었다.

언제나 승승장구하던 펠렛 상회가 처음 겪는 일이었다.

"바이올렛이 매입 경쟁에서 지다니. 도대체 그쪽 정체가 뭐래요?"

"베이트 님에게 조사를 부탁해 놓기는 했지만 쉽지 않은 모양입니다. 워낙 신생 상단이기도 하고 비밀이라도 있는 것처럼 소규모로 움직인다고 합니다."

"베이트도 그렇게 말한단 말이에요?"

이제는 나무 매입 경쟁을 떠나서 정말로 모낙 상단의 정체가 궁금해질 지경이었다.

"트리바 나무가 한두 푼 하는 것도 아니고. 게다가 그쪽 지금 어마어마한 양을 사들이고 있잖아요?"

"네, 그렇습니다. 저희가 매입하는 양의 절반 정도를 따라오고 있으니까요."

"그런데 그 정도의 돈을 가진 상단이 하늘에서 뚝 떨어질 수는 없는데……."

"아무래도 경험 있는 상인이 투자를 받아 독립적으로 차린 상단이 아닐까 추측됩니다."

클레리반이 조심스러운 말투로 말했다.

"매입 경쟁자를 따돌리는 것이나 다음 트리바 나무의 재배지를 선점하는 방식까지, 보통 노련한 게 아닙니다."

"역시 그렇죠?"

상인의 경험은 귀하다.

특히나 직접 몸으로 부딪치며 얻는 지식이 쌓이고 쌓여 다음 거래에서는 좀 더 많은 이득을 취하게 되는 것이다.

그런 면에서 모낙 상단주는 매우 경험이 많은 사람이 분명했다.

아, 물론 가끔은 그런 법칙을 무시하고 경험 없이도 처음부터 엄청난 성과를 만들어 내는 상단들이 있기는 하다.

펠렛 상회처럼.

그러나 그건 미래를 아는 나와 천재적인 능력을 가진 클레리반이니 가능했던 것이고.

"그럼 다른 일들은 좀 어때요?"

"동부의 루만가에서 요청이 들어왔습니다. 동부로의 상행에 부담하는 수수료를……."

그렇게 몇 시간 정도 상회의 일을 보고받고 일어섰다.

"혹시 바이올렛에게서 다른 이야기가 오면 바로 알려 주세요."

"예, 알겠습니다."

"그리고 바이올렛에게 답장 보낼 때 이 말도 전해 주세요. 트리바 나무 경쟁에서 진다고 너무 신경 쓰지 말라고요."

클레리반이 나를 빤히 바라봤다.

"우리는 북부에서의 영향력을 키우고 싶은 것이지, 정말로 나무를 두고 타 상단과 경쟁하려는 건 아니니까요. 뭣하면 다시 광물로 돌아서도 되니까. 바이올렛은 큰 그림에 집중하는 게 나아요."

"피렌티아 님……."

클레리반은 자기가 다 감동했다는 듯 반쯤 울먹거렸다.

"내가 항상 말했잖아요. 제일 중요한 건 클레리반과 바이올렛 두 사람이라고."

다른 것은 잃더라도 언제든 다시 일구면 되는 일이다.

그 말을 하고 돌아서는데 클레리반이 조용히 손수건을 꺼내서 눈가를 훔치는 것이 보였다.

밖에서는 잘도 '냉미남' 소리를 듣고 다니면서.

클레리반과 내일 생일 연회에서 보자는 이야기를 나누고 펠렛 상회에서 나왔다.

새로 조성된 넓은 단지를 길게 가로질러 막 정문 밖으로 걸어 나왔을 때였다.

커다란 게이트 옆 벽에 기대어 서 있는 사람이 하나 눈에 들어왔다.

내가 입은 것처럼 깊은 후드를 눌러쓴 남자였다.

다른 사람들보다 머리 하나 정도 높이 솟은 덕분에 발밑의 그림자도 유독 크고 길게 남을 정도였다.

얼굴이 보이지 않는 그 남자를 쓱 보고 옆을 지나쳐 갈 때였다.

"티아."

낯선 목소리였다.

아주 낮고 매력적인.

그러면서도 어딘가 다정한 목소리가 날 불렀다.

우뚝.

가던 걸음을 멈추고 남자를 올려다봤다.

그러자 그가 천천히 후드를 벗었다.

"……너."

살짝 흐트러진 검은 머리칼과 햇빛을 받아 밝게 빛나는 붉은 눈.

앳된 모습은 완전히 사라지고, 완연하게 어른이 되어 돌아온 녀석.

"오랜만이야, 티아."

페레스였다.

오랜만에 본 내가 반가운지, 페레스의 입가에는 미소가 어려 있었다.

내가 완전히 올려다봐야 할 정도로 커진 몸이나 선이 분명해진 얼굴, 그리고 아예 다른 사람처럼 낮아진 목소리.

여러 가지가 달랐지만 분명히 페레스가 맞았다.

"누구세요?"

내가 차갑게 뱉은 말에 페레스가 당황하는 것이 보였다.

그러거나 말거나.

"죄송하지만 사람 잘못 보신 것 같은데요."

하지만 나는 휙 돌아서며 말했다.

"티아."

당혹스런 얼굴의 녀석이 내 어깨를 살며시 잡아 왔다.

"나야, 페레스."

"페레스? 그러고 보니 그런 사람을 알았던 것 같기도 한데."

나를 바라보는 붉은 눈동자가 잘게 떨리고 있었다.

정말로 내가 자신을 잊었다고 생각하는 것 같았다.

나는 그런 페레스를 힘껏 째려보면서 말했다.

"아아, 거의 6년이 되는 시간 동안 얼굴 한번 안 비치고 편지만
보낸 그 페레스?"

"그건……."

"아니면 아카데미는 5년 만에 조기 졸업해 놓고 반년 동안 감감
무소식이었던 그 페레스 말하는 건가?"

이제야 내가 하는 말의 의미를 알아들었는지, 페레스가 살짝 고
개를 떨구며 낮은 목소리로 말했다.

"……미안."

미안한 건 아냐?

녀석에게서 사과를 직접 들으니 속에서 울컥하고 화가 치밀어 올

랐다.

나는 손에 들고 있던 가방으로 있는 힘껏 페레스의 어깨를 후려쳤다.

"나쁜 자식."

이전 생과 마찬가지로 문관, 무관 양쪽을 동시에 수석으로, 그것도 1년을 줄여 5년 만에 조기 졸업을 한 페레스다.

내가 자신의 팔을 때리는 것쯤은 눈을 감고도 막을 수 있을 텐데.

페레스는 가만히 서 있기만 했다.

"아카데미가 바빠서 방학 때도 돌아오지 못한 건 그렇다고 쳐. 근데 지난 몇 달 동안 죽었는지 살았는지 연락도 없었던 건 어떻게 설명할 건데?"

"그게……. 졸업하고 반년 동안은 여기저기를 돌아다니는 바람에 편지를 주고받을 수가 없었어."

졸업하자마자 녀석이 친구들과 훌쩍 여행을 떠난 것쯤은 알고 있다.

페레스의 연락이 끊기자마자 베이트를 통해서 알아본 것이었으니까.

그리고 별로 걱정한 것도 아니다.

이미 열두 살에 시퍼런 오러를 뽑아내던 페레스다.

그런 녀석이 혼자도 아니고 아카데미에서 만난 친구들과 대륙을 돌아다닌다고 한들 위험한 상황이 몇이나 있을까.

하지만.

"어디서든 롬바르디로 '나 잘 살아 있다' 편지 한 장은 보낼 수 있었잖아! 아카데미도 수석으로 졸업한 똑똑한 사람이 그 정도 생각도 못 해?"

이상하게 울컥한단 말이지.

그런데 버럭 화를 내는 나를 보는 페레스의 얼굴이 이상했다.

뭔가 웃는 것 같기도 하고 찡그린 것 같기도 하고.

그렇게 한참을 빤히 바라보더니 설마 하는 목소리로 물었다.

"……나 걱정했어, 티아?"

얘가 정말.

"그럼 안 해? 친구가 갑자기 행방불명이 된 거나 마찬가지……!"

덥석.

"……기뻐."

어느새 나는 페레스의 품에 안겨 있었다.

할아버지를 데리고 녀석을 별궁에서 구출하러 갔을 때도 이런 비슷한 일이 있었던 것 같은데.

그때와는 페레스가 비교도 할 수 없이 크다.

내 온몸이 녀석의 품에 완전히 갇혀 버릴 만큼.

나는 놀라서 눈을 두어 번 깜박거리다가 페레스를 불렀다.

"페레스."

"응?"

"놔줘."

그러자 페레스는 순순히 나를 가뒀던 팔을 내렸다.

스륵 하고 천끼리 부딪치는 소리가 귓가에 선명하게 울렸다.

위를 올려다보니 페레스가 웃고 있었다.

조금 전까지 짓고 있던 그런 희미한 미소가 아니었다.

까만 속눈썹이 길게 뻗은 눈이 슬쩍 휘어져 있었다.

"으윽."

치사하게.

미모로 홀리려고 하다니.

나는 페레스의 몸을 밀어내면서 눈을 가늘게 떴다.

"나 아직 화 풀린 거 아냐."

"응, 내가 잘못했어."

녀석이 고개를 끄덕이며 순순히 인정했다.

전부터 사과는 빠른 성격이기는 하지만.

나는 문득 나를 내려다보고 있는 페레스의 시선을 느끼고 중얼거렸다.

"역시 키가 엄청 컸네."

회귀하기 전, 먼발치에서 봤던 그 모습대로였다.

아니, 그때보다 안색이 밝아서인지 더 예쁘다.

그리고 눈빛도 조금 다르다.

그때는 자신을 보기 위해 모여든 인파를 오시하는 무척이나 건조하고 차가운 눈을 하고 있었는데.

"티아도 많이 컸네."

지금 내 눈앞에 있는 페레스는 생기가 넘쳤다.

어딘가 즐거워 보이기도 했다.

마치.

"큰 개."

커다란 꼬리를 천천히 살랑거리고 있는 크고 검은 개.

어감이 조금 이상하기는 하지만 덩치가 이미 강아지라고 불릴 수준은 넘었으니까.

"개?"

"아니, 아무것도 아니야. 근데 페레스 너 차림이 왜 이래? 황궁에서 온 게 아니야?"

케이틀린과 카일러스가 페레스를 이런 상태로 밖에 내보낼 리가 없을 텐데.

흐트러진 머리도 그렇고, 옷도 방금 말에서 내린 사람처럼 잔뜩 구겨져 있…….

"너 설마 황궁에 가지도 않고 나를 만나러 온 거야?!"

"응."

응, 이란다.

몇 달 동안 연락도 없이 잠수를 탈 때는 언제고, 황궁에 복귀도 하지 않은 채로 나부터 보러 오다니.

나는 페레스에게 안기는 바람에 살짝 흐트러진 옷을 툭툭 털어 정리하면서 말했다.

"어서 황궁으로 돌아가."

"……알겠어."

내 말에 페레스가 살짝 시무룩한 것이 느껴진다.

하지만 나는 더욱 단호하게 말했다.

"가서 네가 돌아왔다는 걸 모두에게 제대로 보여 주란 말이야. 5년 만에 문관, 무관을 동시에 수석으로 졸업한 2황자 페레스가 돌아왔다고."

"아…….."

페레스가 내 말뜻을 이해한 듯 입가에 은은한 미소를 지으며 대답했다.

"응, 그럴게."

나는 그렇게 페레스에게 손을 살짝 흔들어 보인 뒤, 저택을 향해 걸어가기 시작했다.

그러다 깜박한 말이 생각나 뒤를 돌아봤다.

녀석은 아직 그 자리에 그대로 서서 내 뒷모습을 보고 있었다.

"내일 늦지 말고 와."

여행 중이던 페레스가 아무 이유 없이 오늘 돌아왔을 리 없다.

내 열여덟 번째 생일 연회에 참석하기 위해서란 느낌이 들었다.

아니나 다를까 페레스가 다시 눈을 곱게 접으며 웃었다.

"응. 내일 연회에서 봐, 티아."

나는 다시 손을 흔들어 주고 돌아섰는데, 손목이 살짝 시큰거린다.

조금 전 페레스를 향해 가방을 휘두를 때 녀석의 팔에 부딪쳤던 부분이었다.

"무슨 돌덩이를 때린 것도 아니고."

진짜 돌덩이를 때려 본 적은 없지만, 그렇다면 이런 느낌일 것 같았다.

나는 찌릿한 손목을 슬쩍 주무르며 다시 바쁘게 걸음을 옮겼다.

동부의 패자, 루만가 가주의 둘째 아들 리그니테는 자신의 눈을 의심했다.

"내가 대낮에 헛것을 보고 있는 건가."

그렇게 중얼거리며 눈을 비벼 봤지만 멀리 떨어진 거리에서 보이는 광경은 변하지 않았다.

"페레스가…… 웃어?"

대램브루 제국의 황자이지만 아카데미 첫날부터 친구가 되어 사석에선 편하게 이름을 부르는 둘도 없는 사이였다.

페레스를 따르는 이들은 많았지만 직접 이름을 부를 수 있는 것은 리그니테뿐이었다.

그러나 그런 리그니테도 페레스가 웃는 것은 한 번도 보지 못했다.

오늘까지는.

봄이 왔지만 아직 살을 에는 북부의 무서운 칼바람을 뚫고 정신없이 말을 달려 롬바르디에 도착한 것이 오늘 아침이었다.

무슨 일이 있어도 오늘까지는 제국 중앙부에 도착해야 한다고 하길래 황궁에 무슨 일이라도 있는 줄 알았다.

그런데 페레스는 말을 엉뚱한 곳으로 몰았다.

어디로 향하는 것이냐 아무리 물어봐도, '힘들면 혼자 가겠다'고 우기는 페레스를 정말로 혼자 보낼 수는 없어 울며 겨자 먹기로 뒤를 따랐다.

그리고 도착한 곳이 바로 롬바르디였다.

"쟤가 웃을 줄도 아는 애였어?"

정말이지, 리그니테는 페레스가 어딘가 심각하게 고장 난 줄 알았다.

특히 감정이나 표정을 총괄하는 부분이 제대로 기능을 하고 있는 것인지 줄곧 의심해 왔다.

그런데 웬 여자 하나를 만난 페레스가 웃고 있었다.

꿀이 뚝뚝 떨어질 것 같은 눈을 하고선.

"어어?"

리그니테는 앉아 있던 자리에서 아예 벌떡 일어났다.

페레스가 그 여자를 덥석 안아 버렸기 때문이었다.

"이거…… 다른 사람들에게 말해 줘도 아무도 안 믿을 거야."

거짓말 치지 말라고 발로 차이지나 않으면 다행이겠지.

그때 머릿속에 번쩍 스치는 것이 있었다.

"혹시……."

눈을 가늘게 뜬 리그니테는 조급한 마음에 다리를 떨었다.

여자가 먼저 떠난 자리에 남아 있던 페레스는 그 뒷모습이 보이지 않게 되고 나서야 리그니테가 기다리던 자리로 돌아왔다.

"이제 황도로 넘어가자."

망토를 펄럭이며 큰 걸음으로 다가온 페레스는 어느새 평소의 그처럼 무표정한 얼굴로 돌아와 있었다.

"페레스."

"뭐지?"

말의 안장이 헐거워지지는 않았는지 확인하던 페레스가 리그니테의 부름에 대충 대답했다.

"저 여자, 편지의 주인공 맞지?"

우뚝.

푸른 핏줄이 선 손으로 매듭을 단단히 묶던 페레스의 움직임이 멈췄다.

역시.

리그니테가 씩 웃었다.

"네가 아무에게도 보여 주지 않고 매번 정성스레 쓰던 그 편지의 주인공이 바로 저 여자인 거지?"

편지의 수신인을 두고, 동료들 사이에 여러 가지 가설이 있었다.

1년에 한 번씩 페레스가 쓸 물건을 가지고 찾아왔던 시녀장이다.

아니다, 매번 보고서처럼 두툼하게 쓰는 것을 보니 황제 폐하에게 아카데미에서의 성취를 보고하는 것이다.

별별 말들이 많았다.

하지만 제일 큰 웃음을 산 것은 언젠가 리그니테가 냈던 말이었다.

"혹시 페레스에게 미친 듯이 좋아하는 사람이 있는 것은 아닐까?"

그 가설을 들은 사람들은 하나도 빠짐없이 말도 안 된다면서 배를 잡고 웃었다.

그만큼 페레스가 누군가를 좋아한다는 것은 상상조차 할 수 없는 일이었다.

그런데.

"역시 내가 맞았어!"

리그니테는 주먹을 불끈 쥐며 소리쳤다.

그리고 페레스를 놀리듯 말했다.

"의외인 구석이 많단 말이야? 생긴 건 피 뚝뚝 흘리는 스테이크만 좋아하게 생겨서는 꼭 단 음식을 챙겨 먹는 것도 그렇고."

페레스의 단 음식 사랑은 아카데미에서 유명했다.

물어보면 단 음식을 그리 좋아하지 않는다고 하면서도 하루에 한 번씩 꼭 달콤한 것을 찾았다.

그리고 그것을 입에 물고 있을 때면, 언제나 쨍 소리가 날 것처럼 굳어 있던 페레스의 얼굴도 사르르 풀리고는 했다.

"리그니테."

"왜?"

"시끄러워."

"치."

페레스가 먼저 말에 훌쩍 올랐다.

리그니테도 따라 말에 올라타며 물었다.

"이제 황궁으로 가는 거야?"

"아니, 그 전에 한 군데 더 들를 데가 있어."

페레스는 그 말을 끝으로 다시 말을 몰기 시작했다.

두 사람이 다시 말을 멈춘 곳은 황도 외곽의 공동묘지였다.

주로 귀족들이 묻히는 그곳은 잘 관리된 공원 같았다.

말고삐를 묘지 입구에 묶은 페레스는 며칠 전부터 말안장의 주머니에 넣어 다니던 작은 꽃다발을 꺼냈다.

꽃은 살짝 시들어 있었지만, 페레스는 그것을 한 손에 쥐고 묘지 깊숙한 곳으로 향했다.

수다쟁이 리그니테도 이 장소에서만큼은 입을 꾹 다물고 뒤를 따랐다.

이윽고 대리석과 조각상으로 잘 꾸며진 묘지 앞에 선 페레스는 조심스럽게 꽃다발을 내려놓았다.

"저 왔습니다."

페레스는 그렇게 말하며 짧은 비문이 새겨진 비석을 손으로 쓸었다.

[황실의 자랑스러운 종, 폰타 임피그라. 이곳에 편히 잠들다.]

"시녀장께서 가르쳐 주신 대로, 모든 준비를 끝내고 돌아왔습니다."

페레스의 조용한 목소리가 바람에 묻힐 듯 낮게 울렸다.

"가시는 길을 배웅해 드리지 못해 면목이 없습니다."

임피그라 시녀장은 노쇠한 몸을 이끌고 해마다 한 번, 페레스의 생일 즈음에 아카데미를 찾아왔다.

그리고 마지막으로 찾아왔던 날.

임피그라 시녀장은 마치 그날이 마지막인 것을 아는 사람처럼 말했다.

"황궁으로 돌아오실 때는, 준비를 단단히 하고 오셔야 합니다. 그들도 모든 채비를 마치고 있을 터이니까요."

그 외에도 여러 가지 당부를 한 시녀장은 마지막으로 공손히 머리를 숙이며 말했다.

"부디 성군이 되십시오, 전하."

요바네스 황제가 멀쩡히 살아 있는데 그런 말을 한다는 것은 반역이나 마찬가지였다.

절대 일평생을 황실을 위해 바쳐 온 임피그라 시녀장이 할 말이 아니었다.

그럼에도 불구하고 그렇게 말한 것은 마지막으로 꼭 전하고 싶었던 말이었기 때문이리라.

페레스는 씁쓸한 얼굴로 비석을 어루만졌다.

그때는 당황한 나머지, 이렇다 할 대답을 하지 못했던 것이 생각났다.

페레스에게도 있었다.

꼭 전해야 했지만, 전하지 못했던 말이.

몇 번 달싹이던 입술이 힘겹게 그 말을 뱉어 냈다.

"감사했습니다."

병에 걸린 노인이 젊은 사람에게도 버거운 그 먼 길을 몇 번이고 달려와 주었는데도.

돌아보니 페레스는 제대로 고마운 마음을 전한 적이 없었다.

그리고 그것이 가슴에 깊은 후회로 남았다.

마지막으로 비석에 가만히 이마를 가져다 댄 페레스는 잠시 뒤 훌쩍 자리에서 일어났다.

그리고 뒤에서 기다리고 있던 리그니테에게 짧게 말했다.

"이제 황궁으로 돌아가자."

열일곱 살의 마지막 날 저녁은 아버지와 보내기로 했다.

갤러한 의복점이 점차 안정권에 들어서면서 아버지는 그동안 미뤄 뒀던 일을 하나씩 처리하고 있었다.

그중 제일 시급했던 것이 바로 건국제 훈장과 함께 하사받았던 체사유 영지의 관리였다.

올해 들어서는 줄곧 체사유 지역에 내려가 있던 아버지는 내 생일을 맞이해서 다시 롬바르디로 올라왔다.

장거리 여행을 해서 피곤한 탓인지 얼굴 살이 조금 빠져 보였지만, 아버지는 여전히 미남이다.

아니, 나이가 이제 사십 대로 접어들면서 미중년의 향기마저 물씬 풍기고 있었다.

왠지 뿌듯한 마음으로 그 모습을 바라보고 있는데, 스테이크를 썰던 아버지가 멍하니 중얼거렸다.

"우리 티아가 벌써 성인이라니."

앗, 또 우시는 건가.

이럴 줄 알고 이번에는 손수건을 챙겨 왔다.

아버지가 입 닦던 냅킨으로 눈물을 닦아 내는 불상사를 막기 위해서였다.

하지만 아버지는 의외로 담담했다.

"이제 정말로 이 아빠의 품을 벗어날 때가 됐어."

약간 씁쓸한 미소를 짓기는 했지만.

"티아."

테이블 건너편에서 아버지가 다정한 눈으로 나를 바라봤다.

"이 모자란 아빠 밑에서 훌륭하게, 튼튼하게 잘 자라 주어서 고맙다."

"아빠……."

"내가 너무 서투르고 유약해서 어린 너를 고생하게 만들었어."

아마 아버지가 사업을 시작하기 전에 있었던 일들에 대해서 말하는 듯했다.

"더 든든하게 너를 지켜 줬었어야 했는데……."

"그런 말 하지 마세요, 아빠."

나는 일어나 아버지의 옆자리에 앉았다.

"제 기억 속의 아빠는 그 어느 누구보다 멋진 사람이에요."

"……정말?"

"기억 안 나세요? 같이 황궁에 갔을 때, 기사들이 롬바르디 마차를 검문한 일로 황제 폐하에게도 '내 딸이 놀랐다'고 할 말 다 하면서 따지셨잖아요."

"아, 그런 일이 있었지……."

아버지가 민망한지 뒷머리를 긁적였다.

"그리고 무엇보다, 아빠는 저를 위해서 불치병도 이겨 내셨잖아요. 그것보다 강한 모습이 또 어디 있겠어요."

"티아."

아버지가 내 손등을 가만히 쓸어 주었다.

"어쩌다 이렇게 예쁜 딸이 나한테 왔을까."

"에이, 예쁜 것도 다 아빠 닮은 건데요. 당연하죠."

"뭐? 하하!"

아버지가 크게 웃음을 터뜨렸다.

나도 그런 아버지를 따라서 같이 웃었다.

"아 참, 티아에게 줄 게 있단다."

아버지가 품에서 작은 상자를 꺼내 그 안에 든 것을 나에게 보여 줬다.

"반지?"

동그랗고 큰 보라색 보석으로 만들어진 얇은 금반지였다.

"보라색 사파이어란다."

아버지가 직접 반지를 꺼내며 말했다.

"내가 샨에게 청혼했을 때 끼워 주었던 거란다. 이 반지를 받고 참 좋아했는데."

반짝반짝 빛나는 반지를 바라보는 아버지의 눈에 그리움이 가득했다.

"열여덟 번째 생일 선물로 이걸 너에게 줄게, 티아야."

"하지만 이건 아빠한테 소중한 물건이잖아요."

내 말에 아버지는 부정하지 않았다.

"그래, 하지만 이 반지가 아빠에게 의미하는 것을 이제 성인이 되는 우리 티아도 가졌으면 하니까."

"그게 뭔데요?"

내 질문에 잠시 말을 고르던 아버지가 싱긋 웃으며 반지를 매만졌다.

"온 마음을 다해서 사랑할 사람."

따뜻한 아버지의 녹색 눈동자가 나를 바라봤다.

"비록 여러 가지 아쉬움들은 많이 남지만 아빠는 네 엄마를, 샨을 만나 사랑한 모든 순간을 후회하지 않아. 그만큼 우리는 행복했으니까."

아버지가 반지를 내 손바닥 위에 내려놓으며 말했다.

"그러니 언제고 네가 준비가 됐을 때, 아빠는 이 반지가 티아에게 그런 사람을 데려와 주었으면 해. 엄마가 어느 날 아빠의 삶에 들어왔던 것처럼 말이야."

그렇게 말하는 아버지는 정말로 행복해 보였다.

그리고 어딘가 개운해 보이기도 했다.

나는 반지를 손에 쥐며 고개를 끄덕였다.

그리고 반지를 조심스레 손가락에 껴 보았다.

"아, 딱 맞다."

반지는 마치 나에게 맞춘 것처럼 딱 맞았다.

"고마워요, 아빠."

나는 아버지를 꽉 안아 주었다.

조금 놀라는 것 같던 아버지도 나를 마주 안고 등을 살짝 토닥여 주었다.

반지도 물론 기쁘지만, 사실 내게 가장 큰 생일 선물은 아버지다.

아버지와 함께 맞이하는 열여덟 번째 생일은 나도 이번 생이 처음이니까.

이 한 순간, 한 순간을 꽉 끌어안고 놓아주고 싶지 않을 정도로 소중했다.

황궁에서는 고위 귀족들과 황제가 모이는 대회의가 열리고 있었다.

몇 시간이고 이어지는 회의 중간에 마련된 휴식 시간.

요바네스 황제는 회의실 옆에 마련된 휴게실에 홀로 앉아 따분함을 삭히고 있었다.

흥미로운 일이 없었다.

아름다운 애인들도, 한때는 심장을 미친 듯이 뛰게 했던 사냥도.

더 이상 재미가 없었다.

"흐음."

황제는 문득 인생의 공허함을 느끼고 있었다.

그때 조심스레 다가온 시종이 작은 목소리로 알렸다.

"폐하."

"뭐냐."

"2황자 전하께서 인사드리기를 청하고 있습니다."

"2황자?"

요바네스가 벌떡 몸을 일으켰다.

"들어오라고 해라."

잠시 뒤, 문이 열리고 막 여행에서 돌아온 듯한 차림의 페레스가 걸어 들어왔다.

"하."

요바네스는 그 모습을 보고 헛웃음을 지었다.

페레스는 정말로 선황의 모습을 그대로 이어받은 듯 자라 있었다.

냉철하고 매섭고, 자식에게도 자비가 없었던 요바네스의 아버지를.

"2황자 페레스가 폐하께 인사드립니다."

그런 페레스가 한쪽 무릎을 꿇고 공손히 머리를 조아렸다.

요바네스의 한쪽 입술 끝에 비뚜름한 미소가 걸렸다.

언제나 자신을 냉소적인 눈으로 내려다보던 아버지를 꼭 닮은 2황자가 무릎을 꿇고 인사하는 모습이 퍽 마음에 들었다.

요바네스는 문득 궁금해졌다.

'황제가 되기엔 한없이 모자라지만, 장자인 것을 운 좋게 알라'며 이죽이던 선황이, 자신의 아들인 페레스의 모습을 봤다면 무슨 말을 했을까.

조금 전까지 요바네스를 무기력하게 만들었던 따분함이 거짓말같이 사라졌다.

"문관과 무관 계열 모두 수석 졸업을 했다지?"

"예."

"게다가 1년을 줄여 5년 만에 조기 졸업을 하였고?"

"예."

사고만 치고 다니는 아스타나와는 전혀 다른 행보였다.

볼만하겠군.

요바네스는 지금 대회의장에 있는 아스타나를 떠올리며 생각했다.

사냥과 여자 말고는 별다른 흥미를 보이지 않던 아스타나는 얼마 전부터 다달이 열리는 대회의에 참석하고 있었다.

아스타나가 직접 몇 번이고 간청한 결과였다.

그리고 그 속셈을 요바네스가 모를 리는 없었다.

제국의 중요 사안들이 다뤄지는 대회의에서 황제 옆에 앉아 있는 제 모습을 보이고 싶은 것이리라.

그리고 그것은 황후의 머릿속에서 나왔으리라는 것도 익히 짐작할 수 있었다.

그럼에도 불구하고 요바네스는 윤허했다.

앙게나스가 새로 발견된 에메랄드 광맥을 레드 상단에 넘기기로 했기 때문이었다.

그러나 아스타나가 따로 하는 일은 없었다.

대회의 내내 그저 자리만 지키고 앉아 있을 뿐, 경험이 많은 귀족들 사이에서 이렇다 할 의견을 개진하지는 못했다.

그리고 그런 1황자의 모습은 요바네스의 깊은 곳에 잠자고 있던 불쾌한 기억을 건드리기에 충분했다.

1황자와 앙게나스가 원하는 것을 그냥 넘겨주기 싫을 만큼.

"일어나서 날 따라와라, 페레스."

요바네스가 자리에서 일어나며 말했다.

묵묵히 뒤를 따라오는 페레스를 데리고 요바네스는 대회의실의 문을 열었다.

"어어?"

"저분은, 2황자님?"

대화를 나누고 있던 귀족들이 금방 페레스를 알아보고 조용해졌다.

"2황자 페레스가 훌륭하게 아카데미를 졸업하고 황궁으로 귀환하였다."

요바네스는 자랑스러워하는 아비의 가면을 쓰고 활짝 웃으며 선언하듯 말했다.

"감축드립니다, 폐하!"

"고생이 많으셨습니다, 2황자 전하!"

귀족들이 앞다투어 축하의 말을 건넸다.

페레스는 뒷짐을 지고 서서 무표정한 얼굴로 고개만 간간이 까닥일 뿐이었지만 요바네스는 페레스의 그런 도도함이 더욱 마음에 들었다.

"몇 년 사이에 장성하셨습니다."

"조만간 사교계가 난리가 나겠군요, 하하!"

농담을 하며 너스레를 떠는 이들도 적잖았다.

그도 그럴 것이, 여행을 갓 마치고 돌아와 아직 허름한 차림새임에도 페레스는 태가 났다.

황자다운 태가.

귀족들은 본능적으로 호감을 느끼고 있는 것이다.

자신을 향해 쏟아지는 호의적인 시선들을 묵묵히 받아 내던 페레스는 좌중 속에서 룰락 롬바르디를 찾아냈다.

순간 페레스의 붉은 눈동자가 아무도 모르게 반짝였다.

그동안 고고한 태도를 고수하던 페레스는 룰락을 향해 묵례를 해 보였다.

다른 귀족들에게 고개를 까딱거려 주던 것과는 확연히 다른 인사였다.

그 모습이 다른 이들에게는 자신의 후견인에게 정중하게 인사를 하는 것으로 보였고, 페레스에 대한 호감도는 더욱 올라갔다.

요바네스는 슬쩍, 아스타나를 확인했다.

아니나 다를까.

애써 태연한 척하고 있기는 했지만 아스타나의 얼굴은 이미 시뻘게져 있었다.

스물셋이 되어서도 표정 관리 하나 제대로 하지 못하다니.

요바네스는 못마땅하게 혀를 쯧 하고 찼다.

그리고 모두에게 들리도록 큰 목소리로 페레스에게 말했다.

"오늘은 곤할 테니 포이락궁으로 돌아가 쉬고, 다음 달부턴 2황자도 대회의에 배석하도록 해라."

쿠궁.

대회의실에 커다란 바위가 내려앉는 것 같았다.

사람들이 놀란 눈으로 자기도 모르게 아스타나를 흘끔 바라봤다.

아스타나가 힘들게 대회의에서 요바네스 황제를 배석할 권리를 따냈다는 것은 유명한 일이었기 때문이었다.

그 조용한 혼란 속에서 요바네스는 슬쩍 한마디 말을 더 얹었다.

"1황자의 옆에 너의 자리를 마련해 두마."

페레스는 아무 말도 하지 못하고 앉아 붉으락푸르락하는 아스타나의 얼굴을 조용히 바라보다가 황제를 향해 돌아섰다.

페레스가 한쪽 무릎을 꿇고 머리를 숙였다.

검은 망토 자락이 낮게 펄럭였다.

그리고 정중한 목소리로 말했다.

"폐하의 명을 따르겠습니다."

아스타나와 앙게나스가 그토록 힘들게 얻어 낸 배석권이 페레스에게는 숨 쉬듯 자연스레 흘러들어온 순간이었다.

근 몇 년 동안 이례가 없는 성대한 연회가 오늘 롬바르디 저택에서 열렸다.

바로 피렌티아 롬바르디가 성인이 되는 열여덟 번째 생일 파티였다.

원래부터 롬바르디의 직계들은 생일마다 성대한 연회를 여는 편이지만, 이번엔 차원이 달랐다.

생일 반년 전부터 사교계에 소문이 돌았다.

갤러한 롬바르디가 하나뿐인 딸의 성년식을 위해서 엄청난 연회를 준비 중이라고.

게다가 여성의 몸으로 다음 대 롬바르디 가주 후보로 언급되고 있는, 과거 사교계의 전설이었던 샤나넷 롬바르디가 갤러한을 돕고 있다는 소문도 함께였다.

그리고 연회의 초대장이 도착하면서 귀족들은 또다시 뒤집어졌다.

연회의 초대장과 함께 들어 있던 한 장의 종이 때문이었다.

그것은 '갤러한 의복점 프리미엄 드레스 교환권'이었다.

연회 참석의 여부와 상관없이 교환권을 가지고 의복점을 방문하면 값비싼 드레스 한 벌을 받을 수 있다니!

갤러한 롬바르디의 딸을 향한 지극한 사랑과 함께 그의 자산 규모가 실로 어마어마하다는 것을 잘 느낄 수 있는 대목이었다.

그리고 초대장의 말미에는 이렇게 적혀 있었다.

[연회에 참석하신 분에게는 답례품으로 '펠렛 홈&인테리어'에서 사용할 수 있는 10골드 상당의 상품권을 드립니다.]

'펠렛 홈&인테리어'는 최근 펠렛 상회에서 제국 중부에 대대적으로 오픈한 고급 장식품 판매점이었다.

10골드라면 그곳에서 아주 좋은 품질의 화병이나 찻주전자를 살수 있는 금액이었다.

물론 10골드의 상품권을 쓰러 갔다가 매장을 구경하며 그보다 더 많은 돈을 지출하도록 만드는 피렌티아의 신생 사업 판촉 전략이었지만, 그들은 그것까지는 잘 몰랐다.

그저 '클레리반 펠렛이 아주 어렸을 적부터 가르친 제자라더니, 이렇게 생일에 거금을 쓸 정도로 사이가 좋구나!' 했을 뿐이었다.

그렇게 연회 당일이 되었다.

당연한 말이지만 참석률은 매우 높았다.

차례를 기다리며 길게 늘어선 마차들 때문에 한 시간이 넘게 기다려야 연회장에 입장할 수 있을 정도였다.

"연회장이 아름다워서 황홀할 지경이네요!"

"도대체 얼마가 들었을까요!"

"롬바르디 가주가 가장 총애하는 손녀라더니, 세상에나……."

연회장으로 들어서는 사람들 모두가 한동안 입을 다물지 못했다.

그런 그들이 공통적으로 내뱉는 감탄사가 있었다.

"롬바르디답네요!"

연회장은 금으로 화려하게 치장되어 있었다.

특히나 금사로 만든 커튼과 테이블보가 연회장 가운데에 매달린 거대한 다이아몬드 샹들리에의 빛을 받아 더욱 눈부시게 반짝였다.

오늘을 위해 특별히 창틀까지도 금칠을 해 극도의 화려함을 더했다.

그뿐만이 아니었다.

시종들이 들고 다니는 샴페인에도 잘게 부순 금박이 둥둥 떠다녔다.

모두 롬바르디가 아니면 흉내조차 낼 수 없는 압도적인 부의 표출이었다.

"오늘 피렌티아 롬바르디 영애는 무슨 옷을 입으셨을까요?"

"롬바르디 영애가 입은 드레스를 잘 봐 두었다가 내 드레스 디자이너에게 의뢰해야죠."

연회장 구경을 마친 귀부인들이 목을 길게 빼고 피렌티아를 찾았다.

"아, 저기 계시네요!"

한 여성이 음식 테이블이 있는 곳에 서 있는 피렌티아를 발견하고 손짓했다.

그리고 그들 사이에 잠시 침묵이 흘렀다.

"……어쩜 저렇게 클래식 하면서도 새로울 수가 있죠?"

"팔 부분에 낸 슬래시(칼집)나 살짝 파인 가슴선이 화려하면서도 너무나 고혹적이에요!"

기존에 유행하던 스타일과 전혀 달랐지만 이상하게 거부감이 없었다.

그게 제국 사교계가 피렌티아 롬바르디에게 주목하는 이유였다.

"저어, 그런데 드레스도 드레스지만 오늘따라 롬바르디 영애가 참 아름다워 보이지 않나요?"

누군가가 한 말에 사람들이 모두 고개를 끄덕였다.

"나도 방금 그런 생각을 하고 있었는데……. 원래부터 예쁜 외모이기는 했지만 오늘 보니 정말 아름다워요."

"특히나 저 크고 선한 눈이나 흰 피부가, 여자인 저도 멍하니 보게 된달까요?"

"그리고 특유의 분위기가 있어요. 어린 영애지만 쉽게 다가갈 수 없는 그런……."

그 말에 모두가 동감했다.

"지금 저 옆에 서 있는 사촌들도 그런 걸 보면 아무래도 롬바르디의 특징인 것 같기도 하고요."

다시금 가벼운 침묵이 흘렀다.

한자리에 모여 있던 귀부인들이 모두 멍하니 피렌티아를 바라보고 있었다.

그때 멀리서 시선을 느낀 것인지, 피렌티아가 그녀들을 돌아보더니 살짝 웃었다.

"아……."

훔쳐보다 들킨 것도 잊게 할 만큼 예쁜 미소였다.

짧게 웃어 준 피렌티아가 다시 사촌들과의 대화로 돌아가자, 그녀를 멍하니 보던 젊은 귀부인 한 명이 무거운 드레스 자락을 들며 말했다.

"아무래도 안 되겠어요. 더 가까이 가서 드레스를 살펴봐야지."

그러자 한발 늦은 다른 여성들도 부랴부랴 그녀의 뒤를 따르며 말했다.

"나도 같이 가요!"

"뭐 해, 티아? 누구한테 웃어 주는 거야?"

"저쪽에 아는 사람이 있어?"

쌍둥이가 목을 쭉 빼며 내가 돌아봤던 곳을 살폈다.

"아니, 그냥. 시선이 느껴지길래."

이미지 관리라고나 할까?

내 대답에 두 사람이 고개를 끄덕이며 납득했다.

"티아는 너무 착해."

"맞아. 그런 티아가 벌써 성년이라니. 요즘 우리 걱정이 이만저만이 아니라고.'

"……두 사람이 왜?"

"이제 이놈 저…… 아니, 이 사람 저 사람 모두 티아가 좋다고 따라다닐 거 아냐."

"그럼 우리가 그 귀찮은 파리들을 쫓아내 줘야 하는데 요즘 들어 점점 바빠져서 걱정이야."

쌍둥이가 동시에 작게 한숨을 쉬며 말했다.

스물한 살이 된 두 사람은 재작년에 당당히 기사 서임을 받고 롬바르디 기사단에 입단했다.

이로써 롬바르디의 직계라는 신분 말고도 기사로서 롬바르디 가문의 정식 일원이 된 것이다.

슐스로 돌아가 성인이 되며 성까지 바꿨던 이전 생과는 전혀 다른 행보였다.

게다가 어디든 붙어 다닐 것 같았던 쌍둥이는 각자 1기사단과 3기사단으로 나뉘어 소속되었다.

두 사람이 원했던 것이라고 했다.

"혹시 귀찮게 하는 자식이 있으면 우리한테 꼭 말해야 해, 티아?"

길리우가 신신당부를 했다.

메이론도 옆에서 열성적으로 고개를 끄덕였다.

누군가가 나를 좋아한다는 소문이라도 돌면 당장 달려가 험악하게 인상을 쓰며 멱살잡이라도 할 것 같다.

두 사람의 성격을 생각해 봤을 때 충분히 가능한 이야기다.

나는 웃으며 슬쩍 말을 돌렸다.

"기사단은 어때? 얼마 전에 승급 시험 치렀다며?"

"당연히 통과했지."

"이제 말단 생활도 끝이야."

"우리처럼 빨리 승급한 사람은 거의 10년 만에 처음이래."

길리우와 메이론이 잔뜩 으스대며 말했다.

하긴, 으스댈 만도 하다.

롬바르디의 직계라는 이유만으로 입단을 시켜 주고 승급 시험도 통과할 만큼 롬바르디 기사단이 허술한 곳이 아니다.

이전 생에서 아스탈리우가 뒤늦게 입단하고도 만년 수습생이었던 것만 봐도 알 수 있다.

"대단해, 두 사람."

내 말에 쌍둥이의 어깨가 다시 한번 으쓱거렸다.

"누님, 누님. 저도요!"

길리우와 메이론 옆에 서 있던 크레니가 한 걸음 바짝 다가오면서 나를 불렀다.

예상했던 대로 크레니는 쑥쑥 자랐다.

열다섯 살이 된 지금은 이미 키가 나를 넘어서 쌍둥이를 열심히 따라잡고 있었다.

"저 아카데미 입학시험 통과했어요!"

황자니까 프리 패스였던 페레스와는 달리 크레니는 아카데미 입학시험을 치러야 했다.

하지만 걱정한 적은 없었다.

크레니는 원래 머리가 좋은 편이기도 했고 내가 어렸을 때부터 열심히 조기 교육을 시켜 왔으니까.

하지만 칭찬해 달라는 듯 눈을 반짝이는 크레니를 무시할 수는 없지.

나는 이제 나보다 큰 크레니의 머리를 쓱쓱 쓰다듬어 주었다.

"잘했어. 고생 많았다, 크레니."

"헤헤. 다 누님 덕분이에요."

아이구, 말도 예쁘게 하는 녀석.

"혹시 아카데미 준비하는 데 도움이 필요한 일이 있으면 말해, 크레니."

물론 말 안 하더라도 최고급 짐 가방부터 용돈까지 두둑하게 챙겨 줄 생각이지만.

그런데 크레니가 정말로 필요한 게 있는 것인지 우물쭈물하면서 말했다.

"저어, 그럼 혹시 2황자 전하가 쓰시던 교과서…… 아니, 그냥 악수하면서 좋은 기운만이라도 받을 수 있으면 좋은데……."

유독 하얀 얼굴이 빨개지며 머쓱한지 볼을 긁는다.

"페레스? 페레스는 왜?"

"문관, 무관 동시 수석에 조기 졸업까지 하셨잖아요. 어렸을 때는 그렇게 대단한 분이신지 모르고……."

여기도 페레스의 팬이 하나 있었구만.

"그래, 그럼. 오늘 연회에 오기로 했으니까, 교과서는 모르겠지만 인사는 시켜 줄게. 그때 궁금한 게 있으면 물어봐."

"정말요? 감사합니다, 누님!"

크레니가 활짝 웃으며 발을 동동 굴렀다.

그때 옆에서 함께 싱글벙글 웃고 있던 쌍둥이가 갑자기 인상을 팍 구겼다.

"아아, 저기 오네."

나는 두 사람이 바라보는 쪽을 흘끔 돌아봤다.

요즘 제일 상대하기 귀찮은 사람이 측근들을 잔뜩 데리고 나를 향해 걸어오고 있었다.

시간이 지나도 방부제를 뿌린 듯이 하나도 늙지 않은 라비니 황후였다.

확연히 중년에 접어든 나이임에도 여전히 잡티 하나 없는 피부가 위화감마저 들게 했다.

내 생일날까지 저 얼굴을 봐야 하다니.

"귀찮아지니까 두 사람은 저쪽으로 가 있어."

나는 쌍둥이들에게 말했다.

황후는 어렸을 때부터 동년배인 샤나넷과 롬바르디 가문에 일종의 라이벌 의식을 가지고 있었다.

그래서 어쩌다 연회에서 샤나넷과 마주치는 일이 있으면 사사건건 부딪쳤다.

샤나넷이 비에제를 밀어내고 가주 대리가 된 이후로는 그 정도가 더욱 심해졌고 말이다.

그런 모습을 옆에서 보면서 자란 쌍둥이는 라비니 황후라면 치를 떨었고 말이다.

"크레니, 너도 형들 따라가."

혼자 남은 나는 작게 한숨을 쉬며 손에 들고 있던 음료수를 마셨다.

그리고 얼마 지나지 않아, 예쁘지만 어딘가 께름칙한 목소리가 나에게 말을 걸었다.

"성년이 된 것을 축하해요, 피렌티아."

속마음을 철저하게 숨긴, 상냥하고도 간드러지는 목소리였다.

나도 질 수 없지.

나는 사교계에 입문한 뒤로 줄곧 애용해 온 대외용 미소를 활짝 지으며 인사했다.

"제 생일 연회에 이렇게 직접 참석해 주시다니. 감사해서 몸 둘 바를 모르겠습니다, 황후마마."

"다른 누구도 아닌, 갤러한 롬바르디 경의 외동딸인 피렌티아의 생일인데. 내가 오늘같이 특별한 날을 놓칠 수가 있나요."

요 몇 년 내내 황후는 바빴다.

페레스가 아카데미로 간 틈을 타서 귀족들을 포섭하느라 정신이 없는 것이다.

원래 가지고 있던 사교계에서의 권력과 앙게나스 가문의 뒤락 상단을 앞세워서 공격적으로 귀족들로 하여금 아스타나를 지지하도록 만들었다.

여러모로 황후와 앙게나스의 신세를 진 가문들은 슬금슬금 눈치를 보며 그쪽에 줄을 설 수밖에.

게다가 아버지가 체사유 지역에 신경을 쓰면서 롬바르디 가주 후보에서 완전히 멀어졌다고 생각한 것인지, 겉으로는 어쨌든 나와 우호적인 관계를 맺으려고 무척이나 노력하고 있었다.

"게다가 친애하는 나의 사촌인 세랄의 시조카이기도 하니까요."

라비니 황후가 그렇게 말하며 왼쪽에 서 있던 세랄을 가리켰다.

그 뒤에서 빼꼼 고개를 내미는 라라네도 보였다.

나는 차마 소리를 내지는 못하고 눈빛으로 열렬히 인사하는 라라네에게 마찬가지로 조용히 눈짓으로 인사한 뒤에 세랄을 바라봤다.

"생일 축하해요, 피렌티아."

누가 같은 앙게나스 아니랄까 봐.

얼굴은 웃고 있어도 눈은 꿈쩍 않는 것까지 황후랑 똑같네.

세랄이 황후와 비슷한 것은 그뿐만이 아니었다.

라비니 앙게나스가 제국의 황후가 된 뒤에도 자신의 가문을 위한 야망을 숨기지 않았듯, 세랄도 점차 그런 모습을 보이고 있었다.

"비에제는 일이 바빠서 오지 못했지만, 피렌티아에게 생일 축하

한다는 말을 꼭 전해 달라고 몇 번이나 신신당부를 했답니다."

샤나넷이 가주 대리가 되고 난 뒤, 비에제는 앙게나스로 휴가를 떠났다.

그리고 1년이 지난 후에야 돌아온 비에제는 조금 달라져 있었다.

아니, 세랄과 비에제 모두 그랬다.

마치 부부 사이의 미묘한 권력 구도에 변화가 있었던 것처럼 비에제는 본격적으로 세랄의 말을 듣기 시작했다.

작게는 더 이상 사고를 치고 다니진 않는 것부터, 크게는 사업적인 조언까지 세랄에게서 얻었다.

덕분에 비에제가 책임지고 있는 롬바르디의 부동산 사업은 여러모로 앙게나스와 얽히게 되었다.

힘 있는 두 가문이라 함께 시너지 효과를 일으키고 있으니 롬바르디 내부에서도 반대의 의견은 나오지 않았고 말이다.

"선물은 방으로 보내 놨으니까 나중에 열어 봐요. 특별히 신경 써서 고른 최고급 진주 장신구 세트이니, 피렌티아 마음에 들었으면 좋겠네요."

세랄이 주변에 있는 사람들 모두 들으라는 듯 조금 큰 목소리로 말했다.

그리고 그 바통을 황후가 이어받았다.

"나는 생일 선물로 앙게나스에 있는 내 별장을 한 달간 빌려주고 싶은데. 어떤가요, 피렌티아?"

"별장이라면……."

"온천이 나오는 피포트성이지요."

농사도 시원찮고 지하자원도 없는 앙게나스가 요즘 밀고 있는 것이 바로 온천 관광 사업이었다.

아직은 알음알음 입소문이 나는 정도이지만, 몇 년이 지나면 귀족들의 휴양지로 완벽하게 자리를 잡는다.

그러자 앙게나스는 아예 고급 마차를 이용해 정기적으로 귀족들을 서부로 이동시켜 주는 여객 사업을 시작하는데 그러면서 꽤 많은 돈을 벌어들일 예정이다.

앞으로 몇 년 뒤의 이야기이지만.

"너무 가 보고 싶었는데! 감사합니다, 황후마마."

절대 갈 일은 없지만 일단 보는 눈이 많으니 받아야겠지.

내가 치맛자락을 잡으며 감사의 인사를 하자 황후의 푸른 눈동자가 빠르게 주변을 훑었다.

많은 사람들이 우리의 대화를 듣고 있는지 확인하려는 거다.

당연히 오늘은 나의 생일 연회고 거기에다 황후가 자기 측근들까지 죄다 이끌고 왔으니 사람들은 여기를 주목하고 있었다.

아, 이건 좀 불길한데.

이유를 알 수 없는 안 좋은 예감이 머리를 확 스친다.

너무 많은 사람들의 시선이 모였다.

그리고 이런 기회를 라비니가 그냥 놓칠 리 없다.

나는 자리를 뜨려고 말을 꺼냈다.

"그럼 즐거운 연회 되시고, 저는 이만⋯⋯."

"이제 피렌티아도 성년이 되었으니 적당한 짝을 찾을 때가 되었네요."

이건 또 무슨 개소리야.

나는 웃는 얼굴로 헛소리를 하는 라비니 황후를 빤히 바라봤다.

너무 어이가 없어서 하마터면 표정 관리하는 것도 깜박할 뻔했네.

"저는 아직 그럴 생각이……."

"갤러한 님이 워낙 그런 쪽에는 관심이 없으시니, 황후마마께서 나서 주신다면 피렌티아에게도 좋은 일이지요."

얼씨구.

미리 입을 맞춰 놓은 듯, 세랄이 얼른 나서서 맞장구를 친다.

"그럴까요? 피렌티아의 생각은 어떻지요?"

라비니 황후가 나를 보며 물었다.

그러나 정말로 나의 의견을 묻는 것은 아니다.

지금 이 자리에는 나의 보호자인 아버지도 없었고, 아무리 이제 성인이 되었다고 하더라도 결혼 적령기까지는 아직 몇 년 남았다.

나보다 네 살 많은 라라네도 아직 혼처가 정해지지 않았는데.

그럼에도 불구하고 라비니 황후는 일부러 사람들이 많이 보는 앞에서 이야기를 꺼낸 것이다.

내가 거절을 하지 못하도록.

게다가 상대가 황후이니 나중에 아버지나 할아버지가 이 일을 알게 된다고 한들 번복하기는 쉽지 않다.

나를 바라보며 미소 짓는 황후의 눈동자가 번들거렸다.

황후를 대적할 만한 할아버지도 근처에 없으니 내가 분위기에 휩쓸려 고개를 끄덕일 줄 알았겠지.

"피렌티아의 혼처 찾는 일을 내게 맡겨 주겠어요?"

하지만 상대를 잘못 골랐다.

주변 상황을 이용해서 나를 압박하다니 그 점은 높게 사 줄 만하지만.

나는 빠르게 주변을 두리번거렸다.

마침 멀지 않은 곳에 내가 찾던 사람이 보였다.

지금 이 연회장에 황후가 상대하기 껄끄러운 사람은 할아버지만 있는 게 아니다.

나는 '흠흠' 하고 작게 목을 가다듬은 뒤 조금 큰 목소리로 외쳤다.

"안녕하세요, 2황자님!"

내 목소리에 빠르게 반응하며 돌아보는 페레스를 향해 활짝 웃으며 손을 살짝 흔들어 주었다.

나를 매우 껄끄럽게 만들다니.

더 껄끄러운 상황을 만들어 주지, 라비니 황후.

페레스가 나를 향해 똑바로 걸어오기 시작하자 장관이 펼쳐졌다.

중간에 서 있던 귀족들이 바다가 갈라지듯 페레스에게 길을 터 주며 물러섰다.

누군가가 시키거나 나서서 비키라고 한 게 아니었다.

이미 페레스가 연회장에 나타날 때부터 주목하고 있던 이들이 스스로 움직인 것이다.

그리고 연회장 한복판에 생겨난 그 길 끝에는 내가 있었다.

페레스는 아무 말 없이, 길 끝에 선 나만 보며 성큼성큼 걸었다.

마치 다른 이들의 시선 따위는 느껴지지 않는 사람처럼.

뚜벅.

둔탁한 신발 굽 소리와 함께, 페레스가 내 앞에 섰다.

그리고 낮은 목소리로 말했다.

"오랜만입니다, 피렌티아 롬바르디 영애."

"……저의 생일 연회에 참석해 주셔서 감사해요."

솔직히 조금 놀랐다.

나는 순간적으로 페레스가 바로 '티아'라든가 '여기 있었어?' 같은 말을 할 줄 알았다.

워낙 주변의 사람들은 신경 쓰지 않는 성격이었으니까.

그런데 놀랍게도 페레스는 나를 '피렌티아 롬바르디 영애'라고 불렀다.

처음이었다.

게다가 오늘 6년 만에 처음 만난 것 같은 천연덕스런 연기까지 덧붙였다.

뿌듯하구만.

이게 바로 잘 키운 제자를 보는 선생님의 마음인가?

나는 아예 라비니 황후 쪽은 쳐다보지도 않은 채로 생긋 웃으며 페레스에게 말했다.

"이번에 아주 우수한 성적으로 아카데미를 졸업하셨다고 전해 들었어요. 문관과 무관 동시 수석 졸업에 5년 만에 조기 졸업이라니! 정말 대단하세요!"

일부러 더 호들갑을 떨면서 말했다.

내 말에 주변의 귀족들도 미소 띤 얼굴로 고개를 끄덕끄덕했다.

표정이 썩어 가는 것은 황후와 그 무리뿐이었다.

"운이 좋아 노력한 대로 좋은 결과가 따라 주었을 뿐입니다."

페레스는 거기에 겸손하고 정중한 대답을 하면서 귀족들의 호감도를 더욱 올렸다.

그리고 페레스가 라비니 황후를 바라봤다.

"황후마마를 뵙습니다."

별다른 사족도 붙지 않은, 무미건조한 인사말이었다.

몇 년 만에 만난 황후에게 하기에는 상당히 성의 없는 인사이기도 했다.

그래도 내공이 깊은 황후는 여전히 웃는 얼굴로 페레스에게 말했다.

"졸업을 축하해요, 황자."

그러나 그것도 잠시.

황후가 이내 눈꼬리를 아래로 내리며 가녀리고 상처받은 사람의 얼굴을 만들어 냈다.

페레스와 황후의 진검 승부였다.

흥미진진한데?

"그런데 서운하군요. 6년 만에 돌아온 황자의 얼굴을 연회에서 처음으로 보게 되다니."

아, 나라면 그 말은 꺼내지 않았을 텐데!

왜냐면.

"죄송합니다. 어제 오후 늦게 황궁에 도착하는 바람에 그리되었습니다. 폐하께도 대회의 중간에 겨우 인사를 드렸으니, 너무 서운해 마십시오."

이렇게 페레스가 대회의에 대해서 이야기를 꺼낼 수 있거든.

그리고 그렇게 되면.

"아! 오늘 몇몇 분들이 말씀하시는 것을 들었어요. 다음 대회의부터 폐하를 배석하게 되셨다지요, 2황자님?"

내가 이렇게 맞장구를 칠 수 있게 되니까.

"대회의에……?"

"그거 엄청난 거 아닌가?"

어제저녁에 막 있었던 일이기에, 아직 소식을 듣지 못한 귀족들이 더 많았다.

깜짝 놀란 그들은 황후를 흘끔흘끔 바라보며 수군거렸다.

처음부터 황후가 나를 엮기 위해 일부러 끌어모았던 사람들과 페레스가 등장하며 주변으로 모여든 사람들까지.

더 멀리서 이곳의 상황을 지켜보던 이들까지 합치면 수십 명의 귀족이 이제 페레스가 아스타나처럼 대회의에 참석하게 되었다는 사실을 알게 되었다.

"맞습니다."

페레스가 고개를 끄덕이며 담백하게 인정하자 사람들의 웅성거림은 더욱 커졌다.

아이고, 꼬시다.

나는 웃음이 나오려는 것을 겨우 참아 내고 있었다.

함부로 날 건드리면 이렇게 되는 거다, 라비니 황후.

그렇게 귀족들에게는 놀랄 시간을, 황후에게는 분해서 눈꺼풀을 파르르 떨 시간을 충분히 준 뒤에, 나는 페레스의 옆에 서며 방긋 웃는 얼굴로 말했다.

"저는 그럼 2황자님께 주변 소개를 해 드리러 가 보겠습니다, 황후마마. 거의 6년 만에 황도로 돌아오셨으니 만나 볼 분들이 얼마나 많으시겠어요."

전혀 흠잡을 곳 없는, 배려심 깊은 나의 제안이었다.

그러니 황후가 할 수 있는 말은 한 가지밖에 없다.

"……그렇게 해요, 롬바르디 영애."

나와 페레스는 아예 연회장 반대편으로 걸어 나왔다.

우리의 대화를 들을 수 있을 만큼 가까운 곳에 사람이 없다는 것을 확인한 뒤에, 나는 페레스의 옆구리를 툭 치며 말했다.

"잘했어, 페레스."

내 말에 페레스가 조용히 입술을 늘이며 웃었다.

"티아 네가 곤란해 보이길래."

"눈치도 빨라지다니. 크레니도 내년에 아카데미에 입학한다던데 너처럼 잘 배워 왔으면 좋겠다."

"크레니? 아, 그 작은⋯⋯."

"이제 더 이상 작지 않아. 나보다도 큰걸? 오늘도 널 만나고 싶다고 잔뜩 들떠 있어. 아카데미에 대해서 묻고 싶은 게 많은가 봐."

그렇게 이야기를 하고 있는데, 페레스가 나를 빤히 바라봤다.

"왜 그렇게 봐?"

"⋯⋯티아는 변한 게 없는 것 같아서."

"그게 지금 칭찬이야, 욕이야?"

페레스는 대답 대신 슬쩍 눈웃음을 지었다.

"아무튼 페레스 덕분에 오랜만에 아주 속 시원했어. 흥, 쌤통이다."

"황후와 무슨 이야기를 나누던 중이었어? 표정이 안 좋던데."

"아, 그게. 갑자기 내 혼처를 알아봐 주겠다느니 이상한 말을 하잖아. 그것도 사람들 다 듣는 곳에서. 그래서 좀 짜증이 났었지."

고스란히 갚아 줬으니 이제 좀 많이 풀렸지만.

"⋯⋯뭐라고 했다고?"

페레스가 나에게 되물었다.

그런데 정말로 잘 못 들어서 물어보는 것 같지는 않았다.

싸늘하게 식은 얼굴로 황후가 있는 쪽을 바라보고 있었으니까.

나는 목소리를 완전히 줄이고 말했다.

"황후의 수법이야. 사교계에서 영향력을 유지하는. 적당한 사람들끼리 이어 주면서 양쪽 가문으로 연줄을 만드는 거지."

중매 서는 매파도 아니고 말이야.

하지만 분명히 효과가 좋은 방법인 것만큼은 인정해야 한다.

"하지만 너무 걱정하지는 마. 황자의 혼인은 황제 폐하의 허락이 있어야 하니까. 너한테까지 손을 뻗치려고 하지는 않을 거야."

나는 한동안 마주치지 않게 조심 좀 해야겠지만.

라비니 황후는 쉽게 포기할 사람이 아니었다.

운 안 좋게 다른 연회에서 혼자 마주치거나 하면 또 무슨 말을 할지 모른다.

"당분간 연회는 다니지 말아야겠⋯⋯ 페레스?"

페레스가 조금 이상했다.

평소보다 훨씬 무표정한데 어딘가 모르게 더 싸늘하다고 해야 하나.

나는 페레스의 어깨를 작게 토닥이며 달랬다.

"너무 걱정하지 마. 아직 1황자도 혼처가 정해지지 않았는걸. 대뜸 너부터 아무 여자하고 엮으려고 하지는 않을 거야."

"티아."

페레스가 나를 부르며 자신의 어깨에 놓은 내 손을 잡아 내렸다.

그런데 내 손을 잡은 페레스의 굳은살 박인 손에 힘이 잔뜩 들어가 있었다.

"왜 그래, 페레스?"

"혹시 황후가 다시 그런 말을 한다면, 그땐 나에게 말해."

아, 내 생각이 틀렸다.

페레스는 자신이 아니라, 나의 걱정을 해 주고 있는 것이었다.

나는 어쩐지 웃음이 나려고 하는 것을 꾹 눌러 참으며 되물었다.

"말하면? 네가 어떻게 도와줄 수 있는데?"

"……어떻게든."

페레스는 진심이었다.

깊게 가라앉은 눈을 보면 알 수 있었다.

내가 녀석에게 도움을 청하면, 페레스는 진심으로 최선을 다해서 나를 도와주려 할 것이다.

그것이 느껴지자 나도 모르게 안도감과 함께 조금 울컥한 마음이 들었다.

"언제 이렇게 커서는……."

나는 순간적으로 페레스에게 잡혀 있던 손을 들어 습관처럼 페레스의 머리를 쓰다듬으려다 거둬들였다.

어려서 내가 페레스의 배동이었고, 페레스가 아버지의 병을 치료하는 데 크게 기여했다는 것은 모두 아는 사실이었다.

그러나 아무리 친해도 황자의 머리를 쓰다듬는 건 여러모로 오해의 소지가 있었다.

그런데.

페레스가 거둬지는 내 손을 다시 붙잡았다.

그리고 녀석의 붉은 눈과 나의 시선이 마주쳤다.

이제 어른이 된 웃음기 없는 아름다운 얼굴이 한눈에 들어왔다.

내 손을 잡고 있는 페레스의 체온이 유독 뜨겁게 느껴졌다.

두근.

평온하던 심장이 어긋나게 뛰었다.

이건, 뭐지?

그때 노기가 잔뜩 서린 목소리가 나를 불렀다.

"티아야."

"할아버지!"

눈에서 불길이 이글거리는 것같이 잔뜩 화가 난 할아버지가 다가 왔다.

"방금 이야기를 들었다. 황후가 너에게 쓸데없는 말을 했다고 하던데."

아마 다른 곳에서 이야기를 나누다가 누군가가 전한 소식을 듣고 부리나케 달려오신 듯했다.

반듯하게 빗어 넘긴 할아버지의 머리카락 한 가닥이 앞으로 흘러 내려와 있는 것을 보면.

"걱정하지 마세요. 대답하지 않고 잘 둘러댔으니까."

"그래, 그래야 내 손녀……."

할아버지의 시선이 페레스가 잡고 있는 내 손에 와 닿았다.

"2황자."

할아버지가 낮은 목소리로 페레스를 불렀다.

"그 손은 뭔가?"

할아버지가 오해하기 전에 내가 얼른 대답했다.

"제가 위로를 좀 해 주고 있었어요, 할아버지."

"……위로?"

할아버지의 한쪽 입꼬리가 비뚤게 말려 올라갔다.

"그래. 위로를 다 받았으면 그 손은 이제 놓는 게 어떤가?"

페레스가 나를 한번 보더니 내 손을 놓았다.

미간에 미세하게 주름이 잡힌 채였다.

그렇게 할아버지와 페레스는 아무 말도 하지 않고 서로를 노려봤다.

이상하다.

할아버지야 마음에 들어 하는 사람이 원래 별로 없는 분이라지만, 페레스가 저렇게 날을 세우는 것이 이해가 가지 않았다.

혹시 나 모르게 두 사람 사이에 충돌이라도 있었나?

페레스가 롬바르디에 대해서 안 좋은 생각을 가지면 안 되는데.

그렇게 짧지만 강렬한 눈싸움 끝에 할아버지가 불퉁한 목소리로 말했다.

"나는 내 손녀와 나눌 이야기가 있으니 황자는 이만 연회장으로 돌아가 보시게."

명백한 축객령이었다.

물론 여기는 롬바르디 저택이니 페레스는 분명히 객이 맞았지만.

제국의 황자에게 저렇게 말할 수 있는 사람은 할아버지밖에 없을 거다.

나는 아까 쌍둥이와 크레니가 사라진 쪽을 가리키며 페레스에게 말했다.

"저쪽으로 가면 쌍둥이랑 크레니가 있을 테니까 먼저 가서 같이 이야기하고 있어."

"……알겠어."

페레스가 마지막으로 할아버지에게 꾸벅 묵례를 하더니 내가 말해 준 방향으로 걸어갔다.

"크흠."

할아버지는 그런 페레스의 뒷모습을 끝까지 못마땅하게 보더니 나를 근처의 한적한 테라스로 이끌었다.

두껍고 긴 장막이 쳐져 있어서 편하게 대화를 나눌 수 있는 장소였다.

잠시 뒤, 저택의 하인이 쟁반에 와인이 담긴 잔 두 개와 와인 병을 가져왔다.

할아버지가 잔을 들어 하나를 내게 건네며 말했다.

"이제 티아 너도 성인이니 이 할아비와 술 한잔은 할 수 있겠지."

할아버지는 감회가 새로운지 유독 깊은 미소를 지었다.

나는 감사히 그 잔을 받아 들고 향기를 맡았다.

그런데 깊이 있는 그 향기가 심상치 않아 무심코 와인 병을 확인했다.

"와아, 빈티지 마르스네요? 깊은 풍미와 길게 남는 여운이 좋은 와인이잖아요."

이거 시가가 도대체 얼마더라?

"제 생일이라고 이렇게 좋은 병을 여시다니, 감사하…….."

병을 보는 것은 이전 생에 술을 즐겨 마시며 생긴 습관이었다.

그런 나를 지켜보던 할아버지가 말했다.

"……술에 대해서 아주 잘 아는구나, 우리 티아가."

"……."

아, 젠장.

나 이제 막 성인이 된 거였지.

"……라고 책에서 봤어요, 할아버지."

내 대답에 할아버지의 살짝 가늘어진 눈이 나를 의심스럽게 본다.

"그래, 네가 그렇다면 그런 것이겠지."

"하하……."

할아버지는 그렇게 말하며 내가 든 잔에 자신의 잔을 살짝 부딪
쳤다.

챙 하는 맑은 소리가 테라스의 한적한 밤공기를 울렸다.

나는 슬쩍 할아버지의 눈치를 보면서 와인을 한 모금 마셨다.

역시, 비싼 와인.

독한 축에 끼는 술임에도 이대로 꼴깍꼴깍 마시고 싶을 만큼 맛
있다.

찰랑이는 와인을 입맛 다시며 보고 있는데 할아버지가 나에게 물
었다.

"아직 생일 선물을 주지 않았는데. 가지고 싶은 것이 있느냐?"

연회장 안에서 흘러나온 빛이 할아버지의 얼굴에 깊은 명암을 만
들어 내고 있었다.

"가지고 싶은 것이 있다면 무엇이든 말하거라."

그냥 하는 말이 아니다.

할아버지는 롬바르디 가문의 가주다.

정말로 내가 원하는 것이라면 다 구해다 주실 수 있는 능력이 있
는 분이다.

그렇기 때문에 할아버지의 얼굴에는 짙은 그림자로도 감출 수 없
는 기대감이 잔뜩 어려 있었다.

무엇을 말해 볼까.

순간적으로 짓궂은 생각이 들었다.

금괴를 한 상자 달라고 해 볼까.

아니면 롬바르디의 영지 중 먹고살 만한 작은 땅을 하나 떼어 달

라고 해 볼까.

내가 무엇을 말하든 아마 할아버지는 들어주실 것이다.

하지만 내가 원하는 것은 그런 작은 것들이 아니다.

돈이라면 이미 나도 충분히 있고, 정착할 만한 땅이라면 이미 아버지의 체사유 영지가 있으니까.

내가 가지고 싶은 것은 딱 한 가지.

롬바르디뿐.

게다가 할아버지는 내가 소소하고 평범한 것들을 생일 선물로 달라고 한다면 아마 실망하실 것이다.

지금 나를 주시하는 할아버지의 흥미 가득한 눈빛이 그렇게 말하고 있었다.

그렇다면 그 기대에 부응해야겠지.

나는 착한 손녀니까.

와인을 다시 한 모금 마시며 할아버지에게 물었다.

"저는 오늘부로 성인이죠, 할아버지?"

"그렇지. 열여덟 살이 되었으니."

고개를 끄덕이는 할아버지의 얼굴은 여유로웠다.

내가 그다음 말을 하기 전까지는.

"그렇다면 이제 저의 권리도 발효가 되겠네요."

"……권리?"

"네, 가주의 직계로서 책임자의 권한을 뛰어넘어 롬바르디의 사업에 관여할 수 있는 권리요."

젊은 시절의 샤나넷도, 비에제도 시작은 모두 같았다.

직계의 권리를 발동시켜 자신이 관심 있고 자신 있는 분야에 한

발 들여놓는 것.

그래서 좋은 성과를 이뤄 내, 자신의 능력을 입증하는 것.

그것이 롬바르디가 세상에 자신을 드러내는 방식이었다.

"……."

나를 보는 할아버지의 눈동자가 짧게 떨렸다.

"다른 건 필요 없어요."

저는 롬바르디를 원해요.

역사상 가장 위대하고 아름다운 이 가문을.

그러니까.

나는 할아버지를 향해 차분하게 미소를 지으며 말했다.

"딱 한 번. 제가 저의 권리를 사용할 수 있도록 지지해 주세요, 할아버지."

테라스에 잠시 침묵이 흘렀다.

할아버지는 눈도 한번 깜박이지 않고 나를 보고 있었다.

그리고 그 눈에 서서히 웃음기가 스친다고 생각한 순간.

"하하하!"

할아버지가 크게 웃음을 터뜨렸다.

"그것참……. 하하하!"

손에 쥔 와인이 잔 밖으로 흘러넘칠 정도로 크고 쾌활한 웃음이었다.

나는 할아버지의 웃음이 잦아들 때까지 조용히 기다렸다.

"그것이 네가 고른 선물이더냐, 피렌티아."

"네. 성인이 되는 생일 선물이니까 조금 좋은 걸로 욕심을 부려 봤어요, 할아버지."

"욕심이라⋯⋯."

할아버지가 잘 다듬어진 수염을 문지르며 중얼거렸다.

"그것은 나의 직계라면 누구나 가지는 권리다. 굳이 생일 선물로 바라지 않더라도 이미 정당히 너의 것이거늘."

나는 할아버지에게 단호하게 고개를 저었다.

회귀한 뒤로 나는 그 누구보다 롬바르디다운 유년시절을 보내왔다.

그래서 이제는 이전 생에서처럼 출신도 제대로 알 수 없는 어머니를 둔 사생아라 손가락질을 받는 처지가 아니다.

그러나 그게 내가 넘어서야 할 전부는 아니다.

"제가 생일 선물로 원하는 것은 단순한 권리 행사가 아닌, 그에 대한 할아버지의 지지예요."

"나의 지지가 필요할 것이라 판단하는 이유가 무엇이냐?"

"물론 저는 권리를 행사하기에 충분한 자격을 갖췄어요. 성인이고, 할아버지의 손녀이고, 또 제법 똑똑하기도 하죠."

할아버지가 내 말에 동의하듯 낮은 웃음을 흘렸다.

"하지만 동시에 저는 여자죠. 그것도 겨우 성인이 된. 저는 제 앞을 가로막는 방해물을 잘 알고 있어요, 할아버지."

나는 할아버지를 똑바로 바라봤다.

"제가 권리를 발동시켜 사업에 손을 대면 반발이 있을 거예요."

정확히는 비에제가 그렇게 나올 것이다.

지금까지 샤나넷만을 경쟁자로 생각하고 롬바르디 외부에서 힘을 키워 왔는데, 어린 조카까지 두각을 나타낼까 두려워 싹을 자르려 하겠지.

"그때 딱 한 번만, 저를 지지해 주세요. 다른 도움은 필요 없어요."

이미 준비는 모두 끝났으니까.

잠자코 내 말을 듣고 있던 할아버지의 얼굴에 묘한 미소가 피어났다.

"그래, 너의 말대로 해 주마. 생일 선물로 그것이 받고 싶다는데, 할아비가 해 줘야겠지."

그렇게 말하는 할아버지의 눈에서 나에 대한 애정이 평소보다 몇 배는 더 뿜어져 나오는 것 같다.

"생일 선물은 언제쯤 받아 갈 테냐."

"조만간이요."

"조만간?"

"네, 아주 조만간."

할아버지의 약속도 받아 냈겠다, 마침 때가 딱 알맞으니 이제 더 기다릴 필요는 없다.

할아버지가 나를 보고 빙그레 웃으며 말했다.

"기대하고 있으마."

화려하게 차려입은 사람들로 가득한 연회장의 한쪽 구석.

음악 소리와 온갖 소음으로 소란스러운 그곳에서 갤러한은 푹신한 소파에 턱을 괴고 앉아 조용히 생각에 잠겨 있었다.

롬바르디 가주의 삼남, 그리고 제국 전역으로 뻗어 나간 갤러한 의복점의 주인.

그런 엄청난 수식어가 따라다니는 남자였지만 지금 이 순간 흘끔

거리는 귀족들의 시선을 잡아끈 것은 그런 게 아니었다.

긴 다리를 느슨하게 꼰 채로 골몰히 생각에 잠겨 있는 우수에 찬 갤러한의 얼굴이었다.

"흐음."

갤러한이 느리게 눈을 깜박이며 낮은 한숨을 쉬었을 때였다.

"무슨 고민이라도 있으십니까?"

"아, 클레리반 님!"

부드럽게 말을 걸어 온 클레리반의 등장에 갤러한의 표정이 밝아 졌다.

"피렌티아 님의 생일 연회인데, 여기서 갤러한 님의 안색이 제일 안 좋습니다."

"아, 그런가요……. 클레리반 님의 말씀이 맞습니다. 고민은 나중에 하고 티아의 생일을 즐겨야지요."

갤러한이 멋쩍어하며 볼을 붉혔다.

그 모습을 가만히 보던 클레리반은 갤러한의 근처에 앉으며 고개를 저었다.

"고민은 미루는 것보단 나눠야 하는 것 아니겠습니까. 무슨 일인지 말씀을 해 주시면 저도 같이 생각을 해 보죠."

"아……."

갤러한은 잠시 갈등했다.

클레리반이 함께 고민해 준다면 분명 좋은 해결책이 나올 것이다.

그렇게 믿어 의심치 않았다.

하지만 펠렛 상회를 이끌어 가느라 바쁜 클레리반에게 자신까지 폐를 끼칠 수는 없었다.

"괜찮습니다, 클레리반 님. 저 혼자서 해결해 보도록⋯⋯."

"이제, 제 도움은 필요 없으신 겁니까?"

"그럴 리가요!"

갤러한이 펄쩍 뛰며 두 손을 내저었다.

"하지만 클레리반 님께서는 펠렛 상회의 일로 분명 바쁘실 것이고, 티아가 클레리반 님의 신세를 지고 있는 상황에서 저까지 부담을 드리면 너무 면목이 없어서요."

"그렇게 말씀하지 마십시오."

클레리반이 낮은 목소리로 말했다.

"갤러한 님은 피렌티아 님의 아버님이 아니십니까. 또한 저는 한때 갤러한 님과 의복점을 함께 세운 파트너이기도 했습니다."

"클레리반 님⋯⋯."

"갤러한 님은 이미 제게 가족이나 다름없는 특별한 분이십니다. 그런데 그런 말씀을 하시면 오히려 제가 섭섭합니다."

"⋯⋯그렇게 말씀해 주시니 감사합니다."

갤러한이 힘없이 웃었다.

"이제 어떤 고민인지 말씀해 주시죠."

클레리반은 여유롭게 한쪽 발을 들어 다리를 꼬며 말했다.

"갤러한 의복점의 일은 아닙니다. 의복점은 이제 제가 없어도 괜찮을 만큼 안정기에 들어섰으니까요. 다만 체사유 영지가⋯⋯."

"건국제 훈장과 함께 하사받은 남부의 땅 말씀이시군요. 최근에 자주 체사유 영지로 가 계신다는 말은 들어 알고 있습니다."

"예, 숙모님의 말씀대로 여유롭고 평화로운 곳이지요. 그런데⋯⋯."

갤러한의 얼굴에 다시 수심이 깃들었다.

"아무래도 제가 갤러한 의복점의 일 때문에 영지를 하사받고도 오랫동안 신경 쓰지 못해서인지, 체사유 지역의 재정이 어렵습니다."

"어느 정도길래 그러십니까?"

"아, 물론 영지민들이 배를 곯거나 하지는 않습니다. 그러나 그게 전부입니다."

체사유는 인구가 수만에 이르는 작지 않은 영지였다.

다시 말하면, 그 수만 명의 사람들의 삶이 이제 갤러한에게 달려 있다는 뜻이기도 했다.

그리고 최근 들어 체사유 지역을 돌보기 시작한 갤러한에게는 그 부담감이 너무나 크게 다가왔다.

"농사가 잘된 해에는 괜찮습니다. 먹을 것이 있으니까요. 그러나 흉년이 드는 해에는 몇백 명이 죽어 나갑니다. 영지 전체가 오로지 농사에만 매달린 결과이지요."

"솔직히 말씀드리자면 제국에서 평민들의 삶이 그 정도로 유지되는 영지도 흔치 않을 겁니다."

클레리반이 냉정하게 말했다.

"저도 압니다. 하지만……."

갤러한의 찡그린 미간에 깊은 주름이 생겼다.

"저는 평생 아버님이 롬바르디를 운영해 나가는 모습을 봐 왔습니다. 단기간에 체사유가 롬바르디 같은 성장을 이룩하기를 원하는 것은 아니지만 적어도 체사유의 사람들이 안정적으로 수익을 얻을 수 있는 다른 방법이 있으면 합니다. 롬바르디의 시민들처럼요."

"……욕심이 많으시군요."

클레리반의 말에 갤러한이 멋쩍은 웃음을 터뜨렸다.

"하하, 제가 좀 그렇지요."

"하지만 이제 한 영지를 책임지는 사람으로서 아주 멋진 고민이십니다."

"가, 감사합니다. 클레리반 님께 그런 칭찬을 받다니."

"……누가 들으면 제가 좋은 말이라고는 하지 않는 냉혈한인 줄 알겠습니다."

그러나 갤러한은 어색하게 웃으며 대답을 피했다.

클레리반은 그런 갤러한을 조금 불만스럽게 쳐다보다가 말했다.

"농사를 지을 넓은 평야 말고도 체사유 땅이 가진 자산이 하나 더 있지요."

"그게…… 무엇입니까?"

"강입니다. 체사유 지역은 거대한 녹타강의 하역에 위치해 있지 않습니까."

"아…….."

"그리고 녹타강을 조금만 타고 내려가면."

"동부의 루만 영지까지 이어지는 엘비강과 교차하죠!"

"바로 그겁니다."

클레리반의 얼굴에 희미한 미소가 걸렸다.

"마침 체사유는 중앙과 남부를 잇는 육로 교통의 요충지이지요. 동부로 가는 험난한 산악 지대를 우회할 수 있는 좋은 수상 무역로의 시작점으로서의 잠재력이 충분히 있어 보입니다."

"역시 클레리반 님!"

갤러한의 환호에 클레리반은 어깨를 짧게 으쓱했다.

'뭐 이런 것쯤이야' 하는 의미였다.

그때, 샤나넷의 쌍둥이들이 두 사람이 앉아 있는 자리에 합류했다.

"저 여자는 여기에 왜 와서는."

"사람이 많이 모이는 곳이니까 또 실컷 잘난 척하려고 왔겠지."

"무슨 말이니, 길리우, 메이론?"

갤러한의 물음에 쌍둥이가 짧게 눈짓을 교환하고 대답했다.

"황후…… 마마께서 또 티아에게 시비를 걸잖아요."

"연회에서 마주칠 때마다 어떻게든 티아의 기를 죽이려고."

"제대로 성공한 적도 없으면서 왜 계속 저럴까?"

"어머니께도 그러더니. 저 여자…… 황후마마가 오니까 어머니
도 귀찮다며 연회에 참석하지 않으셨잖아."

"윽, 정말 싫어."

쌍둥이가 나누는 대화를 들은 갤러한의 안색이 어두워졌다.

이미 엉덩이는 의자에서 반쯤 떨어져 있는 상태였다.

"아무래도 제가 가 보는 것이……."

"피렌티아 님께서는 괜찮으실 겁니다."

클레리반이 그런 갤러한을 만류하며 말했다.

"너무 걱정하지 마십시오."

오히려 피렌티아 님에게 시비를 건 황후를 걱정하면 모를까.

클레리반은 그렇게 생각하며 웃음을 속으로 삼켰다.

"피렌티아 님은 현명하고 똑똑한 분이니 황후마마와 부딪치는
일 없이 잘 넘기실 겁니다."

"그럴까요?"

갤러한은 클레리반의 말에 고개를 끄덕이며 다시 자리에 앉았다.

그러나 그것도 잠시.

갤러한은 참지 못하고 자리에서 벌떡 일어났다.

"아무래도 안 되겠습니다."

"갤러한 님."

"가서 티아가 괜찮은지 확인해 보고 와야겠어요."

"티아는 괜찮습니다."

그런 갤러한을 말리는 목소리가 하나 더 있었다.

룰락에게 티아와의 시간을 빼앗긴 페레스였다.

"……2황자 전하?"

페레스의 어린 시절만을 기억하고 있던 갤러한은 설마 하는 목소리로 물었다.

"오랜만입니다, 갤러한 롬바르디 공."

"이, 이거 몰라보겠습니다."

갤러한은 놀라서 말까지 더듬었다.

그만큼 페레스의 변화는 놀라웠다.

"티아를 만나고 온 길입니다. 티아는 지금 롬바르디 가주님과 대화를 나누고 있으니, 너무 걱정하지 않으셔도 됩니다."

"그렇습니까……."

딸에 대한 걱정으로 딱딱하게 굳어졌던 갤러한의 안색이 눈에 띄게 밝아졌다.

한편, 갤러한의 옆에 선 클레리반은 눈을 동그랗게 뜨고 페레스에게서 눈을 떼지 못했다.

피렌티아와 페레스가 꾸준히 편지를 주고받는 것은 알고 있었다.

그 덕분에 피렌티아에게서 2황자의 소식도 자주 전해 들었다.

하지만 그 소식들은 대체로 '누구와 친하게 지낸다더라' 혹은, '무슨 시험에서 1등을 했다더라'와 같은 것들일 뿐이었다.

시간이 지나고 피렌티아가 커 가는 것을 보면서도 머릿속의 페레스는 언제나 아카데미로 떠났던 어린아이에 불과했다.

그런데 6년이라는 시간이 지난 뒤에 나타난 페레스는 상상 이상이었다.

'엄청난 위압감이다.'

클레리반은 그렇게 생각하며 페레스를 바라봤다.

지금은 부드러운 태도로 갤러한과 이야기를 나누고 있지만 만약 저 사람이 적대감을 가지고 나를 노려본다면.

꿀꺽.

클레리반은 자기도 모르게 인상을 찌푸렸다.

그가 아는 한, 이 정도의 카리스마를 지닌 사람은 룰락밖에 없었다.

황실 연회 등에서 요바네스 황제와 마주한 적도 몇 번 있었지만, 그에게서는 페레스와 같은 강력한 위압감은 없었다.

그렇게 생각한 순간.

클레리반과 페레스의 붉은 눈동자가 정면으로 마주쳤다.

"그대로군."

그리고 그 속에서 클레리반은 빠르게 스치는 감정들을 약간이나마 읽을 수 있었다.

"펠렛 상회의 주인인, 클레리반 펠렛 공."

그것은 약간의 호기심이 섞인, 오해할 나위 없는 경계심이었다.

나를 왜?

클레리반의 머릿속에 의문이 들었다.

자신과 2황자는 제대로 인사를 나눈 적도 없었다.

그저 롬바르디 저택이나 연회에서 오다가다 스친 적이 있을 뿐이었다.

그런데 왜 나에게 경계심을?

클레리반은 당황한 속마음을 숨기며 페레스에게 정중하게 인사했다.

"처음으로 인사드리겠습니다, 2황자 전하. 클레리반 펠렛입니다."

그러나 페레스는 대답이 없었다.

그저 빤히 클레리반을 바라보고 있을 뿐.

딱히 인상을 쓴다거나 정색을 한 것이 아닌, 습관적인 무표정일 뿐인데 짓누르는 듯한 위압감이 클레리반을 괴롭혔다.

그것은 마치 '복종하라'고 말하는 것 같았다.

그러나 클레리반은 처음 룰락 앞에 섰던 날을 떠올리며 평정심을 유지했다.

2황자가 대단하기는 하지만, 아직 룰락만큼은 아니다.

그 사실을 기억하고 흔들리지 않으려 애썼다.

그리고 어느 순간.

클레리반을 괴롭히던 무게감이 거짓말처럼 사라졌다.

나를 시험하고 있었구나.

클레리반은 깨달을 수 있었다.

"펠렛 상회의 대단한 행보를 이끌어 가는 사람을 만나게 되어 나도 반갑군."

"……영광입니다."

그러나 일부러 쏘아 대던 기세를 거둬들였다고 해서 페레스의 태도가 누그러진 것은 아니었다.

여전히 미묘하게 자리 잡은 경계심을, 클레리반은 여실히 느낄 수 있었다.

그리고 그것이 클레리반의 머릿속에 경종을 울렸다.

'베이트 님에게 자료를 요청해 봐야겠다.'

클레리반은 연회가 끝나자마자 서신을 보내야겠다고 마음먹었다.

"합석해도 되겠습니까?"

페레스가 갤러한에게 정중하게 물었다.

"그럼요."

"실례하겠습니다."

페레스가 막 자리에 앉았을 때였다.

탕!

길리우가 앞에 놓인 테이블을 손바닥으로 세게 내리치며 쯧 하고 혀를 차더니 말했다.

"아, 왜 이렇게 파리가 많아. 너도 봤지, 메이론?"

"어. 왕 큰 똥파리가 자꾸 얼쩡거리네."

맞은편에 앉아 있던 쌍둥이가 페레스를 노려보며 주고받은 말이었다.

누가 들어도 페레스를 겨냥한 게 분명했다.

"길리우, 메이론!"

갤러한이 그런 둘을 다그쳤다.

갤러한의 엄격한 목소리에 쌍둥이는 페레스를 노려보던 시선을 거두기는 했지만 고까운 태도는 똑같았다.

"……두 사람."

페레스가 낮은 목소리로 말을 꺼냈다.

"기사 서임을 받았다던데."

"그런데?"

메이론이 날카롭게 되물었다.

황자에 대한 존대나 예의라고는 찾아볼 수 없는 말투였지만, 페레스는 개의치 않았다.

대신 제안을 하나 툭 던졌다.

"언제 대련 한번 하지."

"대, 대련?"

줄곧 적대적이었던 쌍둥이의 눈빛이 흔들렸다.

검을 수련하는 사람에게 실력자와의 대련은 가치를 매길 수 없이 귀중한 경험이다.

사람에 따라, 때에 따라 그 한 번의 대련이 몇 년의 수련보다 더 많은 것을 가져다줄 수 있기 때문이다.

페레스가 이미 열두 살에 오러를 만들어 낸 천재라는 것은 누구나 아는 유명한 이야기였다.

게다가 아카데미에서의 화려한 성적도 피렌티아에게 들어 알고 있었다.

인정하기는 싫지만, 페레스는 쌍둥이보다 훨씬 앞서 나간 실력자였다.

그런 페레스와의 대련이라니.

흔들리는 두 사람에게 페레스가 결정타를 가했다.

"내가 두 사람에게 많은 도움을 줄 수 있을 것 같은데. 하루 정도 시간을 내서 상대해 주지. 어때?"

"으윽."

결국 메이론이 넘어갔다.

길리우도 그 뒤를 따랐다.

"조만간 롬바르디 기사단으로 내가 방문하지."

분한 얼굴로 고개를 끄덕이는 쌍둥이를 보는 페레스의 입꼬리가 보일 듯 말 듯 말려 올라갔다.

그때, 갤러한이 와인을 들고 지나가던 시종을 불러 잔을 하나 집어 들었다.

옆에 있던 페레스가 자신도 잔 하나를 골랐다.

그러고는 손안에서 잔을 살짝 굴리다 와인을 한 모금 마셨다.

꽤나 능숙하고 익숙한 모습이었다.

그런 페레스를 동그란 눈을 한 채 보던 갤러한이 물었다.

"술을 하십니까?"

"가끔 합니다."

"하긴, 이제 전하께서도 성인이시지요. 자꾸만 깜박합니다. 제 병상 옆에 서 계셨던 어린 모습이 머릿속에 남아 있어 이러나 봅니다."

갤러한이 하하 웃더니 물었다.

"아카데미는 어떠셨습니까. 혼자 먼 곳에서 힘드셨을 텐데."

먼 곳을 바라보며 다시 한 모금 더 술을 마시던 페레스가 눈을 느리게 깜박였다.

갤러한의 질문에 대답할 말을 찾지 못했기 때문이었다.

페레스에게 아카데미는 가야 할 곳이었다.

황후가 쫓아냈고, 또한 제 발로 향했다.

그러니 그곳에서 겪은 일들은 그가 응당 이겨 내야 할 것들이었다.

본인 스스로도, 그리고 그 누구도 페레스에게 '힘들지 않았냐'고

묻지 않았다.

어딘가 멍하니 있는 페레스를 갤러한이 조심스레 불렀다.

"황자 전하?"

"아, 죄송합니다. 그런 질문을 받은 게 처음이라."

"하하, 황자 전하께서 워낙 씩씩하게 잘 해내시니 그랬나 봅니다. 아카데미 생활은 즐거우셨습니까?"

또 대답하기 어려운 질문이다.

페레스는 살짝 고개를 갸웃하며 갤러한에게 되물었다.

"즐거운 게 어떤 겁니까?"

"즐거운 것은…… 추억이 많이 남는 것이지요. 떠올리면 웃음이 나기도 하고, 또 더 오래 기억하고 싶은 그런 추억들 말입니다."

"으음."

페레스는 잠시 생각에 잠겼다, 고개를 끄덕였다.

"그렇게 생각한다면, 즐거웠던 것 같습니다."

페레스는 아카데미에서 중요한 것들을 얻었다.

지식도, 경험도, 그리고 사람도.

앞으로의 행보를 위해 하나도 빠트릴 수 없는 것들이었다.

페레스의 말에 갤러한은 다행이라며 웃었다.

"친구들은 많이 사귀셨습니까? 학창시절에 생긴 좋은 친구는 평생을 간다고 하지요."

"하하."

결국 페레스는 조금 웃어 버렸다.

한숨과 함께 섞여 나오는 묘한 웃음이었다.

시종일관 무표정하던 황자가 갑자기 작은 웃음을 터뜨리자, 갤러한은 놀라면서도 덩달아 웃었다.

"어째서 웃으십니까?"

"……이제 이유를 좀 알겠습니다."

힘들고 곤경에 처한 사람을 보면 그냥 지나치지 못하는 티아의 모습이 갤러한에게서 고스란히 보였다.

시종일관 다정하게 빛나는 녹색 눈동자가.

언제나 작은 웃음이 매달려 있는 입꼬리가.

페레스는 고개를 주억거렸다.

"아카데미는 나쁘지 않았습니다."

"다행입니다, 황자님. 티아가 황자님 걱정을 많이 했거든요."

"……티아가요?"

페레스가 믿지 못하겠다는 듯 갤러한을 바라봤다.

"그럼요. '페레스가 제대로 된 친구들을 많이 사귀어야 할 텐데' 하고 몇 번이나 말했답니다."

페레스는 큰 손으로 입을 가렸다.

날, 걱정해 줬어.

날, 생각해 줬어.

그것만으로도 기쁨에 쿵쾅거리는 심장이 살짝 벌어진 입 밖으로 튀어나올 것만 같았다.

그때였다.

"다들 여기 모여 있었네?"

맑고 명랑한 목소리가 들려왔다.

페레스는 아주 천천히 목소리가 들려온 쪽을 바라봤다.

돌아보지 않아도 누구인지 이미 너무나 잘 알고 있었으니까.

"페레스, 너 얼굴이 왜 그래? 무슨 일 있었어?"

사람들은 무슨 생각을 하는지 도통 알 수 없다는 그의 얼굴을, 그녀는 언제나 맑은 물처럼 들여다봤다.

그러나 지금 품은 이 마음만큼은 아직 들킬 수 없어서.

페레스는 심장의 떨림을 숨기고 고개를 가로저으며 짤막하게 대답했다.

"아니, 아무 일도 없었어."

연회는 동틀 녘까지 계속될 예정이었다.

하지만 당장 내일부터 바쁘게 움직여야 하는 나는 자정이 되기 전에 연회를 빠져나왔다.

페레스는 그런 나를 데려다주겠다고 따라나섰다.

"굳이 안 데려다줘도 되는데."

"롬바르디 저택은 크니까. 별관 앞까지만 같이 갈게."

연회가 열리는 곳에서부터 내 집은 그리 멀지 않았다.

익숙한 길목을 걸으면서 나는 페레스에게 물었다.

"아카데미를 같이 졸업한 친구들은 언제쯤 온대? 너를 따라 황도로 올 거라면서."

"조만간. 지금쯤 오고 있을 거야."

"오면 나도 소개해 줘. 궁금하다."

"……궁금해?"

"당연하지. 페레스 네가 선택한 사…… 아니, 친구들인데."

만약 페레스가 이전 생과 같은 사람들을 골랐다면, 황태자가 되는 길에서 나는 그저 약간의 도움만 주면 될 것이다.

만약 아니라면…….

그땐 내가 많이 도와주면 되지, 뭐.

나는 가볍게 생각하면서 계속 길을 걸었다.

그리고 어느새 우리는 별관 앞에 도착해 있었다.

"그럼, 나중에 봐."

나는 페레스에게 손을 흔들어 준 다음 돌아섰다.

그리고 몇 걸음을 가다가, 깜박하고 페레스에게 해 주지 못한 말이 생각나 다시 걸음을 멈췄다.

"페레스."

"응?"

"수고 많았어. 졸업 축하해."

가장 중요한 말을 까먹다니.

내 정신도 참.

페레스는 조금 놀란 듯 눈을 두어 번 깜박거리더니, 이내 옅게 웃었다.

"티아가 내 걱정 했다던데."

"……아빠지?"

페레스가 고개를 끄덕인다.

"뭐, 타지에서 적응을 해야 하니까 그 점에서 염려를 했던 거지. 네가 성공하지 못할 거라고 걱정한 적은 없었어."

"한 번도?"

"응, 한 번도."

페레스는 더 극악한 조건 속에서도 아카데미를 훌륭히 졸업했던 사람이었다.

이번에는 훨씬 더 좋은 환경이 주어졌는데 실패할 리가 없지.

"……고마워."

"별말씀을."

나는 다시 손을 흔들고 별관 안으로 들어왔다.

조용한 복도와 계단을 올라가 내 방문 앞에 섰다.

문이 살짝 열려 있는 것이 보였다.

바로 쉬려고 했는데, 안 되겠네.

나는 작게 한숨을 쉬며 안으로 들어갔다.

어둑한 방 안은 내가 연회를 위해서 집을 나설 때와 다른 점이 없어 보였다.

하지만 나는 방의 불을 밝힌 뒤, 손에 끼고 있던 반지와 귀걸이 등을 하나씩 빼며 말했다.

"불이라도 켜 놓고 있지. 왜 어두컴컴한 방에 있어요, 베이트."

그러자 구석에 놓인 의자에 앉아 있던 베이트가 몸을 일으켰다.

"연회는 즐거우셨습니까."

"내가 연회 귀찮아하는 거 잘 알면서."

"하하. 피렌티아 님의 생일 연회였으니 조금 다를까 싶었죠."

내가 성인으로 자라나는 사이, 베이트의 정보 길드도 완전히 성장을 마쳤다.

이제 카라멜 에비뉴를 통해 입수하는 정보들은 완벽한 신뢰도를 자랑했다.

"이런 시간에 내 집에까지 직접 찾아올 정도면, 큰일인가 봐요?"

나는 마지막으로 목에 걸려 있던 목걸이를 벗으며 물었다.

"……모낙 상단에 대해 알아보라고 하셨지 않습니까."

"아, 그랬죠."

나는 대답하며 천천히 창가로 걸어갔다.

아무런 문제 없이 내 방에 불이 켜지는 것을 확인하려던 것인지.

아직 그 자리에 서 있던 페레스가 보였다.

"그 모낙 상단의 주인을 알아냈습니다."

"아아, 역시 베이트. 그래서 누구예요, 우리 펠렛 상회를 곤란하게 한 그 사람이?"

나는 베이트에게 말하며 페레스에게 다시 한번 손을 흔들어 주었다.

잠시 나를 올려다보던 페레스도 나와 똑같이 손을 흔들더니 다시 연회장 쪽으로 걸어간다.

길에 밝혀진 밝은 불 때문인지, 짙게 늘어지는 그림자가 돌아가는 페레스의 뒤로 무겁게 끌리는 것처럼 보였다.

밤바람이 살랑이며 들어오는 창턱에 기대어 그 모습을 지켜보고 있던 나에게, 베이트가 말했다.

"모낙 상단의 주인은 2황자, 페레스 브리바차우 듀렐리입니다."

펠렛 상회의 사무실.

"……지금 뭐라고 하셨습니까?"

바쁘게 오전 업무를 보던 클레리반이 깃펜을 놓칠 정도로 놀라며 되물었다.

나는 최대한 침착한 목소리로 다시 말해 주었다.

"페레스가 모낙 상단주라고요."

"……정말입니까?"

클레리반이 내 옆에 앉아 있는 베이트를 돌아보며 물었다.

"네, 확실합니다. 저도 놀라서 몇 번이나 확인한 뒤에 말씀드린 겁니다."

"아, 아니…… . 그럴 리가…… ."

클레리반은 마른세수를 하면서 말을 잇지 못했다.

내가 그 마음 알지.

나도 처음 들었을 때 꽤나 놀랐거든.

클레리반처럼 베이트에게 확실하냐고 몇 번이나 물었는지 모른다.

나는 어젯밤의 내 모습을 보는 것 같은 마음에 클레리반에게 물을 한 잔 따라 주며 말했다.

"일단 물 한 잔 마시고 좀 가라앉혀요."

"예…… ."

물을 마시면서도 클레리반은 여전히 어안이 벙벙했다.

멍한 얼굴로 눈을 몇 번 깜박이다가 그제야 깨달았다는 듯 중얼거렸다.

"그래서 저를 그렇게 경계하셨던 거군요. 북쪽에서 펠렛 상회와 계속 경쟁 중이니…… ."

"그런 일이 있었어요?"

"예, 연회에서 피렌티아 님 오시기 직전에…… ."

"너무 신경 쓰지는 마세요. 만약 페레스가 정말로 경계하려고 했다면 속마음을 완전히 숨겼을 거예요. 아무도 눈치채지 못할 정도로요."

"하긴 그렇지요…… ."

클레리반은 고개를 끄덕이면서도 헛웃음을 지었다.

"분명히 경험이 많은 상인일 거라고 생각했는데. 이거 뒤통수를 맞은 것 같은 기분이군요…….”

“아, 그 말도 맞아요.”

베이트가 테이블 위에 손님용으로 놓인 초콜릿을 하나 집어 입에 넣으며 말했다.

“노시어라는 중년의 상인을 앞세워 상단을 만들었습니다. 하지만 실소유주는 2황자가 맞고요.”

“뭐, 나와 클레리반 같은 거죠.”

“아아…….”

담담하게 말하고 있기는 했지만, 나도 꽤나 놀랐다.

이전 생에서 모낙 상단이란 이름을 들어 본 적은 없으니까.

“그나저나 2황자 전하께서도 보통은 아니시군요. 차명으로 상단을 만들어 굴리다니. 아, 물론 피렌티아 님과 견줄 정도는 아니지만요.”

어느새 평소의 침착한 모습으로 돌아온 클레리반이 마지막 말에 잔뜩 힘을 주면서 말했다.

“하지만 이대로라면 1황자 전하는 정말로 2황자 전하의 적수가 안 되겠습니다.”

“처음부터 알맞은 적수는 아니었죠.”

아스타나 따위가 어딜.

“하지만 1황자 전하 뒤에는 황후가 계시니 쉬운 싸움은 아니겠군요.”

“라비니 황후는 절대 쉬운 상대가 아니니까요.”

다른 건 몰라도 상대방이 무엇을 원하는지, 무엇에 약한지 단숨에 파악하는 황후의 그 정치적 능력만큼은 나도 인정하는 바다.

“요즘 황후가 부쩍 활발하게 활동하고 있습니다.”

우리의 말에 베이트도 동의했다.

"최근에는 북의 아이반과 가까이 지내며 자주 황궁으로 부르는 모습을 보이고 있습니다."

"황태자 책봉 절차를 염두에 둔 것이겠죠."

황태자로 임명될 황자를 고르는 것은 어디까지나 황제의 권한이었다.

그러나 형식상이나마 제국 귀족들의 동의를 구하는 절차가 있었다.

황제가 황태자를 책봉하면 가장 먼저 귀족회가 그것에 동의해야 한다.

귀족 회의에서 과반이 이에 동의하면 그다음은 제국 동, 서, 남, 북 그리고 중앙의 대표 가문들의 동의가 필요했다.

만장일치의 동의가.

대표 가문은 간단하게 그 지역에서 가장 넓은 영지를 가지고 있는 가문이 맡게 된다.

동쪽의 루만, 남쪽의 서셔우, 서쪽의 앙게나스, 북쪽의 아이반, 그리고 마지막으로 중앙의 롬바르디.

현재로서는 그렇다.

그리고 이 절차는 꽤 중요한 법적 효력을 가지고 있어서, 책봉 당시 이 조건을 충족시키지 못하면 '온당한' 황태자로서의 자격이 주어지지 않았다.

물론 대부분의 경우, 귀족들은 황제가 하자는 대로 따라가기는 하지만 말이다.

"일단은 2황자 전하께서 귀족회를 사로잡아야 하실 텐데. 대회의에 황제 폐하를 배석하기로 하셨으니 그 문제는 쉽게 해결되겠군요."

클레리반의 말이 맞았다.

이전 생에서도 귀족회는 페레스의 앞길에 큰 문제가 되지 않았다.

문제는.

"지역 대표 가문들의 동의를 받아 내는 게 관건이 되겠군요."

클레리반이 안경을 고쳐 쓰며 말했다.

"다른 가문들이야 잘 설득한다고 해도, 서부의 앙게나스는 어떻게 되는 겁니까? 만장일치를 받아 내야 하는데."

베이트가 고개를 갸웃하면서 물었다.

이전 생에서 페레스는 서부의 앙게나스뿐만이 아니라 롬바르디의 반대에도 부딪쳐야 했다.

그리고 서부는 앙게나스를 대표 가문에서 끌어내리며 해결했고, 중앙의 롬바르디는 탈세와 역모 방조죄로 엮어서 아예 문을 닫아 버렸지.

"무서운 자식."

이전 생의 그 독기 오른 페레스의 모습이 떠올라 어깨를 부르르 떨었다.

그러자 클레리반이 조금 걱정스러운 눈으로 나를 바라봤다.

"피렌티아 님?"

"아무것도 아니에요. 페레스랑 모낙 상단이야 그렇다고 치고, 우리는 어떻게 되어 가고 있어요?"

"여전히 모낙 상단이 귀찮게 굴기는 하지만 다행히 트리바 나무의 매입은 안정적으로 이뤄지고 있습니다."

"바이올렛이 열심히 힘쓰고 있는 모양이네요."

"포기도 모르고, 피렌티아 님을 실망시켜 드리는 것을 죽기보다 싫어하는 바이올렛의 성격을 아시지 않습니까."

클레리반의 말에 나도 어쩔 수 없다는 듯 웃었다.

바이올렛은 내가 아는 사람 중에 가장 부지런하고 노력하는 사람
이니까.

"하지만 조금은 쉴 줄도 알아야죠. 이미 작년부터 트리바 나무를
꾸준히 모아 놓았으니까 이제 공격적인 매입은 하지 않아도 돼요."

"그럼 바이올렛에게 어떻게 전하면 되겠습니까?"

"트리바 나무를 계속 매입하되, 모낙 상단과 경쟁하는 빈도는 줄
이라고 하세요. 아무래도 그쪽도 트리바 나무로 할 일이 있는 것
같으니까."

나야 미래에 일어날 일을 알고 있다고 하지만, 페레스는 무슨 생
각인지 지켜보고 싶은 마음이 크다.

"그럼 저는 가게로 돌아가 보겠습니다."

그렇게 인사한 베이트는 자기 할 일이 끝났다며 가 버렸고, 클레
리반과 나는 회의를 계속했다.

내가 지시한 것들을 꼼꼼히 수첩에 받아 적은 클레리반이 잠시
머뭇거리는 것이 보였다.

"할 말이 있으면 편하게 하세요, 클레리반."

"아, 예. 그것이…….."

속마음을 들킨 게 부끄러운지, 살짝 얼굴을 붉힌 클레리반이 조
심스레 운을 뗐다.

"피렌티아 님께 허가를 받을 일이 있습니다."

"허가요?"

펠렛 상회의 일은 굵직한 것 말고는 모두 클레리반의 재량에 맡

졌다.

나보다 훨씬 상업적인 능력이 뛰어난 사람이니까.

그런데 따로 허가를 받을 일이라니.

"생일 연회에서 갤러한 님의 고민을 상담해 드린 일이 있었는데……."

클레리반이 차분한 목소리로 내게 자신의 계획을 설명했다.

"그러니까, 아버지가 체사유 지역에 동부 바닷길로 통하는 항만을 만드는데 펠렛 상회가 거기에 투자를 하면 어떻겠냐는 말씀이시죠?"

"……예, 물론 펠렛 상회가 만들어진 이래 가장 거금이 들어가는 투자가 될 것이고 그만큼 위험 부담이 있기 때문에 피렌티아 님께서 허락하지 않으셔도 이해……."

"클레리반 님."

"네?"

"천재세요?"

어떻게 그런 생각을 해낼 수가 있지?

잠시 당황하던 클레리반이 조심스러운 말투로 내게 말했다.

"천재는 저 같은 사람보다는 피렌티아 님 같은 분에게 더 어울리는 말이지 싶은데……."

"아뇨, 클레리반 님은 천재예요."

전율과 함께 팔에 소름이 돋았다.

내가 미래를 알고 있어서 그릴 수 있는 큰 그림을 마치 클레리반도 볼 수 있는 것 같잖아!

이런 사람이니까 이전 생에서도 혼자서 펠렛 상회를 그렇게 키워냈던 거겠지.

아마 지금 클레리반을 보고 있는 내 눈에선 하트가 뿅뿅 쏘아져 나오고 있을 거다.

약간 부끄러워하면서 웃는 클레리반의 얼굴을 보면 알 수 있다.

나는 짧게 생각을 마치고 말했다.

"그러면 이왕 투자하는 김에 화끈하게 하죠."

"……화끈하게 말입니까?"

"벌목해서 건조까지 다 시킨 트리바 나무를 체사유로 옮기세요."

"그걸로 항만을 짓는 겁니까?"

"아뇨, 그건 체사유 영주인 아빠가 알아서 하실 거고. 우리는 배를 만들어 봐요."

"아, 배……!"

"녹타강과 엘비강은 대륙에서도 손꼽히는 크고 넓은 강이니까, 배도 그것에 맞게 크게 만드는 거예요."

"그럼 저희 펠렛 상회의 화물을 동부로 쉽게 옮길 수 있겠군요!"

"그뿐만이 아니라……."

나와 클레리반은 오랜만에 신이 나서 회의를 하기 시작했다.

펠렛 상회에서의 회의가 끝난 뒤, 나는 바로 로릴의 집으로 향했다.

저녁 식사에 초대받았기 때문이었다.

열띤 회의 때문에 배가 고팠기 때문에 정신없이 식사를 하고, 간단한 디저트와 함께 응접실에 둘러앉았다.

오늘 만찬의 손님은 나 혼자만이 아니었다.

"아이고, 우리 메릴린! 오구오구!"

"꺄아!"

지금 내 앞에서 조카인 메릴린에게 마구 뽀뽀 세례를 날리고 있는 것은, 메릴린의 큰아버지이자 롬바르디 봉신 가문인 데본가의 가주, 클랑 데본이었다.

"플린트, 메릴린이 아직 어린 지금 하루하루를 금쪽같이 여겨라! 조금만 커도 아버지와는 영 놀아 주지 않아 얼마나 슬픈지……."

"그거야 형님이 너무 귀찮게 구시니까……."

그렇게 말한 플린트가 로릴과 함께 작게 웃었다.

"지금은 웃겠지! 시간이 지나 봐라. 이 형님이 한 말이 뭔지 그때 가서 울어도 위로해 주지 않을 거다, 플린트!"

식사와 함께 마신 와인 한 잔에 살짝 긴장이 풀어졌는지 평소보다 부쩍 말이 많았다.

보기보다 술이 약한 양반이로구만.

함께 와인을 마신 나는 멀쩡한데 말이다.

그때, 웃고 있는 나와 클랑 데본의 눈이 정면으로 마주쳤다.

"아가씨."

클랑이 하고 싶은 말이 많은지 아랫입술을 꾹 다물었다.

"말씀하세요, 가주님."

"제가, 이 클랑 데본이 롬바르디에 대한 충성심으로는 그 누구에게도 지지 않을 사람입니다, 제가!"

탕탕 하고 가슴을 치는 소리가 크게 울렸다.

"그럼요. 데본가의 '교통사업'이 없었으면 롬바르디의 많은 사업들은 뿔뿔이 흩어져서 난리가 날걸요?"

나는 웃으며 맞장구를 쳐 주었다.

그러나 빈말은 아니다.

실제로 데본가가 맡고 있는 롬바르디 교통은 롬바르디가의 많은 사업들 중에서도 상단을 비롯한 핵심 중 하나다.

"제국 각지에 흩어져 있는 지점들이 본부와 소통할 수 있게 해 주는 것도 롬바르디 교통이고, 상단의 물건이 제대로 목적지에 닿도록 해 주는 것도 롬바르디 교통이잖아요?"

"그렇죠! 맞습니다!"

클랑 데본이 열렬히 고개를 끄덕였다.

"그런데 왜 저희의 수고를 아무도 알아주지 않는 겁니까! 왜!"

"봉신 가문 회의에서 뭔가 일이 있었나 봐요?"

"하……. 아직 어린 아가씨께 말씀드리기 뭣합니다만 봉신 가문들 사이에선 저희 데본가가 많이 무시를 당합니다, 네…….."

커다란 덩치의 클랑 데본의 어깨가 아래로 축 떨어진 모습이 애처롭기 그지없었다.

"이게 다 눈에 보이는 성과가 없어서이지요. 다들 건물을 지어 올리거나 상단으로 돈을 어마어마하게 벌어들이거나 뭔가를 하고 있는데."

의기소침한 클랑 데본의 목소리가 점점 작아졌다.

"저희는 기껏해야 다른 가문들의 보조를 하고 있는 모양이니 어쩔 수 없지요."

아무래도 봉신 가문 회의에서 무슨 일이 있었나 본데.

마침 클랑 데본에게 할 말이 있었던 나로서는 잘된 일이었다.

딸깍.

나는 손에 들고 있던 와인 잔을 테이블 위에 내려놓았다.

"데본 가주님."

내 부름에 클랑 데본이 천천히 고개를 들었다.

정말로 속이 상해서 온통 울상인 그 얼굴을 바라보며 말했다.

"데본가의 롬바르디 교통이 그저 다른 가문들의 보조 일을 하는 것이 싫다고 하셨죠?"

"후우, 그것이 저희 데본가의 일이긴 합니다만 솔직히 그렇습니다."

"그럼 그걸 바꿔 보는 건 어때요?"

"……예?"

클랑 데본의 눈동자가 흔들린다.

"오로지 데본가를 위한, 그리고 오로지 데본가만이 할 수 있는 사업을 저랑 같이 벌여 볼 생각 있으세요?"

끔벅, 끔벅.

두툼하고 커다란 클랑 데본의 눈이 천천히 감겼다 뜨였다.

옆에서 나와 클랑 데본의 대화를 듣고 있던 플린트도 놀라 몸이 굳어 버렸다.

"어어……."

잠시 입만 뻐끔거리던 클랑 데본이 돌연 플린트를 향해 외쳤다.

"마실 거! 플린트, 마실 걸 다오!"

"잠시만요, 형님!"

덩달아 큰 목소리로 외친 플린트가 얼른 커다란 잔에 물을 가져 왔다.

벌컥, 벌컥.

물을 끝까지 비운 클랑 데본이 입가에 흘러내린 물을 소매로 대충 쓱 닦아 내는 것을, 나는 여유롭게 지켜보고 있었다.

"정신…… 차렸습니다, 이제. 말씀하시죠, 아가씨."

확실히 클랑 데본의 눈에 평소와 같은 진중한 눈빛이 돌아와 있었다.

"저는 항상 롬바르디 교통의 잠재력을 높이 생각해 왔어요. 그리고 그 잠재력이 제대로 빛을 보지 못한다는 것을 안타깝게 생각해 왔고요."

"……감사합니다."

클랑 데본의 얼굴에 고마움과 함께 약간의 민망함이 스쳤다.

조금 전까지 본인이 술기운에 부렸던 투정이 생각난 것이겠지.

"부끄러워하실 것 없어요. 열심히 하는 일에 제대로 된 공로를 인정받지 못한다면 누구나 슬프고 화가 나는 법이니까요."

내 말에 클랑 데본이 나를 물끄러미 봤다.

"왜 그렇게 보세요?"

"아가씨께서 언제 이렇게 크셨나 해서……."

내가 별 반응 없이 자신을 응시하자 클랑 데본은 꾸벅 고개를 숙이며 말했다.

"죄송합니다. 실례했습니다, 아가씨."

"아니에요, 나는 지금 데본 가주님께 사업을 제안하고 있는 것이니 내 나이가 신경 쓰일 수 있죠. 아니, 신경 쓰셔야죠."

"……이해해 주셔서 감사합니다."

"하지만 한 가지 장담할 수 있는 건, 롬바르디라는 이름을 쓰는 사람 중에서 나보다 데본가 교통업의 장점을 잘 이해하고 있는 사람은 없을 거란 거예요."

내 말에 클랑 데본은 묵묵히 고개를 끄덕였다.

그리고 물었다.

"그럼 가주 직계의 권리를 사용하시겠다는 말씀으로 알아들어도 되겠습니까?"

"네. 하지만 데본 가주님이 원하지 않는 일을 직계라는 이유만으로 강행할 생각은 없어요."

"어째서 그런 번거로운 길을 가십니까?"

"왜냐면…… 저한테는 롬바르디를 발전시킬 수많은 방법들이 있거든요. 그런데 굳이 싫다고 하는 사람을 억지로 성공시켜 줄 만큼 착한 사람은 아니라서요, 제가."

"하하……."

클랑 데본이 웃었다.

긴장감이 기저에 깔린 웃음이었다.

"그럼 감히 설명을 부탁드려도 되겠습니까."

그렇게 말한 클랑 데본이 플린트에게 눈짓을 보냈다.

이제 클랑 데본은 플린트의 형이 아닌, 데본가의 가주였다.

플린트와 로릴이 메릴린을 데리고 응접실을 비웠다.

이제 이곳에는 나와 클랑 데본뿐이었다.

데본 가주가 진지한 눈으로 바라보는 앞에서, 나는 입을 뗐다.

"사실 엄청난 변화를 요하는 사업은 아니에요. 오히려 현재 데본가가 가지고 있는 것들로도 충분히 해낼 수 있는 일이죠. 아직까지 아무도 생각을 하지 못했을 뿐."

"생각의 전환이라……."

"하지만 동시에 우리 롬바르디만이 할 수 있는 일이랄까요?"

클랑 데본의 눈에 더욱 기대감이 서리는 것이 보였다.

"한번 상상해 보세요."

나는 나직한 목소리로 말했다.

"저기 남부의 부유한 영지의 안주인은 어느 날, 몇 달 뒤에 있을 연회를 앞두고 저택의 분위기를 바꾸고 싶어졌어요. 오래된 장식이 조금 우중충해 보였거든요."

"으음."

클랑 데본이 고개를 주억이며 서서히 내 이야기에 빠져드는 것이 보였다.

"소문으로 듣기에 동부의 귀한 비취석이 빛을 받으면 그렇게 반짝이고 예쁘다던데. 햇빛이 잘 드는 저 창가에 비취로 만든 장식이 있으면 얼마나 좋을까!"

"호오……."

"그렇게 생각한 귀부인은 '펠렛 홈&인테리어'라고 적힌 한 책자를 집어 들었어요. 그리고 다양한 그림과 설명이 쓰여 있는 책자를 넘기다 보니 아니, 세상에! 마침 동부의 장인이 정성 들여 비취로 만든 커다란 화병을 파는 게 아니겠어요?"

"참 다행이군요!"

"그런데 그 멀고 먼 동부에서 이 물건을 어떻게 주문해서 다시 남부의 영지까지 가져오죠? 게다가 이 근방에는 '펠렛 홈&인테리어' 분점도 없는데? 그리고 그때, 귀부인의 머릿속에 번쩍 떠오르는 이름이 있었어요!"

"뭐, 뭡니까?"

"'믿고 맡길 수 있는 롬바르디 운송'."

"오오!"

"원하시는 물건을 바로 귀하의 집 앞까지 배달해 드립니다."

안 그래도 큰 클랑 데본의 두 눈이 정말로 주먹만 해졌다.

그리고 커다란 목소리로 외쳤다.

"정말, 혁신적인 생각이십니다! 집 앞까지 배달해 주는 운송업이라니!"

"단순히 배달이 전부가 아니에요. 운송업의 생명은 바로 신속과 정확이죠. 믿고 맡길 수 있어야 하니까."

"맞습니다! 신속과 정확!"

클랑 데본이 주먹을 불끈 쥐었다.

"이미 제국의 전역으로 뻗어 나가는 롬바르디 상단의 상행을 맡고 있는 것이 롬바르디 교통이잖아요? 여기에 유명 상단과 상점들을 연계하고, 집 앞까지 배달하는 절차를 추가하는 것뿐이죠."

"저희 롬바르디 교통은 이미 제국 전역에 있는 롬바르디 상단 지점마다 직원들을 파견해 놓았습니다. 집 앞까지 가는 절차는 현지의 지리를 잘 아는 사람들을 추가로 고용하면 될 겁니다."

"역시, 생각이 빠르시네요."

"그리고……."

역시 전문가는 달랐다.

배달의 고수답게 클랑 데본은 봇물이 터지듯 온갖 전문적인 지식들을 쏟아 내기 시작했다.

내가 할 일은 그 지식들을 듣고 있다가 몇 가지 보완점만 말해 주는 게 다였다.

그러나 그것만으로도 클랑 데본은 연신 놀라움을 금치 못했다.

"롬바르디 교통의 직원이 아닌 분과 이렇게 대화가 잘 통할 줄이야! 롬바르디에서 교통업에 대해서 제일 잘 아는 분이라는 말이 정말이셨습니다!"

조금 전에 술에 취해서 서운함을 토로하던 사람과 동일 인물이라고 생각하기 어려울 정도로 클랑 데본은 반짝반짝 빛나고 있었다.

"물론 이게 전부가 아니에요. 롬바르디 교통에 소중한 고객의 물건을 맡길 상단과 상점들을 찾아야 하니까요. 하지만 그건 저에게 맡기세요, 데본 가주."

클랑 데본이 울컥하는 듯 입을 꾹 다물더니 고개를 끄덕였다.

"저는 제가 머릿속으로 그려 온 이번 사업의 목적을 데본가의 롬바르디 교통이 이뤄 줄 거라고 믿어요."

"그 목적이…… 무엇입니까?"

나는 빙그레 웃으며 대답했다.

"누군가가 내 집 문을 똑똑 두드리며 '배달 왔습니다'라고 말했을 때, 문을 향해 뛰어가는 사람의 그 설렘!"

크으, 상상만 해도 행복하다!

"저는 적절한 비용을 지불할 수 있는 사람이라면 누구나 그 가슴 두근거림을 느낄 수 있어야 한다고 생각해요."

"오, 옳소!"

나도 클랑 데본도 두 주먹을 불끈 쥐었다.

"이 혁신적인 사업에는 새로운 이름이 필요합니다. 단순히 '교통'이라는 말로는 그 의미를 다 담을 수 없습니다!"

"그렇다면 제가 생각해 둔 게 있는데……."

"그게 뭡니까, 피렌티아 아가씨!"

이미 클랑 데본은 내 말이라면 무엇이든 동의할 것 같은 모습이었지만.

나는 부리부리한 클랑 데본의 눈을 바라보며 말했다.

"'집까지 배달해 준다'라는 의미를 담아서, '택배'라고 부르는 게 어떨까요?"

황후궁에 성대한 만찬이 차려졌다.

오늘의 손님인 론첸트 아이반은 아이반 가주의 장자이자, 대리인이었다.

황후궁 주방이 하루 종일 들들 볶인 끝에 거대한 만찬 테이블은 론첸트가 좋아한다는 음식들로만 가득 채워졌다.

그것을 본 론첸트는 흡족한 마음에 고개를 두어 번 주억이고는 자신을 기다리고 있던 사람들에게 인사했다.

"황후마마, 그리고 1황자 전하, 이렇게 초대해 주셔서 감사합니다."

아스타나는 묵묵히 고개를 까딱했고, 황후는 활짝 웃는 얼굴로 대답했다.

"아이반 가주 대리께서 황도에 오셨는데, 황궁에서 대접도 하지 않고 그냥 보내 드릴 수가 있나요."

고령이라 쉬이 황도와 아이반 영지를 오갈 수 없는 아이반 가주를 대신해 온 론첸트였다.

그의 귀에 '가주 대리'라는 말이 참으로 달았다.

론첸트는 한쪽에 조용히 앉아 있던 존재감 적은 인물에게도 인사했다.

"앙게나스 가주님, 오랜만에 뵙습니다."

"그래요, 오랜만이군요."

페르딕 앙게나스가 황후의 꼭두각시라는 것은 제국 귀족이라면 누구나 아는 사실이었다.

오늘 론첸트가 신경 써야 할 상대는 그런 앙게나스 가주도, 그렇다고 입을 꾹 다물고 있는 1황자도 아니었다.

"편히 자리에 앉으세요."

이 자리의 실권자는 바로 라비니 황후였다.

론첸트는 황후를 향해 예의 바르고 정중한 미소를 지어 보이며 식사를 시작했다.

그리고 식사가 끝나 갈 때쯤, 음식을 잔뜩 먹고 기분이 좋아진 론첸트를 확인한 라비니 황후는 냅킨으로 입가를 닦으며 슬쩍 말을 꺼냈다.

"조만간 우리 1황자께서 친우들과 북쪽으로 사냥 여행을 떠나는데, 여정 중에 아이반 가문을 들르고 싶어 한답니다."

"아, 그러십니까?"

"……늑대 사냥에는 아이반 영지만큼 좋은 곳이 없다고 들어서요."

만찬이 시작되기 전에 황후가 읊어 준 대로 대답한 아스타나는 뚱한 얼굴로 와인 잔을 입에 가져다 댔다.

마치 자신이 아직도 어린아이인 것처럼 손아귀에 쥐고 마음대로 하려는 모친의 태도에는 이제 신물이 날 지경이었다.

"맞습니다. 북부의 늑대들은 날쌔고 덩치가 크기 때문에 사냥할 맛이 나지요. 아이반 영지의 문은 언제나 1황자 전하께 열려 있을 것입니다."

"고맙습니다."

그 모습을 흐뭇하게 바라보던 황후가 나긋한 목소리로 아스타나에게 말했다.

"아이반 가문은 우리 제국의 북방을 지켜 주는 강인하고 고결한 가문이지요. 그 점을 잊지 마세요, 1황자."

"……예, 어머니."

"그리고 아이반 가문은 우리 앙게나스와도 아주 굳건한 관계를 이어 가고 있는 가문이랍니다. 내 말이 맞나요, 아이반 가주 대리?"

"당연한 말씀입니다, 황후마마."

앙게나스가 최근 들어 추진하고 있는 서부 개발 계획은 론첸트의 아이반 가문 내부 입지에도 큰 도움을 주고 있었다.

한 살 아래인 남동생이 자꾸 치고 올라와 불안하던 차에, 앙게나스와 맺은 계약 덕에 론첸트는 후계자 경쟁에서 앞서 나갈 수 있었던 것이다.

"오늘 이렇게 함께 자리한 김에 제가 긴히 부탁을 드릴 것이 있어요, 아이반 가주 대리."

이제 올 것이 왔구나.

본론을 꺼내려는 황후의 기색에 론첸트는 내심 긴장하며 대답했다.

"말씀하십시오, 황후마마."

"서부 개발의 속도를 올리게 되었는데, 아무래도 그동안 아이반 가에서 보내 주던 목재의 양으로는 부족할 것 같아요."

황후는 서부를 상류층을 위한 관광지로 개발시키려고 하고 있었고, 그를 위해 잘 닦인 도로와 고급 주택들이 필요했다.

그리고 아이반은 그것들을 건설하기 위해 필요한 목재를 낮은 가격에 공급해 준다.

이것이 바로 아이반과 앙게나스가 맺은 계약의 내용이었다.

황후는 아름다운 미소를 지으며 말했다.

"그래서 아무래도 앞으로는 기존의 네 배 정도의 목재가 필요할 것 같은데. 물론 아이반 가문에서 이를 도와줄 수 있겠지요?"

"아……. 죄송합니다, 황후마마. 그것은 아이반의 능력 밖의 일입니다."

론첸트가 굳은 얼굴로 말했다.

흥정하려는 것이 아니었다.

"그동안 앙게나스 가문에 공급해 드렸던 나무는 '트리바'라고 불리는 나무입니다. 견고하고, 습기와 열기에도 뒤틀림 없이 잘 견디는 나무이지요. 하지만 그만큼 벌목이 어렵고 가공에도 오랜 시간이 걸립니다."

"그럼 다른 나무를 사용하면 되지 않나요?"

황후의 말에 론첸트는 고개를 저었다.

"다른 목재로는 서부의 습하고 뜨거운 낮과 추운 밤을 견디지 못할 겁니다. 물론, 다른 가문에게 트리바 나무를 대체할 만한 목재를 수배해 보셔도 좋습니다. 하지만 그들의 대답은 저와 같을 겁니다."

그건 이미 개발 시작 전부터 황후도 들어 알고 있는 사실이었다.

지질이 좋지 않고, 기후도 나쁘다.

서부가 지금까지 척박한 땅으로 남아 있었던 데에는 다 이유가 있는 것이었다.

그럼에도 불구하고 서부 개발 계획에 박차를 가하려는 이유는 눈엣가시 같은 2황자 때문이었다.

아카데미 밖으로 나온 틈을 타 몇 번이나 용병들을 고용해 죽여 버리려고 했지만 모두 실패했다.

그리고 무사히 황도로 돌아온 2황자는 예상했던 것처럼 아스타나의 앞길에 걸림돌이 되고 있었다.

서부 개발 계획은 이런 상황을 타개하기 위한 방법이었다.

"그렇다면 그 트리바 목재의 공급량은 최대한 어느 정도로 늘려 줄 수 있나요?"

"확신하기는 어렵습니다만, 지금의 두 배 정도가 최선일 것 같습니다."

그 정도로는 어림도 없었다.

못마땅함에 황후는 속으로 혀를 찼지만, 얼굴에는 미소를 지어 보이며 말했다.

"그럼 그렇게라도 부탁할게요. 아이반 가문이 최선을 다해 줄 것이라고 나는 믿겠습니다."

"예, 황후마마."

만찬이 끝나고, 론첸트 아이반이 황궁을 떠났다.

"그깟 나무 하나 제대로 다룰 줄도 모르다니."

황후는 멀어지는 아이반 가문의 마차를 보며 신경질적으로 말했다.

"너무 심려치 마십시오, 황후마마. 트리바 나무숲을 가진 것이 아이반 가문만 있는 것은 아니니까요."

"그럼 다른 가문이 아이반만큼의 목재를 공급할 수 있다는 말인가요, 아버지?"

"물론 제일 큰 땅을 가진 아이반 가문만큼은 아니겠지만, 주변의 다른 영지들의 문을 두드려 본다면 희망이 있지 않겠습니까."

안일하기는.

라비니 황후는 약해빠진 말만 해대는 부친을 다그쳤다.

"무슨 수를 써서라도 그 목재를 확보해야 해요. 아시겠어요?"

그러자 앙게나스 가주가 당황하며 대답했다.

"그, 그럼 일단 다른 상단들에게 가지고 있는 트리바 나무가 있는지 접촉해 보겠습니다."

하지만 라비니 황후는 만족스럽지 않았다.

잠시 생각하던 그녀는 부친에게 명령했다.

"아니, 그걸로는 부족해요. 상단들에게 연락을 돌린 뒤에, 아버지가 직접 북으로 가서 목재를 공수하세요."

"……예, 황후마마."

라비니 황후는 창가로 걸어가 어두워진 황궁의 모습을 내려다봤다.

이 서부 개발 계획에 앙게나스의, 그리고 황후 자신의 명운이 달려 있었다.

일견 우아하게 창틀에 올려진 그녀의 손은 뼈마디가 희게 질릴 정도로 꽉 쥐어져 있었다.

며칠 뒤, 펠렛 상회의 집무실.

상회의 일들을 내게 보고하던 클레리반이 문득 걱정이 가득 담긴 목소리로 말했다.

"이미 롬바르디 봉신 가문들 사이에서도 이번 택배 사업에 대해 말들이 많은 모양입니다, 피렌티아 님."

"알아요, 완전히 발칵 뒤집혔더라고요."

소식을 들은 라라네와 크레니, 그리고 쌍둥이도 달려와 소문이 진짜냐고 물을 정도였으니까.

"지금까지 가주의 직계가 권리 발동을 한 이래로 이 정도로 화제가 되는 경우는 없었는데 말입니다."

"내가 아직 어리기 때문이겠죠. 뭐, 그 외에 다른 이유들도 있겠지만."

클레리반의 말에 나는 어깨를 으쓱하며 가볍게 대답했다.

"지금 사람들이 나와 이번 사업에 대해서 떠들수록, 성공 뒤에 얻는 것도 많은 법이니까요. 별로 신경 안 써요."

여유 넘치는 내 모습에 클레리반도 결국 고개를 끄덕이더니 다음 안건으로 넘어갔다.

"앙게나스가에서 접촉을 해 왔습니다. 저희가 가지고 있는 트리바 나무를 매입하고 싶다고 합니다."

"서부 관광지 개발을 서두르려고 하니까, 아이반 가문이 주는 거로는 만족하지 못하겠죠."

"저희가 체사유 지역으로 보낸 것 말고도 아직 많은 트리바 목재를 가지고 있다는 것까지 이미 다 조사해 알고 있을 만큼 무척이나 애가 타는 모양이었습니다."

"그럴 거예요. 돈이 없는 것도 아닌데 재료가 없어서 공사를 서두르지 못하는 형편이니까."

"꽤나 높은 값을 지불할 생각일 듯합니다."

"맞아요. 하지만 우리는 트리바 나무를 팔지 않을 거예요."

이번만큼은 클레리반도 조금 놀란 듯했다.

얼마가 되었든 값을 내려는 구매자가 나타났음에도 불구하고 쌓여 있는 목재를 팔지 않는 내가 이해 가지 않겠지.

잠시 고민하던 클레리반은 아주 조심스럽게 말을 건넸다.

"하지만 아이반 가문이 지속적으로 목재를 공급하고 있고, 또 모낙 상단도 꽤 많은 양의 트리바 나무를 가지고 있지 않습니까. 이대로는 앙게나스의 계획대로 흘러가는 것은 아닐지……."

"모낙 상단이, 페레스가 가지고 있는 목재를 모두 앙게나스에게 판다고 해도 그걸로는 모자랄 거예요. 결국 우리에게 끊임없이 접촉하겠죠. 황후는 지금 그만큼 몸이 달았으니까."

그리고 그게 라비니 황후의 결정적인 실수다.

이전 생에서라면 아직 기초를 다지는 단계였을 개발 사업이었다.

그렇게 서두르지 않았기 때문에 '그 일'이 있고서도 무사히 관광지를 완성할 수 있었다.

하지만 이번처럼 이렇게 성급하게 군다면…….

"걱정하지 말아요, 클레리반. 앙게나스는 앞으로 계속해서 제국에서 가장 척박한 영지로 남을 거예요. 한동안은 말이죠."

클레리반과 회의를 마치고 저택으로 돌아왔다.

봄이 끝나고 여름으로 넘어가면서 벌써 날이 꽤 더워졌다.

손수건으로 땀을 닦으며 별관 쪽으로 걸어가고 있는데.

저택의 분위기가 묘하게 어수선하다.

반쯤 뛰는 걸음으로 내 앞을 지나가던 하녀 둘이 꾸벅 허리를 숙이더니 다시 종종 뛰어간다.

그때, 저 멀리서 누군가가 큰 목소리로 나를 불렀다.

내 쪽으로 뛰어오는 크레니였다.

"누님! 피렌티아 누님!"

그사이에 더 큰 건지, 키가 멀대같이 큰 녀석이 뛰니까 흙먼지가 더 날리는 것 같다.

"무슨 일이야, 크레니."

"헉헉, 일찍부터 어디 다녀오셨어요! 아니, 지금 그게 중요한 게 아니라…… 후우."

도대체 어디서부터 뛰어온 건지.

크레니가 가쁜 숨을 참으면서 잔뜩 상기된 얼굴로 외쳤다.

"지금 2황자 전하께서 저택에 와 계세요!"

"페레스가? 어디?"

"기사단 연무장이요!"

페레스의 광팬인 크레니는 신이 나서 발까지 동동 구르고 있었다.

"거기서 기사들이랑 대련을 하고 계시다는데…… 저도 마침 구경 가던 참이었어요!"

"아아, 그래서 다들 그쪽으로 뛰어가는 거였구나."

"우리 얼른 보러 가요!"

"그래, 가자."

크레니와 함께 연무장에 도착하니 이미 바글바글 몰려 있는 인파가 먼저 보였다.

"아아, 저기 계신다!"

키가 훌쩍 큰 크레니는 목을 길게 빼니 사람들 너머가 보이는 것 같았지만, 나는 사람들 뒤통수밖에 안 보인다고.

그런 나를 보고 잠시 머뭇거리던 크레니가 갑자기 크게 헛기침을 했다.

"크흠!"

"아! 아가씨, 도련님. 앞으로 가시죠. 이봐, 길을 비켜 드려!"

우리를 알아본 한 하인이 대신 길을 터 주었다.

"고, 고마워!"

크레니는 민망해하면서도 활짝 웃더니 내 손을 잡고 앞으로 끌었다.

사람 사이를 한참 동안 헤치고 나가니 드디어 연무장의 전경이 보였다.

뻥 뚫린 너른 공간 한가운데에 서 있는 페레스가 보였다.

가벼운 셔츠와 바지 차림에 검 한 자루만 들고 있는 모습은 제국의 황자라기보다는 날카롭게 벼려진 한 명의 검사에 더 가까워 보였다.

"갑니다! 조심하십시오!"

롬바르디 기사단의 옷을 입고 있는 서른 즈음의 기사가 경고하듯 큰 소리로 외치며 페레스에게 달려들었다.

들고 있는 거대한 검하며, 두 손으로도 다 잡히지 않을 것 같은 두꺼운 팔뚝하며.

키는 크지만 전체적으로 날렵한 몸을 가진 페레스와는 체급 자체가 달랐다.

그뿐만이 아니었다.

커다란 검에는 어느새 오러가 새파랗게 일렁이고 있었다.

곰을 연상시킬 정도로 큰 몸이 무색할 정도로 빠르게 달려드는 기사 앞에서 페레스는 조금 위험해 보였다.

하지만.

챙-!

짧은 금속음이 울렸다.

딱 한 번.

그게 전부였다.

하지만 그 날카로운 공명음이 연무장에 퍼지고 난 뒤엔 모든 것이 달라져 있었다.

"이, 이게……."

조금 전까지 기세 좋게 달려들던 기사는 반토막이 난 자신의 검을 허망하게 바라보고 있었다.

"내, 내 오러가 깨지다니……."

충격에 휩싸인 기사와는 다르게, 페레스는 여전히 평온한 얼굴로 검을 검집에 꽂아 넣고 있을 뿐이었다.

"허어……."

내 옆에 서 있던 누군가가 입을 떡 벌리며 허탈한 신음을 흘렸다.

"누, 누구 무슨 일이 일어난 건지 본 사람 있어?"

한 중년의 하인이 주변을 두리번거리며 물었다.

그러나 그 질문에 대답하는 사람은 없었다.

다들 아무 말도 못 하고 두 눈을 비비느라 바빴으니까.

고개를 떨구고 서 있던 롬바르디의 기사는 잠시 뒤, 검을 내리고 페레스에게 꾸벅 인사를 했다.

"많이 배웠습니다, 황자 전하."

"오러의 순도가 낮습니다. 바스타드 소드를 사용하니 신체 훈련도 중요하지만 오러가 약하면 파괴력에는 한계가 있습니다. 마나 훈련에 조금 더 힘써 보십시오."

페레스의 조언은 담백했다.

자신이 승리했다는 것에 기뻐하는 기색도 없었다.

그런 페레스를 보던 기사는 고개를 굳게 끄덕이며 다시 인사했다.

"감사합니다, 황자 전하."

기사가 잘려 나간 칼을 집어 들고 물러서자 다른 기사들이 얼른 달려들며 말했다.

"다, 다음은 부디 저와 대련을……."

"아니, 저와……."

"벌써 서른 명째다. 작작 좀 해라, 이놈들아!"

기사들을 통솔하고 있던 로릴의 남편, 부기사단장 플린트가 그들에게 호통을 쳤다.

"아직 더 해도 상관없습니다, 데본 경."

페레스가 낮은 목소리로 말하자 기사들의 얼굴에 화색이 돌았다.

하지만 플린트는 단호하게 고개를 저었다.

"더 이상 전하께 민폐를 끼칠 수는 없습니다. 게다가 피렌티아 아가씨께서도 와 계시고요."

"아."

페레스가 살짝 놀라며 나를 돌아봤다.

아마 자기가 롬바르디 저택에 있었던 것도 깜박 잊고 있었겠지.

나는 웃으며 손을 흔들어 인사했다.

대련이 끝난 것 같자 몰려 있던 사람들이 다시 뿔뿔이 흩어졌다.

"안녕하십니까!"

나와 크레니는 기사들의 인사를 받으며 연무장을 밟았다.

그러자 내 쪽으로 걸어온 페레스가 희미하게 웃으며 먼저 인사했다.

"안녕, 티아."

"안녕, 페레스. 여기는 웬일이야?"

"지난번에 길리우와 메이론의 대련 상대가 되어 주겠다고 해서 왔는데, 오늘은 두 사람이 외부로 훈련을 나갔대."

"그래서 그 김에 다른 기사들의 검술을 봐준 거야?"

"널 기다리는 동안에 딱히 할 게 없었으니까."

"수고했어. 이쪽은 내 사촌, 저번에 연회에서 만났었지?"

"응. 안녕, 크레니."

"아, 안녕하세요!"

페레스가 자기의 이름을 불러 주자 크레니의 얼굴이 새빨갛게 달아올랐다.

"그럼 내 방으로 차 마시러 갈래?"

내 물음에 페레스가 고개를 끄덕였다.

"그럼 가기 전에 기사분들한테 인사해야지."

"아."

그제야 기사들의 존재가 생각이 난 듯, 페레스가 뒤를 돌아보며 말했다.

"다음에 또 오겠습니다."

"아, 예에……. 오늘 수, 수고 많으셨습니다."

플린트가 나와 페레스를 조금 어정쩡한 얼굴로 바라보더니 말했다.

왜 저러지?

그렇게 내 방이 있는 별관 쪽으로 걸어가려는데 갑자기 발걸음을 멈춘 페레스가 내게 작은 목소리로 물었다.

"그런데 크레니도 가?"

"쯧."

연무장이 내려다보이는 본관 건물에서 2황자와 기사들의 대련을 지켜보던 비에제는 못마땅하게 혀를 찼다.

"광대 짓이 따로 없군."

2황자의 옆에서 어쩔 줄 몰라 하는 롬바르디의 기사들이 영 꼴 보기 싫었다.

"또 저 계집이로군."

2황자 옆에 붙어 있는 갤러한의 딸이 눈에 들어오자, 비에제는 아예 얼굴을 일그러뜨렸다.

"건방진 계집."

피렌티아가 가주 직계의 권한을 사용해 데본가와 일을 꾸미고 있다는 소식을 듣고 오는 길이었다.

"감히 저따위가 직계의 권한을 사용해?"

비에제가 보기에 유랑민의 피가 섞인 피렌티아는 롬바르디 직계의 권리를 사용할 자격이 없었다.

장자인 자신의 아들인 벨레삭이라면 또 모를까.

"끼리끼리 몰려 노는군."

함께 걸어가는 2황자와 피렌티아를 바라보며 비에제가 중얼거렸다.

"집무실 정리가 끝났습니다. 먼저 들어가 계시지요."

가주의 집사인 요한이 비에제에게 알렸다.

오늘은 일주일 중 세 번째 날.

오랜 전통에 따라 가주의 사남매가 한자리에 모이는 날이었다.

고맙다는 말 한마디 없이 요한을 스쳐 지나 가주 집무실로 들어선 비에제는 문간에 우두커니 섰다.

잠깐이나마 가주 대리를 하며 집무실로 사용했던 날들이 떠올라 기분이 더욱 더러워졌다.

"기필코."

이 집무실을 내 것으로 만들겠다.

날 때부터 자신의 것이었다.

그 누구에게도 빼앗길 수 없었다.

비에제는 독기 서린 눈으로 오로지 가주만이 앉을 수 있는 자리를 노려봤다.

그때 등 뒤에서 목소리가 들려왔다.

"비에제."

무심코 돌아선 비에제의 얼굴이 와락 일그러졌다.

"들어가지 않을 거면 길을 막지 말고 좀 비켜 주겠니? 방해가 되는구나."

무표정한 얼굴로 비에제를 바라보는 샤나넷이었다.

비에제는 쿵쾅거리는 발걸음으로 기어코 먼저 안으로 들어섰다.

털썩.

그러고는 가운데에 놓인 의자에 보란 듯 큰 소리를 내며 앉는 그 모습에 샤나넷은 작게 고개를 흔들었다.

의자는 총 네 개가 놓여 있었지만, 오늘 회의에 참석하는 사람은 샤나넷과 비에제뿐이었다.

비에제와 의자 하나 떨어진 곳에 조용히 앉은 샤나넷이 물었다.

"로렐스는 오늘도 오지 않는다니?"

"이제 와 아버지에게 잘 보일 것도 아니고, 로렐스가 뭐 하러 여기 앉아 있겠습니까."

"꼭 잘 보이기 위해서만이 아니라…… 휴, 되었다. 본인이 싫으면 어쩔 수 없는 거지."

"갤러한도 오지 않는데, 왜 로렐스에게만 그럽니까?"

마무리되어 가던 대화에 비에제가 기름을 훅 끼얹었다.

"갤러한은 자신의 영지를 돌보러 체사유로 내려간 거지 않니. 엄연히 같은 저택에 있으면서 회의에 참석하지 않는 것과는 분명히 다르다, 비에제."

"자신의 영지가 있으면 그곳에 내려가 살라지요. 롬바르디의 돈을 더 이상 축내지 말고요. 그게 맞는 것 아닙니까?"

비에제가 억지를 부리며 목소리를 올리려고 할 때였다.

"롬바르디의 돈은 네가 걱정할 바 아니다."

"아버님."

룰락이 집무실 안으로 들어서며 비에제를 날 선 눈으로 바라봤다.

"별다른 이유 없이 1년이 넘는 시간 동안 롬바르디를 버리고 앙게나스에 가 있던 너도 다시 받아 주지 않았더냐."

비에제는 룰락의 말에 아무런 대답도 하지 못하고 이만 악물었다.

룰락은 그런 비에제를 한번 못마땅하게 보고는 회의를 시작했다.

한 주 동안 가문에서 일어난 크고 작은 일들에 대해서 두 사람의 의견을 들어 보는 자리였다.

회의는 길게 이어지지 않았다.

그리고 짧은 회의 끝에 룰락이 말했다.

"피렌티아가 데본가와 함께 사업을 추진한다는 이야기는 너희 둘도 들었을 것이다."

동시에 비에제가 불만스럽게 콧방귀를 뀌었다.

"……하고 싶은 말이 있느냐, 비에제."

"제 의견이 무엇이 중요하겠습니까. 아버님께선 언제나 그 계……아니, 그 아이에게는 너그러우셨으니 이번에도 눈감아 주시겠지요."

"내가 너그러웠다. 그래, 그랬을 수도 있지."

피렌티아에 대해 이야기하는 룰락의 입가에 은근히 미소까지 걸렸다.

비에제는 찌푸린 눈으로 그것을 바라보다가 시선을 옆으로 돌려 버렸다.

"비에제 너의 예상이 맞다. 나는 이번에도 그 아이를 믿고 지켜볼 생각이다."

믿는다니.

비에제는 속으로 투덜거렸다.

그의 부친은 단언컨대 단 한 순간도 비에제를 신뢰한 적이 없었다.

그런데 그 계집이 뭐라고.

봉신 가문들 중에서도 제일 처지는 데본가와 무엇을 하는지는 모르겠지만, 가서 훼방을 놓을까.

그렇게 생각한 비에제가 무심코 고개를 들었을 때였다.

이미 그를 지켜보고 있던 룰락이 낮은 목소리로 한마디 했다.

"그러니 피렌티아를 가만히 내버려 두거라."

비에제는 놀라 움찔하면서 황급히 시선을 피했다.

그렇게 회의가 끝나고 비에제와 샤나넷은 집무실을 나왔다.

남매지간이었지만 두 사람 사이에 살가운 대화는 없었다.

그렇게 하기엔 너무나 많은 것이 틀어져 버렸다.

그런데 길게 이어진 복도 끝에서 비에제가 샤나넷을 불렀다.

"갤러한의 딸을 그냥 내버려 둘 생각입니까, 누님?"

"내버려 두지 않으면? 너도 아버님의 명을 듣지 않았니."

"하지만!"

비에제가 자기도 모르게 언성을 높였다가 복도 저편의 집무실 눈
치를 슬쩍 보고는 말했다.

"이건 가문의 이름에 먹칠을 하는 것이나 다름없습니다. 사람들이
비웃는다고요! 롬바르디의 어린애가 가문의 힘만 믿고 설친다고!"

"……뭐? 하하하!"

눈을 동그랗게 뜨던 샤나넷이 돌연 웃음을 터뜨렸다.

도대체 그녀가 무엇 때문에 웃는 것인지 영문을 모른 비에제는
인상을 쓰며 그 모습을 멀뚱히 보고 있을 뿐이었다.

"하하, 비에제! 참 재미있는 말을 하는구나! 네가 '롬바르디의 힘
만 믿고 설치는 누군가' 때문에 가문의 명성에 누가 될까 걱정하다
니! 네가!"

"지금 내가 가문의 힘만 믿고 설친다고 말하는 겁니까?"

그제야 샤나넷이 웃는 이유를 깨달은 비에제가 이를 갈았다.

하지만 샤나넷은 눈꼬리에서 눈물을 슬쩍 닦아 내며 여전히 즐거워했다.

"네 덕분에 아주 오랜만에 웃어 보는구나. 그리고 비에제, 가문의 사업에 관여하는 것은 티아의 권리다. 우리가 어찌할 수 있는 것이 아니야."

태평한 샤나넷의 말에 비에제가 버럭 소리쳤다.

"누님은 거슬리지도 않습니까! 직계의 권한을 사용하는 것이 어떤 의미인 줄 모르는 것도 아니지 않습니까! 그것도 새파랗게 어린 계집이!"

"너는 그 아이가 다음 대 가주 자리를 놓고 우리와 경쟁하게 될까, 퍽 두려운 모양이구나?"

"두렵다뇨, 누가 누굴 두려워한단 말입니까? 하! 경쟁이라니! 나는 다만 분수에 대해서 말하는 겁니다. 이게 반쪽짜리가 감히 제 주제를 모르고 설치는 것이 아니면 뭡니까!"

"하아……."

샤나넷은 그런 비에제를 보며 한숨과 함께 고개를 절레절레 저었다.

"비에제, 내가 너를 위해 진심으로 충고하마. 그 아이를 막으려는 생각은 하지 말고 너 스스로 성과를 내는 데 집중하거라. 그게 네게 승산이 있는 유일한 방법일 거야."

그 말을 남긴 샤나넷은 훌쩍 돌아서서 먼저 걸어갔다.

복도 중앙을 고고하게 걷는 그 뒷모습을 보며 비에제는 퉤 하고 침을 뱉었다.

"혼자서 잘난 척은."

그리고 반대편으로 돌아서 씩씩거리며 걸어갔다.

자신의 집에 도착할 때까지 꽤 시간이 걸렸지만, 비에제의 분노는 전혀 사그라들지 않은 채였다.

비에제가 문을 열고 들어서자마자, 부인인 세랄이 반색을 하며 반겼다.

"왔어요, 여보?"

편지를 읽고 있었던 것인지, 세랄의 손에는 보라색 봉투와 편지지가 들려 있었다.

그리고 세랄은 언제나처럼 비에제의 기분을 예민하게 읽어 냈다.

"밖에서 무슨 일이 있었어요?"

그렇게 말한 세랄이 응접실 소파에 비에제를 부드럽게 끌어 앉혔다.

"후우, 그게 말이지."

비에제가 조금 전에 있었던 불쾌한 일을 모조리 털어놓기 시작했다.

세랄은 아무 말도 하지 않고 잠자코 비에제의 이야기를 들었다.

"정말이지, 아버님도 이상하다고. 이제 나이가 들어서 판단력이 전과 같지 않으신 건가. 함부로 경거망동하지 말라고 그 천한 것을 불러서 한바탕 혼을 내셔도 모자랄 판에."

"그러게나 말이에요. 소문을 듣자 하니 무슨 배달업이라고 하던데."

"배, 배달?"

"네, 사실 하는 일이라곤 물건을 옮기는 것밖에 없는 데본가이니, 피렌티아의 장난에 맞장구를 쳐 주는 거겠죠."

"갤러한도 평민들을 상대로 장사를 해서 그렇게 우리를 민망하게 하더니."

비에제가 불만스레 툴툴거렸다.

갤러한이 기성복 장사로 단기간에 대륙에서 손꼽히는 부자가 되었다는 것은 애써 무시하면서.

"또 한동안 사람들이 롬바르디에 대해서 무슨 말을 하고 다닐지."

세랄은 진심으로 민망하다는 듯 한숨을 쉬었다.

그러고는 한쪽으로 치워 놓았던 편지를 비에제에게 내밀었다.

"황후마마께서 편지를 보내오셨는데. 한번 읽어 볼래요, 여보?"

비에제는 순순히 그 편지를 받아 읽어 내렸다.

그 안에는 짤막한 안부 인사와 함께, 서부 개발 계획을 몇 배로 앞당길 거라는 내용이 담겨 있었다.

"역시 황후마마시군! 대단한 결단력이야!"

"황실도 지금 제 분수를 모르는 2황자 때문에 어수선하니까요. 아무래도 일을 서둘러서 빨리 결판을 내시려는 것 같아요."

"그렇지. 괜히 이상한 말이 나오기 전에 싹부터 잘라 버리는 것이 제일이지."

몇 번이고 '역시 황후마마!'라며 엄지를 추켜올리는 비에제는 그 이상으로 생각이 이어질 기미가 보이지 않았다.

그런 비에제의 멍청함에 속으로 쯧 하고 혀를 찬 세랄은 짜증이 난 만큼 아름다운 미소를 지으며 은근한 목소리로 말했다.

"그래서 말인데요, 여보. 나한테 좋은 생각이 있어요."

"좋은 생각?"

"아마 서둘러 공사를 진행하려면 앙게나스의 인부들만으로는 턱없이 부족할 거예요. 그러니까 당신이 거기에 합류하는 것은 어때요?"

"내, 내가?"

비에제가 놀라서 눈을 동그랗게 떴다.

"네, 정확히는 당신이 롬바르디 건설을 데리고 앙게나스 개발에 참여하는 거예요."

"건설이라면……. 직계의 권한을 사용해야 할 텐데."

비에제는 막상 용기가 나지 않았다.

봉신 가문과 그 책임자의 직권을 한 번에 뛰어넘을 수 있는 '직계 권한'이었지만, 실패했을 시에는 그만큼 큰 책임이 따랐다.

"뭐 어때요? 피렌티아 같은 아이도 권한을 사용하는 마당에."

"그, 그렇기는 하지……."

"그리고 앙게나스예요. 황후마마가 직접 추진하는 일이고요. 설마 실패할 일이 있겠어요?"

비에제는 어느새 세랄에게 설득되고 있었다.

"이건 기회예요, 여보. 생각해 봐요. 당신이 앙게나스 영지 개발 같은 커다란 성과를 따오면, 롬바르디의 사람들이 당신을 얼마나 다르게 볼지."

비에제는 생각에 잠겼지만, 세랄은 여유롭게 기다렸다.

시간을 들이고 있을 뿐, 이미 그녀의 말에 넘어온 것을 알고 있었기 때문이었다.

약간의 시간이 흐르고.

비에제는 세랄의 예상대로 말했다.

"그럼 황후마마께 당신이 서신을 보내 줄 수 있겠어?"

크레니는 잠시 차를 마시고는 어째서인지 할 일이 있다며 가 버렸고, 내 방 응접실에는 나와 페레스만 남았을 때였다.

"사실 이거 주려고 왔어."

페레스가 품에서 작은 상자 하나를 꺼냈다.

그리고 그것을 열어 내 앞에 보여 줬다.

"다이아몬드?"

그것도 그냥 다이아몬드가 아니다.

"이거 또 직접 조각한 거야?!"

무려 작은 병아리 모양으로 깎은 다이아몬드였다.

"왜……? 왜, 하필 병아리야?"

이 비싼 다이아몬드로?

"이걸 깎으려고 하고 있는데, 마침 근처에 병아리 몇 마리가 지나가더라고. 귀여워서."

"그, 그래서 병아리……."

겨우 그런 이유로 병아리 모양으로 조각된 알이 굵은 다이아몬드를 나는 약간 허탈한 마음으로 살펴봤다.

"실력은 또 좋아서는."

동글동글하니 작은 병아리가 꽤나 깜찍했다.

"고마워."

페레스는 내 칭찬에 좋다고 눈꼬리를 접고 웃는다.

"또 오러로…… 깎은 거겠지?"

"응, 확실히 다이아몬드가 힘들더라. 오러를 세게 사용해야 했어."

오러는 그런 데 쓰는 게 아닐 텐데.

이걸 크로일리 할아버지한테 보여 주면 도대체 무슨 반응을 보일까.

나는 그렇게 생각하며 다이아몬드 병아리를 다시 보석함에 넣었다.

그리고 자리에서 일어나며 페레스에게 말했다.

"잠깐 나 따라와 봐."

내가 페레스를 데리고 간 곳은 내 침실 건너편에 있는 방이었다.

"이 안에 좀 봐 볼래?"

나는 방문을 열어 주며 페레스에게 말했다.

"아……."

페레스는 방 안의 모습을 보고 한동안 말이 없었다.

그래, 너도 할 말이 없지?

나는 그런 페레스의 어깨를 다독이면서 최대한 녀석이 섭섭하지 않게 말했다.

"이게 다 페레스 네가 아카데미에 있는 동안 보내 줬던 선물이랑 편지들이야. 보여?"

"……응."

"저쪽은 조각해서 보낸 나무 인형이랑 보석들이고 이 커다란 상자는 편지, 저쪽은 책, 그리고 저 커다란 곰 인형은 네가 직접 만든 거잖아. 너 바느질도 잘하더라."

이미 방 안은 포화 상태였다.

더 이상 선물이 들어갈 자리도 없이.

"그러니까 이제 더 이상 주지 않아도……."

"고마워."

"으응?"

"고마워, 티아. 다 이렇게 가지고 있어 줘서."

페레스는 진심으로 기뻐하고 있었다.

내가 자기가 보낸 선물을 버리지 않고 모아 두었다는 사실만으로.

나는 순간 당황해서 말했다.

"아, 아니. 고맙다는 말은 내가 해야지. 선물을 보내 준 건 넌데."

"그런가. 아니야. 역시 내가 고마워해야 할 것 같아."

방 안을 둘러보는 페레스의 눈이 초롱초롱하게 빛났다.

"티아한테 선물을 보내 주면 정말 기분이 좋아지거든."

"……왜?"

"이제는 내가 너에게 뭔가를 줄 수 있다는 뜻이니까."

페레스가 긴 속눈썹 아래로 흐리게 웃었다.

그 웃는 얼굴에 왠지 쓰러져 가는 별궁에 덩그러니 앉아 있던 어린 페레스의 모습이 겹쳐 보였다.

저러는데 어떻게 그만 보내라고 해.

나는 속으로 한숨을 삼켰다.

그렇게 우리는 선물을 하나씩 둘러보면서 이야기를 나눴다.

페레스가 여행하면서 보낸 선물들에 대해서 설명해 주면 내가 가끔 궁금한 것들을 묻는 식이었다.

"페레스, 너 정말 안 가 본 곳이 없구나?"

"응. 방학이 되면 여행을 했으니까."

"그래서 황도에는 돌아오지 않았던 거야?"

내 질문에 페레스는 잠시 망설이다 대답했다.

"그게 황후와의 약속이었어. 아카데미에 가는 조건으로 돈을 받아 냈고 대신 졸업할 때까진 황도에 돌아오지 않을 것."

"아아, 역시."

상단을 만드는 데는 거금이 든다.

그 돈이 어디서 났나 했더니.

"그래서 여행을 했어. 많이 보고, 많이 배웠어. 나는 태어나서 줄곧 황궁 근처에만 있었으니까 모르는 게 많았거든."

페레스가 조금 씁쓸하게 말했다.

나를 만나기 전까지, 페레스의 세상은 그 쓰러져 가는 별궁과 주변의 숲속뿐이었다.

나를 만난 뒤에는 포이락궁으로 옮기며 상황이 나아졌지만.

그마저도 황도와 롬바르디가 페레스 행동 반경의 전부였다.

그러니 더 많은 것을 보고, 듣고, 경험하고 싶은 갈증이 있었을 거다.

나는 페레스의 어깨를 툭 치며 말했다.

"잘했어. 이제 제법이구나. 황후한테서 돈을 뜯어내기도 하다니."

페레스는 나를 따라 웃으며 말했다.

"몇 번은 롬바르디 근처에 오기도 했는데, 티아를 보러 가지는 못했어. 위험하니까."

"위험······ 해?"

"가끔은 갑자기 습격을 받거나 하는 일이 있었거든."

"널 죽이려 했구나, 황후가."

페레스는 고개를 끄덕였다.

지나치게 담담한 얼굴이었다.

"너는······!"

답답한 마음에 반쯤 소리쳤다.

"넌 어렸을 때부터 그래! 무서워하라고, 페레스. 다치거나 죽는 걸 좀 더 두려워하고, 스스로를 위해서 화를 내란 말이야."

독에 중독되어 혈색 없이 파리한 얼굴로 위험하니 자신을 돕지 말라던 조그마한 페레스가 떠올라 속상했다.

그런데 그런 나를 보며 페레스가 웃는다.

"왜 웃어?"

"좋아서. 나를 걱정해 주잖아."

"페레스, 이건 정말로 심각한……."

"알아."

페레스가 낮은 목소리로, 하지만 미소가 사라지지 않은 얼굴로 말했다.

"걱정하지 마, 티아. 난 살아남을 거야. 네가 그때 나에게 살라고, 살아남으라고 했으니까."

내가 숲속에서 했던 말이었다.

그런 걸 또 기억하고 있었다니.

울컥하는 마음과 동시에 오랜만에 투지가 끓어오른다.

하루라도 빨리 황후와 아스타나를 밀어내야지.

"페레스."

"응?"

"나 앞으로 좀 바쁠 거야."

"……응. 들었어. 롬바르디 가문의 사업을 맡았다고."

이미 페레스에게도 소문이 퍼진 모양이었다.

"맞아. 그리고 페레스 너도 요즘 한창 바쁘잖아."

"······내가?"

페레스가 고개를 갸웃한다.

아, 맞아.

모낙 상단은 비밀이었지.

"황제 폐하와 귀족회가 다 참여하는 대회의가 있잖아. 그거 준비
해야 할 것 아니야."

"아아, 응. 그렇지."

"그러니까 앞으로는 미리 연락하고 와. 아까운 시간 쪼개서 왔는
데 길이 엇갈리면 안 되니까."

"······응, 알겠어."

녀석이 약간 시무룩해하더니 묻는다.

"한 일주일 전에 연락하면 돼?"

"뭐? 일주일?"

"너무 짧으면······ 열흘? 그 정도면 괜찮을까?"

진심으로 묻는 것인지 페레스의 얼굴은 자못 진지했다.

그 순진한 모습에 나도 모르게 피식 웃음이 났다.

나는 손을 높이 뻗어서 페레스의 머리를 쓰다듬어 주며 말했다.

"하루 이틀이면 충분해. 미리 연락만 하고 오라는 뜻이었어."

"······다행이다."

페레스가 안도하듯 중얼거리며 웃었다.

롬바르디 저택을 나서기 위해 말에 올라타며, 페레스는 느껴지는

시선에 문득 뒤를 돌아봤다.

티아가 방 창문에 서서 페레스에게 손을 흔들고 있었다.

"안녕, 티아."

그 먼 곳까지 들릴 리가 없는데도, 페레스는 함께 손을 흔들며 인사했다.

"가자."

페레스가 부드럽게 말의 목을 쓰다듬고 박차를 가했다.

다그닥, 다그닥.

땅을 울리는 무거운 말발굽 소리와 함께 그는 금세 롬바르디시를 벗어나 달리고 있었다.

차가운 바람이 얼굴을 때리는 와중에도 페레스는 주변을 경계하는 시선을 늦추지 않았다.

인적이 드문 길에서 혼자 말을 달리는 지금 같은 상황이 습격하기 가장 좋다는 것을 알기 때문이었다.

다행히 황도에 다다를 때까지, 길에서 마주친 건 상단의 짐마차 몇 대였을 뿐 위험한 상황은 벌어지지 않았다.

하지만 페레스는 황도에 들어선 뒤에도 한참을 돌고 돌았다.

그리고 자신의 뒤를 밟는 사람이 없다는 것을 확인한 후에야 한적한 여관으로 말을 몰았다.

익숙하게 2층의 객실로 올라간 페레스는 자신을 기다리고 있던 두 사람을 만났다.

"노시어, 리그니테."

어디에나 섞여 들기 좋은 평민들의 옷을 입고 있는 리그니테와 말쑥한 인상의 중년 남자가 페레스를 맞이했다.

"일은 어떻게 되어 가고 있지, 노시어?"

조금 전 피렌티아와 함께 있을 때와는 전혀 다른 메마른 목소리로 페레스가 물었다.

"황자 전하께서 예상하셨던 대로, 앙게나스가 접촉해 왔습니다. 트리바 나무를 매입하고 싶다고 합니다."

"역시 페레스!"

리그니테가 놀라며 외쳤지만, 페레스는 덤덤했다.

"내가 아카데미를 졸업하고 황도로 돌아온 것도 모자라 대회의 자리를 꿰찼으니, 그 상황에서 황후가 할 일은 뻔하지."

"하지만 다른 수를 쓸 수도 있었잖아?"

리그니테의 말에 페레스는 고개를 저었다.

"황후는 아스타나를 황태자로 만드는 것만큼이나 자신의 가문에 대한 집착과 자긍심이 높은 사람이다. 앙게나스를 발전시키는 것이 황후가 생각한 가장 좋은 방법이었을 거야. 아마 나라도 같은 선택을 했을 거다."

"그럼…… 어찌할까요?"

노시어가 조심스레 물었다.

"팔아야지."

페레스의 대답은 빨랐다.

"……괜찮겠습니까?"

노시어는 여전히 염려스러웠다.

일평생을 상단에 소속되어 일하며 다른 사람의 배만 불려 주는 일을 했다.

그리고 마흔이 넘은 나이에 드디어 독립해 상단을 꾸렸지만 곧 모든 것을 잃어버렸다.

노시어가 일해 왔던 대형 상단의 주인이 의도적으로 노시어의 신생 상단을 망하게 했던 것이다.

그렇게 평생 모아 온 모든 것을 날리고 절망에 빠져 있는 그를 도와준 것이 페레스였다.

자식뻘 되는 나이이지만, 노시어는 페레스를 존경했다.

그래서 페레스의 말이라면 두말 않고 따랐다.

하지만 이번만큼은 그도 노파심이 드는 것이다.

"모낙 상단이 판 트리바 나무는 앙게나스의 땅을 개발하는 데 사용될 겁니다. 그리고 그만큼 앙게나스의 세도 높아질 텐데요."

"하긴. 노시어의 말도 맞아, 페레스."

리그니테가 옆에서 동의했다.

"잘못하다간 우리 손으로 앙게나스의 살을 찌워 주게 될 수도 있다고."

그러나 두 사람의 우려에도 페레스는 흔들림이 없었다.

그저 건조한 목소리로 대답할 뿐이었다.

"서부가 언제까지 앙게나스의 땅으로 남아 있으란 법은 없어."

그리고 바로 돌아서서 노시어에게 물었다.

"우리가 앞으로 매수할 수 있는 양이 얼마나 되지?"

"열심히 움직인다면 가을이 오기 전에 지금까지 모아 둔 양만큼 더 사들이는 것이 가능합니다."

노시어의 대답을 들은 페레스가 손가락으로 의자의 팔걸이를 두드렸다.

툭, 툭.

잠시 뒤, 일정하게 울리던 소리가 멎고 그 순간 페레스가 말했다.

"우리가 현재 가지고 있는 물량의 10분의 1을 앙게나스에게 파는 것으로 시작하지. 우리는 급할 것 없으니."

"그렇다면 금액은……."

"그들이 부른 액수의 다섯 배부터. 협상을 통해서 세 배까지 허락하겠다. 노시어."

다섯 배에서 세 배라니.

경험 많은 노시어도 이런 식의 폭리적인 흥정은 해 본 적이 없었다.

그러나 페레스의 명이다.

해내야 한다.

"예, 페레스 님."

노시어는 고개를 숙이며 대답했다.

그런 노시어에게 페레스가 마지막으로 말했다.

"명심해라, 노시어. 우리가 트리바 나무를 매입했던 목적은 앙게나스의 주머니에서 최대한 많은 돈을 뽑아내는 것이다. 빠른 시일 내에 그들의 자금이 모두 바닥나 버려 다른 투자자를 찾게 만드는 것. 그게 트리바 나무 거래의 최종 목표다."

롬바르디 저택에 봉신 가문의 마차 하나가 들어섰다.

롬바르디 상단을 맡고 있는 로마시에 딜라드가 타고 있는 마차였다.

상단을 운영하느라 워낙 바쁜 로마시에는 가주 회의가 아니면 저택에 방문하는 날이 손에 꼽았다.

그러나 오늘은 만사를 제쳐 두고 직접 달려오는 길이었다.

그 이유는 며칠 전 도착한 편지 한 통이었다.

발신인은 피렌티아 롬바르디였다.

요는 권한을 사용하고자 하나, 그 전에 상단 운영자의 의견을 들어 보고자 하니 오늘 자신의 집으로 와 달라는 것이었다.

피렌티아가 갤러한의 집을 떠나 독립했다는 것도 몰랐던 로마시에는 몇 번이고 눈을 의심했다.

"피렌티아 아가씨가 롬바르디 상단에 권한을 발동하다니……. 하."

어렸을 때부터 가주의 사랑을 한 몸에 받을 정도로 남달리 총명하다는 것은 익히 알고 있는 사실이었다.

그러나 '똑똑한 아이'와 사업은 전혀 다른 이야기였다.

그럼에도 불구하고 로마시에 딜라드가 오늘 직접 발걸음을 한 것은 머릿속 한구석에 남아 있는, 붉은 리본을 단 연고 때문이었다.

'이것을 내 손녀가 만들었다'며 연신 자랑하던 가주의 처음 보는 모습과 그 뒤로 피렌티아의 선생님을 자처하고 나선 아들, 클레리반.

그것들이 롬바르디 상단주가 직접 바쁜 시간을 쪼개 롬바르디로 향하게 했다.

"저건 헤링가가 아닌가?"

막 마차에서 내려서던 로마시에 딜라드는 먼저 세워져 있던 헤링가의 마차를 보고 중얼거렸다.

설마 나와 같은 용무로 온 것은 아니겠지.

로마시에는 쓸데없는 생각이라며 고개를 저었다.

곧 장학회의 모임이 있으니 그 때문에 가주께 보고를 하러 들렀겠지.

그렇게 여겼다.

이제 막 성인이 된 피렌티아가, 그것도 첫 사업에 데본가와 딜라드가도 모자라 헤링가까지 한꺼번에 움직이려 할 리가 없다.

로마시에는 그렇게 생각하며 안내받은 피렌티아의 거처로 향했다.

그리고 굳게 닫혀 있는 문을 두드리려 손을 들었을 때였다.

"하하하!"

크고 통쾌한 웃음이 닫힌 문 안쪽에서 들려왔다.

대화의 내용을 제대로 알아들을 수는 없었지만, 두런두런 이야기를 나누는 목소리가 퍽 화목하고 즐겁게 들렸다.

로마시에는 문에서 몇 걸음 물러서 선객이 나오기를 기다렸다.

잠시 뒤, 문이 열리고 모습을 보인 것은 다름 아닌 헤링 가주였다.

"아니, 상단주도 오셨소?"

만면에 싱글벙글한 웃음을 지은 헤링가의 가주가 로마시에를 보고 물었다.

"헤링가도 와 있었군요. 이것 참."

맹랑하기 그지없는 꼬마 아가씨가 아닌가.

로마시에 딜라드는 그렇게 생각하며 헤링 가주를 바라봤다.

그런데.

"상단주도 어서 들어가 보시오."

헤링 가주가 그런 로마시에의 속마음을 알겠다는 듯 미소 지으며 말했다.

"나는 아주 오랜만에 가슴이 뻥 뚫리는 것 같아서 저택을 좀 더 걷다가 돌아가야겠소!"

"가슴이 뻥 뚫리다니, 그게 무슨 말입니까?"

"아, 들어가 보시면 안대도!"

그 말만 남긴 헤링 가주는 훌쩍 떠나 버렸다.

"흐음."

결국 마지막까지 의심을 지우지 못한 채, 로마시에 딜라드는 작게 노크를 한 뒤 문을 열었다.

"어서 오세요, 딜라드 가주님."

가장 먼저 그를 맞이한 것은 의자에 편안하게 앉아 차를 마시고 있던 피렌티아였다.

어렸을 때의 모습이 남아 있기는 했지만 완연히 성인으로 자라난 생글생글 웃는 얼굴에는 여유가 넘쳤다.

그리고 그 옆에, 로마시에 딜라드를 바짝 긴장하게 하는 인물이 있었다.

"오랜만에 뵙습니다, 롬바르디 상단주."

귀족 가문의 힘을 등에 업지 않은 단일 상단으로 단연 제국 첫 번째로 꼽히는 펠렛 상회의 주인, 클레리반 펠렛이 피렌티아의 뒤에 서서 그를 기다리고 있었다.

"저 마차는 다 뭐지?"

황궁에 가기 위해 한껏 차려입고 마차를 타러 나오던 비에제가 하인에게 불만스럽게 물었다.

"헤, 헤링가와 딜라드가의 마차……."

"그건 나도 안다! 내 말은 그자들이 무슨 볼일로 저택에 와 있냐는 거다. 오늘 가주 회의가 있는 것도 아닌데."

애꿎은 분풀이 대상이 된 하인이 울상을 지으며 작은 목소리로 대답했다.

"피, 피렌티아 아가씨를 만나러……."

"뭐?"

비에제의 서슬 퍼런 되물음에 하인의 어깨가 잔뜩 움츠러들었다.

"바쁘다는 게 다 거짓말이었군! 뭐 대단한 사람을 만나겠다고 직접 저택까지 오다니!"

비에제가 화가 나 씩씩거렸다.

마차 문과 발 받침을 내려 주려 옆에서 기다리고 있던 하인은 혹시라도 봉신 가문의 가주가 마차를 타기 위해 내려오다 비에제와 마주칠까 안절부절못했다.

하지만 다행히도 그런 일은 일어나지 않았다.

마찬가지로 화려한 치장을 마친 세랄이 나타났기 때문이었다.

"……속도 없는 사람들. 그렇죠, 여보?"

한눈에 상황을 파악한 세랄은 부드러운 목소리로 비에제를 달랬다.

"어린아이가 부른다고 곧장 달려오다니. 그들도 자존심이 있을 텐데요."

"흥. 다들 호기심에 무슨 일인지 궁금해 온 것이겠지."

비에제가 마차에 올라타며 불퉁하게 말했다.

조금 전 불같이 화를 내던 것과는 또 전혀 다른 말을 하면서.

하지만 그런 모습에 익숙한 세랄은 자신도 마차에 올라타 문을 닫으며 평온하게 말했다.

"좋은 날, 좋은 일로 입궁하는 길인데 저런 것에 신경 쓰지 말아요, 여보."

"크흠……."

비에제는 아내의 말에 헛기침을 하며 고개를 끄덕였다.

"그래, 내가 조금 예민했군. 어차피 실패하고 스스로 망신만 살 저 사업이 뭐라고."

"맞아요. 황후마마께서는 이미 허락을 하신 것이나 마찬가지이니, 가서 마마께서 좋아하는 선물이나 드리고 좋은 시간을 보내고 와요, 우리."

마차 좌석 한쪽에 놓인 정성스레 포장된 다기 세트를 가리키며 세랄이 말했다.

"당신이 롬바르디 건설을 위해 어떤 일을 따냈는지 사람들이 알게 되면, 아마 며칠 뒤에는 모두가 당신에 대한 이야기뿐일 거예요."

"그래, 저런 어린애 장난 같은 사업 따위 한바탕 웃음거리가 되고 다 잊히겠지."

비에제의 비릿한 말과 함께 마차가 황궁으로 출발했다.

그렇게 잘 닦인 길을 따라 달리던 마차가 황궁 문턱을 넘었을 때, 세랄이 문득 물었다.

"그런데 당신은 롬바르디 건설에, 그러니까 빌케이가에 미리 이야기를 하지 않아도 되는 건가요?"

세랄의 물음에 비에제가 피식 웃으며 대답했다.

"가주 직계의 권한을 사용하는데 미리 말을 할 필요는 없지. 하나하나 다 양해를 구하고 일을 추진하면 그게 어떻게 '권한'이겠어?"

"하긴……."

세랄도 비에제의 말에 동의하며 고개를 끄덕였다.

"어머, 황후마마께서 나와 계시네요!"

마차가 속도를 줄이기 시작하자 창밖을 내다본 세랄이 기뻐서 외쳤다.

비에제도 흘끔, 황후궁 현관 앞에서 자신을 기다리고 있는 라비니 황후를 확인하고 입꼬리가 슬쩍 올라갔다.

제국의 황후가 직접 마중을 나오는 모습이 비에제의 어깨를 으쓱하게 했다.

"왔군요, 롬바르디 공. 세랄도 어서 오렴."

황후는 매우 기꺼운 얼굴로 두 사람을 맞이해 주었다.

반갑게 인사를 해 오는 황후 말고도 황후의 시녀들이 모두 나와서 나란히 줄 서 있는 계단을 오르자 비에제의 기분은 하늘을 찌를 듯 좋아졌다.

세랄이 마련한 고급 다기를 황후는 매우 마음에 들어 했다.

고맙다며 바로 그 자리에서 새 다기를 사용해 손수 차까지 만들어 주었다.

"앙게나스의 개발 사업을 롬바르디 건설이 맡고 싶다고 하였던가요?"

"예, 그렇습니다."

얼른 대답하는 비에제의 만면에서 웃음이 떠나질 않았다.

"확실히 경험이 많은 롬바르디 건설이라면, 개발 사업을 더욱 빨리 추진할 수 있겠네요."

"지당하신 말씀입니다. 게다가 휴양지에 들어갈 다량의 고급 주택 같은 건물은 뛰어난 기술을 가진 인부들이 아니면 많은 시간과 재료를 잡아먹습니다. 롬바르디 건설에 맡겨 주시면 그런 걱정은 하지 않으셔도 될 겁니다."

"으음……."

그런데 황후의 반응이 조금 이상했다.

분명히 아내는 '이미 허락을 하신 것이나 마찬가지'라고 하였는데.

고민하는 듯한 라비니 황후의 모습에 비에제의 등에 땀이 한 줄기 흘렀다.

"무, 무엇을 고민하시는지 말씀을 해 주시면 제가 설명해 드릴 수 있습니다."

"아아, 나도 세랄의 남편인 롬바르디 공이면 믿고 일을 맡길 수 있겠지만, 한 가지 조건이 있어요."

"무엇…… 입니까?"

"일을 시작하면 대금을 처음부터 몇 번에 나누어 지급하는 것으로 알고 있는데, 맞나요?"

"예. 보통 시작하기 전, 중간, 공사를 완성한 뒤, 이렇게 세 번에 나누어 받습니다."

"그렇다면 그 대금을 공사 후반과 완성 후로 조절해서 지급할 수 있나요?"

"예……?"

비에제는 맹렬히 머리를 굴렸다.

워낙 거금이 오가는 건설 사업의 특성상 세 번이 아니라 네 번, 다섯 번에 나누어서 지불받는 경우도 허다했다.

건물 몇 채를 올리는 것이 아닌 앙게나스라는 영지 자체를 개발하는 큰 공사다.

그런 엄청난 대금을 공사 후반과 완성 후에 대금을 지급하겠다는 것은 어디로 보나 무리한 부탁이었다.

비에제는 거절해야 했다.

하지만 자신을 시험하듯 보는 황후의 눈을 본 순간, 그런 용기는 사라졌다.

그리고 머릿속에 며칠 전, 샤나넷이 자신을 비웃으며 했던 말이 스쳤다.

"그 아이를 막으려는 생각은 하지 말고 너 스스로 성과를 내는 데 집중하거라. 그게 네게 승산이 있는 유일한 방법일 거야."

감히 갤러한의 딸 따위가 나에게 견줄 수 있다고 생각하다니.

이번 앙게나스 사업권으로 차이를 보여 주겠다.

비에제는 그렇게 마음을 먹었다.

이번 일이 성사되면 그 누구도 자신을 다시 무시할 수 없으리라.

"그렇게 하겠습니다, 황후마마."

비에제가 말했다.

"처가인 앙게나스를 믿지 않는다면, 제가 누구를 믿겠습니까."

"아아, 다행이에요. 이해해 주어 고마워요, 롬바르디 공."

황후가 활짝 웃으며 차를 한 잔 더 권했다.

"가, 감사합니다."

비에제가 황송해하며 차를 받아 마시는 동안, 라비니 황후와 세랄은 조용히 눈빛을 교환했다.

그리고 두 사람의 입가에 조용히 미소가 어렸다.

"……이상이 택배 사업에 대한 대략적인 설명이에요. 물론 원한다면 더 자세한 사업 계획서를 상단으로 보내 줄 수도 있어요."

나는 롬바르디 상단주인 로마시에 딜라드에게 짧지만 정제된 설명을 마쳤다.

"그것참…… 기발한 생각입니다."

로마시에 딜라드가 감명받은 듯 중얼거렸다.

진심으로 감탄하고 있다는 것은 알고 있었다.

내가 설명하는 내내 몇 번이나 눈을 동그랗게 뜨며 놀랐으니까.

그럼에도 불구하고, 로마시에 딜라드는 여전히 망설이고 있었다.

"상단주님은 무엇이 걱정되는 건가요?"

"으음. 좋은 생각이라는 것은 알겠으나, 과연 얼마나 실용성이 있는지 의문입니다. 전혀 낯선 택배라는 것을 귀족들이 과연 얼마나 사용할지……."

나는 고개를 저으며 말했다.

"한 가지 잘못 이해하셨네요. 택배 사업의 목표 고객층은 귀족들뿐만이 아닙니다. 현재 제국에서 '돈'은 더 이상 귀족들만의 전유물이 아니잖아요? 상단으로, 황궁의 녹봉으로 많은 재산을 축적한 평민의 수가 상당하죠."

"그렇기는 하지만……."

"또한 저는 지금 말씀하신 롬바르디 택배의 '실용성'을 같은 지붕을 지고 있는 롬바르디 상단이 함께 만들어 가자 제안하는 겁니다.

결국 택배를 통해 구입할 수 있는 품목의 다양함이 바로 '택배의 실용성'이 될 테니까요."

"흐음."

로마시에 딜라드는 좀처럼 결정을 내리지 못했다.

나도 잠시 고민했다.

내가 아는 딜라드 가주는 이렇게 우유부단한 사람이 아니다.

기회를 보면 지체하지 않고 뛰어들 줄 아는 사람이었다.

그것은 노년에 접어든 지금도 마찬가지였다.

그렇다면 분명히 거대한 롬바르디 상단의 책임자로서 내 손을 잡기가 꺼려지는 이유가 있는 거다.

나는 로마시에 딜라드에게 직설적으로 물었다.

"상단주님이 염려하는 것은 택배 사업입니까, 아니면 저입니까?"

"그, 그건."

당혹감이 서리는 상단주의 얼굴이 대신 정답을 말해 주고 있었다.

물어 뭐 해. 내가 믿음직하지 못한 거지.

나는 차분한 목소리로 말했다.

"부디 솔직하게 말씀해 주시면 감사하겠어요, 딜라드 가주님."

"그렇게 말씀하신다면……."

로마시에 딜라드가 잠시 머뭇거리더니 이내 마음을 먹은 듯 말문을 열었다.

"택배라는 새로운 방식의 운수업은 아마 그 누구도 생각해 내지 못했을 겁니다. 피렌티아 아가씨께서 어려서부터 총명하신 것은 알았지만, 사업적인 재능까지 있으실 줄이야. 많이 놀랐습니다. 하지만……."

이제 본론이다.

"저는 상인입니다. 그리고 상인들은 그 무엇보다 경험을 중요하게 생각하지요."

로마시에 딜라드가 조심스럽게 말했다.

"아무리 똑똑하고, 아무리 기발한 사고를 할 줄 아는 사람이라고 하더라도 경험이 없다면 신뢰하지 않습니다."

놀랍지도 않다.

실전에서 발로 뛰며 얻은 경험을 가장 값진 자산으로 치는, 실전에서 잔뼈가 굵은 상인다운 신념이었으니까.

반대로 말하면, 로마시에 딜라드는 경험이 있는 상인을 그만큼 신용한다는 말이기도 했다.

나에겐 참 잘된 일이다.

"그럼, 제가 경험이 없는 것이 유일한 문제라는 말씀이신가요?"

"예, 솔직히 말씀드리자면 그렇습니다. 이것은 롬바르디 상단의 손익과 직결된 일이라, 모쪼록 양해를……."

"그럼 아무런 문제 없겠네요."

"예?"

멍하니 되묻는 로마시에 딜라드에게 나는 한 글자, 한 글자 또박또박 말해 주었다.

"제가 경험이 아주 없지는 않거든요."

"그게 무슨 말씀이신지……."

나는 방긋 웃으며 옆에 선 클레리반을 바라봤다.

"혹시나 싶어서 클레리반에게 동석해 달라고 했는데, 다행이에요."

클레리반도 나를 보고 마주 웃어 주었다.

"피렌티아 님께선 매번 이렇게 앞날을 볼 수 있는 분처럼 다 맞히시니, 이제 저는 놀랍지도 않습니다."

정답게 대화를 나누는 나와 클레리반을 로마시에 딜라드가 영문을 알 수 없는 눈으로 번갈아 바라봤다.

분명히 선생과 제자 사이인데.

대화를 나누는 분위기는 정반대이니 많이 혼란스러울 거다.

나는 상단주의 혼란을 끝내 주기 위해, 차분한 목소리로 그를 불렀다.

"로마시에 딜라드 가주님."

"예……?"

"혹시 펠렛 상회의 다이아몬드 광산 사업을 기억하시나요?"

"물론…… 입니다."

로마시에 딜라드가 고개를 끄덕이며 대답했다.

"그때 광산 경매 현장에 계셨던 것으로 아는데. 어떤 생각을 하셨나요?"

"신생인 펠렛 상회에게 안일해졌던 저희 롬바르디 상단이 제대로 한 수 배웠다고 생각했습니다. 그 뒤로 저희도 초심을 되찾고 심기일전했지요."

내가 물으니 순순히 대답해 주고 있기는 하지만, 여전히 오늘날의 펠렛 상회를 있게 한 그 사업과 나를 연관시키지 못해 어리둥절한 얼굴이었다.

나는 그런 상단주에게 말했다.

"그 다이아몬드 광산 사업은 저의 첫 번째 사업이었어요."

"첫 번째 사업……."

내 마지막 말을 멍하니 따라 중얼거린 로마시에 딜라드가 고개를 저었다.

"죄송합니다. 아가씨의 말씀이 잘 이해가 안 되어서. 다시 한번 말씀해 주시겠습니까?"

"제가 경험이 없기 때문에 신용할 수 없다고 하셨잖아요. 경험은 중요하죠. 저도 어느 정도 동의하는 말이에요. 그러니 비밀을 한 가지 말씀드릴게요."

나는 나직한 목소리로 말했다.

"펠렛 상회의 실소유주는 바로 저, 피렌티아 롬바르디예요."

"실…… 소유주?"

지진이라도 난 듯 떨리는 상단주의 눈동자가 클레리반을 향했다.

"지금 아가씨께서 하신 말씀이 정말인가?"

클레리반은 바로 대답했다.

"세간에선 제가 피렌티아 님을 가르치는 것으로 알고 있습니다 만, 사실은 반대입니다. 매일매일 피렌티아 님께 매우 많은 것을 배우고 있습니다, 저는."

"하, 하지만 아직 나이가 어리신 아가씨께서 어떻게……."

충격이 너무 큰지, 로마시에 딜라드는 말까지 더듬었다.

그러나 클레리반은 조금 매정하게 들릴 정도로 단호하게 말했다.

"피렌티아 님에게 나이는 그저 숫자에 불과합니다. 이 클레리반 펠렛이 장담하죠."

"혹시 펠렛 상회주의 주도하에 아가씨께선 그저 보조한 건 아니신지……."

상단주의 일리 있는 의심에 클레리반은 또 고개를 휘휘 저었다.

"오늘날의 펠렛 상회를 있게 한 다이아몬드 광산과 동부 대가문 교역에서부터 작년에 시작한 펠렛 상회 아카데미 장학회까지, 모두 피렌티아 님의 작품이십니다. 펠렛 상회 그 자체이시죠."

"에이, 너무 띄워 주지 마세요. 어디까지나 펠렛 상회를 여기까지 일구고 끌어온 건 실무자인 바이올렛과 클레리반인걸요."

"저는 오로지 저의 진심만을 말씀드린 겁니다, 피렌티아 님."

클레리반이 그렇게 말하며 내게 다정한 눈을 하고 미소 지었다.

캬, 역시 잘생긴 사람은 나이가 들어도 멋지다.

미모는 어디 가지 않는다고!

그리고 나는 클레리반에게서 눈을 떼 여전히 어안이 벙벙한 로마시에 딜라드에게 물었다.

"어떤가요, 딜라드 가주님. 이 정도면 저도 경험이 좀 있는 편인 것 같은데."

갤러한의 외동딸, 피렌티아는 따로 보아도 알 수 있을 만큼 아버지인 갤러한을 무척이나 닮아 있었다.

커다란 녹색 눈이나 웃는 입 모양이 특히나 그랬다.

하지만 자신감 넘치는 눈빛과 당당한 기질만큼은, 소심한 구석이 있는 갤러한과는 전혀 달랐다.

'오히려······.'

로마시에 딜라드가 피렌티아와 닮은 누군가를 무심코 떠올리려 할 때였다.

"롬바르디 상단주님."

"······예."

"아무리 이런저런 경험이 있다고 하더라도, 단번에 저를 믿고 새로운 사업에 함께 뛰어들기는 어렵겠죠. 하지만."

성공에 대한 확신으로 반짝이는 녹색 눈동자는 로마시에 딜라드처럼 산전수전을 겪은 이도 푹 빠져들게 하는 카리스마가 있었다.

"택배라는 방식을 생각해 낸 것은 저지만, 이 사업을 이끌어 가는 것은 결국 롬바르디입니다. 그동안 롬바르디 상단의 상행을 책임져 왔던 데본가이고, 수많은 인재들을 길러 낸 헤링가예요. 나를 믿지 못하겠다면, 그들을 믿으세요."

피렌티아가 하는 말을 멍하니 듣고 있던 로마시에 딜라드는 자기도 모르게 고개를 끄덕였다.

한 군데도 틀린 말이 없었다.

그러나 여전히 꿈을 꾸듯이 멍하기도 했다.

아무리 주머니 안에 넣어도 송곳은 꼭 티가 나는 법이거늘.

그동안 바로 눈앞에 이런 사람을 두고도 몰라봤단 말인가.

스스로 제법 사람 볼 줄 안다고 자부했던 것이 부끄러워질 지경이었다.

"조만간 롬바르디 상단의 세부적인 제안서를 가지고 다시 찾아뵙겠습니다."

로마시에 딜라드가 그렇게 말하며 정중하게 인사했다.

응접실에 들어올 때와는 사뭇 다른 태도였다.

클레리반도 그의 뒤를 따라 나왔다.

달칵.

등 뒤로 문이 닫히는 소리가 나자마자 주변을 둘러보고 아무도 없는 것을 확인한 로마시에가 턱 하고 클레리반의 어깨를 잡고 구석으로 이끌었다.

"정말로, 정말인가?"

혹시나 안쪽에 들릴세라, 잔뜩 낮춘 목소리였다.

"아직도 피렌티아 님을 못 믿는 겁니까?"

아주 불쾌하다는 듯, 클레리반이 자신의 어깨를 짚은 손을 매몰차게 쳐 내며 되물었다.

언제나 냉정하고 차가운 줄 알았던 자식의 처음 보는 모습에, 롬바르디 상단주는 또다시 할 말을 잃었다.

거기에 클레리반은 한술 더 떠 경고하듯 말했다.

"피렌티아 님은 상단주님을 믿기 때문에 본인의 비밀을 밝히신 겁니다. 그분의 믿음을 저버리지 마십시오."

로마시에 딜라드는 천천히 고개를 끄덕였다.

이제 겨우 열여덟 살에 불과한 갤러한의 딸이 사실은 펠렛 상회의 실소유주였다니.

누가 이 말을 믿어 준단 말인가.

"참고로 말씀드리자면. 그분은 저와 상단주님과의 관계에 대해서도 이미 알고 계십니다."

"네가, 직접 말한 것이냐?"

로마시에 딜라드는 진심으로 놀랐다.

클레리반이 그의 혼외자라는 사실은 철저하게 비밀로 붙여진 일이었다.

무엇보다 클레리반 스스로가 강력하게 원했기 때문이었다.

그런데 스스로의 치부를 모두 말할 정도로 피렌티아에 대한 신뢰가 높다니.

딜라드 가주는 묵묵히 고개를 끄덕였다.

클레리반과 피렌티아 사이의 끈끈한 신뢰가 어느 정도인지 가늠이 되었기 때문이었다.

그 뒤, 클레리반은 로마시에를 마차까지 배웅했다.

그리고 저택의 하인 몇이 마차 내부의 흙먼지를 털어 내며 분주하게 움직이는 사이 문득 말을 꺼냈다.

"상단주께서 언젠가 저에게 말씀해 주신 적이 있습니다. 젊은 시절, 아직 후계자 경쟁 중이었던 현 롬바르디 가주님의 능력과 야망에 대해서 알게 되었던 날에 대해서요."

클레리반의 말에 로마시에는 그를 돌아봤다.

"모든 것을 바쳐서라도 저 사람과 함께 나아가고 싶었다고 말씀하셨지요."

"……그래, 그랬지."

"피렌티아 님이 어떤 분인지 알게 되었던 날, 저도 상단주께서 그때 어떤 마음이었는지 비로소 이해할 수 있었습니다."

클레리반의 얼굴에 은은하고 깊은 미소가 떠올랐다.

"그래서 선생님이라는 핑계로 얼른 그분의 곁에 붙어 떨어지지 않고 있는 겁니다."

그 말끝에 작게 붙는 웃음이 꽤나 즐거워 보였다.

그런 모습의 클레리반은 처음이라, 로마시에는 눈을 조금 크게 떴다.

"앞으로 피렌티아 님은 하나씩, 롬바르디를 더욱 위대하게 만들 겁니다."

그렇게 말하는 클레리반의 푸른 눈은 조금 전 피렌티아와 같은 확신에 차 있었다.

"딜라드가도 그 흐름에 뒤처지고 싶지 않으면 이번 기회를 제대로 잡는 게 좋을 겁니다."

클레리반이 충고하듯 말하고 한 걸음 뒤로 물러서며 짧게 인사했다.

딜라드가에도, 로마시에에게도 아무런 미련 없이 돌아서서 걷는 꼿꼿한 그 등을 보고 있자니, 로마시에의 입가에도 미소가 번졌다.

"그래, 나에게도 그런 날이 있었지."

로마시에는 클레리반에게 말해 주었던 그날의 기억을 떠올렸다.

똑같이 반짝이는 눈동자로, 자신이 가슴에 품은 롬바르디의 꿈과 목표를 늘어놓던 룰락의 모습이 아직도 눈앞에 선했다.

그래, 그분을 닮았다.

로마시에는 무척이나 닮은 할아버지와 손녀를 떠올리고 즐겁게 중얼거렸다.

"이번 기회를 제대로 잡아야겠군."

클레리반의 열정이 그에게도 전염된 듯, 나이가 들며 더 이상 로마시에를 귀찮게 하지 않았던 심장이 어느새 기분 좋게 두근거리고 있었다.

오랜만에 짬이 난 틈을 타, 나는 라라네와 시간을 보내고 있었다.

온갖 진한 꽃향기와 싱그러운 풀 냄새가 가득한 곳.

요즘 라라네는 저택 한쪽에 마련한 작은 온실에서 대부분의 시간을 보냈다.

구석진 곳에 위치해 있기 때문에 사람들의 발길도 드문 이곳은 오롯이 라라네만의 공간이었다.

게다가 얼마나 정성을 들이는지, 만발한 꽃들에게서 윤기가 흐르는 것 같을 정도다.

"자, 여기. 오늘은 백합을 선물로 줄게, 티아."

라라네가 내게 노란색 끈으로 예쁘게 묶인 예쁜 백합 한 다발을 건네며 말했다.

"와아, 고마워! 라라네 덕분에 내 방에 꽃향기가 가실 날이 없다니까?"

"이렇게라도 도움이 될 수 있어서 기뻐."

라라네는 그렇게 말하면서 꽃보다 예쁘게 웃었다.

그런데 그 웃음의 끝이 목이 꺾인 백합처럼 금세 시들어 버리는 것이 영 신경 쓰인다.

"무슨 일 있어, 라라네?"

"응? 아, 아니……."

하지만 그 말마저도 말끝이 금방 꼬리를 감춘다.

"털어놓으면, 조금 속이 편해지지 않을까?"

내 말에 커다란 눈을 느리게 깜박인 라라네가 작은 목소리로 말했다.

"그냥, 티아가 조금 부러워서."

"내가?"

라라네가 힘없이 웃으며 고개를 끄덕였다.

"부끄러운 말이지만, 요즘 나 스스로가 답답할 때가 있거든. 그래서 가끔 생각해. 나도 티아처럼 멋지게 큰일을 척척 해낼 수 있는 사람이라면 어떨까 하고."

"큰일이라면…… 사업을 말하는 거야?"

"응, 정말로 멋지다고 생각해."

"혹시 라라네도 하고 싶은 사업이 있어?"

내 질문에 라라네가 조금 생각을 하더니 고개를 저었다.

조금 흘러나온 가는 앞머리가 떨리듯 흔들렸다.

"아니, 그건 아닌 것 같아. 나는 이렇게 꽃을 돌보는 것만으로도 좋은걸. 하지만 우리 부모님은……."

아, 비에제와 세랄. 어떻게 그 둘 사이에서 라라네가 태어난 걸까.

정말이지 롬바르디의 불가사의였다.

"우리 부모님은 티아도 알다시피……."

라라네가 차마 말을 잇지 못하고 씁쓸하게 웃었다.

"그래서 그런 생각이 들었던 것 같아. 나도 사업을 할 줄 아는 사람이라면 어땠을까."

그렇게 말하며 웃는 라라네가 오늘따라 너무나 약해 보여서.

나는 흙이 조금 묻은 라라네의 손을 잡아 주었다.

"뭐든 하고 싶은 일이 있다면 말해, 라라네. 내가 도와줄게. 하지만 꼭 모두가 사업 같은 일을 해야 하는 것은 아니야. 라라네는 자기 자신을 행복하게 하는 일을 찾으면 되는 거야."

"……나를 행복하게 하는 일."

그런데 그렇게 중얼거리는 라라네의 입가에 미미하지만 정말로 기쁜 듯한 미소가 어렸다.

그러다 나와 눈이 마주쳤다.

라라네는 어딘가 부끄러운 듯 얼굴을 살짝 붉히며 말했다.

"……나중에 말해 줄게."

그러고는 조금 허둥지둥, 말을 돌린다.

"이제 바로 내일이네? 나도 참석할게, 티아."

"라라네 쪽 식구들은 아무도 안 온다고 하던데. 괜찮겠어?"

내 질문에 라라네는 고개를 끄덕였다.

"잠깐 다녀오면 어머니도 모르실 거야. 괜찮아. 티아의 첫 사업 설명회인데, 꼭 참석하고 싶어."

"와 주면 나야 영광이지."

나는 그렇게 말하며 라라네가 준 백합의 향을 가슴 가득히 들이쉬었다.

이제 더위가 완연해진 여름날.

롬바르디 교통의 새로운 사업 설명회가 하루 앞으로 다가왔다.

겨울이 되면 눈이 내리는 지역은 교통 상황이 매우 나빠진다.

그렇기 때문에 가을이 되기 전에 택배 사업을 안정권에 올려놓으려 매우 서둘렀다.

데본가뿐만이 아니라 롬바르디 교통의 고용인들 모두가 바쁘게 움직여 준 덕분에 여름이 가기 전에 사업 설명회를 개최할 수 있게 된 것이다.

"그동안 많이 바빴지?"

라라네가 나에게 물었다.

"아무래도 여러 가문들을 동시에 참여시키는 일이니까. 그만큼 신경 써야 했어."

택배 사업은 매우 규모가 큰 사업이다.

내가 권한을 사용해 직접적으로 움직이는 것은 롬바르디 교통을 책임지고 있는 데본가 하나뿐이었지만, 택배 사업에 동원되는 것은 그들뿐만이 아니다.

장학 재단의 헤링가, 상단의 딜라드가, 그리고 투자 비용을 빌린 은행의 브레이가까지.

따져 보자면 자그마치 네 가문이 한 번에 움직이는 대형 사업이었다.

"하지만 다들 잘 협조해 주고 있어서 내일에 대한 걱정은 없어."

솔직히 말하자면 내일에 대한 감정은 걱정보단 기대에 가까웠다.

"대단해, 티아."

"그냥 앞만 보고 달리는 거지, 뭐."

나는 라라네가 준 백합 다발을 들고 앉아 있던 자리에서 일어났다.

"그럼 이만 가 봐야겠어, 라라네. 백합은 집에 잘 두고 볼게."

내가 그렇게 인사를 하며 막 자리를 떠나려고 할 때였다.

"한창 준비로 바쁠 시기에 여기서 한가하게 수다나 떨고 있다니, 이미 포기한 것이냐?"

온실에 막 들어서며 이죽거리는 것은 비에제였다.

특유의 거들먹거리는 얼굴 위에 보기 싫은 웃음이 가득했다.

라라네와 예쁜 꽃들 덕분에 활짝 폈던 기분이 비에제를 보는 순간 매우 더러워졌다.

하지만 나는 그만큼 밝은 미소를 지으며 인사했다.

"안녕하세요, 백부님."

"그래, 나는 안녕하다만 피렌티아 너는 어떠냐."

질문이 아니다.

마치 내가 두려움이나 중압감에 견디지 못하고 부서지지는 않았나, 여기로 도망 와 울고 있었던 것은 아닌지, 내 얼굴을 샅샅이 살펴보고 있는 그 속이 뻔히 보인다.

"저도 괜찮습니다, 백부님."

"그래, 그래. 괜찮아야지. 롬바르디의 이름을 걸고 그렇게 일을 크게 벌여 놨는데. 갤러한은 진작 너를 말리지 않고 무얼 했는지."

말끝에 혀까지 쯧 하고 찬다.

비에제가 저렇게 의기양양한 것은 최근에 롬바르디 건설을 통해 앙게나스의 개발 사업을 따냈기 때문이었다.

정말 롬바르디에 도움이라고는 안 되는 비에제.

하필이면 황후에게 붙어서 앙게나스 개발권을 따내다니.

이제 앙게나스와 롬바르디 건설은 한배를 탄 것이나 다름없었다.

앞으로 앙게나스에게 벌어질 일을 알고 있고, 황후와 그 가문을 점점 더 벼랑 끝으로 몰 예정인 나로서는 매우 곤란하다.

잠시였지만 앙게나스를 망치는 계획을 중단해야 하나 고민하기까지 했다.

하지만 건설 대금을 받지 못한다고 해서 롬바르디가 망할 일은 없고, 비에제가 확실히 가문에 큰 출혈을 내는 것이 그 무능력함을 보여 주기에도 안성맞춤이다.

어찌 보면 나에겐 비에제 덕분에 꿩 먹고 알도 먹는 상황이 펼쳐지게 된 것이다.

자신이 무슨 일을 저지른 건지 꿈에도 모를 비에제는 계속해서 나에게 이죽거리고 있었다.

"이번 일이 실패로 끝나더라도 좋은 교훈을 하나 배웠다고 생각하거라."

"아, 아버지……."

라라네가 곤란한 얼굴로 비에제를 말리듯 말했다.

하지만 고작 그런 걸로 그만둘 비에제가 아니지.

"너도 잘 새겨들거라, 라라네. 어른들이 하는 일에는 쉽게 끼어드는 것이 아니다. 저 아이와 가까이 지내며 쓸데없는 생각 하지 말고 너는 내가 시키는 대로……."

"그만하세요, 아버지."

라라네가 거의 울 듯한 얼굴을 하자 비에제는 그제야 말을 멈췄다.

하지만 나는 아직 끝낼 생각이 없다.

누구 맘대로 끝내.

이제 내가 때릴 차례인데.

나는 삐딱하게 비에제를 바라보며 말했다.

"계속 제가 실패할 경우만 말씀하시는데. 성공하면 어쩌시려고 그렇게 악담을 하세요, 백부님."

"뭐? 악담?"

"지금 백부님께서 하시는 말들을 악담이라는 말 이외에 다른 말로 표현이 가능한가요?"

나는 정말로 궁금하다는 듯 물었다.

"혹시 제가 주도한 택배 사업이 크게 성공할까 봐 두려워서 그러시나요?"

"그런 것이 아니라……."

화가 나서 일그러진 얼굴의 비에제가 뭐라고 반박하려고 했다.

하지만 나는 정말 실망했다는 얼굴로 선수를 쳤다.

"아무리 그러셔도 조카가 하는 일이니 잘해 보아라 격려라도 해 주실 줄 알았는데. 백부님은 정말 그릇이 작으시네요."

그리고 일부러 들으라고 '에휴' 하는 소리와 함께 고개를 절레절레 저으며 중얼거렸다.

"이 정도면 찻잔 수준 아닌가……."

너만 사람 놀릴 줄 아냐.

내가 더 잘하거든?

나는 비에제를 위아래로 한번 훑어봐 준 다음, 라라네에게 짧게 인사를 하고 돌아섰다.

"다음에 봐, 라라네."

일부러 내일 있을 사업 설명회는 언급하지 않았다.

"너, 너 이 어린 계집이……!"

나이를 들먹거릴 만큼 할 말이 없으면 진 거지 뭐.

나는 마지막으로 비에제를 향해 한번 웃어 주는 것을 잊지 않고 온실을 나섰다.

펠렛 상회의 집무실.

업무를 보던 클레리반은 갑작스레 찾아온 손님을 맞이하고 있었다.

미리 연락조차 하지 않고 상회를 찾아온 손님은 앙게나스 가문의 듀락 상단주였다.

"오랜만이군, 자네!"

오래전 코로이-융 사업을 할 때 몇 번 얼굴을 마주한 적이 있는 사이였다.

하지만 쉽게 '자네'라고 부를 만큼 가까운 사이는 아닌데.

집무실 안으로 걸어 들어오는 듀락 상단주를 보는 클레리반의 눈초리가 날카로워졌다.

"앉으시죠."

그럼에도 불구하고, 클레리반은 펠렛 상회의 대표로서 품위를 지키려 정중하게 말했다.

그러나 그의 그런 노력은 오래가지 못했다.

"지금 뭐라고 했습니까?"

클레리반이 한쪽 눈썹을 치켜세우며 으르렁거리듯 물었다.

그 날 선 모습에 간이 작은 듀락 상단주는 순간 움찔했다.

그러나 여기서 물러설 수는 없었다.

눈앞의 클레리반보다, 황궁에 있는 라비니 황후가 더 무서웠기 때문이었다.

크흠 하고 한차례 목을 가다듬은 듀락 상단주가 말했다.

"펠렛 상회가 가지고 있는 트리바 나무를 우리 앙게나스에게 모두 넘기라고 했소."

"아니지, '모두 내놓으라'고 하셨지."

여전히 듀락 상단주를 노려보며 말하는 목소리가 땅을 긁을 듯 낮았다.

"도대체 무슨 권리로 나에게 '내놓으라'고 하는 겁니까?"

클레리반의 질문에 듀락 상단주는 목을 빳빳이 세우고 대답했다.

"앙게나스 개발 사업에 트리바 목재가 필요하다는 우리 듀락 상단의 지속적인 요청을 줄곧 거부해 왔지 않소?"

"그래서?"

"앙게나스 개발 사업이 황후마마께서 직접 추진하시는 사업인 걸 몰라서 그리 뻔뻔하게 되묻는 것이오?"

지금 이 자리에서 뻔뻔한 것이 도대체 누구인지.

클레리반은 한쪽 다리를 꼬고 의자에 비뚤게 기대앉으며 듀락 상단주를 바라봤다.

어디까지 가나 한번 볼까.

"……그래서?"

"이익! 알고 있다면 제국민으로서 응당 협조를 해야지! 감히 황후마마의 뜻을 방해할 생각이 아니라면!"

'황후'라는 말에도 변화가 없는 클레리반의 반응에 듀락 상단주가 가르치듯 버럭 호통을 쳤다.

"이래서 젊은 상인들은! 쯧쯧."

듀락 상단주는 못마땅하다는 듯 혀까지 찼다.

그러나 클레리반은 그것에도 크게 반응하지 않았다.

듀락 상단주의 저 모습이 젊은 나이에 성공한 자신에 대한 추한 질투심이라는 것을 잘 알았기 때문이었다.

"에헴."

눈치 없는 듀락 상단주는 클레리반이 말없이 조용해지자, 자신의 작전이 먹혀들어 가고 있다고 판단했다.

롬바르디가의 사람으로서 룰락의 곁에서 일하던 예전이라면 모를까, 이제 롬바르디와 큰 연관도 없어 보이니 황실의 눈치를 보는 것은 어찌 보면 당연했다.

그래서 듀락 상단주는 목소리를 깔고 점잖게 훈계조로 말하기 시작했다.

"체사유 지역에 보낸 것 말고도 아직 많은 트리바 목재를 가지고 있는 걸 내가 다 알고 왔소. 그러니 그것들을 우리 앙게나스에게 파시오. 그게 맞는 일이 아니겠소?"

"용건은 그게 전부입니까?"

클레리반이 조용히 물었다.

그러나 승기를 잡았다고 생각한 듀락 상단주는 한 걸음 더 나갔다.

"아니, 한 가지 더 있소. 아직 북부에서 트리바 나무를 많이 사가고 있던데. 앞으로는 듀락 상단과 경매에서 경쟁하지 마시오."

"그러니까, 듀락 상단이 트리바 나무를 독식할 수 있도록 방해하지 말고 비켜라?"

"맞소, 그게 황후마마의 명이오."

마치 자기 자신이 황후라도 된 듯, 듀락 상단주가 턱을 오만하게 치켜들며 말했다.

이미 그 모습에서 답은 나온 것이나 마찬가지였다.

오늘 듀락 상단은 펠렛 상회에 정당한 거래를 요청하러 온 것이 아니었다.

단지 황후의 이름을 들먹거려 클레리반을 협박해 원하는 것을 얻어 내러 왔을 뿐이었다.

"그럼 얼마에 살 생각입니까?"

옳다구나.

듀락 상단주는 속으로 쾌재를 부르며 대답했다.

"평균 경매가가 50그루당 20실버였지 않소?"

아니다. 그것은 몇 개월 전의 이야기이고, 경매가 과열이 된 요즘엔 수배가 뛰었다.

"그러니 그동안 보관해 온 비용을 쳐서 50그루당 25실버라면 적당한 가격일 것이오."

듀락 상단주가 잔뜩 선심을 쓰는 척 말했다.

"하지만 펠렛 상회에게는 특별히 50그루당 30실버를……."

"100골드."

클레리반이 듀락 상단주의 말허리를 자르며 툭 던지듯 말했다.

"뭐가 100골드란 말이오?"

"펠렛 상회에서 책정한 트리바 나무 50그루당의 가격입니다."

"나와 농담하자는 거요?"

"지금 내 얼굴이 농담하는 얼굴로 보입니까?"

클레리반이 푸른 눈을 선연하게 빛내며 물었다.

"크흠. 그렇다면 50그루당 50실버……."

"100골드."

"거참! 알겠소! 내가 50그루당 70실버까지……!"

"100골드. 그 돈을 낼 수 없다면, 여기서 나가."

클레리반이 듀락 상단주를 삐딱하게 노려보며 말했다.

"아니, 흥정을 무슨 그런 식으로……!"

당황한 듀락 상단주가 붉어진 얼굴로 항의하듯 말했다.

"조금 전 그쪽이 한 말들을 '흥정'이라고 부를 수 있다고 생각하나?"

클레리반이 한쪽 입꼬리를 올리며 말했다.

"'황후'라는 이름을 들이밀어서 말도 안 되는 가격으로 도둑질을 하려고 들고, 그것도 모자라 경매에서 듀락 상단이 보이면 알아서 빠지라니."

생각할수록 어이가 없어서.

클레리반이 말을 하다 말고, '하' 하고 웃었다.

그러고는 똑바로 문을 가리키며 말했다.

"50그루당 100골드. 없으면 당장 꺼지시고."

"이보시오, 펠렛 상회주!"

"나갈 생각이 없어 보이는군."

여전히 자리를 차지하고 앉아 목소리를 올리는 듀락 상단주를 차갑게 바라본 클레리반은 의자 옆에 길게 내려온 여러 개의 줄 중에 붉은 것을 당겼다.

얼마 지나지 않아 건장한 체격의 사내 몇이 무거운 발걸음 소리와 함께 집무실의 문을 열었다.

"부르셨습니까, 클레리반 님."

"듀락 상단주께서 나가신다니, 배웅해 드리세요."

클레리반의 말에 부리부리한 남자들의 시선이 일제히 듀락 상단주에게로 향했다.

"일어나시죠."

펠렛 상회의 경비대장이 울림통이 큰 목소리로 말했다.

"오, 오늘 일은 우리 앙게나스가 절대 잊지 않을 것이오!"

겁을 먹고 마지못해 자리에서 일어나면서도 듀락 상단주는 잔뜩 뻗대며 소리쳤다.

팔짱을 끼고 그 모습을 빠히 지켜보던 클레리반이 가볍게 말했다.

"방금 그 말 때문에, 앞으로 듀락 상단은 북부 경매에서 트리바 나무를 구경도 못 할 겁니다."

"……뭐요?"

"돈이 얼마가 들더라도 듀락 상단이 참여한 경매에선 우리 펠렛 상회가 낙찰을 받아 내고 말 테니까."

"그, 그런⋯⋯."

이제야 자신이 한 짓이 뭔지 깨달은 듀락 상단주에게 클레리반은 빙그레 웃으며 말했다.

"그리고 나중에 화가 머리끝까지 난 황후마마께서 상단주에게 왜 그런 일이 벌어졌냐고 물으시면, '제가 펠렛 상회를 잘못 건드렸다'라고 꼭 대답하시길."

클레리반의 말에 자신의 미래를 상상한 것인지, 다리 힘이 풀려 경비대에게 반쯤 끌려가는 듀락 상단주의 얼굴은 핏기 하나 없이 새하얗게 질려 있었다.

해가 하늘을 붉게 물들이며 지고 있었지만, 1황자궁에는 아직 손님이 있었다.

앙게나스의 유명한 봉신 가문 중 하나인 바라포트가의 가주와 앙게나스 가주의 후계자이자 황후의 남동생인 듀이지였다.

"후우⋯⋯."

듀이지 앙게나스가 피곤한 눈 주변을 손가락으로 비비며 억눌린 한숨을 쉬었다.

그 옆에 앉아 있던 바라포트 가주도 슬쩍 눈치를 보며 슬슬 아파 오는 목을 술로 축였다.

"두 사람, 피곤해 보이는데 이제 그만하지?"

아스타나가 듀이지와 바라포트 가주에게 말했다.

하지만 듀이지는 고개를 가로저었다.

"안 됩니다. 아직 공부하셔야 할 안건들이 많이 남아 있습니다."

듀이지 앙게나스와 바라포트 가주는 지금 아스타나가 이틀 뒤에 있을 대회의 준비하는 것을 도와주고 있었다.

아니, 솔직히 말하자면 이것은 시험에 나올 문제의 정답을 미리 알려 주는 것이나 마찬가지였다.

대회의에서 다뤄질 중요 안건들에 대한 일반적인 견해와 앙게나스 세력들이 주장할 내용을 미리 모두 알려 주고 있었으니 말이다.

"하암……."

하지만 아스타나는 하품이나 쩍쩍 해 대며 지루함을 참지 못하고 있었다.

분명히 처음에는 꽤나 의욕을 보였지만, 복잡한 정치적 내용이 쏟아져 나오니 금방 흥미를 잃어버렸다.

황후의 부탁으로 아스타나와 몇 시간째 마주 앉아 하나부터 열까지 가르쳐 주고는 있었지만, 듀이지의 인내심도 점점 바닥이 나고 있었다.

"황자 전하."

결국 듀이지가 엄한 목소리로 아스타나를 불렀다.

"다음 대회의부터는 2황자도 참석하게 됨을 잊지 마십시오."

듀이지 앙게나스의 말에 아스타나가 얼굴을 찌푸렸다.

그리고 옆에 앉아 있는 바라포트 가주를 흘끔 보더니 불퉁한 목소리로 말했다.

"그래서? 그게 이 지루한 공부와 무슨 연관이 있다는 거야?"

"……2황자는 머리가 좋은 자입니다. 아카데미를 수석으로 졸업한 것만 보더라도 알 수 있지요. 아마 대회의에서 폐하와 귀족들에게 좋은 인상을 남길 겁니다."

듀이지가 마지막 남은 인내심을 끌어모아 타이르듯 말했다.

하지만 아스타나는 태도를 바꾸지 않았다.

"그 천한 자식이 말 몇 마디로 폐하와 귀족들의 환심을 산다고 한들 뭐가 변하지?"

"그야 당연히……."

"그 녀석이 나에게 위협이라도 될 거라고 생각하는 거야?"

듀이지 앙게나스는 대답 대신 입을 다물었다.

그를 바라보는 아스타나의 눈빛이 위험하게 빛나고 있었기 때문이었다.

마치 덫을 놓은 성질 고약한 사냥꾼을 보는 듯한 눈이었다.

그때 옆에서 눈치를 보던 바라포트 가주가 재치 있게 말했다.

"하지만 쟁점 사안에 대해서 1황자님이 논점을 정확히 파고드는 발언을 하시면 모두가 전하를 우러러볼 것이 아니겠습니까."

"흐음……. 그건 나쁘지 않네."

아스타나가 눈을 크게 한번 굴리더니 말했다.

"그럼 지겹게 다 설명하려고 하지 말고 좀 더 간략하게 말해 봐. 그 쟁점 사안이라는 게 뭐고, 나는 무슨 말을 하면 되는 거지?"

아스타나는 정답을 외워서 그대로 줄줄 읊을 생각만 하고 있었다.

이 기회를 빌려 아스타나에게 제대로 된 정치 수업을 하려고 했던 듀이지 앙게나스는 속으로 깊은 한숨을 삼켰다.

"……이번 대회의에서 가장 쟁점으로 떠오를 것은 동부 교역로에 대한 이야기일 것입니다."

"또 동부야?"

아스타나가 짜증스레 물었다.

"동부는 매번 말썽이로군. 언제나 뭔가가 불만이야!"

"불과 몇 세대 전까지만 하더라도 독립적인 왕국이었기 때문에 아직 손이 많이 가는 지역이라 그렇습니다. 게다가 현재 동부로 이어지는 육로는 거리가 멀고 험한 산간 지방을 지나야 하기 때문에 원활한 교역이 어렵기 때문이기도 합니다."

"흥! 그러면 스스로 더욱 노력해서 제국에 녹아들도록 해야지. 그런 주제에 매번 원하는 것은 많군."

"저희 앙게나스가 주장할 논지도 바로 그것입니다."

"호오, 그래?"

"동부는 황실의 명으로 원활한 문화 교류를 위해 중앙과의 교역량을 늘렸지만, 교역로가 험준해 제국의 상단들이 동부에만 더 높은 값으로 물건을 파는 것에 문제를 제기하고 있습니다."

"그들이 원하는 것이 무엇이지?"

"향후 10년간 황실이 동부에 매년 보조금을 지급해 주기를 원하고 있습니다."

듀이지가 차분한 목소리로 설명하자 아스타나가 펄쩍 뛰었다.

"아주 도둑놈들이 따로 없군!"

"제국에 교역로가 까다로운 것이 동부만 있는 것도 아닌데 아주 이기적이고 무리한 요구이지요. 북부에 다다르기 위해서도 동부 못지않은 험한 산맥을 넘어야 하지 않습니까."

바라포트 가주가 옆에서 거들었다.

"으음······."

아스타나는 벌써 뭔가가 조금 헷갈리는 듯 혼란스런 얼굴을 하고 있었다.

그래서 듀이지 앙게나스는 최대한 단순하고 이해하기 쉽도록 말했다.

"황자 전하께서는 조금 전 바라포트 가주가 말한 점을 짚으시며 '동부에 대한 혜택은 이미 충분하니, 교역 보조금을 북부로 돌리는 것이 맞다'고 주장하시면 됩니다."

"어째서 북부로 돌려야 하지? 이번 일로 동부와 척을 지면 안 되는 것 아닌가?"

"정치에선 어느 한쪽을 골라야 하는 일이 많습니다. 그럴 때는 철저하게 아군을 위한 선택을 하는 것이 맞지요. 우리 앙게나스는 개발 사업을 위해 북부 아이반가의 도움이 필요하니 이번에는 북부를 챙기는 것입니다."

"마침 아이반의 가주 대리도 대회의에 참석할 예정이니 확실히 생색을 내기에는 더할 나위 없이 좋은 기회입니다."

듀이지와 바라포트 가주가 번갈아 설명했다.

"그럼 동부는? 내가 황태자 임명을 받기 위해선 모든 지역 대표 가문의 동의가 필요하다고 들었는데?"

"그들은 다음에 다른 일을 통해 챙겨 주면 됩니다. 게다가 워낙 폐쇄적인 집단들이라 중앙의 일에 크게 관여하지 않습니다. 황태자 임명과 같은 예민한 사안이라면 더더욱. 아마 폐하와 다른 지역의 의견을 조용히 따를 겁니다."

"그렇다면야, 뭐."

아스타나는 어깨를 으쓱하고 말했다.

"그럼 이제 대충 다 끝난 건가?"

"아닙니다. 아직 중요한 안건이 몇 가지 더……."

"제일 중요한 것만 알면 됐지!"

"아닙니다. 이번만큼은 전하께서도 단단히 준비하셔야 합니다. 너무 피곤하시다면 저희가 내일 다시 오겠습니다."

내일도 이 짓을 해야 하다니.

듀이지 앙게나스의 말에 바라포트 가주는 침울해졌지만 가만히 입을 다물고 있었다.

"내일? 난 내일 오후에 데본가에서 열리는 '사업 설명회'인가 뭔가를 보러 갈……."

"내일도 1황자를 부탁하겠다, 듀이지."

라비니 황후가 우아한 미소를 지으며 걸어 들어왔다.

그러나 황후는 아스타나를 돌아보지 않았다.

계속해서 자신의 남동생인 듀이지 앙게나스에게 말했다.

"1황자는 내일 데본가의 연회에 가지 않을 것이니. 오전 중에 일찍 와서 다시 수업을 시작하는 것이 어떻겠니."

"어, 어머니!"

아스타나가 항의하듯 불러 봤지만, 아무 소용없었다.

라비니 황후는 여전히 웃는 얼굴이지만 어딘가 싸늘한 눈으로 아스타나를 바라보며 말했다.

"들자 하니 직접 원하는 것을 구할 능력이 없는 하위 귀족들이나 천한 상인들이 모이는 자리라고 해요. 그런 곳에 황자가 가서 격을 높여 줄 필요는 없지요."

사실 아스타나를 데본가의 사업 설명회에 참석하지 못하게 하는 것은 세랄의 요청이었다.

"하지만 저는 가고 싶습니다."

"황자, 이 어미의 말을 무시할 셈인가요?"

언제나 두려워했던 어머니의 모습이었다.

하지만 아스타나의 속에선 불쑥 반항심이 고개를 들었다.

내가 왜 어머니의 말을 들어야 하지?

왜 모든 것에 어머니의 허락이 필요한 거지?

이 제국의 1황자는 어머니가 아니고 바로 나인데!

아스타나는 짐짓 알겠다는 듯 힘없이 고개를 끄덕였다.

그리고 매서워졌던 황후의 표정이 조금 풀리는 것을 지켜보며 물었다.

"그럼 어머니께서도 참석하지 않으시는 겁니까?"

"물론이지요. 나는 오랜만에 성대한 오찬과 저녁 만찬을 열 예정이에요. 귀족들이 잘 어울려 화합할 수 있도록 하는 것이 황후로서의 의무이니까요."

"……바쁘시겠네요."

아스타나는 절로 나오는 웃음을 억지로 참으며 말했다.

그깟 설명회, 몰래 구경 가면 그만이다.

기사들의 눈에 띄지 않고 황궁을 빠져나가는 일이야 눈 감고도 할 수 있는 쉬운 일이었다.

나중에 잔소리야 좀 듣겠지만, 어머니가 뭘 어쩌시려고?

아스타나는 이제 황후가 무섭지 않았다.

"그렇답니다. 그러니 1황자라도 열심히 공부를 해서 나를 기쁘게 해 줘야 하지 않겠어요?"

라비니 황후의 말에 아스타나는 얌전한 미소를 지으며 대답했다.

"예, 어머니."

데본가의 저택은 모든 방문객을 향해 활짝 열려 있었다.

이번에 열린 이 사업 설명회라는 것은 모두에게 생소한 개념이었다.

하지만 초대장의 말미에 적혀 있던, '완전히 새로운 구매 방식을 소개하는 연회'라는 말에 많은 귀족들이 발걸음 했다.

그리고 이번 사업 설명회의 다른 점은 속속들이 도착하는 방문객 중에는 귀족이 아닌 상인들이 다수 섞여 있다는 것이었다.

모낙 상단주의 자격으로 참석한 노시어도 그중 하나였다.

그가 모시는 2황자 전하와 이번 롬바르디 교통의 새 사업을 주도한다는 피렌티아 롬바르디와의 관계도 그러했지만, 무엇보다 노시어의 발길을 이끈 것은 호기심이었다.

'택배'라는 게 도대체 무엇인지 알고 싶었다.

마차에서 내려 데본가의 연회 홀로 들어가던 노시어와 다른 사람들을 롬바르디 교통의 직원들이 밝은 미소와 함께 맞았다.

"안녕하십니까, 어서 오십시오!"

"여기 간단한 음료가 준비되어 있습니다."

"이쪽입니다. 들어오세요!"

일반적인 연회와 다른 모습에 노시어는 호기심 가득한 얼굴로 음료를 한 잔 받아 들고 안으로 입장했다.

절로 발걸음을 가볍게 하는 흥겨운 음악이 들려오는 연회장의 분위기는 매우 활기찼다.

주로 한밤에 열리는 여타 연회와는 전혀 다른 분위기였다.

커튼을 모두 걷어 내 연회장 가득 비쳐 드는 햇살과 커다란 공간을 밝히고 있는 밝은 조명까지 더해져 내부는 유독 밝았다.

주변을 두리번거리는 노시어에게 또 다른 무리의 롬바르디 교통 직원들이 다가왔다.

"책자를 받아 가십시오."

정중하게 사람들의 손에 쥐여 주는 것은 제법 두툼한 작은 책자였다.

그리고 그 책자는 크게 표시된 세 개의 책갈피를 가지고 있었다.

"롬바르디 장학 재단, 롬바르디 상단, 펠렛 상회……?"

이것은 데본가의 사업 설명회인 줄 알았는데?

영문을 몰라 고개를 갸웃하며 책자를 훑어보는 노시어에게 상냥한 목소리가 말을 걸었다.

"안녕하세요, 피렌티아 롬바르디라고 해요. 혹시 궁금하신 것이 있으신가요?"

"아……."

이 사람이 피렌티아 롬바르디.

노시어는 짙은 갈색 머리칼과 녹색 눈동자가 매력적인 미인을 한동안 멍하니 바라봤다.

그러다 정신을 차리고는 그사이 딱딱하게 굳은 듯한 입을 겨우 움직여 질문했다.

"이 책자는 무엇입니까? 대충 내용을 보니 예술품이나 상품들의 설명이 적혀 있는 것 같은데."

"맞게 보셨습니다. 책자 안에 적혀 있는 것은 상품들의 목록이 맞습니다. 바로 '롬바르디 택배'를 이용하시는 분들만 구매하실 수 있는 물건들의 목록이에요."

"오로지…… 롬바르디 택배를 통해서만?"

노시어의 흔들리는 눈동자가 책자의 내용을 다시 훑었다.

그런 그에게 피렌티아가 더욱 친절하게 설명을 덧붙였다.

"롬바르디 상단과 펠렛 상회의 경우에는 그렇고, 롬바르디 장학 재단의 경우 이제 막 작품 활동을 시작한 신인 예술가들의 작품 목록이 들어 있습니다."

"그…… 택배라는 게 도대체 무엇입니까?"

"택배는 주문하신 물건을 제국 어디에나 바로 문 앞까지 배달해 주는 새로운 구매 방식입니다."

"바로, 문 앞까지……."

"네, 맞습니다."

활짝 웃는 피렌티아의 얼굴을 본 노시어의 심장이 두근거렸다.

그녀의 외모가 예뻐서가 아니었다.

노시어의 상인으로서의 피가 끓어오르고 있었기 때문이었다.

본능이 말하고 있었다.

이 택배라는 사업은 대박이라고!

그리고 오랜 연륜이 쌓인 상인답지 않은 조바심이 들었다.

"저는 모낙 상단의 노시어라고 합니다. 이 택배 사업에 대해서 더 알아보고 싶은데, 어찌해야 합니까?"

"아아, 모낙 상단……."

노시어를 바라보는 피렌티아의 눈에 전과 다른 이채가 스쳤다.

그리고 그녀가 다시 정중한 미소를 지으며 출입문 반대편의 또 다른 방을 가리켰다.

"상단의 관계자분들을 위한 공간이 따로 마련되어 있습니다. 이쪽으로 오시죠."

피렌티아가 앞장섰고 노시어가 그 뒤를 따랐다.

그리고 한쪽에 마련되어 있는 작은 테이블에 두 사람이 마주 보고 앉았다.

"저어…… 롬바르디 영애께선 바쁘실 텐데, 제게는 다른 직원을……."

"아뇨."

피렌티아가 고개를 저었다.

"노시어 님께는 왠지 제가 직접 설명해 드리고 싶네요."

그렇게 말하며 웃는 그녀의 녹색 눈동자가 유독 밝게 빛났다.

아스타나는 데본가의 사업 설명회장 안으로 들어서며 벌어진 입을 다물 수가 없었다.

"와아……."

마치 별천지에 온 것 같았다.

그저 그런 연회와는 전혀 다른 분위기와 바글바글한 사람들 때문일까.

아니면 롬바르디 영지로 말을 달려오며 실컷 마셨던 술 때문인지도 모른다.

"역시 어머니는 틀렸어."

시시한 연회라더니, 아무것도 모르고 하는 말이었다.

일부러 느지막이 도착했는데도 연회장 안은 사람들로 가득했다.

그리고 다들 한껏 흥분해 있는 것이 이 사업이 무엇이든 성황리에 진행되는 게 분명했다.

툭.

누군가가 그의 어깨를 살짝 치고 지나갔다.

바쁜 공간에서 멍하니 길을 막고 서 있던 아스타나의 잘못이었다.

"이봐!"

얼굴을 와락 찌푸린 아스타나가 평범한 귀족으로 보이는 이를 불렀지만, 그이는 아스타나를 위아래로 기분 나쁘게 훑어보고는 행사장 안으로 들어가 버렸다.

"젠장, 싸구려 옷을 입으니 이런 일이."

아무도 모르게 황궁을 빠져나온다고 허름한 옷을 챙겨 입었더니 아스타나가 황자인 것을 아무도 알아보지 못했다.

"쳇."

자신의 신분을 증명할 만한 물건을 아무것도 지니고 있지 않은 탓에 저 무뢰한을 잡아다가 겁을 줄 수도 없었다.

아스타나는 취기 때문에 살짝 비틀거리는 발걸음을 행사장 더욱 안쪽으로 옮겼다.

"택배 신청은 어디에서 하면 됩니까?"

"이 물건은 몇 개까지 살 수 있는 거예요?"

사방에서 사람들의 목소리가 시끄럽게 들려왔다.

"어이, 거기!"

킬킬거리며 연회장 내부를 구경하던 아스타나는 샴페인 잔을 쟁반에 담아 근처를 지나가던 하인을 거칠게 잡아 세웠다.

"어어!"

쨍그랑.

그 덕분에 샴페인 잔 몇 개가 바닥에 떨어지며 깨져 버렸지만, 아스타나는 자기가 벌인 일을 신경 쓰지 않았다.

당황한 고용인을 흘끔 보더니 제 손에 든 샴페인 잔을 홀짝이며 구경을 계속할 뿐이었다.

얼마 지나지 않아 아스타나가 자리를 잡은 것은 출입구에서 그리 멀지 않은 벽 앞이었다.

술기운이 너무 올라서 더 이상 걸어 다니기 버거웠기 때문이었다.

"대단하군."

하지만 아스타나의 표정은 조금 전과 사뭇 달랐다.

마냥 신기하고 좋았던 얼굴에 이제는 불편함이 녹아 있었다.

"피렌티아 롬바르디……."

이번 사업과 행사는 분명 갤러한 롬바르디의 딸이 주도하는 것이라고 했다.

"어려서부터 심상치 않더라니."

아스타나의 모자를 집어 던졌던 날부터 시작해 묘하게 얽힌 일이 많았던 피렌티아였다.

그래서 어릴 적에는 '피렌티아'라는 이름만 들으면 이를 바득바득 갈던 때도 있었다.

하지만 나이가 들며 변했다.

모두 아스타나 앞에서 설설 기며 잘 보이려고 애쓸 때, 피렌티아 롬바르디는 그렇지 않았다.

그 점이 신경 쓰이면서도 묘하게 거슬렸다.

"건방진 것."

멀찍이 피렌티아 롬바르디가 보였다.

이 수많은 사람들이 모인 행사를 주최하면서도 긴장한 기색이 전혀 없었다.

"재수 없어."

그동안 롬바르디가를 싫어하는 어머니를 이해할 수 없었는데, 지금 이 순간만큼은 아스타나도 그 마음을 알 것 같았다.

"롬바르디⋯⋯."

술기운에 붉어진 아스타나의 눈이 당당한 모습의 피렌티아와 화려한 연회장을 담았다.

그때, 롬바르디 장학 재단의 예술품들을 구경하고 있는 한 여인이 아스타나의 눈에 띄었다.

"라라네 롬바르디?"

분명히 벨레삭의 누나인 라라네가 맞았다.

마르고, 기가 약하고, 소심하고, 겁이 많은.

어찌 보면 피렌티아와 정반대인 또 한 명의 롬바르디 혈통.

비릿한 웃음을 지은 아스타나가 비틀거리며 라라네에게 다가가려고 했을 때였다.

건장한 손이 아스타나의 팔뚝을 힘주어 잡았다.

"많이 취한 것 같은데, 나가시죠."

행사 진행을 위해 고용된 경비 요원이었다.

"이거 놔."

아스타나는 있는 힘껏 그 손을 뿌리치려 했지만, 이미 취할 대로 취한 몸으로는 쉽지 않았다.

"여기가 어딘 줄 알고 술 취해서 행패를 부리는 겁니까? 어느 가문의 자제인지는 모르겠지만 롬바르디에서 이러시면 안 됩니다. 술 깨서 후회하지 마시고, 나가시죠."

"너, 내가 누군 줄 알고……."

아스타나는 말을 멈췄다.

황자임을 증명할 수 있는 물건이 아무것도 없다.

당장 근처에 사는 앙게나스 쪽 귀족을 하나 불러 확인시켜 줄 수도 있었지만, 그랬다간 황후에게 어떤 꾸중을 듣게 될지 모른다.

"……쳇."

결국 아스타나는 경비 요원의 손을 뿌리치고 제 발로 행사장을 걸어 나갔다.

그러나 자꾸 돌아보는 아스타나의 시선은 계속 한 곳을 향했다.

나는 노시어와 함께 다시 설명회장으로 걸어 나왔다.

"제가 귀한 시간을 뺏은 것 같아 죄송합니다."

노시어는 계속 몸 둘 바를 몰라 했다.

나는 모낙 상단이 페레스의 것이라는 사실을 알지만, 노시어는 내가 거기까지 알고 있는지 몰라 일어난 해프닝이었다.

"괜찮아요. 별말씀을요."

그동안 트리바 나무 경매에서 바이올렛을 곤란하게 한 사람이 누군지 궁금했는데.

노시어는 오랜 경력을 가진 상인치고는 지나치게 솔직했다.

딱히 연기를 할 줄도, 속마음을 숨길 줄도 모르는 부류 같았다.

베이트를 통해 알아보니 믿었던 사람에게 배신을 당한 것 같던데.

그런 경험이 있는데도 노시어는 여전히 사람에 대한 믿음을 가지고 있는 것 같았다.

미련하다고 볼 수도 있지만 머리 회전은 빠르고, 또 그만큼 상인으로서의 신용을 중요하게 생각하고 아낄 줄 아는 사람이다.

게다가 경험까지 풍부하게 가지고 있으니 클레리반 옆에서 사업적인 수완을 조금만 배운다면 금방 다시 일어설 것 같은데 말이지.

"이렇게 혁신적인 방식을 시도하기가 쉽지 않으셨을 텐데. 실패할 거란 두려움은 없으셨습니까?"

노시어가 진지한 얼굴로 내게 물어 왔다.

"두려움보다는 기대감이 컸죠. 지금도 마찬가지예요. 택배 사업은 성공하도록 만들어진 사업이니까."

"성공하도록 만들어졌다니……."

"예를 들면 이런 거지요."

나는 근처에서 롬바르디 택배사의 직원에게 설명을 듣고 있는 한 귀족의 곁으로 조용히 다가섰다.

노시어도 그런 내 뒤를 따랐다.

"이 책자에 있는 물건들은 오로지 택배를 통해서만 살 수 있는 것들이란 말이오?"

"그렇습니다, 고객님. 또한 오늘부터 딱 한 달간, 무료로 택배를 이용해 보실 수도 있답니다."

"호오, 무료로?"

"예, 저희 롬바르디 택배를 체험해 보실 수 있는 좋은 기회이지요."

"무료 체험 기간이 끝나면 어찌 되오?"

"택배를 이용하실 때마다 물건의 무게와 거리에 따라 책정된 금액을 지불하시는 방법과 연간 이용권을 구매하시는 방법이 있습니다."

"연간 이용권이라……."

남자가 망설이는 기색을 보이자 직원이 얼른 덧붙였다.

"오늘 연간 이용권을 구매하시면 3개월을 더 무료로 사용하실 수 있습니다."

"3개월이나?"

누군지 모르지만 참 설명도 잘하고 적당히 유도도 잘한다.

나는 슬쩍 직원의 이름표를 확인하며 노시어를 바라봤다.

"이제 이해가 좀 갑니다."

노시어가 고개를 주억거렸다.

그리고 말했다.

"택배라는 것은 롬바르디 가문이기에 가능한 일이었군요."

역시 날카롭다.

페레스가 노시어의 어떤 면을 보고 곁에 두기로 결정했는지 조금은 알겠다.

노시어의 말이 맞았다.

택배는 롬바르디라서 가능했고, 롬바르디이기에 실패하지 않는 사업이다.

이미 다른 가문은 흉내조차 낼 수 없는 자본력과 인프라, 그리고 다양한 분야에서 자리 잡은 다른 자회사들의 지원이 그것을 가능하게 했다.

나는 이미 롬바르디 가문이 일궈 놓은 것들을 잘 요리했을 뿐이고.

이러니 어떻게 롬바르디를 사랑하지 않을 수 있을까.

그때 막 연회장을 빠져나가는 한 사람의 뒷모습이 눈에 들어왔다.

한눈에 알아볼 수 있었다.

할아버지였다.

나에게는 알리지 않은 채, 다른 봉신 가문의 가주들과 사업 설명회를 조용히 둘러보고 나가는 길인 것 같았다.

할아버지가 내 첫 사업의 시작을 마음에 들어 할까 걱정할 필요도 없었다.

"어허허허!"

할아버지가 기분 좋을 때 내는 특유의 웃음소리가 멀리 서 있는 나에게까지 들려오고 있었기 때문이었다.

다음 날 아침.

택배 사업 설명회는 성황리에 끝났다.

"축하드립니다, 피렌티아 님!"

클레리반이 활짝 웃으며 말했다.

"택배 신청이 쇄도하고 있고 펠렛 상회의 매출도 함께 오르고 있습니다! 롬바르디 상단이나 장학 재단도 마찬가지이고요!"

좀처럼 흥분하는 일이 없는 클레리반이 저렇게 열광적으로 이야기할 만큼 반응은 폭발적이었다.

"다음 주부터 있을 지방 영지 설명회도 아주 중요하니까 잘 부탁할게요. 중앙의 귀족들보다 그들이 택배 사업의 큰손이 될 수 있어요."

클레리반도 내 말에 동의하는 듯 고개를 끄덕였다.

"앞으로 한 달 동안의 무료 체험 기간이 최종적인 성공을 판가름하는 시기가 될 거예요. 택배사에서 주문이 들어 오는 대로 펠렛 상회에서는 차질 없이 상품을 준비해 주세요. 계속 열심히 해 보자고요."

"네, 피렌티아 님. 주최 측인 롬바르디 교통의 직원들이 워낙 일을 잘하니 조금 마음을 놓으셔도 괜찮을 겁니다."

"다들 그동안 무시당하면서 쌓인 게 많은 건지, 이번에 그 한을 풀려는 것 같아요."

이번에 충원한 새로운 인력이 업무에 익숙해지기까지는 시간이 걸렸다.

하지만 롬바르디 교통의 직원들은 기존의 업무와 택배 업무까지 수월하게 소화해 내고 있었다.

"월급 올려 줘야지."

훌륭한 업무 수행 능력은 애사심만으로 유지되는 게 아니니까.

"롬바르디 가문 내부의 반응은 어떻습니까?"

클레리반이 내게 조심스레 물었다.

"아직은 별다른 반응 없어요. 다들 지켜보려고 할 거예요. 택배사가 어떻게 자리를 잡고 얼마만큼 돈을 벌어들이기 시작하는지."

그리고 그때가 되면 깜짝 놀라 뒤집어지겠지.

"자리만 잡으면 유통업만큼 적은 투자로 많은 수익을 창출해 낼 수 있는 사업은 드무니까요."

이번 택배 사업을 준비하며 롬바르디가 새로 돈을 쓴 부분은 추가로 짐마차를 구입한 비용과 사람들을 충원한 비용밖에 없는 것만 봐도 알 수 있다.

"그리고 택배 사업이 자리를 잡아 내 평판이 쭉쭉 올라가고 있을 때쯤, 나는 또 다음 사업을 발표할 거예요. 그러면 조금씩, 하지만 꾸준히, 어쩌면 봉신 가문의 가주끼리 모인 자리에서 한두 번쯤 내 이름이 거론되기 시작하겠죠."

상상만 해도 즐거워 자꾸만 웃음이 난다.

"'가주 후계자로 피렌티아도 나쁘지 않을 것 같다'고."

조만간 샤나넷은 후계자 경쟁에서 물러난다는 의사를 밝힐 예정이다.

절망에 빠진 롬바르디의 봉신들이 어리지만 연속해서 사업을 성공시키며 능력을 입증하는 나와 비에제 중 누구를 바라볼지는 이미 뻔하다.

"어서 그날이 왔으면 좋겠습니다."

클레리반도 나와 마주 보며 웃었다.

쿠구궁.

그때 천둥 치는 소리가 들려왔다.

쏴아-.

하늘이 뚫린 듯 많은 비가 쏟아져 내리는 소리도 들렸다.

"어마어마한 비로군요."

클레리반이 까만 먹구름이 낀 하늘을 올려다보면서 말했다.

"가을이 되기 전에 짧은 우기가 지나갈 시기이기는 하지만 이런 폭우라니."

아직 제국 중앙부의 사람들은 잘 모르겠지만, 이미 북부에는 이런 큰비가 벌써 며칠째 이어지고 있다.

'그 일'이 벌어질 때가 온 것이다.

"내가 보낸 편지는 바이올렛에게 잘 도착했나요?"

"예, 그제 수신한 것을 확인했습니다."

그렇다면 다행인데.

"괜찮으십니까?"

클레리반이 내 안색을 살피며 물었다.

"괜찮아요, 난."

'그 일'에 대비해 내가 할 수 있는 것은 모두 다 했다.

하지만 굵은 빗방울이 요란하게 때리는 창문에서 쉬이 눈을 뗄 수는 없었다.

"술을 좀 마셔야겠어."

대기실에서 대회의실로 연결된 문 앞에서 긴장감을 이기지 못한 아스타나가 시종에게 손짓하며 말했다.

결국 독한 술을 한 잔 들이켜고 나서야 아스타나는 겨우 진정할 수 있었다.

오늘 안건이 중요한 사안이라는 것을 증명이라도 하듯, 지난번 대회의의 세 배는 되는 많은 귀족들이 참석해 있었기 때문이었다.

"이럴 줄 알았으면……."

어제 설명회에 가지 말고 좀 더 공부할걸.

그렇게 후회하는 아스타나였지만 이미 늦은 뒤였다.

"숙부가 너무 부담을 주니 이렇잖아!"

아스타나가 곁에 있던 듀이지에게 버럭 짜증을 냈다.

"……진정하십시오."

이런 상황이 익숙한 듀이지는 차분한 목소리로 말했다.

하지만 그런 말은 들리지 않는 아스타나는 이제 손톱까지 물어뜯으려 하고 있었다.

그때 대기실의 반대쪽 문이 열리고 페레스가 들어왔다.

뚜벅뚜벅.

긴 다리를 쭉쭉 뻗으며 걷는 걸음에는 조바심도, 긴장감도 찾아볼 수 없었다.

그리고 아스타나와 마찬가지로 대회의실로 연결된 문 앞에 섰다.

"한심하군."

페레스가 아스타나를 향해 툭 던진 말이었다.

"뭐야?"

아스타나가 버럭 하며 페레스를 노려봤다.

그리고 하필이면 그때 회의실로 들어가는 문이 훌쩍 열렸고 페레스는 바로 걸음을 옮겼다.

"젠장."

아스타나도 아차 하며 움직이기 시작했지만 이미 늦은 뒤였고 페레스보다 키가 훨씬 작은 탓에 따라잡기는 역부족이었다.

결국 아스타나는 페레스의 뒤를 따르는 모양새로 귀족들이 빼곡하게 앉아 있는 회의실로 입장했다.

빌케이가가 운영하는 롬바르디 건설의 사무실.

올해 마흔 살의 봉신 가문 가주들 중에 젊은 축에 속하는 르마바우 빌케이는 평소 가까이 지내는 클랑 데본과 이야기를 나누고 있었다.

"정말 그 정도인가?"

"그분은 천재일세."

르마바우의 물음에 클랑이 목석같이 진지한 얼굴로 대답했다.

"이번 일을 진행하는 내내 얼마나 어려운 일이 많았는지 아는가? 그런데 피렌티아 님은……."

"어려서부터 똑똑하다는 말은 많이 들었지만."

"그분은 그냥 '똑똑한' 차원을 넘어섰다니까? 세상에 택배라는 것을 생각해 내신 것만 봐도 알 수 있지 않나?"

"그렇기야 하지."

"하지만 그분의 진짜 무기는 똑똑한 머리가 아닐세."

"그럼?"

"뭐랄까. 범인들은 볼 수 없는 더 큰 그림을 보는 눈이랄까."

클랑은 제대로 설명해 낼 수 없는 자신의 비루한 표현력을 저주했다.

하지만 르마바우는 그의 말이 무엇을 의미하는지 알 수 있을 것 같았다.

"숲을 보지 못하고 눈앞의 나무만 더듬어 가는 사람은, 그 뒤를 따르는 이들까지 막막하게 만들지."

"그래! 내 말이 바로 그 말일세! 피렌티아 님과 일하는 내내 몸은 고단했지만, 마음은 그렇게 편할 수가 없었어!"

클랑이 무릎을 탁 치며 말했다.

"왜 그저 직계의 권한을 사용해 명령하지 않고 나를 설득하려 하시냐 물었었지. 그때 피렌티아 님께서 내게 하신 말씀이 있었네."

어딘가 꿈꾸는 듯한 얼굴의 클랑이었다.

"나에게는 롬바르디를 발전시킬 수많은 방법이 있는데, 굳이 싫다는 가문을 끌어들여 성공시켜 주고 싶지 않다."

기억을 더듬던 클랑은 곧 '으하하' 하고 커다란 웃음을 터뜨렸다.

"피렌티아 아가씨는 참 멋진 분이지 않나!"

세상에 걱정 따위 없는 사람처럼 웃어 젖히는 클랑을 보는 르마바우는 솔직히 배가 아팠다.

누구는 비에제와 얽혀 이 고생을 하고 있는데, 누구는.

오래된 친구이기는 하지만 지금 이 순간만큼은 클랑이 꼴 보기 싫을 정도였다.

그만큼 하필이면 롬바르디 건축에 권리를 발동한 비에제가 싫었다.

원래 가문에서 맡은 일이 부동산을 관리하는 것이니 언젠가는 이런 일이 벌어지지 않을까 예상하기는 했지만.

"후우……."

르마바우 빌케이는 결국 무거운 한숨을 내쉬었다.

그때 누군가가 벌컥 사무실 문을 열고 들어왔다.

"지금 할 일이 산더미 같이 쌓여 있는데, 이렇게 앉아서 노닥거릴 시간이 있나?"

인상을 구기고 있는 비에제였다.

원래부터 좋은 인상은 아니었지만 오늘은 더욱 심했다.

그 이유는 뻔한 것이었다.

피렌티아 롬바르디의 보란 듯한 성공에 배가 아픈 거겠지.

"오셨습니까, 비에제 님."

클랑 데본이 얼른 자리에서 일어나면서 인사했지만 비에제는 그를 무시하고 일부러 어깨를 툭 치고 지나가며 르마바우에게 말했다.

"회의를 할 것이니 간부들을 불러 모아라."

멀쩡히 일하고 있는 이들을 회의로 귀찮게 구는 것이 더 능률이 떨어지는 일인 것을.

"…… 예, 알겠습니다."

르마바우 빌케이는 목젖을 밀고 올라오려는 말을 삼키고 대답했다.

황제의 옆자리에 앉아 대회의가 시작되기를 기다리던 페레스는 문득 오늘 노시어와 나눈 대화가 생각났다.

회의장에 오기 전에 있었던 일이었다.

"트리바 나무 가격을 더 올려라."

"한 번 더……. 얼마 전에도 올린 가격이라 앙게나스가 따라올지 모르겠습니다."

노시어는 걱정스레 말했지만 페레스는 고개를 저었다.

이미 트리바 나무를 사들이는 데 들어간 돈이 어마어마하다.

그런데 여기서 트리바 나무 사들이기를 멈추면 아무것도 안 하느니만 못하는 실정이 된다.

가장 중요한 토대가 되는 목재가 없으니 공사는 멈출 것이고, 앙게나스는 천문학적인 돈만 날리게 되는 것이다.

얼마 전 롬바르디 건설까지 고용한 라비니 황후가 여기서 멈출리 없다.

이 정도 금액은 따라올 것이란 확신이 있었다.

그러다 페레스는 문득 궁금한 점이 생겼다.

"펠렛 상회는? 트리바 나무를 얼마나 팔았지?"

현재 제국에는 크게 세 군데의 트리바 나무 공급처가 있었다.

가장 먼저 꾸준히 트리바 나무를 수출해 온 아이반 가문.

두 번째로는 페레스의 모낙 상단.

그리고 마지막으로 펠렛 상회였다.

가지고 있는 트리바 나무의 저장량만 따지고 보면 그중 펠렛 상회가 가장 많은 목재를 보유하고 있었다.

아이반 가문은 자신의 영지에 자생하고 있는 트리바 나무를 베어다 납품하는 것이었기 때문에 제대로 나무를 자르고 건조하는 데까지 시간이 걸리는 편이었다.

그런데 펠렛 상회는 달랐다.

이미 오래전부터 트리바 나무를 사들였던 그들은 이미 상당량의 완벽하게 가공된 목재를 가지고 있었다.

마치 이런 상황이 벌어질 것을 알고 있었던 것처럼 대량의 트리바 나무를 사 모으던 펠렛 상회는 지금 얼마에 그것을 앙게나스로 팔고 있을까.

"펠렛 상회는…… 아직 판매를 시작하지 않았습니다."

"……뭐?"

페레스의 눈이 가늘어졌다.

이상하고 앞뒤가 맞지 않았다.

창고에 켜켜이 쌓여 보관료만 먹어 치우는 목재를 한 번에, 그것도 아주 높은 가격으로 사겠다는 앙게나스가 나타났다.

그러니 그들도 모낙 상단처럼, 아주 적은 양이나마 앙게나스에게 팔고 있어야 맞았다.

그게 어디로 보나 합리적인 결정이었다.

"전혀?"

페레스가 확인하듯 물었다.

"예, 전혀. 창고 문이 열리지도 않았답니다."

페레스는 지난번 티아의 생일 연회에서 만났던 클레리반을 떠올렸다.

펠렛 상회의 대표이자 주인인 날카로운 인상의 남자를.

리그니테를 시켜 알아본바, 클레리반은 냉철하면서도 빠른 판단을 내리는 유형의 상인이었다.

좋은 상인의 감을 가지고 태어났는지 손대는 사업마다 성공을 일궈 냈다.

그리고 그 사업들의 공통점은 과감한 투자와 적절한 시기에 발을 빼는 것에 있었다.

"이상한데. 그런 자가 왜."

아직도 미련스레 트리바 나무를 끌어안고 있는 것일까.

트리바 나무로 이루려는 다른 목적이 있는 걸까.

혹시 클레리반 펠렛이 최종 결정권자가 아닌 건가?

거기까지 생각이 다다랐을 때, 페레스는 고개를 저었다.

펠렛 상회는 처음 세워질 때부터 지금까지 오롯이 클레리반 펠렛의 회사였다.

누군가에게서 대규모 투자를 받은 흔적은 없었다.

"일단 가격을 올려서 진행하고, 펠렛 상회의 움직임을 예의 주시해라. 그들이 판매를 시작하면 바로 보고하도록."

"네, 그리 조치하겠습니다."

그것이 오늘 오전에 나눴던 대화였다.

"이제 회의를 시작하도록 하지."

요바네스 황제의 목소리에 페레스는 펠렛 상회에 대한 궁금증을 접어 옆으로 밀어 두었다.

그리고 그때 닫혔던 대회의실의 문이 열리며 두 사람이 걸어 들어왔다.

가무잡잡한 피부와 밝은 플래티넘 블론드의 머리칼, 그리고 화려한 색상의 복식이 시선을 사로잡았다.

"루만가……?"

"가주인 인디트 루만과 그 아들인 것 같은데."

"동부 촌뜨기들이 대회의에 참석하다니. 별일이군."

동부의 패자인 루만가의 가주와 그 첫째 아들 아비녹스 루만의 등장에 귀족들이 작게 술렁였다.

아비녹스 루만은 그동안 황도에 머물렀지만, 가주인 인디트 루만은 마지막으로 황도에 발을 들였던 것이 거의 6년 전의 일이니 그럴 만도 했다.

물론 그중에는 그들을 탐탁지 않게 보는 이들도 섞여 있었다.

"늦어서 죄송합니다, 폐하. 황궁의 지리가 익숙지 않아 늦었습니다."

"……그래, 늦지 않아 다행이군. 자리를 찾아 앉도록 하라."

황제의 말에 루만가의 부자가 왼쪽 진영의 비어 있던 앞쪽 자리
에 앉았다.

공교롭게도 북의 아이반 가주 대리가 앉아 있는 오른쪽 진영 좌
석과 정확히 마주 보는 자리였다.

바로 회의가 시작되었다.

"첫 번째 안건은 동부의 상행 보조금입니다."

회의의 진행을 맡은 귀족이 말하기가 무섭게, 사람들은 루만가와
아이반가의 눈치를 살폈다.

"마침 이 자리에 와 있으니 한번 직접 이야기를 들어 보지. 정확
한 루만가의 요청은 무엇인가."

요바네스의 말에 인디트 루만이 자리에서 일어나 발언했다.

"저희 루만가는 제국의 문화를 더욱 적극적으로 받아들이라는
황제 폐하의 명을 받아 외부와의 교역을 늘렸습니다. 하나 동부까
지 오는 길이 험하다 보니 상행을 하는 상단들이 적고 교역품의 가
격이 다른 지역보다 곱절은 비쌉니다."

인디트 루만의 목소리는 당당하고 차분했다.

"폐하의 명을 따르고자 하나 우리 루만을 비롯한 동부의 부담이
점점 늘어나고 있기에, 황실에서 이를 보조금의 형태로 도와주시
길 요청하는 바입니다."

자신의 불리함을 설명하면서도 과하게 감정적이지 않은 태도였다.

"이에 대한 이견이 있나?"

황제의 말이 떨어지기가 무섭게, 오른쪽에서 듀이지 앙게나스가
자리에서 일어나며 날카롭게 말했다.

"소신은 이를 반대합니다, 폐하. 상행 보조금이라니, 전례 없는

일이며 그동안 동부가 받아 간 수많은 혜택에 이제는 종지부를 찍을 때가 되었습니다."

그리고 듀이지 앙게나스가 자리에 앉기도 전에, 곧바로 반론이 반대편 진영에서 터져 나왔다.

"받아 간 혜택으로 따지면 서부에 비할 곳이 있을까. 안 그렇습니까?"

"뭐라고 했소, 지금!"

듀이지 앙게나스가 눈을 부라리며 목에 핏대를 올렸다.

그러나 왼편 진영의 귀족들은 흥 하고 콧바람을 뀌며 그런 듀이지를 비웃었다.

순식간에 바짝 달아오른 분위기 속에서 황제가 아스타나에게 물었다.

"1황자는 어떻게 생각하느냐."

아스타나는 올 것이 왔다 생각하며 준비해 온 답을 내어놨다.

"저는 앙게나스의 의견과 뜻을 같이합니다. 제국에는 그동안 여러 혜택을 받아 온 동부보다 황실의 도움이 필요한 지역이 많습니다. 상행 보조금도 마찬가지라고 생각합니다."

"동부보다 더 필요한 곳이 있다?"

"예, 폐하."

"그곳이 어디냐."

"북부입니다."

아스타나의 말에 앙게나스를 비롯한 오른쪽 진영의 사람들은 약속이라도 한 듯 고개를 끄덕였고, 왼쪽 진영은 '그럼 그렇지' 하는 얼굴로 코웃음을 쳤다.

"어째서 그리 생각하지?"

"루만 가주는 동부까지 가는 길이 험하다 보니 물건이 비싸다, 그러니 보조금이 필요하다는 논리인데, 교역로가 험한 것은 북부도 마찬가지가 아니겠습니까."

거기까지 대답한 아스타나는 남몰래 안도의 한숨을 쉬었다.

정해진 대로 답변을 했으니 내 할 일은 이제 끝났다.

긴장이 풀리며 조금 살 것 같았다.

아스타나가 멀쩡한 대답을 하자 귀족들도 그를 새삼스러운 눈으로 보고 있었다.

"2황자는 어떻게 생각하지?"

요바네스가 페레스에게 물었다.

순식간에 회의실이 조용해졌다.

모두 페레스가 하는 말에 귀를 쫑긋 세웠다.

아카데미를 수석, 조기 졸업한 2황자는 어떤 의견을 낼 것인가.

"제 의견을 피력하기 전에 먼저 1황자 전하께 묻고 싶습니다. 북으로 가는 길은 2년 전 대대적인 공사로 도로가 정비되고 산악 지대를 돌아가는 교역로가 생겨난 것으로 알고 있습니다. 그런 북부가 보조금이 필요하다 보십니까?"

"어, 그건······. 그러니까······."

아스타나가 대답을 하지 못하고 어물거렸다.

아는 것이 없으니 할 말도 없었다.

그때 듀이지 앙게나스가 끼어들어 대신 대답했다.

"2년 전의 공사는 대로를 정비하는 것이었을 뿐, 여전히 교역로는 험난합니다. 그러는 2황자 전하께서는 동부가 보조금과 같은 혜택을 계속 누려야 한다고 생각하시는 겁니까?"

"난 그렇게 생각합니다."

페레스가 루만가의 부자를 보며 담담하게 대답했다.

그 순간 대회의실에 있는 모든 귀족들은 알 수 있었다.

동부의 루만이 2황자 쪽에 섰구나.

페레스는 좌중에게 물었다.

"이 중에 최근 동부에 다녀온 경험이 있는 이가 있습니까?"

아무도 손을 드는 사람은 없었다.

그만큼 중앙에서 동부로 오가는 길은 멀고 또 험난했기 때문이었다.

"나는 아카데미를 다니며 방학이면 제국의 곳곳을 탐방하고 여행했습니다. 그리고 많은 것들을 직접 경험하고 피부로 느낄 수 있었죠. 동부의 높은 교역품 물가도 그중 하나입니다."

"호오……."

동부에 직접 다녀왔다는 페레스의 말에 몇몇 귀족이 대단하다는 듯 페레스를 바라봤다.

"현재 동부의 중심 지역인 루만 영지까지 정기적인 상행을 하는 것은 롬바르디 상단과 펠렛 상회, 단 두 곳뿐입니다."

"겨우 두 곳?"

"생각보다 더 심각하구만."

"교역품이 비쌀 만도 하군."

페레스는 귀족들이 충분히 술렁거릴 시간을 준 뒤 말했다.

"다른 상단들은 그 두 상단에게 상품을 의탁하여 비정기적인 상행을 할 뿐입니다. 그러니 때와 계절에 따라 교역품의 가격은 하늘로 치솟고, 상단들의 손해를 메꿔 주기 위해 동부의 영주들은 직접 그 물건들을 사들이기도 했습니다."

사람들이 덤덤한 얼굴로 앉아 있는 루만가 부자를 바라봤다.

제 주머니 열기를 죽기보다 싫어하는 그들이 보기에 그것은 엄청난 희생이었기 때문이었다.

"루만을 비롯한 동부의 영주들은 폐하의 명을 받들기 위해 그동안 많은 손해를 감수해 왔습니다. 하지만 그런 그들을 모른 척하고 계속해서 제국의 문화를 받아들이기만을 강요한다면, 이는 동부와 중앙의 화합을 원하시는 황제 폐하의 의지와 정반대되는 일이 아니겠습니까."

페레스의 말을 끝으로 양쪽 진영의 귀족들이 수군거리며 대화를 나눴다.

대회의에서 흔히 볼 수 있는 무의미한 말씨름이 아닌, 제대로 된 토의가 이뤄지는 광경이었다.

그 모습을 가만히 지켜보던 요바네스 황제가 한 손을 들었다.

좌중이 금세 쥐 죽은 듯 조용해졌다.

"동부의 상행 보조금을 10년으로 하고 그 상세한 금액은 관료들의 보고서를 보고 결정하겠다. 이만 다음 안건으로 넘어가지."

각축이 벌어질 줄 알았던 가장 중요한 안건이 이렇게 빠르게 일단락될 줄이야.

당황한 귀족들은 웅성거렸지만, 황제가 황실의 돈으로 보조금을 주겠다는데 그것을 말릴 수 있는 신하는 없었다.

"크흠……."

이렇다 할 논쟁을 벌여 보지도 못하고 보조금을 동부에 빼앗겨

버린 아이반 가주 대리는 불편한 기색을 감추지 못했다.

그 뒤로 이어진 대회의는 별다를 것이 없었다.

다만 페레스만이 안건마다 정확한 분석과 새로운 시각을 제시하며 정치적 능력의 두각을 보였을 뿐이었다.

대회의가 끝나고.

참석했던 귀족들은 아직 회의장을 떠나지 않고 여기저기에 모여서 대화를 나누고 있었다.

그것은 황제와 두 황자들도 마찬가지였다.

"훌륭했다, 2황자. 오랜만에 대회의다운 대회의였다."

"과찬이십니다, 폐하."

페레스가 하는 말마다 고개를 절로 끄덕이던 귀족들의 모습이 생각나, 요바네스 황제는 클클 웃었다.

기분이 좋아 술을 한잔 마시며 페레스에게 말했다.

"앞으로도 2황자 덕분에 대회의가 아주 볼만해지겠……."

벌컥.

대회의실의 문이 열리고, 황제의 보좌관 중 하나가 회의장 안으로 반쯤 뛰어들었다.

그의 손에는 전서구의 다리에서 풀어낸 것으로 보이는 붉은 종이가 들려 있었다.

대화를 나누던 귀족들도 모두 그쪽을 바라봤다.

"뭔가?"

심상치 않음을 감지한 요바네스가 재촉하듯 물었다.

"방금 북부에서…… 북부에서 긴급 서신이 왔습니다."

보좌관이 떨리는 목소리로 말했다.

"북부에서 전례 없이 커다란 규모의 산사태가 일어났다는 소식입니다, 폐하."

쏴아아아ㅡ.

"무슨 비가 이렇게……."

바이올렛은 앞이 제대로 보이지 않을 만큼 어마어마한 양의 비를 쏟아 내는 하늘을 올려다보면서 중얼거렸다.

하지만 그 목소리마저도 요란한 빗소리에 묻혀 버렸다.

시꺼먼 먹구름에 해도 가려 사위가 어둑했다.

바이올렛은 길게 처마가 난 높은 건물 발코니에 서서, 롬바르디에 비교하면 소박하지 그지없는 아이반성의 내부를 내려다봤다.

머리를 가리고 이리저리 뛰어다니는 사람들, 싫다고 우는 가축을 집 안으로 들이려 애쓰는 사람들.

아무리 매년 돌아오는 우기라고는 하지만 전에 없던 엄청난 폭우에 모두들 당황한 모습이었다.

'높은 강수량에 벌목장을 중심으로 산사태가 일어날 위험성이 크다.'

어제 아침, 바이올렛이 아이반 가주에게 전한 말이었다.

물론 미래의 일을 그저 점치듯 예언한 것은 아니었다.

다이아몬드 광산 때부터 많은 도움을 받아 온 지질학자의 연구 결과와 몇십 년간 아이반 영지의 벌목장을 지켜 온 산지기의 서신도 함께 건넸다.

특히나 산지기는 아직 우기가 본격적으로 시작되기 전인데도 불구하고 며칠 전 이미 외곽의 작은 동산 하나가 무너졌다며 사태의 시급함을 알렸다.

"미리 대비해 두어서 나쁠 것은 없겠지."

다행히 아이반 가주는 앞뒤가 꽉 막힌 사람이 아니었다.

무방비한 상태로 산사태가 일어나는 것이 얼마나 위험한지, 그리고 그것을 복구하는 데 얼마나 많은 시간과 자원이 들어가는지도 잘 이해하고 있었다.

또한 근래 상당한 양의 나무를 벌목한 것도 고려하여 바로 간단한 대비를 하기 시작했다.

비가 잦아들 때까지 각 성문을 봉해 산악로의 통행을 막고, 산속 깊은 곳에 있는 벌목장의 인력을 철수시키는 것이었다.

"별일 없었으면 좋겠는데……."

아이반 가주에게 위험을 알린 자신의 입장이 다소 민망해지는 일이 있더라도 산사태가 나는 일은 없었으면 싶었다.

하지만 북부 특유의 높은 산을 바라보는 바이올렛의 눈에선 걱정이 가시지 않았다.

"산사태가 일어날 거야, 바이올렛. 우기가 시작되면 아이반 가주에게 그 위험을 꼭 알려야 해."

북부로 떠나던 날, 자신에게 말하던 그 목소리가 아직 귓가에 선명했다.

'피렌티아 님이 하신 말씀은 틀린 적이 없어.'

그리고 모순적이게도 그 사실이 바이올렛을 더욱 불안하게 하고 있었다.

"문을 열라고 하지 않나!"

그때 빗소리를 뚫고 커다란 목소리가 들려왔다.

조금 전 문이 닫힌 성문 경비대 쪽이었다.

"난 페르딕 앙게나스다! 대앙게나스 가문의 가주란 말이다! 감히 누가 날 막아서!"

미간을 찌푸린 바이올렛은 우산을 쓰고 거리로 나갔다.

그녀가 경비대 앞에 도착할 때까지도 실랑이는 계속되고 있었다.

"그대가 경비대장인가!"

페르딕 앙게나스가 막 건물에서 나온 남자에게 따지듯 물었다.

"무슨 일이십니까?"

"당장 이 성문을 열게!"

"아이반 가주님의 명으로 봉했습니다. 다른 말씀이 있기 전까지 문을 열어 드릴 순 없습니다."

"내가 누군지 아는가! 내가 바로 황후마마의 부친이자 앙게나스의 가주다! 황후마마의 명을 수행하기 위해 이 성을 나가야겠으니, 문을 열어라!"

'황후'라는 말이 나오자 경비대장이 주춤했다.

그리고 훨씬 누그러든 목소리로 말했다.

"비 때문에 산사태의 가능성이 높아 성문을 닫은 것입니다. 지금 나가시면 위험합……."

"내 앞가림은 내가 알아서 하겠다! 당장 문을 열어라!"

경비대장은 인상을 찌푸리더니 고개를 절레절레 저었다.

더 이상 저 고압적인 태도의 앙게나스 가주를 상대하고 싶지 않은 듯했다.

"그렇게까지 말씀하시면……."

이러다간 경비대장이 정말로 문을 열어 주게 생겼다.

지켜보던 바이올렛이 두 사람 사이로 얼른 끼어들었다.

"지금 나가시면 위험합니다, 앙게나스 가주님."

"……그대는 누구냐."

페르딕 앙게나스가 바이올렛을 위아래로 훑어보며 물었다.

"저는 펠렛 상회의 책임자, 바이올렛이라고 합니다. 산사태뿐만이 아니라 비도 너무 많이 내려 험한 산로를 이동하시기에는 위험합니다. 그러니 일단 안전한 성안에 계시는 것이……."

"바이올렛? 그 펠렛 상회의 평민 계집?"

친절하게 웃으며 다가간 바이올렛에게 페르딕 앙게나스가 경멸하는 눈초리로 중얼거렸다.

그리고 버럭 화를 냈다.

"감히 평민 따위가 내게 말을 붙여? 펠렛 상회를 등에 업었다, 주제를 모르고……! 오호라."

말을 하던 중, 앙게나스 가주가 무언가 깨달은 듯 눈을 가늘게 떴다.

그리고 한 걸음 다가와 바이올렛의 어깨를 거칠게 밀었다.

"내가 지금 벌목장에 가는 것을 알고 막으셨군?"

"그런 것이 아닙니다. 정말로 밖은 위험……."

바이올렛은 비틀거리면서도 제대로 설명하려 했지만, 페르딕 앙게나스는 듣지 않았다.

"이대로 너희들이 트리바 목재를 독점하게 둘 것 같으냐?"

그렇게 말한 앙게나스 가주가 다시 경비대장에게 눈을 부라렸다.

"어서 열지 않고 무엇 하나!"

"……열어 드려라."

아이반의 경비대장은 짜증스런 눈으로 부하에게 말했다.

자신을 말리는 이에게 얼마나 무지막지한 험담을 해대는지 눈으로 봤는데, 더 이상 말릴 이유가 없었다.

아이반 가주에게서 내려온 봉문령이었지만, 이쪽이 '황후'를 운운하는데 경비대장도 더 이상 얽히기 싫었다.

결국 닫혔던 문이 서서히 열리고, 마지막으로 바이올렛을 표독스럽게 노려본 페르딕 앙게나스가 다시 마차에 올랐다.

"가자!"

그가 큰 소리로 외치자 떨떠름한 얼굴의 마부가 말의 등을 때렸다.

다그닥, 다그닥.

희뿌연 빗줄기 사이로 사라지는 앙게나스 마차의 뒷모습을 보며 바이올렛은 다시 한번, 자신에게 이르던 그 목소리를 떠올렸다.

"산사태가 일어날 거야, 바이올렛."

"산사태라니. 얼마나 심각하기에 긴급 서신을 띄운 거지?"

요바네스가 앉아 있던 자리에서 반쯤 엉덩이를 떼며 물었다.

"그, 그것이……. 일단 아이반 가주가 보내온 서신에 의하면 큰 교역로 다수가 끊어졌고, 벌목장 주변의 작은 산채들이 함몰되었다고 합니다. 심지어 아이반성의 성벽도 일부 허물어졌다고……."

"허어!"

"큰일이 났군!"

함께 귀를 기울이고 있던 귀족들이 탄식했다.

요바네스도 다르지 않았다.

술잔을 연거푸 입에 가져다 대며 '쯧쯧' 하고 혀만 몇 번 찼다.

그때 좌측 진영의 앞자리에 앉아 보고를 듣고 있던 룰락이 황제에게 물었다.

"폐하, 사상자는 얼마나 났다고 합니까?"

"사상자? 아…… 그래. 아이반 가주가 뭐라고 하던가?"

그제야 황제로서의 본분을 자각한 요바네스는 보고하러 온 보좌관에게 물었다.

"아이반 가문에서 보내온 서신에는 사상자에 대한 이야기는 없어서……."

당황하던 보좌관은 손에 들려 있던 붉은 종이를 요바네스에게 건넸다.

그것을 건네받은 황제도 내용을 슥슥 훑어보았지만, 정말로 사상자에 대한 언급은 없었다.

"다른 가문에서도 연락이 오고 있으니 곧 취합하여 보고드리겠습니다, 폐하."

"그래, 서둘러라."

보좌관이 서둘러 회의실에서 나가고, 남은 귀족들의 웅성거림은 한층 커졌다.

"아이반 가주 대리, 이쪽으로 오게."

굳은 안색으로 자리를 지키고 있던 아이반 가주 대리가 요바네스의 앞으로 걸어왔다.

"읽어 보아도 좋다."

작은 종이 한 장에 불과했지만, 긴급 서신 또한 아이반 가주가 황제에게 보낸 엄연한 공문서였다.

그것을 읽을 수 있도록 허락해 주는 것은 아이반 가주 대리를 위한 황제의 배려였다.

"감사합니다, 폐하."

종이를 받아 드는 아이반 가주 대리의 손이 잘게 떨리고 있었다.

"듣자 하니 아이반가의 피해는 그리 크지 않은 것 같은데. 어째서 안색이 그리 어두운 건가?"

요바네스가 의아해하며 물었다.

"예? 아, 그것이⋯⋯."

아이반 가주 대리는 잠시 머뭇거리다가 이내 고개를 저었다.

"아닙니다. 우기라고는 해도 강수량이 많지 않은 지금 산사태가 일어났다는 사실에 조금 놀라서 그렇습니다, 폐하."

"음? 그러고 보니 정말 그렇군. 북부가 산악 지대라고 하여도 산사태는 잘 일어나지 않는 것으로 알고 있는데 말이야."

"⋯⋯."

황제의 물음에도 아이반 가주 대리는 슬쩍 시선을 피할 뿐, 이렇다 할 대답을 하지 않았다.

"일단 북부의 상황에 대한 대책을 세워야 할 것인데. 공들은 어떻게 생각하나?"

요바네스가 대회의장에 남아 있는 귀족들에게 물었다.

"커흠."

그러나 이번에도 제대로 된 대답은 돌아오지 않았다.

말이라도 잘못 꺼냈다가 구호를 위해 큰돈을 내놓게 될까 봐 꺼리는 것이었다.

"다시 한번 대회의를 여시지요."

룰락 롬바르디가 자리에서 일어나며 말했다.

"며칠의 말미를 주시면, 다들 대책을 강구해 오지 않겠습니까."

룰락의 서늘한 시선이 회의장 내부를 한번 쭉 훑었다.

요바네스도 그에 동조하며 말했다.

"그럼 이틀 뒤에 한 번 더 대회의를 열겠다. 북부 산사태에 대한 대책을 마련해 오라."

그렇게 말한 황제는 뒤로 돌아 페레스와 아스타나를 보며 말했다.

"황자들도 마찬가지다. 그럼 이틀 뒤에 보도록 하지."

요바네스와 룰락 롬바르디가 함께 회의실에서 나가고, 남은 귀족들 또한 불평을 터뜨리며 삼삼오오 모여 회의실을 빠져나갔다.

"앙게나스 공? 안색이 어찌 그리 안 좋으십니까?"

듀이지 앙게나스와 함께 움직이던 누군가가 물었다.

"마침 북부에 일을 보러 가신 아버님이 생각나서."

"별일 있으시겠습니까. 아이반 가문의 영주성에서 안전히 잘 계실 겁니다."

"앙게나스가와 동맹이나 다름없는 아이반 가문인데, 아마 페르딕 님을 가장 먼저 챙겼을 겁니다."

"맞습니다. 만약 별일이 있었다면 진즉 긴급 서한에 언급이 있었 겠지요. 황후마마의 부친이 아니십니까."

"그렇…… 겠지요?"

듀이지 앙게나스는 주변의 말에 애써 고개를 끄덕이며 회의실을 나갔다.

오늘은 일주일 중 세 번째 날이다.

즉, 할아버지와 2세들의 작은 회의가 있는 날이란 뜻이다.

할아버지는 아침 일찍부터 집무를 시작했지만, 회의는 거의 정오 가 되어서야 시작되었다.

나는 바쁘신 할아버지를 위한 샌드위치와 과일을 챙겨서 집무실 앞에서 기다리고 있는 중이었다.

달칵.

마침 회의가 끝난 것인지, 문이 열리고 비에제가 나왔다.

그리고 그 뒤에는 졸린 얼굴을 한 로렐스도.

그 둘이 끝이었다.

"안녕하세요, 백부님들!"

나는 들고 있는 청포도만큼 상큼하게 웃으며 비에제와 로렐스에 게 인사했다.

"어어, 그래."

어색하게나마 대답을 해 주는 로렐스와는 달리 비에제는 못마땅한 눈으로 나를 째려보더니 다가와 시비조로 말했다.

"그래, 네게는 이런 일이 훨씬 어울리는 거다. 시키는 대로 음식이나 날라 주고, 찻물이나 챙겨 주는. 네 주제에 어울리는 일을 해라."

이 새끼가 진짜.

다른 악다구니야 웃어넘긴다지만, 내 과거를 후벼 파는 이런 말은 나도 열이 좀 받는다고.

나는 뚜껑이 열린 만큼 환하게 웃으며 말했다.

"저는 사업도 잘하고 이런 일도 잘해서요. 어휴, 아무래도 백부님께서는 건설 사업에 큰일이 났으니 화가 많이 나실 만도 하죠. 그 난리가 났으니……."

"뭐? 난리가 나다니?"

역시 모르고 있었네.

하긴 오늘 태평하게 할아버지의 회의에 참석하고 있을 때부터 알아봤다.

북부의 광산과 밀접하게 일을 하는 샤나넷은 이미 소식을 듣고 출근한 것 같은데 말이지.

나는 한 손으로 입을 가리고 눈을 동그랗게 뜨며 말했다.

"세상에, 아직 못 들으셨어요?"

"듣다니, 뭘?"

"저런. 아직 아무도 말을 안 해 드렸구나……."

"말 돌리지 말고 제대로 말해라!"

내가 왜? 누구 좋으라고?

나는 비에제를 비켜서 집무실 안으로 쏙 들어가 문을 닫으며 말했다.

"고생하세요, 백부님!"

달칵.

닫힌 문 너머로 비에제가 낮게 욕을 지껄이더니 급한 발걸음으로 뛰어가는 것이 들렸다.

흥, 똥줄 좀 탈 거다.

건설사에 도착해서부터가 진짜 악몽의 시작이겠지만.

나는 작게 콧노래를 부르면서 할아버지에게 다가갔다.

"할아버지!"

"오오, 티아 왔느냐!"

"제가 할아버지 드시라고 조금 챙겨 와 봤어요!"

"아이구, 이 할아비 생각해 주는 것은 우리 티아밖에 없구나!"

할아버지는 내 방문에 반색했다.

그렇게 마주 앉아 정답게 식사를 하다가 슬쩍 물었다.

"북부에 큰일이 났다면서요, 할아버지?"

"으응? 그것을 네가 어찌 아느냐?"

"아침 일찍 펠렛 상회에 들렀다가 들었어요. 요즘 택배 사업 때문에 제가 상회에 더 자주 오가잖아요."

"그랬지. 으음, 아무래도 북부에 기반한 사업들에 타격이 있을 것 같구나."

"우리 롬바르디도 영향을 받겠네요. 특히 광산, 상단, 그리고 건축도……."

내가 운을 떼자 할아버지가 눈을 동그랗게 뜨며 조금 놀랐다.

"티아 네가 거기까지 헤아리다니. 녀석, 언제 이렇게 커서는."

할아버지의 조금 거친 손이 내 머리를 쓱쓱 쓰다듬는다.

아직 여덟 살배기 손녀를 대하는 것 같은 손길이었지만 나도 헤헤 웃으며 마찬가지로 어리광을 피웠다.

"제가 요즘 롬바르디에서 제일 똑똑한데. 할아버지만 모르세요."

"어허허! 그래, 네 말이 맞다. 택배 사업을 훌륭히 성공시켜 냈으니."

"그럼 이제 할아버지도 제 능력을 인정해 주시는 거예요? 다들 잘했다고 해 주는데 아직 할아버지한테서만 못 들었어요, 칭찬."

밉지 않게 말하는 내 모습에 할아버지의 미소가 아예 함박웃음이 되었다.

"이 할아비의 칭찬이 그리 중요하더냐?"

"그럼요! 할아버지가 어떤 분이신데요!"

"어허허, 사실 할아비가 가주들을 데리고 설명회에 다녀왔단다! 우리 손녀가 얼마나 자랑스럽던지!"

할아버지가 껄껄 크게 웃었다.

으음, 이 정도면 분위기도 충분히 좋아진 것 같고.

"그럼 할아버지도 이제 저 인정해 주시는 거예요?"

"그렇고말고!"

할아버지는 호탕하게 고개를 끄덕였다.

"할아버지, 제가 드릴 말씀이 있는데요."

그렇다면, 준비하시고.

"북부에서 난 산사태 말이에요. 저한테 좋은 생각이 있는데, 들어 보시겠어요?"

쏘세요!

"흐음. 우리 손녀의 좋은 생각이란 것이 무엇인지 일단 들어 보고 싶구나."

할아버지가 내게 말했다.

일단 반응이 나쁘지는 않다.

솔직히 조마조마한 마음을 가지고 있던 나는 안도의 한숨을 삼켰다.

가주 직계의 권한을 사용해서 롬바르디의 일에 관여하는 것과, 북부에서 일어난 일에 대하여 할아버지에게 제안을 하는 것은 전혀 다른 이야기다.

나는 티 나지 않게 숨을 고른 다음 조심스레 운을 뗐다.

"사실은 클레리반 선생님이 저에게 가끔 상회의 일에 대해 의견을 물어볼 때가 있거든요."

"클레리반이?"

할아버지가 의외라는 듯 눈을 동그랗게 뜨며 말했다.

클레리반은 할아버지가 인정하는 몇 안 되는 사람들 중 하나다.

그런데 그런 클레리반이 나와 일에 대해 의논을 하다니.

나는 나를 보는 할아버지의 눈빛이 조금 달라진 것을 느끼며 말을 이었다.

"네. 그리고 오늘 아침에도 그런 일이 있었어요. 북부의 산사태에 대해서요."

"으음. 그래, 티아 너도 들었구나."

"참 안타까운 일이에요."

할아버지가 침울한 나의 얼굴을 보며 고개를 끄덕였다.

"그래서 의논을 하다가 몇 가지 이야기가 나왔는데, 펠렛 상회에게도 롬바르디에게도 좋은 기회가 될 수 있을 것 같아서요."

할아버지는 아무 말도 하지 않고 잠시 나를 빤히 바라봤다.

나만 보면 싱글벙글하고, 금방 '어허허!' 하고 너털웃음을 터뜨리는 할아버지의 평소 모습과는 거리가 있었다.

전에 없이 진지하고 또 깊은 눈이었다.

"그 전에 물어볼 것이 있다, 티아야."

할아버지가 나직한 목소리로 내게 말했다.

"이번 북부의 산사태를 보며 우리 롬바르디가 취해야 할 태도가 무엇이라고 생각하느냐?"

"북부를 돕는 거죠. 산사태라는 커다란 피해를 입었잖아요."

다행히 아이반 가주가 바이올렛의 말을 받아들여 이전 생에서처럼 처참한 인명 피해는 없었지만.

그래도 많은 사람들이 삶의 터전을 잃었다.

"제국의 한 축을 담당하는 지역의 위기를 모른 척해서는 안 된다고 생각해요."

"어째서더냐? 멀리 떨어진 곳이고 우리와는 상관없는 일인데."

"제국은 동, 서, 남, 북, 그리고 중앙으로 나누어져 있지만, 또 절대로 나누어져 있지 않으니까요."

좋으나 싫으나, 여러 가문들은 모두 온갖 종류의 인연과 거래로 얽혀 있다.

먼 북쪽의 일이라고 뒷짐 지고 가만히 있어서는 안 된다.

"당장 광산만 보더라도 북부가 빨리 정상화되어야 우리 롬바르디의 광산업도 다시 정상화가 될 테니까요. 두 팔 걷어붙이고 나서서 도와야죠. 하지만."

"하지만?"

"하지만 북부를 돕는 과정에서 분명 우리 롬바르디도 이득을 취하는 길이 있을 거라고 생각해요."

할아버지가 '흐음' 하는 소리를 내며 고개를 끄덕하더니 물었다.

"그럼 북부를 돕는 데에 있어서 가장 우선시되어야 할 것이 무엇이더냐?"

"재건이요."

나는 망설이지 않고 바로 대답했다.

"북부의 사람들이 자신의 힘으로 다시 일어설 수 있도록 재건을 돕는 게 가장 우선되어야 할 거예요. 그리고 또 한 가지 있다면…… 책임을 지게 하는 거겠죠."

"책임이라."

할아버지가 짧은 수염을 문지르며 낮은 목소리로 말했다.

"그래, 아이반 가문이 벌목량을 크게 늘렸다지. 대영주인 그들의 책임이 크다."

"아이반 말고도 산사태에 대한 책임을 나눠야 할 가문이 하나 더 있다고 생각해요, 저는."

나는 웃음기를 담지 않는 눈으로 할아버지를 마주 봤다.

"할아버지는 어떻게 생각하세요?"

"……손녀와 생각하는 바가 이리도 같다니, 든든해서 좋구나."

잠시 멈칫했던 할아버지가 은근히 입꼬리를 올리며 웃었다.

나도 한층 더 밝은 목소리로 말했다.

"물론 북부가 무사히 재건할 수 있도록 돕는 일이 먼저이겠지만요!"

"그럼, 그럼!"

"그리고 그 과정에서 우리 롬바르디도 생색을 좀 내고요!"

"어떤 생색 말이냐?"

할아버지가 의자 팔걸이에 올린 두 손을 깍지 끼며 물었다.

집중할 때 나오는 할아버지의 버릇 중 하나였다.

"펠렛 상회는 많은 트리바 목재를 가지고 있어요, 할아버지. 클레리반 선생님은 그 목재를 다시 북부로 돌려주고 싶어 하고요."

"클레리반이 그런 생각을 하고 있었군. 참, 답지 않으면서도 장한 일이구나."

할아버지는 그렇게 말하며 미소 지었다.

"그렇죠? 지금 앙게나스에 팔면 부르는 게 값일 텐데."

클레리반의 성격대로였다면, 아마 조금의 망설임도 없이 앙게나스에게 목재를 넘겼을 것이다.

어마어마한 금액을 받고서.

북부의 트리바 나무 수급마저 불투명해진 지금, 앙게나스는 눈에 불을 켜고 달려들 테니 한몫 단단히 챙길 수 있겠지.

하지만 펠렛 상회의 최종 결정권을 가진 것은 나다.

그리고 트리바 목재는 처음부터 이 산사태에 대비해 모으기 시작한 것이었다.

'벌 수도 있었을 돈'은 전혀 아깝지 않았다.

앙게나스의 돈을 버는 것보다 더 큰 목적이 있으니까.

"클레리반 선생님은 펠렛 상회가 가진 그 트리바 나무를 재건에 쓰일 수 있도록 아이반 가문을 비롯한 북부 가문들에 되팔 생각이에요. 운송 비용도 남기지 않는 가격이에요. 그리고 저는 여기에 롬바르디도 함께했으면 좋겠어요."

"그저 롬바르디도 목재를 사서 북부로 보내자는 이야기는 아닐 테고."

"튼튼한 재료만큼이나 재해 현장에 필요한 것이 기술자의 존재 아닐까요, 할아버지?"

"롬바르디 건설의 토목 기술자들을 말하는 것이로구나."

역시 할아버지.

내 생각을 바로 짚어 낸다.

"물론 앙게나스 개발 사업 때문에 바쁘기는 하겠지만……."

나는 그렇게 작게 중얼거리며 할아버지의 눈치를 살폈다.

아니나 다를까.

앙게나스 개발 사업 이야기가 나오자 할아버지의 얼굴이 살짝 굳었다.

비에제가 대금을 나중에 받는 터무니 없는 계약을 한 것도 모자라, 이제 목재 수급에 차질이 생겨 공사 자체가 불투명하게 되었으니.

할아버지도 고민이 깊으시겠지.

하지만 그것도 잠시.

할아버지는 이내 침착한 목소리로 말했다.

"마침 기술자 몇이 후발대로 서부로 떠날 때가 되었지. 그들이 잠시 북부에서 머문다고 해서 큰 차질은 없을 게다."

"그럼……?"

"그래, 클레리반에게는 내가 서신을 보내마."

됐다.

이로써 북부, 특히나 아이반 가문은 롬바르디와 펠렛 상회 양쪽에 큰 마음의 빚을 지게 되는 것이다.

"아, 멋있겠다."

"멋있다니, 무엇이?"

"며칠 뒤에 있을 대회의에서요. 할아버지가 '롬바르디는 북부를 이렇게 도울 거다!'라고 말씀하시면 너무 멋있을 것 같아서요!"

구호 명목으로 한 푼이라도 뜯기게 될까 봐 전전긍긍하는 다른 귀족들과는 차원이 다른 멋짐!

그게 바로 롬바르디지!

"허허, 녀석하고는."

할아버지도 내 말이 싫지 않으신 듯 허허 웃었다.

나는 내친김에 제안했다.

"대회의가 있기 전에, 할아버지가 직접 아이반 가주 대리를 불러서 말씀하시는 것은 어떠세요? 원래 좋은 소식은 직접 얼굴을 보면서 전하는 거잖아요!"

그런 말이 있는지는 모르겠지만, 일단 그렇잖아!

내 말에 할아버지가 잠시 생각하더니 말했다.

"그럼 네가 해 보겠느냐?"

"……네?"

"네가 직접 아이반 가주 대리에게 말해 보겠느냐 이 말이다."

이번에는 진짜 놀랐다.

아이반 가주 본인은 아니지만, 정식으로 '가주 대리' 명함을 달고 있는 사람이다.

그런 사람과 직접 대화하라니.

이건 엄청난 일이다.

나는 재촉하지 않고 가만히 기다려 주고 있는 할아버지를 바라봤다.

할아버지는 내가 어떤 대답을 할 거라 생각하시는 걸까.

여전히 다정한 얼굴 너머에 어떤 기대를 품고 계실까.

나는 대답했다.

"맡겨 주신다면 제대로 생색 한번 내 볼게요, 할아버지."

그 순간 할아버지의 만면에 함박웃음이 퍼져 나갔다.

"그래, 네게 한번 맡겨 보마, 티아야."

할아버지가 내 어깨를 두드리며 말했다.

아이반 가주 대리, 론첸트 아이반은 굳은 얼굴로 황후궁 응접실
에 앉아 있었다.

어제 대회의에서 비보를 접하고 난 뒤로, 어떻게 시간이 흘렀는
지 모를 정도로 정신이 없었다.

론첸트는 궁에서 저택으로 돌아간 이후, 부친인 아이반 가주로부
터 조금 더 자세한 서신을 받아 볼 수 있었다.

산사태의 규모에 비해 사상자는 다행히 그리 많지 않았다.

펠렛 상회의 누군가가 미리 경고를 해 준 덕분이라고 했다.

교역로를 잇는 다리가 끊어지고, 북부의 일부 중요 성채들의 성
벽이 무너졌다.

그러나 그런 것들은 영지민들이 무사하다면 얼마든 복구할 수 있다.

그런 면에서 이번 산사태는 하늘이 도운 일이라고 할 수 있었다.

하지만 그것과는 별개로, 론첸트의 마음은 무거웠다.

전에 없는 많은 비가 내린 것은 하늘의 뜻이라지만, 무분별하게
산에서 나무를 베어 낸 것은 사람의 짓이었다.

아이반 가문이 결정한 일이었다.

앙게나스에게 목재를 대 주기 위해 다른 가문들까지 끌어들였다.

아이반 가문의 땅으로도 모자라 다른 가문 소유의 산에서도 트리바 나무를 잘라 냈다.

"후우······."

이번 산사태로 인해, 아이반 가문의 일원들은 책임감을 통감하고 있었다.

그것은 론첸트 아이반도 마찬가지였다.

얼마 전에도 앙게나스의 요구를 맞춰 주기 위해 벌목량을 늘려야 한다고 서신까지 보냈던 론첸트였다.

하지만 앙게나스를 원망하기 위해 황후궁을 찾은 것은 아니었다.

오늘 아침 일찍, 아이반에서 도착한 서신이 있었다.

그것을 받자마자 론첸트 아이반은 황후궁으로 달려왔다.

하지만 정작 황후를 만나게 된 것은 몇 시간이 흐른 지금에서였다.

정오가 다 되어서야 황후가 일어났기 때문이었다.

흔히 있는 일인 듯, 기다리는 동안 론첸트의 다과를 챙겨 주는 시종들은 태연하기 그지없었다.

까맣게 타들어 가는 론첸트의 속은 모르고.

그러나 함부로 황후를 깨울 수도 없는 일이었다.

조금이라도 더 편한 마음으로 잠을 자게 두는 것이 어쩌면 황후에 대한 그의 최소한의 배려였다.

어차피 시간이 흐른다고 한들, 바뀌는 것은 없었으니까.

"황후마마께서 오십니다."

마침내 라비니 황후가 모습을 드러냈다.

"이리 이른 시간부터 어쩐 일이시지요, 아이반 가주 대리?"

"그것이……."

론첸트 아이반은 어떻게 말을 꺼내야 할까 망설였다.

그리고 몇 번 입술을 달싹인 끝에, 겨우 그 말을 뱉어 냈다.

아이반 영지에서부터 날아온 그 무거운 소식을.

"송구합니다, 황후마마. 앙게나스 가주께서 이번 산사태로 일어난 사고에 휩쓸려, 운명하셨습니다."

앙게나스 가주는 만류에도 불구하고 닫힌 성문을 박차고 나가 벌목장으로 향했다.

그러나 불운하게도 무너져 내리는 토석이 산길을 덮쳤고, 앙게나스 가주가 탔던 마차도 그에 파묻혔다.

가주의 행방불명 사실을 알게 된 아이반에서 급하게 병사들을 풀어 마차를 찾았지만, 애석하게도 가주와 마부 모두 이미 숨을 거둔 뒤였다.

받은 서신 속 자세한 내용들이 머릿속을 가득 채웠지만, 론첸트는 침묵을 지켰다.

황후에 대한 예의였다.

대신 라비니 황후가 되물었다.

"……아버지가, 뭐라고 하셨죠?"

그 아무리 피도 눈물도 없기로 유명한 황후라고 하더라도, 부친의 비보 앞에선 어쩔 수 없구나.

론첸트는 한층 더 침통한 마음으로 말했다.

"앙게나스 가주께서 유명을 달리하셨습니다. 아이반가에서 오늘 아침 도착한 서신입니다."

전서구의 다리에 매달려 대륙을 가로질러 날아온 작은 서신은 꾸깃꾸깃하고 더러웠다.

그것을 받아 든, 하얗고 잘 다듬어져 매끈한 황후의 손과는 너무나 대비되는 모양이었다.

황후의 고개가 점차 숙여졌다.

툭 떨군 머리에 더 이상 얼굴이 보이지 않았다.

그 모습에 론첸트 아이반은 절로 안타까운 마음이 들어 황후를 위로했다.

"상심이 크실 것으로 압니다, 황후마마. 작고하신 앙게나스 가주께선 실로 많은 귀족들의 귀감이 되는 분이셨지요."

나직한 목소리에도 황후는 미동도 없었다.

얼마나 상심이 크면 저럴까.

아마 황후의 얼굴에는 뜨거운 눈물이 흐르고 있으리라.

론첸트 아이반은 계속해서 위안의 말을 이었다.

"앙게나스 가주님의 유해가 무사히 황도로 돌아올 수 있도록 저희 아이반은 최선을 다하도록 하……."

"트리바 나무는 어찌 되었지요?"

"……예?"

론첸트 아이반은 제 귀를 의심했다.

그리고 되물었다.

"무슨 말씀이신지……."

"모아 놓은 트리바 목재를 가져와야 할 텐데."

황후가 천천히 고개를 들었다.

다시 햇빛이 비쳐 든 라비니 황후의 얼굴은 완벽했다.

눈물로 말끔한 화장이 엉망이 된 구석도 없었고, 슬픔에 일그러
지지도 않은 채였다.

조금 전, 아이반 가주와 인사를 나누던 그 얼굴 그대로였다.

"부친은 북부에서 목재 경매에 직접 참여하며 트리바 나무를 모
으고 있었는데. 그것을 앙게나스로 옮기는 것을 아이반가가 도와
줄 수 있을까요?"

"어, 그, 그건……."

론첸트 아이반은 잠시 말문이 막혔다.

자신을 빤히 바라보는 황후의 조각처럼 아름다운 얼굴에 소름이
쫙 끼쳤다.

부친이 사고로 명을 달리했다는데, 소식을 들은 황후의 첫마디가
트리바 나무에 대한 것이라니.

부친의 죽음보다도 서부의 개발 공사가 먼저인 것이다.

"어, 어느 창고에 보관되어 있는지를 알려 주시면……."

아이반 복구 작업에도 손이 모자란 판에 당연히 거절해야 했지
만, 론첸트는 얼결에 대답해 버렸다.

그 머릿속에 온통 한 가지 생각만 가득했기 때문이었다.

'황후는 위험하다. 앙게나스와 거리를 둬야 한다.'

본능이 그렇게 외치고 있었다.

황후는 자신의 야망을 위해서라면 그 어떤 상실도 능히 감수할
사람이었다.

그리고 그 대상이 다음번엔 아이반이 될 수도 있는 일이다.

황후궁을 찾았을 때만 하더라도, 론첸트 아이반의 마음은 무거
웠다.

부친의 부고와 함께 전해 줄 나쁜 소식이 하나 더 있었기 때문이었다.

아이반 가주가 서신으로 전한 명령이었는데, 이제 보니 탁월한 선택이다.

거기까지 생각을 마친 론첸트는 무겁게 고개를 끄덕이며 입을 열었다.

"앙게나스 가주께서 이미 매입해 모아 놓으셨던 목재는 앙게나스까지 운반해 드리겠습니다. 그런데……."

"무엇이죠?"

"아무래도 앞으론 앙게나스에 트리바 목재를 대는 것이 어려울 것 같습니다. 아이반의 재건을 위해 필요한 것이라……. 황후마마의 양해를 부탁드리겠습니다."

황후의 푸른 눈동자가 서늘하게 빛났다.

그 시선을 받아 내지 못하고, 론첸트는 눈을 피하며 꿀꺽 마른침을 삼켰다.

"……그렇겠지요. 아이반의 입장도 이해합니다."

다행이다.

론첸트 아이반은 흘러나오려는 안도의 한숨을 애써 삼키며 얼른 자리에서 일어났다.

"감사합니다, 황후마마. 그럼 저는 이만 일정이 있어서……."

라비니 황후는 꾸벅 인사를 하고 허둥지둥 자리를 벗어나는 론첸트의 뒷모습을 싸늘하게 노려봤다.

그리고 그의 마차가 떠나는 소리가 들리자 황후가 시녀를 불러 말했다.

"듀이지를 불러와."

잠시 뒤.

듀이지 앙게나스가 황후의 부름을 받고 응접실에 도착했다.

"아버지가 돌아가셨다."

남동생이 채 자리에 앉기도 전에 던진, 황후의 첫마디였다.

"지금 뭐라고 하셨습니까, 누님? 아, 아버지가 돌아가셨다뇨?"

듀이지 앙게나스는 하늘이 무너지는 느낌에 다리가 풀려 의자에 털썩 주저앉았다.

그러나 그에겐 슬퍼할 겨를도 주어지지 않았다.

황후가 건조한 목소리로 말했다.

"그러니 너는 황후궁을 나서는 대로 내 명에 따라 빨리 움직이거라. 해야 할 일이 많으니."

"너무하지 않습니까, 누님!"

듀이지 앙게나스가 드물게 버럭 화를 냈다.

"아버님께서 돌아가셨습니다! 그런데 누님은 슬퍼하는 기색도 없이 어떻게……!"

"태평한 소리 하지 말아라, 듀이지."

황후가 날 선 목소리로 듀이지의 말허리를 끊었다.

"정신을 똑바로 차리지 않으면, 북부에서 일어난 산사태의 모든 책임을 우리 앙게나스가 물게 될 거다. 하지만 아버지의 죽음이 그걸 막을 수도 있을 테니 어찌 보면 잘된 일이지."

"누, 누님!"

듀이지 앙게나스는 경악해서 크게 외쳤다.

하지만 라비니 황후는 그런 남동생의 반응에 아랑곳하지 않았다.

"저들은 산사태가 일어난 이유가 우리 앙게나스의 요구로 무분별한 벌목이 일어났기 때문이라고 주장하겠지. 그래, 아버지의 일이 훌륭한 방패가 될 수 있겠어."

작게 중얼거리며 생각을 마친 라비니 황후는 자신을 경멸하듯 보고 있는 남동생을 바라봤다.

언제나 사람들이 원하는 것을 꿰뚫어 보는 능력은 라비니의 특기 중 하나였다.

지금도 그녀의 말 한마디면, 듀이지의 저 경멸도 눈 녹듯 사라지겠지.

라비니 황후는 그렇게 생각하며 입을 열었다.

"듀이지, 네가 아버지의 뒤를 이어 앙게나스의 가주가 되어라."

"……제, 제가요?"

저것 보아라.

차갑게 식었던 눈동자가 권력에 대한 욕심으로 저리 흔들리고 있지 않는가.

"그래, 아버지의 뒤를 이어 누군가는 그 자리를 채워야겠지. 물론 듀락 상단주가 욕심을 내기는 하겠지만, 내가 너를 그 자리에 앉힐 수 있다."

"앙게나스 가주……."

듀이지가 꿈꾸듯 중얼거렸다.

"하지만 워낙 갑작스런 일이고 너도 처음에는 도움이 필요할 테니, 당분간은 내가 조언을 해 주는 대로 따르거라. 그럴 수 있겠니?"

듀이지가 할 대답은 이미 그녀가 가주 자리에 대해 이야기를 꺼낸 순간부터 정해져 있었다.

"예, 누님. 그리하겠습니다."

라비니 황후는 조용히 한쪽 입꼬리를 비틀어 올리며 말했다.

"그렇다면 너는 당장 아버지의 죽음을 최대한 빨리, 많은 사람들에게 알리거라. 우리 앙게나스는 지금 이 순간부터 장례가 끝날 때까지 깊은 슬픔에 애도 기간을 가지는 것이다. 그러니 자연히 내일 있을 대회의에도 참석하지 못하겠지."

"하지만 상중이라고 하더라도 그런 자리에는 참석하는 것이 규칙……."

"네가 그 자리에서 한마디라도 어설프게 구는 날엔 롬바르디의 늙은이가 앙게나스의 사지를 묶을 거야. 그래도 감당이 가능하겠니?"

"아, 아닙니다. 저택에 있겠습니다."

라비니는 룰락에 대한 두려움으로 얼른 두 손을 내젓는 동생을 한심한 눈으로 보다가 말했다.

"가 보거라."

듀이지 앙게나스가 아이반 가주 대리와 퍽 닮은 걸음으로 황후궁을 나서고, 라비니는 조용한 공간에 다시 혼자 남았다.

그리고 황후는 테이블 위에 놓여 있던 꽃병을 집어 바닥으로 있는 힘껏 내팽개쳤다.

쨍그랑-!

그것이 끝이 아니었다.

라비니 황후는 손에 잡히는 것은 모조리 집어 던지고 찢었다.

"하아, 하아……."

잠시 뒤, 엉망이 된 응접실 한가운데 서서 거친 숨을 고르던 황후는 시종들을 불렀다.

"이걸 치워. 그리고 거기, 너. 황제 폐하께 황후궁에 잠시 들러 주십사 한다고 전해라. 지금 당장."

"예, 황후마마."

시종들과 하인들이 응접실을 청소하느라 분주해진 그때, 라비니 황후는 다시 자신의 침실로 돌아갔다.

곧바로 시녀들을 불러, 수수하기 짝이 없어 구석에 처박아 두었던 드레스로 갈아입었다.

그리고 조용히 화장대 앞에 앉은 그녀는 화장을 지우는 화장수를 잔뜩 묻힌 면포를 들어 얼굴을 닦아 냈다.

사락, 사락.

작은 소음과 함께 황후의 얼굴에서 화장을 했던 기색이 완벽하게 지워졌다.

얼마 뒤, 거울 속에 남은 것은 핏기 없이 창백한 안색의 라비니였다.

"황제 폐하께서 오셨습니다."

시종이 알리자 황후는 작은 심호흡과 함께 화장대 앞에서 일어섰다.

그리고 바로 다음 순간, 처연한 목소리로 황제를 부르며 침실을 나섰다.

"폐하……."

어느새 라비니 황후의 얼굴에는 조금 전의 싸늘한 모습은 찾을 수 없이, 애처로운 깊은 슬픔만이 가득했다.

해가 저물어 가는 시간.

황도의 세다큐나가에 있는 '젠틀맨스 클럽', 귀족 남성들이 모여 술을 마시며 이야기를 나누는 사교 클럽의 문이 열리고 지친 얼굴의 론첸트 아이반이 나왔다.

"너무들 하는군."

황후궁에서 나온 론첸트는 곧바로 이곳으로 향했었다.

당장 내일 있을 대회의를 준비하기 위함이었다.

북부의 산사태를 구호하기 위한 방법을 논의하는 자리에서 그는 자신을 도와 강력한 구호를 주장할 사람이 필요했다.

평소 황도에 자주 왕래하며 꽤 많은 우호적 인맥을 형성해 놓았다고 생각했는데.

결과는 처참했다.

"귀족회의 일원이기는 하지만 나는 아직 말단인 것을 자네도 알지 않나. 내가 나서서 말을 하기는 좀 그런데, 어험."

"미안한 말이지만 그런 주장을 했다간 다른 귀족들의 눈 밖에 날 걸세. 우리의 주머니를 털어서 북부가 자초한 일을 복구해 주자는 것 아닌가."

흔쾌히 나서서 북부를 도와주겠다고 하는 사람이 하나도 없었다.

매일 술잔을 부딪치고, 연회에 함께 참석하며 의를 쌓았던 이들도 모두 등을 돌렸다.

북부로 서둘러 돌아가는 대신, 도움을 구하기 위해 황도에 남은 론첸트 아이반이었다.

자연히 한숨이 깊어져만 갔다.

트리바 나무를 더 이상 대 주지 못하는 상황이 되었으니 앙게나스 쪽의 협력을 바라기도 힘들었다.

이 상태로 내일 대회의에 나갔다간, 동부가 받아 갔던 것 같은 그 잘난 보조금도 한 푼 타 가지 못할 상황이 펼쳐질 수도 있었다.

"다들 이렇게 매정하게 굴 일인가."

근처에 세워진 마차까지 걸어가는 론첸트의 어깨가 한없이 아래로 축 처졌다.

그때였다.

"아이반 가주 대리 되십니까?"

마차 근처에 다다르자 그를 부르는 이가 있었다.

"그런데, 누구시오?"

"저는 롬바르디 가문의 집사 요한이라고 합니다. 롬바르디 가주께서 아이반 가주 대리를 잠시 저택에서 뵙고자 저를 보내셨습니다."

"롬바르디……?"

롬바르디와 아이반의 사이는 그리 좋지 않았다.

사업적으로는 광산과 상단 등 나쁘지 않은 관계를 유지했지만, 최근 아이반이 황후 쪽에 서며 롬바르디의 견제를 받게 된 것이다.

"흐음."

하지만 룰락 롬바르디 본인이 직접 사람을 보냈는데 무시할 수도 없었다.

대회의를 꽉 잡고 있는 룰락 롬바르디의 심기를 거스를 수는 없었다.

지금 같은 상황이라면 더더욱.

결국 론첸트는 롬바르디 저택으로 향했다.

나는 조용히 할아버지의 뒤에 서서 집무실로 들어오는 아이반 가주 대리의 모습을 지켜봤다.

표정이 그리 좋지는 않다.

이런 시기에 할아버지가 왜 자신을 불렀는지 적잖이 견제를 하고 있는 듯했다.

"어서 오게. 북부의 일은 유감이네."

할아버지가 먼저 아이반 가주 대리에게 말을 건넸다.

"감사합니다. 그만하기를 다행이라고 생각하고 있습니다."

오가는 말은 퍽 부드러웠지만 분위기는 딱딱하기 그지없다.

갑자기 롬바르디 저택에 오게 된 것 말고도, 아이반 가주 대리는 무척이나 피곤해 보였다.

그럴 만도 하지.

아이반 가주 대리가 오늘 하루 종일 사교 클럽에서 어떻게든 자신의 편을 만들려고 고군분투한 것은 이미 알고 있다.

그리고 그것이 마음대로 되지 않은 것도.

자신의 주머니를 여는 일에는 극도로 인색해지는 귀족들이 쉽게 북부의 일에 팔 걷고 나서 줬을 리 없다.

나는 바로 그 점을 공략하면 된다.

"영애는……."

아이반 가주 대리가 나를 보고 말끝을 흐렸다.

"이쪽은."

할아버지가 나를 소개하려고 할 때, 나는 어깨를 쭉 펴고 한 걸음 앞으로 다가갔다.

"피렌티아 롬바르디라고 합니다, 아이반 가주 대리님."

"아아, 그 갤러한 공의……."

나에 대해서 들어본 적이 있는 것 같았다.

"처음 뵙겠습니다."

나는 아이반 가주 대리를 향해 한쪽 손을 내밀며 악수를 청했다.

여성과 남성이 동등하게 악수를 하는 일은 거의 없다.

"아, 그래……."

가주 대리는 약간 당황하기는 했지만 내 손을 잡았다.

악수에는 묘한 힘이 있다.

나는 강하게 그 손을 잡으며 말했다.

"북부의 안타까운 이야기를 듣고 얼마나 놀랐던지."

목이 메는 것처럼, 떨리는 목소리로 내가 말했다.

"어떻게든 도와드리고 싶은 마음에, 할아버님께 아이반 가주 대리님을 청해 달라 부탁했습니다."

진심으로 안타까워하는 것 같은 내 모습에 아이반 가주 대리는 살짝 움찔했다.

나는 그것을 확인하고, 가주 대리의 손등을 가볍게 토닥이며 준비한 마지막 말을 했다.

"마음고생이 많으시지요?"

지친 하루 끝에 따듯한 온정이 담긴 말은 그 효과가 큰 법.

하루 종일 고생한 것들이 떠오르며 울컥하는지 아이반 가주 대리의 시선이 잘게 흔들리고 있었다.

"어린 영애에게 그런 위로를 들으니, 더욱 고맙군요."

아이반 가주 대리가 조금 먹먹한 목소리로 내게 말했다.

"내 손녀라서가 아니라, 이제 막 성년이 되기는 했지만 아주 마음이 넓고 똑똑한 아이라오."

할아버지가 옆에서 은근슬쩍 내 칭찬을 한다.

"이번 롬바르디 택배 사업도 이 아이의 작품이지."

"호오, 그렇습니까?"

나를 돌아보는 아이반 가주 대리의 눈빛이 달라졌다.

나는 생긋 웃으며 차가 준비되어 있는 자리를 가리켰다.

"숙면을 도와주는 차를 준비해 놓았답니다. 마시면서 이야기를 드릴게요."

내가 직접 엄선해서 고른 차는 사실 숙면보단 마음을 가라앉혀 주는 차다.

확실히 효과가 있는지, 앉아서 차를 몇 모금 마신 아이반 가주 대리의 안색이 확연히 좋아졌다.

꽁꽁 얼어 있는 것 같던 얼굴이 따뜻하게 녹아서 말랑말랑해졌다.

콕콕 찔러보고, 마음대로 조몰락거리기 딱 좋을 만큼 말이지.

"피해 상황은 좀 어떤가?"

아이반 가주 대리가 도착하기 전 미리 말해 놓은 대로, 할아버지가 먼저 운을 띄웠다.

"지금까지 파악된 바로 다행히 사상자는 그리 많지 않습니다. 하지만……."

아이반 가주 대리는 의외로 솔직하게 상황을 말했다.

"이대로는 겨울이 지나고 다가올 봄에 영지민들이 제대로 농사를 지을 수 있을지 확실치 않습니다."

"지금 농사가 문제겠는가. 당장 겨울을 나는 것부터 걱정해야 할 걸세. 북부의 겨울은 혹독하지 않나."

"……그 말도 맞는 말씀입니다."

아이반 가주 대리의 어깨가 더 아래로 축 처졌다.

그리고 그 모습을 보고 확신할 수 있었다.

오늘 아침 일찍 황후궁에 들렀다더니, 황후와의 사이가 전과 같지는 않구나.

만약 앙게나스와 여전히 끈끈한 관계를 유지하고 있었다면, 아이반 가주 대리는 끝까지 할아버지와 나에 대한 경계를 늦추지 않았을 거다.

하긴, 더 이상 트리바 나무를 조달해 줄 수도 없는 아이반에게 황후가 계속해서 신의를 지킬 리도 없다.

당장 산사태에 대한 책임을 서로에게 미루며 목에 핏대를 세우고 싸우지 않는 것만 하더라도 어디야.

어쨌든 지금 중요한 건, 북부의 대표인 아이반이 지금 끈 떨어진 연 같은 신세라는 거다.

"이번 일은 아이반 가문이 경솔했네. 벌목을 적당히 했었어야지. 성벽이야 다시 세우면 된다지만, 산사태에 희생된 이들은 어찌할 건가."

할아버지가 엄한 목소리로 말했다.

나는 옆에서 얼른 아이반 가주의 편을 들어 주었다.

"그렇게 비가 많이 올 줄 아무도 몰랐잖아요, 할아버지."

"하지만 영주라면 그런 상황에도 대비할 줄 알아야 하는 법이다."

정말로 할아버지와 나의 의견이 대립하는 게 아니다.

미리 짜 놓은 각본대로, 역할에 충실한 것뿐.

한쪽은 겁을 주고 윽박지르는 대신 다른 한쪽은 감싸고 달랜다.

그러면 대상이 된 사람은 자연스레 자신을 보호해 주는 쪽에게 감정적으로 기대게 되고, 그 말에 귀를 기울이게 되는 것이다.

"이제 와서 잘잘못을 따지는 게 무슨 소용이 있겠어요, 할아버지. 가장 중요한 것은 빨리 사람들이 원래의 생활로 돌아갈 수 있도록 하는 것이죠. 안 그런가요, 아이반 가주 대리님?"

지나간 일은 덮고 대책을 세우자.

책임질 일이 있는 사람들이 가장 좋아하는 말이다.

아이반 가주 대리도 다르지 않았다.

"맞습니다. 북부의 가문들도 이제 피해 복구에 초점을 맞추고 있습니다."

"그리고 그것을 도와드리기 위해 제가 오늘 아이반 가주 대리님을 뵙자고 청한 것이에요."

"도와준다니……."

"북부를 다시 전과 같이 만드는 데 가장 필요한 것은 목재겠지요?"

"마, 맞소."

"하지만 다시 산사태가 날까 우려되는 마음에 적극적인 벌목을 하실 수도 없고요."

"무너지지 않은 벌목장까지 가는 길도 하필이면 다 산사태로 막혀 버려서……."

"아이고, 저런……."

나는 추임새를 넣어 준 뒤에 말했다.

"펠렛 상회의 소유주인 클레리반 펠렛 님은 저를 어려서부터 가르쳐 준 선생님이세요. 그리고 다행히 펠렛 상회에 사용하지 않고 모아 둔 대량의 트리바 목재가 있습니다. 선생님은 북부의 안타까운 사정에 그 목재를 원가에 판매할 생각이시고요."

사실은 클레리반이 아니라 내가 그럴 작정으로 사 모은 것이지만.

"그 말이 정말이오? 도, 돈이라면 얼마든, 아니 당장은 조금 힘들겠지만 시간을 주면 대금은 치를 수 있소!"

아이반 가주 대리가 반색했다.

아이반이 가난한 영지는 절대로 아니다.

하지만 중심 산업인 광업과 농업, 그리고 임업까지 다 문을 닫은 상황에서 당장 목돈을 지출할 수는 없으니까.

"그런 걱정은 조금 내려놓으셔도 됩니다. 그 목재 중 절반은 우리 롬바르디가 매입하여 북부에 구호물자로 보내 드릴 생각이니까요."

"아, 아니 그런 큰 금액을……."

내 말에 놀라던 아이반 가주 대리는 금방 말을 멈췄다.

자신이 지금 마주하고 있는 사람들이 다름 아닌 롬바르디라는 사실을 깨달은 것이겠지.

실제로 그 정도 금액은 열 번을 써도 롬바르디 재정에 티도 안 난다.

아이반 가주 대리는 머뭇거리더니 고개를 살짝 숙였다.

"염치없지만 롬바르디의 도움을…… 받겠습니다. 고맙습니다."

그리고 말을 이어 가는 목소리가 먹먹했다.

"오늘 하루 종일 이곳저곳에 도움의 손길을 청했지만 거절당하기만 해서……. 이 마음을 어떻게 표현해야 할지……."

아이반 가주 대리가 할아버지를 마주 보며 말했다.

할아버지는 그런 론첸트 아이반에게 느긋한 목소리로 말했다.

"나는 무엇 하러 보나. 이번 일에 대한 모든 권한은 이 아이에게 있다네."

"아⋯⋯."

우리 아버지와 비슷한 나이의 아이반 가주 대리는 나를 보고 입을 벙긋거리다 말했다.

"고맙소, 롬바르디 영애."

"자연재해는 우리 누구에게나 일어날 수 있는 일인걸요. 이럴 때는 서로 도와야 하는 것 아니겠어요."

"혹시, 우리 아이반이 보답할 수 있는 일이 있다면⋯⋯."

그래, 바로 그거야!

내가 듣고 싶었던 말이 바로 이거라고!

나는 살짝 웃으며 은근슬쩍, 이 자리를 마련한 본론을 꺼냈다.

"그렇다면 한 가지가 있기는 한데⋯⋯."

"그게 무엇이오?"

아이반 가주가 무엇이든 말하라는 듯 물었다.

"내일 있을 대회의에서 다시는 이런 일이 없도록 대책이 세워졌으면 합니다. 가장 좋은 방법은 이번 산사태에 책임이 있는 사람들이 모두 적당한 처벌을 받는 것이겠죠."

"처벌이라면⋯⋯."

"물론, 북부는 이미 산사태라는 큰 대가를 치렀으니 이제 재건에만 힘을 쓰면 되는 일이고요."

"아⋯⋯."

아이반 가주의 시선이 다시금 흔들렸다.

황후와 앙게나스를 견제하는 데 힘을 보태라.

내가 하는 말을 알아들은 것이다.

"이제 내가 말할 차례인 것 같군."

그동안 나와 아이반 가주 대리의 대화를 조용히 듣고 있던 할아버지가 말했다.

할아버지는 그 이후로 아이반 가주 대리가 대회의에서 할 말들을 일러 주기 시작했다.

잠자코 듣고 있던 가주 대리도 나중에는 고개를 끄덕끄덕했다.

그 말들이 전혀 억지도 아니고, 듣다 보니 아이반의 입장에서는 당연히 할 수 있는 말들이었으니까.

"그럼, 내일 뵙겠습니다."

아이반 가주 대리가 할아버지에게 공손하게 인사하고 집무실을 빠져나갔다.

다시 둘만 남겨진 할아버지와 나는 잠시간 침묵을 즐겼다.

그리고 할아버지가 나에게 빙그레 웃으며 말했다.

"제법이더구나."

나도 할아버지에게 말했다.

"할아버지도요."

"무어? 하하하!"

할아버지의 웃음소리가 집무실에 쩌렁쩌렁 울렸다.

얼굴 가득 주름이 지도록 크게 웃은 할아버지는 내 머리를 쓰다듬었다.

"그래, 너는 내 손녀가 맞다. 오늘 아이반 가주 대리를 구워삶는 것을 보니 딱 알겠더구나."

할아버지의 손녀.

몇 번을 들어도 들을 때마다 울컥하는 말이다.

나는 그런 마음을 삼키며 대신 생긋 웃어 보였다.

"저는 그냥 롬바르디의 것들을 가지고 생색만 냈을 뿐인데요, 뭐."

어깨를 으쓱하는 나에게 할아버지는 묘한 눈빛으로 말했다.

"뭐, 롬바르디가 롬바르디의 것을 가지고 생색내는 것이 무에 어때서."

"하하!"

이번에는 내가 크게 웃을 차례였다.

역시.

우리 할아버지는 멋져.

북부 구호를 논의하기 위한 대회의가 열렸다.

바로 며칠 전 이미 정기적인 대회의를 가진 뒤였기에 이에 불만은 품은 귀족들도 있었지만, 황제와 두 황자들까지 앉아 있는 자리에서 대놓고 불평을 할 수 있을 만한 배짱을 가진 이는 없었다.

하지만 장내는 조금 소란스러웠는데, 귀족들 중 많은 이들이 앙게나스 가주의 부고를 핑계로 아스타나에게 다가가 말을 걸고 있었기 때문이었다.

"얼마나 상심이 크십니까, 1황자 전하."

"조금 슬프지만 나는 괜찮소. 하지만 어머니께서 너무나 상심이 크시어 식음을 전폐하고 일어나질 못하고 계시오."

검은 상복을 입고 나타난 아스타나는 같은 말을 앵무새처럼 읊고 있었다.

"이제 회의를 시작하도록 하지."

황제의 한마디에 우르르 자리로 돌아가는 귀족들은 은근히 시선을 교환했다.

눈치 빠르기로 둘째가라면 서운한 이들이었다.

앙게나스가 대회의에 참석하지 않는 위험까지 무릅쓰고 얻으려는 것이 무엇인지 알아차리고, 어느 노선을 타야 할까 고민하고 있는 것이다.

잠시 뒤, 대회의가 시작되고 황제는 바로 본론으로 들어가 첫마디를 던졌다.

"생각해 온 방안들을 말해 보라."

그러나 누구 하나 나서서 말하는 사람이 없었다.

조용한 와중에 앙게나스의 측근, 바라포트가의 인사가 입을 열었다.

"지난번 동부의 가뭄 때와 마찬가지로, 북부의 세금을 줄여 주는 것이 어떻겠습니까?"

"크흠."

요바네스 황제는 못마땅하게 미간을 찌푸렸다.

세금을 적게 받는다는 것은 결국 국고가 줄어든다는 것.

정작 의견을 낸 귀족들은 손해 볼 것이 없는 이야기였다.

"그것 말고 다른 방안은 없나?"

다시 장내에 침묵이 흘렀다.

이대로 가다간 정말로 황실의 주머니를 열어 북부를 도와주게 생겼다.

그렇다고 북부를 모른 척할 수도 없고.

굳은 안색으로 자리를 지키고 앉아 있는 아이반 가주 대리를 흘끔 본 요바네스 황제는 마음이 급해졌다.

"경들에게 실망이군! 이게 그대들의 최선인가 이 말이야!"

"폐하."

버럭 화를 내는 요바네스의 호통 소리 끝에, 룰락 롬바르디가 천천히 자리에서 일어났다.

"오, 무엇인가 롬바르디 가주."

황제는 그런 룰락을 반색을 하고 반겼다.

그래, 롬바르디가 그냥 모른 척하고 있을 리 없지.

룰락을 바라보는 요바네스의 눈이 기대감으로 반짝거렸다.

차분한 눈으로 좌중을 한번 바라본 룰락 롬바르디는 울림이 큰 목소리로 말했다.

"우리 롬바르디는 오랜 친우이자 우방인 북부의 비극을 그저 두고 볼 수 없기에 구호를 실행할 방식을 놓고 많은 고심을 하였소."

오랜 친우? 우방?

귀족들은 어리둥절한 얼굴로 아이반 가주 대리를 바라봤다.

지난번 대회의 때까지만 하더라도 아이반은 황후 측의 가문이었다.

1황자가 나서서 동부의 보조금을 북부로 돌리려고까지 하지 않았던가.

그런데 며칠 사이에 롬바르디는 아이반을 비롯한 북부를 우방이라고 말하고 있었다.

도대체 무슨 이야기가 오고 갔기에.

귀족들이 동그란 눈으로 룰락 롬바르디를 바라봤다.

"그 결과, 롬바르디는 북부의 빠른 재건을 위해 펠렛 상회와 협심해 대량의 트리바 목재를 제공할 것이며 롬바르디 건설의 핵심 기술자 다섯을 북부로 파견해 원활한 재건을 도울 생각이오."

멀고 먼 북부의 일에 중앙의 롬바르디가 이렇게 전격적으로 움직이다니.

파격적인 발언에 좌중이 웅성거렸다.

하지만 룰락 롬바르디는 그런 것에 아랑곳하지 않고 계속 말을 이어 갔다.

"그리고 이 모든 과정은 책임자를 아이반 영지로 파견하여 롬바르디에서 직접 관리, 감독할 것이오."

"호오, 책임자라. 아주 중요한 일을 하게 될 것인데. 그 책임자가 누구요, 롬바르디 가주."

요바네스가 등받이에서 반쯤 허리를 떼며 호기심이 잔뜩 섞인 목소리로 물었다.

그러자 한차례 빙그레 웃은 룰락이 뿌듯한 목소리로 말했다.

"예, 폐하. 이번 구호 활동의 책임자는 이 룰락의 손녀이자 갤러한 롬바르디의 딸인, 피렌티아 롬바르디입니다."

털썩.

대화가 오가는 사이, 조용한 회의장에 무언가 물건이 떨어지는 소리가 들렸다.

귀족들이 소리가 난 쪽으로 일제히 돌아보니 상석에 앉은 2황자가 땅에 떨어뜨렸던 회의록을 묵묵히 주워 들고 있었다.

"피렌티아?"

전혀 의외인 이름에 요바네스 황제가 눈썹을 들어 올렸다.

"그래, 갤러한의 딸아이⋯⋯. 어릴 적에 2황자의 배동이었던."

황제에게로 옮겨 갔던 시선들이 다시 한번 페레스에게 향했다.

언제나 속을 알 수 없는 그답게, 2황자는 가면을 쓴 듯한 얼굴로 묵묵히 그 시선들을 받아 냈다.

"맞습니다, 그 아이."

"하지만 갤러한도 아니고 그 여식을 책임자로 만들겠다는 말이오?"

황제가 의아한 듯 물었다.

귀족들도 마찬가지였다.

하지만 룰락은 그런 반응이 나올 것이라 이미 예상하고 있었기에 당황하지 않고 대답했다.

"현재 대량의 트리바 목재를 가지고 있는 펠렛 상회의 클레리반 펠렛은 피렌티아를 오랫동안 가르쳐 온 선생입니다. 제 손녀가 롬바르디와 펠렛 상회의 가교 역할을 하고 있는 것이지요."

"그렇다고 하더라도⋯⋯. 흐음."

설명을 했음에도 불구하고 계속 미간을 찌푸리는 요바네스의 모습에 룰락은 내심 심기가 불편해졌다.

내가 내 돈을 써서 북부를 돕는 일에 내 손녀를 쓰겠다는데.

무슨 사족이 저리 긴 것인가.

게다가 이번 일은 따지자면 마땅히 황제가 국고를 열어 해결할 일이었다.

하지만 이 자리에 모인 귀족들만큼이나 자신의 돈을 쓰는 것에 인색한 요바네스라는 것을 알기에 제가 직접 나서 주었거늘.

성질 같아서는 다 취소하고 돈을 아끼고 싶은 심술이 불쑥 솟았지만 티아를 생각해서 참았다.

룰락은 못마땅한 표정을 숨기며 좌중에게 말했다.

"제 손녀가 비록 나이는 어리나 이 룰락이 롬바르디의 주요 사업을 믿고 맡길 정도로 명석한 아이입니다. 이번 롬바르디 택배도 그 아이의 작품이지요."

"오오, 택배!"

"그 사업이 갤러한의 여식의 것이었다니!"

다행히 귀족들 사이에서 폭발적인 반응이 나왔다.

다들 택배 사업 설명회장에 한 번쯤 들러 보았던 이들이었다.

룰락의 입꼬리가 아무도 모르게 슬쩍 올라갔다.

어깨도 절로 으쓱으쓱하고, 콧대도 슬쩍 높아졌다.

"과연 롬바르디! 자식들뿐만 아니라 손주들까지도 훌륭하군요!"

"아무런 걱정이 없으시겠습니다, 롬바르디 가주!"

딱딱하게 경직되어 있던 회의장의 분위기가 일순간 풀어졌다.

룰락도 손녀를 칭찬하는 이들의 반응이 싫지 않아 은근히 웃으며 고개를 끄덕거렸다.

"크흠."

그 화기애애한 중간에 요바네스 황제만큼은 마음 편히 웃을 수 없었다.

엄연히 이 회의장의 중심은 황제인 자신인데, 어느새 분위기의 주도권이 또 롬바르디에게 넘어가 있었다.

게다가 후사를 잘 두었다고 저 의기양양해하는 룰락 롬바르디의 모습도 눈꼴셨다.

"롬바르디가 나서 주었으니, 나도 가만히 있을 수는 없지."

잠시 고민하던 요바네스 황제는 불퉁한 심기를 숨기고 사람 좋은 미소를 지으며 말했다.

"황실에서도 5천 골드와 구호물자를 북부로 보내겠다. 또한 황실의 책임자를 물자와 함께 보내 더 필요한 것이 있다면 얼마든 지원해 주지."

황실에서도 책임자를 내세운다니.

누구의 이름이 호명될지, 사람들이 촉각을 곤두세웠다.

요바네스의 시선도 좌중을 바삐 훑고 있었다.

책임자로 앉힐 만한 적당한 인사를 고르고 있는 것이다.

그때, 젊고 강직한 목소리가 들렸다.

"제가 북부로 가겠습니다, 폐하."

페레스였다.

"동부와 마찬가지로 북부를 오랫동안 여행한 적이 있습니다. 그 지역의 지리를 잘 알고 있으니 폐하를 대신해 지원이 원활히 이루어지도록 최선을 다하겠습니다."

"오오……."

요바네스의 안색이 확 밝아졌다.

그래, 2황자가 있었지.

룰락 롬바르디는 한 대 건넌 손녀를 자랑했지만 2황자는 자신의 아들이다.

황제는 껄껄 웃으며 말했다.

"그래, 아주 믿음직하구나! 2황자를 북부 구호 사업의 책임자로 명하겠다. 나를 대신해 북부를 보살피고 오거라."

그리고 이거 보란 듯, 귀족들의 반응을 훑었다.

"예, 폐하. 맡겨 주십시오."

정중하게 고개를 숙이는 2황자를 보는 귀족들의 눈이 제법 요바네스의 마음에 들었다.

확실히 2황자는 1황자와는 달랐다.

무엇을 해도 태가 나고 머리도 좋아 신뢰가 갔다.

천한 평민 출신의 시녀가 아니라 황후의 몸을 빌려 태어났다면 좋았을 텐데.

이겨 낼 수 없는 태생이란 장애물이 꽤나 아쉬웠다.

"그럼 다음 안건으로 넘어가지. 다음 안건은……."

귀족 회의장이 올린 안건 목록을 읽던 요바네스 황제가 말꼬리를 흐렸다.

영 피해 가고 싶은 안건이기 때문이었다.

"산사태의 원인 규명과 처벌을 정할 차례입니다, 폐하."

요바네스가 은근슬쩍 넘어갈까, 룰락이 얼른 공손한 목소리로 알렸다.

"산사태는 자연재해인데 원인을 찾아서 무엇할까. 중요한 것은 하루빨리 북부를 재건하는 것……."

"이것을 봐 주십시오."

룰락 롬바르디가 얇은 서류 몇 장을 건넸다.

"이게 무엇이오?"

"이번 산사태로 인한 인명 피해가 그나마 적었던 이유는 펠렛 상회가 고용한 지질학자가 북부 광산 근처를 조사하던 중, 미리 산사태를 예측하여 아이반 가주에게 위험을 알렸기 때문이라고 합니다. 그것은 보고서의 사본입니다."

"그게…… 정말이오?"

요바네스가 아이반 가주 대리에게 물었다.

"그렇습니다, 폐하. 제가 부친에게 물어 확인한 사실입니다."

"지질학자가 작성한 보고서에 보면 두 가지의 원인이 명확히 적혀 있습니다. 첫째는 높은 강수량, 두 번째는 무리한 벌목입니다. 그리고 그 학자가 예상한 대로 큰 산사태가 일어났지요."

"으음……."

"북부의 산사태는 인재이기도 하다는 말씀입니다."

요바네스는 입을 다무는 것으로 불편한 심기를 드러냈다.

앙게나스가 아이반과 손을 잡고 무리하게 벌목을 해 온 것을 어찌 모를까.

하지만 앙게나스에 대한 처벌은 원치 않았다.

식음을 전폐하고 누워 있는 황후에 대한 동정은 아니었다.

자존심이 걸린 문제였다.

명색이 황실의 사돈인 앙게나스가 이런 일로 처벌을 받는다는 것이 영 내키지 않았다.

"아이반 가주 대리."

"……예, 폐하."

"그대는 어찌 생각하나?"

당연히 자연재해라고 하겠지.

요바네스 황제는 내심 웃었다.

세상에 벌을 받고 싶어 하는 이가 어디에 있나.

"저는…… 저희 아이반은 폐하와 영지민들에게 속죄하는 마음으로 처벌을 받겠습니다."

"……뭐라?"

황제는 당황해서 되물었다.

"처벌을 받겠다?"

"그렇습니다, 폐하. 앙게나스의 압박이 있었다고는 하나, 저희 아이반은 가장 먼저 영지민들과 북부 백성들의 이익을 생각해야 하는 의무를 다하지 못했습니다."

긴장감에 마른입을 축이며 룰락 롬바르디를 흘끔 본 아이반 가주 대리가 계속해서 말을 이어 갔다.

"이에 반성하는 의미를 담아 저희 아이반은 향후 5년간, 영지민들의 생활에 필요한 것 이상의 벌목을 일절 하지 않을 것이며 목재를 영지 밖으로 매매하여 이윤을 남기지도 않을 것입니다."

"앞으로 5년간, 임업을 포기하겠다는 것인가?"

"……예."

아이반 가문은 스스로 엄벌을 선택한 것이다.

임업은 북부가 이윤을 내는 중요한 사업 중 하나였다.

그런데 그것을 포기하다니.

"또한 폐하께서 다른 벌을 내리신다면 그것도 겸허히 받아들이겠습니다."

이것은 아이반이 황제 앞에 잘못했다, 바짝 엎드린 것이나 마찬가지였다.

요바네스 황제는 속으로 혀를 쯧 하고 찼다.

아이반이 이렇게 나온 이상, 앙게나스가 아무런 처벌 없이 넘어간다면 형평성에 대한 이야기가 나올 수밖에 없다.

게다가 조금 전 아이반 가주 대리가 '앙게나스의 압박'에 대해서 언급까지 해 버린 터라.

요바네스는 어떤 형태로든 앙게나스에게 벌을 줄 수밖에 없었다.

어느새 귀족들도 조용해졌다.

모두들 황제의 말만 기다리고 있는 것이다.

그리고 그때, 페레스가 낮은 목소리로 말했다.

"벌금형이 어떻겠습니까."

"……벌금형?"

"예, 그것이 적당할 듯싶습니다."

벌금형은 귀족에게 줄 수 있는 벌 중에서도 가장 가볍고 품위를 잃지 않을 수 있는 방법이었다.

아니나 다를까.

룰락 롬바르디가 낮은 목소리로 말했다.

"성벽이 무너지고 사상자가 났습니다. 고작 벌금으로 해결될 일이 아닙니다."

"벌금도 벌금 나름이 아니겠습니까."

페레스가 룰락의 말을 맞받아쳤다.

그리고 요바네스 황제를 바라보며 말했다.

"높은 벌금형을 내려 그중 일정한 금액을 북부의 재건 사업에 보태면 의미 있는 일이 될 것이라 생각됩니다, 폐하."

"그것참 좋은 생각이로군!"

요바네스 황제가 무릎을 탁 하고 치며 말했다.

그런 벌금형이라면 명목도 챙기고 황실의 체면도 선다.

요바네스는 더 이상 반대 의견이 나오기 전에 서둘러 선포했다.

"앙게나스 가문에게 1만 골드의 벌금형을 내리고 그 절반인 5천 골드는 북부의 재건 사업에 사용하는 것으로 하겠다.”

이미 황명이 내려졌으니 더 이상 왈가왈부할 여지는 없다.

룰락은 조용히 2황자를 노려봤다.

'마음에 들지 않는 놈.'

북부에 피렌티아와 함께 가게 된 것부터 조금 전 벌금형을 주장한 것까지 못마땅하다.

아니, 처음 쓰러져 가는 별궁에서 본 날부터 마음에 드는 구석이 하나도 없다.

그런 룰락의 적대적인 시선을 모르지 않을 텐데도, 페레스는 룰락을 바라보며 답지 않게 입꼬리를 올리며 미소까지 지어 보였다.

겉으로 많이 내색하고 있지는 않았지만, 페레스는 지금 매우 기분이 좋았다.

티아와 북부로 가게 된 것도 그렇지만, 무엇보다 황후와 앙게나스가 1만 골드란 거금을 쓰게 한 것이 컸다.

앙게나스의 돈을 완벽히 말리기에 그동안 열심히 모은 트리바 목재가 부족한 것 같아 고민이었는데.

바로 지급해야 하는 벌금 1만 골드라면 아주 적절한 금액이었다.

대회의실을 나서는 황제의 뒤를 따라 퇴장하며, 페레스는 소리 없이 진한 미소를 지었다.

“1만 골드라니……!”

대회의의 결과를 전해 들은 라비니 황후는 입술을 깨물었다.

평소라면 제 작전이 먹혀들었다고 흡족해하겠지만, 지금은 아니었다.

자금이 턱없이 부족했다.

"영지를…… 처분할까요?"

눈치를 보던 듀이지 앙게나스가 조심스레 물었다.

"……그 방법밖에는 없지 않니."

라비니 황후는 서늘한 목소리로 대답했다.

서부에서 가장 넓은 영지를 소유한 가문이 서부의 대표 자격을 갖는다.

그렇기에 영지를 처분하는 것은 최후의 수단이었다.

하지만 현재로선 다른 뾰족한 수가 보이지 않았다.

"그럼 서부의 다른 가문들에게 서신을 보내 보……."

"잠깐."

황후는 듀이지의 말을 막고 책상 앞으로 다가갔다.

그리고 며칠 전 그녀 앞으로 도착한 서신을 집어 들었다.

고급 종이의 매끈한 감촉을 손끝으로 느껴 보던 라비니 황후는 듀이지에게 말했다.

"더 이상 서부의 가문들에게 영지를 처분하다간 대표의 자리가 위험할 수 있다, 듀이지."

"그럼…… 어떻게 해야 합니까?"

"서부의 땅문서를 가지고 있더라도 우리의 대표 자리에는 위협이 되지 않을 사람. 그런 이에게 넘겨야겠지."

황후는 뜻 모를 말을 중얼거리더니 바로 책상 앞에 앉아 깃펜을 들었다.

그리고 잠시 뒤, 밀랍으로 단단히 봉인된 보라색 봉투를 듀이지에게 내밀었다.

"이 서신을 서셔우로 보내거라."

"이상한 점은 찾을 수가 없었어. 더 이상 펠렛 상회에 대해서 조사하는 것은 시간 낭비일 것 같은데."

리그니테가 잔뜩 낮춘 목소리로 페레스에게 말했다.

"도대체 찾으려는 게 뭐야? 알려 주면 차라리 조사가 훨씬 수월할 텐데."

"……나도 무엇인지는 정확히 몰라. 하지만 뭔가가 이상해."

페레스의 대답에 리그니테는 작게 한숨을 내쉬었다.

하지만 그러면서도 불평을 터뜨리지는 않았다.

페레스의 감은 언제나 무서울 정도로 맞아 들었다.

그렇기에 펠렛 상회에 대한 페레스의 근거 없는 의심에도 참을성 있게 명을 따르는 것이었다.

"확실히 이상하기는 하지. 상인이 돈을 마다하고 손해를 감수하면서까지 그것을 구호물자로 풀다니. 다분히 정치적인 행보야."

욕심 많은 다람쥐가 도토리를 모으듯, 열심히 쌓아 두기만 하던 트리바 목재가 결국 북부의 재건을 위해 쓰인다는 이야기를 들었을 때, 리그니테는 자신의 귀를 의심했다.

앙게나스가 눈에 불을 켜고 목재를 사들이는 상황에서 그 트리바 나무는 가히 천문학적인 수익을 가져다줄 수 있는 것이었다.

"그것을 포기하고 펠렛 상회가 얻은 게 도대체 뭐지?"

"펠렛 상회에 대해서, 특히 클레리반 펠렛에 대해서 더 알아봐. 그러면 모든 조각이 맞춰질 거야."

페레스가 막 그렇게 명령을 내렸을 때였다.

"출발 준비가 모두 끝났습니다, 2황자 전하."

황궁의 시종이 다가와 알렸다.

"……그럼 조심히 다녀오십시오, 황자 전하."

리그니테가 언제 반말을 했냐는 듯 정중하게 머리를 숙이며 말했다.

페레스는 그 인사를 받으며 시종에게 물었다.

"선발대로부터 연락은 온 건가?"

"예, 아무런 이상이 없다고 합니다."

"후위를 지킬 후발대도 준비가 모두 끝났고?"

"전하의 행렬이 출발한 뒤 정확히 세 시간 뒤에 후발대도 출발할 수 있도록 모든 준비를 마쳤습니다."

"롬바르디 영애를 위한 편의도 모두 채비했나?"

"……예, 전하."

이제는 하다못해 동행하는 영애의 편의까지 다 챙기시다니.

우리를 믿지 못하시는 건가.

시종의 얼굴에 잠시 서운함이 스쳤다.

그러나 그것도 잠시.

"수고했네."

그렇게 말하며 어깨를 짚어 주는 페레스의 행동에 시종의 서운함은 모두 날아가 버렸다.

"모두 준비를 끝내고 기다리고 있는데 여기서 뭐 하세요, 2황자 전하."

일찌감치 마차에 먼저 타 있던 피렌티아가 결국 참지 못하고 빠른 걸음으로 다가와 물었다.

"이러다 해 떨어지고서야 출발하겠어요."

방긋하고 있지만 눈은 전혀 웃고 있지 않는 것을 보아, 페레스에게 매우 불만이 있는 것 같았다.

그러나 그 모습도 예뻐 보여 페레스는 웃음을 삼키며 말했다.

"······미안합니다, 롬바르디 영애. 바로 출발하도록 하죠."

페레스는 정중하게 피렌티아를 다시 마차로 에스코트했다.

그리고 본인도 뒤이어 같은 마차에 올라타며 말했다.

"출발한다."

마차 문이 닫히고, 북부를 위한 구호품을 실은 행렬이 서서히 움직이기 시작했다.

페레스의 요청에 의해 특별히 준비된 고급스러운 대형 마차의 뒤.

주인을 태우지 않은 페레스의 빈 말도 다그닥 다그닥 소리를 내며 가볍게 발을 굴렀다.

황궁을 출발한 마차는 어느새 황제 직할령을 완전히 벗어나 북부를 향해 달리고 있었다.

창밖을 빠르게 스쳐 가는 풍경을 보며 페레스는 생각에 잠겼다.

'펠렛 상회가 트리바 나무를 모았던 이유가 무엇이었을까.'

이 질문이 최근 그의 머릿속을 떠나지 않았다.

나와 마찬가지로 황후의 서부 개발을 노리고 목재를 모았던 것인가.

하지만 그렇게 생각하기엔 펠렛 상회는 목재를 사들이기만 했을 뿐, 단 한 그루도 앙게나스에게 팔지 않았다.

또한 리그니테가 알아 온 바에 의하면 펠렛 상회가 북부에서 트리바 목재를 사들이기 시작한 것은 벌써 1년도 전의 일이었다.

처음에는 소리 소문 없이, 아주 조금씩.

심지어 펠렛 상회라는 것도 밝히지 않은 채로 비밀스럽게.

그렇게 커다란 창고를 몇 개나 채운 뒤 펠렛 상회에 대한 소문이 나자 태도가 변했다.

기다렸다는 듯 중앙에서 사람을 보내 공격적인 매입에 착수했다.

그리고 산사태가 나기 일주일 전, 거짓말처럼 모든 움직임을 멈췄다.

거래를 멈추고, 펠렛 상회의 인력을 북부 각지에 흩어져 있는 벌목장에서 철수시켰다.

'마치 산사태가 언제, 어디서, 어떤 형태로 일어날지 알고 있었던 것처럼.'

하지만 대회의에서 롬바르디 가주가 제출했던 지질학자의 보고서만으로는 그렇게 정확한 추정은 불가능했다.

'클레리반 펠렛.'

펠렛 상회의 소유주.

솔직한 마음으로는 모든 것을 터놓고 묻고 싶었다.

당신은 어떤 눈으로 세상을 보고 있나.

다음에는 어떤 계획을 짜고 있나.

그리고.

'내 사람이 되지 않겠나.'

클레리반 펠렛이 롬바르디와 가까운 사람이라는 것은 알고 있다.

하지만 롬바르디 가문을 나와 펠렛 상회를 차린 이후로, 그의 행보는 롬바르디에 대한 충성심과는 거리가 멀었다.

다이아몬드 광산처럼 롬바르디의 것을 빼앗기도 했으니까.

한때 동업자였던 갤러한 롬바르디와도 특별히 가깝게 지내는 것 같지 않았다.

그런 점들을 고려해 봤을 때, 그는 독자적인 길을 걸어가고 있었다.

롬바르디에서 몸담고 있었던 세월이 무색할 정도로, 클레리반 펠렛과 롬바르디 사이에 남은 인연은.

"엣취!"

클레리반 펠렛의 오랜 제자인 그녀뿐이었다.

"직할령을 벗어난 지 얼마나 됐다고 금방 날이 추워지네."

피렌티아가 입을 비죽이며 작게 투덜거리는 소리에 페레스는 바로 움직였다.

"이거 덮어."

페레스는 자신의 로브를 벗어 티아의 어깨 위에 덮어 주며 말했다.

"고마워, 페레스."

그녀가 그의 옷에 돌돌 감싸진 채 동그랗게 얼굴만 내밀곤 웃었다.

두근.

미소 한 번으로 또 속절없이 요동치는 심장에, 로브를 꼼꼼히 여며 주는 손에 푸른 핏줄이 불쑥 솟았다.

조금 전까지 머리를 가득 채웠던 펠렛 상회의 일은 그녀의 존재 앞에서 눈 녹듯이 사라져 버렸다.

"엣취!"

한참 동안 코가 간질거리더니 결국 재채기가 나왔다.

아니면 감기인가?

여름 감기라니.

멍멍이도 안 걸린다는 그거 아냐.

"이거 덮어."

페레스가 자신이 입고 있던 로브를 벗어서 나에게 주었다.

"고마워, 페레스."

나는 사양하지 않고 살짝 추워지는 몸을 감쌌다.

책을 읽으려고 했는데 푹 잠이나 자야 할 것 같다.

내가 감기에 걸리는 바람에 행렬 전체가 느려지거나 하면 민폐도 그런 민폐가 없으니까.

"빨리 북부로 가야 하니까 오늘 밤에는 노숙을 하자고 해 놓고, 내가 이 모양이라니."

"지금 방향을 틀면 해 질 녘엔 보겔리 영지에 도착할 수 있을지도 몰라."

페레스가 얼른 말했다.

"하지만 그렇게 되면 며칠을 돌아가게 되는 거잖아. 난 괜찮아. 푹 자고 일어나면 멀쩡해질 거야."

"챙겨 온 것들 중에 감기약도 있을 거야. 잠시만 기다려."

페레스가 마차 구석에 놓은 커다란 상자를 꺼내 열었다.

감기일지도 모른다는 생각이 들기가 무섭게 머리가 멍하다.

마차 벽에 기대서 심각한 얼굴로 약을 찾고 있는 페레스를 바라 봤다.

"2황자, 그 녀석. 요바네스의 심기를 거스르지 않는 법을 아주 잘 알고 있더구나."

대회의에 다녀온 뒤, 할아버지는 페레스에 대해서 그렇게 평가 했다.

벌금 1만 골드.

그리고 그중 5천 골드는 북부의 재건 기금으로.

페레스는 그 자리에서 앙게나스를 벌주고 싶어 하지 않는 황제의 마음을 달래는 동시에 앙게나스에게 1만 골드라는 큰 출혈을 안겨 줬다.

게다가 동시에 북부를 챙기는 모습까지 보여 주며 귀족들 앞에서 좋은 인상을 남겼고, 북부에 황실의 구호물자를 전달하는 쉬우면 서도 효과가 확실한 임무까지 받았다.

역시 똑똑해.

할아버지는 벌금형으로 끝나게 한 페레스의 행동이 영 마음에 안 드는 것 같았지만, 나는 상관없다.

내가 원했던 건 황후가 북부로부터 트리바 나무를 조달받지 못하 도록 하는 것과 아이반과의 관계를 완전히 비틀어 버리는 것이었 으니까.

그러다 문득 드는 궁금증이 있었다.

나는 이제 약상자를 찾아서 뒤적거리는 페레스에게 툭 던지듯 물었다.

"왜 벌금형이었어, 페레스?"

달그락.

녀석의 움직임이 멈추며 약이 든 유리병이 작은 소음을 냈다.

"요즘 서부 개발의 일로 황후가 지출이 많은 것 같아서. 돈을 더 쓰게 하려고 그랬어."

"으응, 역시 그런 거였구나."

그리고 황후의 돈을 쪽쪽 빨아먹고 있는 건 바로 모낙 상단이고.

"역시 페레스 넌 똑똑해."

밑바닥에서부터 스스로의 힘으로 황태자가 되는 건 아무나 하는 일이 아니지, 암.

"……고마워."

페레스가 쑥스러운지 작게 웃으며 대답하더니 약상자를 닫으며 말했다.

"아무래도 감기약은 다른 마차에 있는 것 같아. 잠깐 기다려 봐."

페레스는 바로 마차의 창문을 열었다.

기사를 불러 행렬을 멈추려는 것이었다.

나는 서둘러 말했다.

"아니야. 약은 나중에 먹어도……."

"안 돼."

페레스가 답지 않게 단호하게 고개를 저었다.

"약은 빨리 먹을수록 좋아."

그리고 페레스의 손등이 내 이마에 닿았다.

"약간 뜨거워."

그렇게 말한 페레스는 바로 기사를 불렀다.

"무슨 일이십니까, 전하."

"행렬을 멈춰라."

페레스의 명령에 마차가 곧바로 멈춰 섰다.

"괜히 나 때문에……."

"어차피 휴식 시간을 가질 때가 됐으니까 너무 신경 쓰지 마, 티아. 나도 이참에 기사단과 이야기를 나누고 올게."

"……고마워."

이번에는 내가 고마워할 차례였다.

나를 보고 웃어 준 페레스는 마차 문을 열고 밖으로 나갔다.

밖에서 들어오는 신선한 공기에 나도 잠시 로브를 벗어 두고 땅을 밟았다.

몇 시간 만에 다리를 쭉 펴고 서 있는데, 밝은 목소리가 말을 걸어왔다.

"피렌티아 님."

까무잡잡한 피부에 훤칠하게 잘생긴 얼굴과 밝은 플래티넘 블론드.

"아비녹스 님."

동부의 패자, 루만가의 후계자인 아비녹스는 이번 구호 행렬에 동부의 대표로 합류했다.

내 데뷔탕트 무도회에서 처음 만났던 날 이후로, 아비녹스는 줄곧 황도에 머물면서 젊은 귀족들의 사교 모임에 꾸준히 참석했다.

출중한 외모만큼이나 성격도 좋고 언변도 뛰어나서 중앙의 귀족들 중 아비녹스를 모르는 사람이 없을 정도였다.

특히 여자들에게 인기가 하늘을 찔렀다.

"안색이 안 좋으시네요. 괜찮으십니까?"

아비녹스가 내게 걱정스레 물었다.

"네, 감기 기운이 조금 있을 뿐이에요. 마차를 타고 이렇게 장시간 움직이는 것도 익숙지 않고요. 그런데 아비녹스 님은 매우 기분이 좋아 보이시네요."

비꼬는 말이 아니라, 싱그러운 미소를 짓고 있는 아비녹스는 정말로 기분이 좋아 보였다.

상큼한 음료를 선전하는 아이돌 같달까.

"북부에 가 보는 것은 저도 처음이라서요."

"원래 잠시 동부로 돌아갈 예정이었던 것으로 알고 있는데, 아쉽지 않으세요?"

내 질문에 잠시 고민하던 아비녹스는 웃으며 고개를 가로저었다.

"모든 일에는 다 때가 있는 법이니까요. 제가 북부에 다녀온 뒤에도 제 고향은 똑같을 겁니다. 그런 곳이니까요. 하지만."

아비녹스의 밝고 오묘한 색의 눈동자가 나를 바라봤다.

"우리 루만가는 오랫동안 고립되어 다른 지역과 교류가 없었고, 현재 북부는 도움이 필요한 상황이죠. 친교의 손을 뻗기에 지금보다 더 좋은 기회가 또 있겠습니까?"

아, 맞다. 동부의 직구 화법.

순간 당황할 만큼 솔직한 말이었다.

하지만 그게 또 동부의 매력이라.

나는 아비녹스와 함께 하하 웃었다.

"티아, 약을 가져왔어."

그때 페레스가 다가와 말했다.

"황자 전하."

여전히 페레스의 팬인 아비녹스의 눈이 반짝거렸다.

"루만 공, 롬바르디 영애가 몸이 좋지 않아 이만 실례하지."

페레스는 짧은 말을 남기고 나를 마차로 이끌었다.

"아비녹스 님은 널 무척 좋아하는데. 어색하더라도 인사는 잘해 주지."

내 말에 페레스가 마차 문을 열어 주며 말했다.

"나중에. 아까보다 티아 너의 안색이 더 안 좋아졌어."

"……그래?"

더 어질어질한 것 같기도 하고.

페레스가 시킨 것인지, 마차의 좌석은 어느새 작은 침대로 변해 있었고 폭신폭신한 이불과 베개도 준비되어 있었다.

우리가 마차에 올라타자 얼마 지나지 않아 행렬이 다시 움직이기 시작했다.

"이거 먹고 푹 자."

다행히 페레스가 가져온 약은 그리 쓰지 않았다.

오히려 달콤한 뒷맛에 어렵지 않게 삼킬 수 있었다.

약 기운이 도는 것인지, 얕게 흔들리는 마차의 움직임에 포근한 이불까지 덮자 금방 잠이 몰려왔다.

"나 그럼 조금만 자고 일어날게."

눈이 무겁게 감기는 와중에 겨우 그 말만 중얼거리고, 나는 깊은 잠에 빠져들었다.

눈을 뜨니 제일 먼저 보이는 건, 어둑한 마차 내부를 밝히고 있는 작은 불이었다.

"벌써…… 밤인가?"

도대체 몇 시간을 잔 거야.

다행히 약이 잘 들었는지, 자리에서 일어나는 몸이 훨씬 가볍다.

마차 문을 열고 나가자 그 앞을 지키고 있던 기사가 나를 돌아봤다.

"일어나셨습니까?"

"네, 저 때문에 고생 많으셨어요. 지금은 야영지에 자리를 잡은 건가요?"

"예, 그렇습니다."

내가 자고 있던 마차와 조금 떨어진 곳에 기사와 병사들이 불을 피워 놓고 모여 앉아 이야기를 나누고 있는 것이 보였다.

하지만 페레스의 모습은 보이지 않았다.

"황자 전하는 어디 계신가요?"

"잠시 자리를 비우셨습니다."

"저 조금 걷고 싶은데. 그래도 괜찮은가요?"

"예, 이 일대는 경비조가 지키고 있으니 안심하셔도 됩니다. 너무 멀리 가지만 마십시오."

몸이 찌뿌둥했는데 잘됐다.

나는 기사에게 고맙다고 인사하고 천천히 걸었다.

숲 안쪽에서 어린 병사 몇이 땔감을 주워 오는 것이 보였다.

"저 안쪽도 괜찮은가 보네."

한밤중의 숲이라니, 흔치 않은 기회였다.

감기 기운이 모두 날아가서 가벼운 발걸음을 옮겨 나무가 울창해지는 곳까지 들어왔다.

조용한 풀벌레 소리에 밝은 달까지.

그렇게 무섭지는 않았다.

"그래도 걱정할지도 모르니까 이만 돌아가 볼⋯⋯."

촤르륵.

물소리가 들렸다.

촤르륵, 촤르륵.

정확히는 물속에서 무언가가 움직이는 듯한 소리였다.

나는 소리가 들려오는 곳으로 걸어갔다.

이내 높이 솟은 나무 사이로 탁 트인 공간이 나타났다.

"아⋯⋯."

호숫가였다.

커다란 달이 높게 뜬 그 아래, 검푸른 수면을 가진 커다란 호수가 있었다.

그리고.

촤르륵-.

다시 한번 물을 가르는 소리와 함께 그 속에서 사람이 불쑥 솟아올랐다.

뒷모습이었지만 알 수 있었다.

그건 페레스였다.

완전히 젖은 검은 머리칼에서 떨어진 물방울들이 반짝이는 보석처럼 쭉 뻗은 녀석의 등줄기를 타고 흘러내렸다.

"후우."

낮은 한숨 소리와 함께 다시 한번 촤르륵, 물 가르는 소리가 울렸다.

차가운 달빛 아래에서 빛나는 근육질의 나신이 페레스의 움직임에 따라 하반신으로 이어지는 아슬아슬한 선을 점점 물 밖으로 드러내려 하고 있었다.

"헙!"

나는 나도 모르게 입을 틀어막으며 뒷걸음질 쳤다.

빠직.

내 발에 밟힌 마른 나뭇가지가 부러지며 작은 소음을 냈다.

그러나 페레스에게는 그 소리도 누군가가 있음을 알아차리기에 충분했다.

촤르륵.

물결이 부딪치는 소리와 함께 페레스가 뒤로 돌았다.

"……티아?"

녀석의 낮은 목소리와 함께 정신이 들며 깨달았다.

이게 지금 무슨 변태 같은 짓이야!

"아! 나, 나는 그러니까! 미안해! 미안합니다!"

조금 늦은 감은 있었지만 얼른 두 눈을 질끈 감고 자리에서 돌아섰다.

"훔쳐보려던 건 아니고! 무슨 소리가 들리길래 와 봤는데! 잠깐 홀려 가지고…… 정말로 미안해!"

"……잠깐만."

눈을 감자 예민해진 내 귀로 한층 선명해진 소리가 들려왔다.

페레스가 물에서 나오는 소리와, 무언가를 찾아 몸에 두르는 소리.

그리고 터벅터벅, 맨발로 내게 다가오는 소리까지.

"미안해, 페레스! 중요한 건 못 봤, 아니 상반신밖에 못 봤어! 진짜…… 으악!"

횡설수설하며 눈을 감은 채로 반걸음 물러서다가 뒤꿈치가 무언가에 걸려 몸이 휘청했다.

그리고 다음 순간, 내 허리를 잡는 단단한 팔이 느껴졌다.

"티아."

바로 귓가에서 들리는 목소리에 나도 모르게 눈이 번쩍 뜨였다.

코앞에 물이 뚝뚝 떨어지는 검은 머리칼과 선명하게 붉은 눈동자가 보였다.

살짝 미간을 찌푸린 페레스가 낮은 목소리로 말했다.

"위험하잖아. 조심해야지."

꿀꺽.

나는 나도 모르게 침을 삼키며 생각했다.

지금 여기서 제일 위험한 건 너의 미친 미모 같은데요.

두근두근.

심장이 미친 듯이 뛰고 있었다.

그 이유가 본의 아니게 페레스의 목욕 장면을 훔쳐보다가 걸린 모양새가 되어서인 것 같기도 하고.

아니면.

두근.

다시 한번 심장이 쿵 내려앉듯이 크게 뛰었다.

선명하게 빛나는 페레스의 눈동자와 마주친 순간이었다.

아름답다.

그 생각밖에 들지 않았다.

젖은 머리칼을 뒤로 쓸어넘긴 얼굴과 달빛에 음영이 짙게 내린 깊은 눈매와 콧날도.

물기에 젖어 창백하게 빛나는 근육질의 몸과, 그럼에도 불구하고 내 몸과 닿은 곳에서부터 전해지는 페레스의 뜨거운 체온도.

나를 내려다보는 눈동자 위에 길게 드리운 속눈썹도.

그리고 걱정하듯 찌푸린 짙은 눈썹에 담긴 나에 대한 걱정도.

페레스의 단단한 팔에 안긴 채로 나는 여전히 이러지도 저러지도 못하고 심장의 요란한 두근거림이 가시기만을 바랐다.

"……티아?"

그런 나를 일으켜 세운 것은 페레스였다.

물기가 있는 커다란 손이 내 양어깨를 잡고 바로 세웠다.

"아……."

그 순간 전에 느껴 본 적 없던 상실감이 밀려들었다.

도대체 이 감정은 뭐지.

그리고 내가 그 이유를 찾을 수 있기도 전에, 페레스가 커다란 몸을 나에게 맞춰 구부리며 다가왔다.

굳은살이 박인 손이 내 볼을 감쌌다.

"아직 열이 좀 있는 것 같은데."

그래, 열이 있을 거야.

감기로 인한 열은 아니겠지만, 내 볼이 좀 뜨겁기는 할 거야.

나는 그제야 정신을 차리고 반걸음 뒤로 물러섰다.

"미안해, 페레스. 물소리가 들려서 따라왔다가 본의 아니게. 제대로 사과할게."

최대한 떨리는 목소리를 숨기며 말했다.

"……괜찮은데."

"아니야. 물론 여기가 공공장소이기는 하지만, 어쨌든 네가 벗은 상태라는 걸 깨달았을 때 바로 돌아갔어야……."

그렇게 말하며 페레스의 몸을 봤을 때, 조금 전에는 눈에 들어오지 않았던 것들이 보였다.

"이게 다…… 뭐야? 이 상처들은?"

페레스의 넓은 가슴팍과 등에 자잘한 흔적들이 가득했다.

"상처는 아니고, 흉터."

"그래, 그러니까 흉터! 왜 이렇게 많아!"

대부분이 실선처럼 가느다란 것이었지만, 왼쪽 팔이나 오른쪽 옆구리 등에 있는 것은 제법 크고 깊었다.

마지 페레스의 몸에 검붉고 흉측한 뱀이 지나간 자국 같았다.

"흉터가 이렇게 남을 정도면 도대체 얼마나 큰 상처였던 거야?"

"훈련을 하다 보면 종종 있는 일이야."

페레스는 대수롭지 않게 말했다.

"훈련? 무슨 훈련을 이렇게 격하게 해? 아카데미에서도 너 괴롭히는 사람이 있었어? 아니, 무엇보다 훈련은 목검 같은 걸로 하는 것 아니야?!"

내 말에 페레스가 피식 웃더니 대답했다.

"검을 다루는 건 결국 죽으려는 마음과 살고자 하는 본능의 싸움이야. 진검을 사용하지 않으면 발전할 수가 없어, 티아."

"아……."

그랬지, 검이라는 건.

옷을 입고 있지 않으니 페레스의 손과 팔에 있는 자잘한 상흔도 눈에 들어왔다.

그리고 조금 전부터 제일 신경 쓰이던 허리의 검붉은 상처를 가리키며 물었다.

"네 몸에 이거 남긴 사람 이름만 대 봐. 이건 분명히 훈련을 빙자한 다른 의도였을 테니까."

"……나도 잘 몰라."

"이름을 왜 몰라? 아카데미에 다니던 사람일 것 아냐."

"이건 훈련으로 난 상처가 아니거든."

그제야 생각났다.

"가끔은 갑자기 습격을 받거나 하는 일이 있었거든."

황후가 페레스를 죽이려 사람을 보내곤 했었다던 그 말이.

"죽은 사람에게 이제 와 이름을 물어볼 수도 없는 일이고."

페레스가 지금 여기에 서 있다는 말은 황후가 보낸 암살자는 죽었다는 말이겠구나.

나는 물끄러미 페레스를 올려다봤다.

자꾸만 착각한다.

내가 어린 페레스의 삶에 개입해 더 나은 환경을 만들어 주었다고 해서 모든 게 쉬워진 것은 아니라는 것을.

녀석의 삶은 여전히 치열하다.

여기 남은 이 깊은 흉터만큼.

나는 울퉁불퉁하게 남은 상흔 위로 손을 가져다 댔다.

"많이 아팠겠다."

이 상처가 났을 그날의 참상이 눈앞에 그려지는 듯했다.

그런데 내 손이 허리에 닿자 변화가 일었다.

페레스의 몸이 작게 움찔하더니 배가 단단하게 긴장했다.

조각같이 완벽하게 짜인 근육이 더욱 성난 모습을 드러냈다.

손끝에서 느껴지는 페레스의 체온도 더욱 뜨거워졌다.

꽈악.

주먹을 쥐며 푸른 핏줄이 돋아나는 단단한 팔도 보였다.

나는 고개를 들어 페레스를 올려다봤다.

"⋯⋯."

깊고 어두워진 눈동자와 마주쳤다.

그 안에서 팽팽하게 당겨진, 아슬아슬한 무언가가 읽혔다.

조용히, 그러나 크게 오르락내리락하는 페레스의 벗은 가슴팍에서 억누르고 참아 내는 뜨거움이 느껴졌다.

나를 내려다보며 길게 뜬 눈꺼풀이 한차례 바르르 떨렸다.

그 순간, 어디론가 밀려나 있었던 주변의 소리들이 들리며 나는 지금의 상황을 깨달을 수 있었다.

달빛 아래, 페레스의 몸을 만지고 있는 나와, 허리에 겨우 망토만 대충 두르고 있는 녀석의 모습이 그제야 보였다.

"헙!"

나는 얼른 페레스의 몸에서 손을 떼며 말했다.

"나, 나는 마차로 돌아갈게! 조, 조금 더 자야겠어!"

그리고는 걸음마다 바스락, 바스락 소리가 나는 숲길을 서둘러 걸었다.

첨벙!

뒤에서 페레스가 다시 호수에 뛰어드는 듯한 소리가 들렸다

우리는 무사히 아이반 영지에 도착했다.

워낙 빨리 움직인 일정이라 다들 무척이나 피곤하고 지쳐 있었지만 큰일 없이 여정이 끝났다.

앞으로 중앙에서 계속 이어질 구호물자의 가장 선발대나 마찬가지인 우리를, 성벽 복구 공사에 한창이던 영지민들이 두 팔을 들고 환영했다.

문제는 아이반 저택에 들어서고 나서부터였다.

"어서 오십시오, 황자 전하. 그리고 롬바르디 영애와 루만 영식도 환영합니다. 미겐테 아이반입니다."

미겐테 아이반은 아이반 가주의 둘째 아들이자 황도에 있는 아이반 가주 대리의 동생이다.

"……아이반 가주는 어디에 있지?"

나와 아비녹스는 그렇다고 쳐도, 황자가 황명을 받아 아이반을 도울 물자들을 싣고 왔다.

그런데 황자와 일행을 맞이하는 것이 아이반 가주 본인이 아니라니.

이것은 엄청난 정치적 결례였다.

아마 아스타나였다면 이미 온 영지가 뒤집어지도록 난리가 났겠지.

페레스의 얼굴도 딱딱하게 굳어 있었다.

"아버님은…… 오늘 새벽에 추가로 산사태가 일어난 곳에 급히…….."

미겐테 아이반이 급히 변명하다가 결국 머리를 숙이며 말했다.

"죄송합니다, 황자 전하."

나는 조용히 상황을 지켜봤다.

어쨌든 이 행렬의 대표는 황명을 받은 페레스였으니까.

"……영지민의 안전을 우선시하는 모습이 보기 좋군."

일단은 지켜보겠다는 거구나.

페레스의 말에 미겐테가 조금 민망해하며 말했다.

"저녁 만찬을 준비했습니다. 여독을 풀고 휴식을 취하고 계시면 사람을 보내 안내하겠습니다, 전하."

"그렇게 하도록."

아이반에서 붙여 준 시종이 나와 페레스, 그리고 아비녹스를 각자의 방으로 안내했다.

"조금 이따가 봐."

호숫가에서의 그 일 이후로, 페레스와 나는 조금 어색해졌다.

어쩔 수 없다.

그날의 분위기는 그럴 만했다.

아주 오랜만에 혼자 방에 남겨진 나는 편한 의자를 찾아 앉았다.

"아휴, 편하다."

아이반가에서 붙여 준 베키라는 이름의 시녀가 따뜻한 목욕물을 준비하겠다고 했다.

그러니 그녀가 돌아오기 전까지 나는 혼자다.

턱 하고 안락의자 앞에 놓인 낮은 테이블에 발을 올려놓으며 생각했다.

"아이반 가주가 영 까다롭게 굴 생각인 것 같은데."

내 예상은 들어맞았다.

아이반 가주는 상대하기가 상당히 까다로웠다.

"지원금은 받지 않겠습니다."

만찬 식탁에 앉은 아이반 가주가 한 첫말이었다.

"아버님!"

미겐테가 말리듯 외쳤지만, 아이반 가주는 꿈쩍도 하지 않았다.

"황명을 거부하겠다는 겁니까."

페레스의 말에 아이반 가주가 밑이 거뭇한 눈을 치떴다.

내 기억 속의 아이반 가주와는 사뭇 다른 모습이었다.

북부의 사람답게 언제나 호방하던 모습은 어디로 가고.

까칠해진 얼굴만큼 분위기 또한 날카로워져 있었다.

"돈을 받지 않겠다는 겁니다. 롬바르디 가문이 준비해 준 목재와 루만 가문의 구호물자 등은 염치 불고하고 받아들이겠지만."

아이반 가주가 나를 향해 살짝 묵례하며 말했다.

"이유가 무엇입니까."

페레스가 차분한 목소리로 물었다.

힐난하는 것이 아닌, 순수한 궁금증에 의한 질문이었다.

아이반 가주도 그것을 느꼈는지, 기세를 조금 누그러뜨리며 말했다.

"아이반의 실수로 인해 벌어진 일이니 아이반이 책임을 지겠다는 것뿐입니다."

"으음."

미겐테는 이런 아이반 가주의 결정을 이미 알고 있었던 것인지, 말을 아끼는 모습을 보였다.

"굳이 험한 길로 돌아가야 할 이유가 있습니까. 북부를 걱정하는 마음에서 모인 구호금입니다. 다시 한번 생각해 보시죠."

페레스가 말했다.

하지만 아이반 가주는 여전히 고집스레 고개를 저었다.

"북부를 책임지는 것은 아이반 혼자서도 충분합니다."

그렇게 말한 아이반 가주는 식사도 하지 않고 자리에서 일어났다.

"동이 트면 바로 다시 나가 봐야 하는지라. 먼저 실례해도 되겠습니까."

"……그렇게 하십시오."

"먼 곳까지 와 주어 고맙소, 롬바르디 영애 그리고 루만 영식. 또 보도록 하지."

그렇게 아이반 가주가 떠나고.

어색한 침묵만이 남은 식당에는 미겐테의 낮은 한숨 소리만 길게 이어졌다.

다음 날.

롬바르디 건설의 기술자들이 성벽과 무너진 건물들을 보러 간 사이.

나는 시녀를 대동하지 않고 혼자 움직였다.

목적지는 아이반 영지에 자리 잡은 펠렛 상회의 분점이었다.

"피렌티아 님!"

문을 열고 들어가자마자, 익숙한 목소리가 나를 반겼다.

"오랜만이에요, 바이올렛!"

"오는 길이 힘들지는 않으셨어요? 어디 아프신 곳은 없으십니까?"

거의 1년 만에 만나서인지, 바이올렛이 내 손을 두 손으로 꼭 잡고 이것저것을 물었다.

"난 괜찮아요. 바이올렛이야말로 먼 곳에서 고생이 많죠. 하지만 잘하고 있는 것 같네요."

펠렛 상회의 아이반 분점은 작은 곳이었지만 책임자인 바이올렛의 꼼꼼하고 단정한 성격이 그대로 반영되어 아주 깔끔했다.

"집무실로 모시겠습니다, 피렌티아 님."

위층에 위치한 집무실도 얼마나 바이올렛다운지.

매일 사용하는 공간이라고 생각하기 힘들 정도로 정리 정돈이 잘되어 있었다.

곧바로 차를 내온 바이올렛이 내 맞은편에 자리를 잡았다.

"그래서 요즘은 어때요, 바이올렛?"

"목재를 매입하는 일이 없어졌으니, 다른 분들께 면목이 없을 정도로 여유롭습니다."

"그동안 많이 고생했으니까 조금 쉬어요. 클레리반에게 듣자 하니 모낙 상단이 많이 귀찮게 굴었다고 하던데."

"아, 네……."

바이올렛의 얼굴에서 살짝 미소가 가셨다.

"서류상 상단주인 노시어는 황도에 머무는 것으로 아는데. 도대체 누구예요? 북부에서 바이올렛을 그렇게 곤란하게 한 사람이."

"모낙 상단의 책임자는…… 참 상대하기 껄끄러운 사람이에요."

"껄끄러운 사람?"

바이올렛이 누군가에 대해서 저렇게 평가하는 것은 처음 듣는다.

"머리를 많이 굴리는 부류인가 봐요?"

"아뇨, 차라리 그렇다면 그렇게 고전하지는 않았을 텐데……."

바이올렛이 약간 씁쓸하게 웃으며 말했다.

"오히려 계략이나 술수와는 거리가 멉니다. 아직 어린데도 불구하고 목재의 경매장마다 참석하지 않는 곳이 없고, 발로 뛰는 쪽이랄까요."

"부지런하다는 말이에요? 바이올렛이 곤란할 만큼?"

"네, 그냥 부지런하다고 말하기에는 조금……. 필사적이란 말이 어울리겠습니다."

필사적이다?

바이올렛은 내가 아는 사람 중에 부지런하기로 둘째가라면 서러운 사람이었다.

매일 새벽에 일어나 밤까지 업무를 보는 할아버지와도 비등비등할 정도니 말 다 했지.

그런데 그런 바이올렛이 저런 평가를 내리다니.

"그녀는 경매에서 필요한 배짱도 가지고 있어서, 제가 직접 참석하지 못한 경매의 매물은 모두 모낙 상단에게 돌아갈 정도였으니까요."

"여자란 말이에요? 모낙 상단의 책임자가?"

"예, 라모나라는 여자입니다. 성을 쓰지 않는 것을 보니, 평민인

듯하고요."

"그 사람 이름이…… 뭐라고요?"

"라모나입니다, 피렌티아 님."

라모나.

조금 익숙한 그 이름을 듣는 순간, 가슴 안쪽에서 무언가 쿵 하고 내려앉는 소리가 들린 것 같았다.

라모나.

이전 생에서 페레스의 연인으로 알려졌던 사람.

공식 석상에서는 언제나 페레스와 동행했던 라모나.

그 사람이 여기에 있었구나.

"모낙 상단에서 부단주의 직함을 가지고 있습니다만, 트리바 목재에 대한 일은 그녀가 모두 처리하는 것 같았습니다."

언젠가 듣게 될 이름이라고 생각하고 있었지만, 나도 모르게 조금 놀란 모양이었다.

아니, 페레스와 함께 아카데미를 졸업했을 거란 건 알고 있었지만 모낙 상단에서 일하고 있을 줄은 몰랐으니까.

어쩐지 머리가 멍했다.

"피렌티아 님?"

바이올렛이 걱정스레 날 불렀다.

"왜 그러세요?"

"아니, 아무것도 아니에요."

나는 어색하게나마 웃어 보이며 말했다.

"그냥 좀 궁금해서요. 바이올렛이 그렇게 높게 평가하는 사람이라니."

"솔직히 말씀드리자면, 펠렛 상회로 데려오고 싶을 정도의 인재입니다. 그 정도의 열정이라면 무슨 일이든 믿고 맡길 수 있을 테니까요."

바이올렛이 고개를 끄덕이면서 말했다.

그 모습에 마음이 조금 더 이상해졌다.

엄격하기 둘째가라면 서러운 바이올렛의 마음도 얻었구나, 그 여자는.

바이올렛은 내가 라모나에게 관심이 있다고 생각했는지 눈을 반짝이며 칭찬을 늘어놓기 시작했다.

"……그래서 그날은 제가 참석하지는 못했지만 대리인이 수월하게 경매를 따낼 거라고 확신하고 있었습니다. 바로 전날 오후에 모낙 상단은 멀리 떨어져 있는 디맥 영지의 경매에 참여했으니까요. 그런데 라모나 부단주는 아침 일찍 경매장에 도착했습니다. 아마도 새벽부터 말을 달려서 이동한 것이겠지요."

"바이올렛의 말대로 정말 열심히 하는 사람이네요."

"라모나 양도 아직 아이반 영지에 남아 있으니, 어쩌면 마주칠 일이 있으실 수도 있겠네요."

"아직, 아이반에 남아 있군요."

모낙 상단에서는 그동안 사 모은 트리바 목재를 아이반 외곽에 있는 창고에 저장해 두었고 아직 그것들이 모두 앙게나스로 가려면 시간이 남았으니까.

그러니 아직 아이반에 남아 있는 게 맞지.

나는 그렇게 생각하며 바이올렛을 바라보고 웃으며 말했다.

"바이올렛 말대로 한 번쯤 마주칠 일이 있었으면 좋겠네요."

그리고 이해가 됐다.

아무도 대동하지 않고 혼자서 저택을 나서던 페레스의 뒷모습이.

눈길을 끌지 않을 만한 평범한 옷과 로브를 챙겨 입은 페레스는 저택을 나서며 후드까지 깊게 눌러썼다.

그리고 습관처럼 따라오는 사람이 없는지 확인하며 길을 돌고 돌아, 시장으로 섞여 들었다.

귀족들은 잘 걸음 하지 않는, 허름한 시장 골목이었다.

고개를 푹 숙이고 사람들 사이를 걷던 페레스는 작은 2층 건물로 올라갔다.

계단 끝에는 마찬가지로 눈에 크게 띄지 않는 명패가 걸린 문이 있었다.

[모낙 상단]

익숙하게 그 문을 열고 들어간 페레스는 그제야 후드를 벗었다.

“전하.”

그런 페레스에게 다가서는 사람이 있었다.

“오랜만이군, 라모나.”

붉은빛이 도는 주홍색 머리칼과 밝은 푸른색의 눈동자를 가진 미인, 라모나는 페레스를 바라보며 밝게 웃었다.

그녀의 유독 하얀 얼굴도 금방 발그스레해졌다.

슬쩍, 곁눈질로 거울 속 자신의 모습을 확인한 라모나는 조금 울고 싶었다.

속마음을 전혀 숨기지 못하는 자신이 원망스러웠다.

그리고 황자 전하께서 오신다는 소식에 잠을 한숨도 자지 못해서 거뭇해진 눈가도, 오늘따라 더욱 정신이 없는 곱슬머리도 마음에 들지 않았다.

평소에는 신경도 쓰지 않는 것들인데.

그의 앞에만 서면 자꾸 그런 것들만 눈에 들어왔다.

라모나는 작은 한숨을 삼키며 더욱 밝은 목소리로 말했다.

"다과를 준비했습니다, 전하. 단것 좋아하시잖아요."

하지만 페레스는 고개를 가로저었다.

"금방 가 봐야 해서 괜찮다. 일단 보고부터 받지."

"아……."

라모나는 페레스를 위해 사 놓은 초콜릿 케이크를 시무룩하게 보다가 고개를 끄덕였다.

그리고 서랍에서 미리 준비해 놓은 얇은 서류 꾸러미를 꺼내 페레스에게 건넸다.

"그럼 보고서를 보면서 말씀드리겠습니다."

보고는 그리 길지 않았다.

그동안 꾸준히 서면으로 보고를 해 왔기도 했고, 구구절절한 것 없이 중요한 것만 집어 전달하는 것이 라모나의 방식이기 때문이었다.

그녀의 보고가 끝난 뒤에도 페레스는 한동안 말이 없었다.

창가에 기대어 라모나가 쓴 보고서를 찬찬히 읽어 볼 뿐이었다.

그리고 팔락 하고 마지막 장이 넘어가는 소리와 함께 페레스가 말했다.

"수고가 많았어, 라모나."

"감사…… 합니다."

라모나의 얼굴에 다시 홍조가 번졌다.

그동안 힘든 일도 수없이 많았지만, 이 한마디로 모든 것을 보상받는 것 같았다.

페레스는 과장되지 않은 담백한 말투로 라모나에게 고마움을 전했다.

"안정적으로 목재를 수급해 준 덕분에 앙게나스의 예산을 효과적으로 빼낼 수 있었다."

"도움이 될 수 있어서 다행입니다, 전하."

"그대처럼 믿고 일을 맡길 수 있는 사람이 있어 다행이야."

이제 라모나의 귀 끝은 그녀의 머리카락 색만큼이나 붉어져 있었다.

그러나 페레스는 그런 라모나가 아닌 창밖을 보다가 물었다.

"아이반 가주는 어떤 사람이지?"

페레스의 질문에 잠시 고민하던 라모나는 솔직한 답변을 내놓았다.

"전형적인 북부의 귀족입니다. 자신의 것, 자신의 영지민에게는 너그럽지만 배타적인 성향도 강합니다. 원래는 굉장히 호방한 성격이었지만 최근 지병을 오랜 기간 앓으면서 성격이 변했다는 평도 있습니다."

"성격이 변했다라. 과연."

"아이반 가주와 무슨 일이 있으십니까?"

"구호금을 받지 않겠다더군."

"……네?"

라모나가 당황해 되물었다.

"정확히는 황실의 돈을 받지 않겠다는 것이지. 롬바르디나 루만이 준비한 물건들은 받아들였으니까."

"하지만…… 이해할 수 없습니다. 북부는 지금 받을 수 있는 모든 도움이 필요한 시기인데, 어째서."

"피해 규모가 우리의 예상보다 적은 것은 아닌가?"

페레스의 물음에 라모나는 미간을 찌푸리며 대답했다.

"당장 아이반 영지만 하더라도 성벽이 무너지며 그 위를 지키던 병사들 등 다수의 사상자가 발생했어요. 또한 성벽의 돌이 주택가를 덮쳐 많은 가옥이 묻히기도 했습니다. 지금도 집을 잃은 사람들이 그 근처에 천막을 치고 집이 재건되기만을 기다리고 있어요. 그런데 아이반 가주는 왜……."

"나를 거기로 데려다줄 수 있겠나."

페레스가 라모나에게 물었다.

"아니, 나도 아이반의 지리는 대충 알고 있으니 어딘지 말해 주면……."

"제가 모시겠습니다."

페레스의 마음이 바뀔세라, 라모나가 얼른 자리에서 일어나며 말했다.

"고맙다. 그럼 부탁하지, 라모나."

페레스가 다시 후드를 깊게 눌러썼다.

성벽이 무너진 자리는 시장에서 그리 멀지 않은 곳에 있었다.

페레스는 그 앞에 서서 잠시 걸음을 멈췄다.

아이반 영지가 자랑하던 크고 단단한 암석으로 만들어진 검은 성벽이 잔해가 되어 볼품없이 바닥에 나뒹굴고 있었다.

달그락.

페레스의 발끝에 성벽의 잔해물과 조금 다른 것이 툭 하고 걸렸다.

민무늬의 자기 접시였다.

페레스는 고개를 들어 성벽을 부수며 밀고 들어온 거대한 흙더미를 바라봤다.

"저 아래가……."

"예, 원래 평민 가구가 밀집해 있던 곳입니다."

자연은 흉포했다.

푸른 나무가 돋아 있더라면 원래 그 자리에 있는 동산이라고 해도 믿었을 정도로 아이반의 성벽을 덮친 무너진 흙더미는 거대했다.

그 아래에 평화롭게 살던 것들의 자취를 모두 감춰 버릴 만큼.

"그런데 어째서 이렇게 조용한 거지?"

이상한 일이었다.

어서 흙을 파내고, 돌을 들어내야 하는데.

근방에는 사람이 몇 없었다.

기껏해야 병사 서넛이 작은 수레에 삽으로 흙을 퍼 담고 있을 뿐이었다.

"이곳 말고도 성벽이 무너진 곳이 한 곳 더 있습니다. 그런데 그쪽은 몬스터가 많은 숲에 가까운 요충지라, 복구 인력은 모두 그곳으로 집중되어 있는 상황입니다."

"……그렇군."

페레스는 그 참혹한 광경 앞에서 우두커니 서 있었다.

라모나는 페레스의 얼굴을 보려 살짝 고개를 기울이려 했다.

워낙 말도 없고 표정의 변화도 없는 편이라, 가끔은 시간을 들여 페레스의 얼굴을 살피지 않으면 도통 그 마음을 들여다볼 수 없었기 때문이었다.

물론 그렇게 하더라도 열 번 중에 여덟 번은 그의 기분을 읽어 내는 데 실패하고는 했지만.

그때 조금 떨어진 곳에서 작게 훌쩍이는 소리가 들렸다.

"히잉, 흑······."

자연스레 두 사람의 시선이 그쪽으로 향했다.

그나마 멀쩡한 건물 밑에 웅크리고 앉은 작은 남자아이였다.

이제 겨우 일곱 살이나 되었을까.

꾀죄죄한 행색의 아이는 눈물이 그렁그렁한 눈으로 무너진 잔해들을 바라보고 있었다.

라모나는 조심스럽게 아이에게 다가가 눈물을 닦아 주며 물었다.

"아가야, 왜 이렇게 울고 있어."

"배고파요······."

흠칫.

잠시 몸을 굳혔던 라모나는 다시 다정한 목소리로 아이의 머리를 쓰다듬어 주었다.

"그래? 그럼 누나랑 이 앞에 빵집에 가서 맛있는 거 먹을까? 멀지 않으니까, 부모님도 걱정하지 않으실 거야."

"엄마, 아빠 여기 없어요."

아이가 소매로 눈물을 닦아 내며 말했다.

"아빠는 북쪽 성벽에 일하러 갔고, 엄마는······."

아이의 눈이 말없이 흙더미를 담았다.

이 아이의 집도, 어머니도 저 어딘가에 잠들었겠구나.

"아……."

라모나는 할 말을 잃고 아이의 어깨를 꽉 안아 주었다.

그 모습을 보고 있던 페레스가 휙 몸을 돌려 걸어갔다.

"아가야, 여기서 잠깐만 기다려!"

꼬마에게 그렇게 말한 라모나는 반쯤 뛰는 걸음으로 페레스를 따라잡았다.

페레스의 마음을 읽어 내는 데에는 영 소질이 없는 그녀였지만, 지금은 알 수 있었다.

앞서 걸어가는 그가 지금 얼마나 분노하고 있는지.

"호, 혹시 제가 도울 일이라도!"

"아니, 이건 그대가 관여할 수 있는 일이 아니다."

그러나 돌아온 페레스의 대답은 단호했다.

상단의 일과 황자로서의 일은 명확히 다른 이야기다.

라모나는 그제야 자신이 선을 넘었다는 것을 깨닫고 사과했다.

"……죄송합니다."

페레스는 무표정하게 고개를 가로저으며 말했다.

"됐다. 북부의 일이 마무리되면 황도로 오도록. 그때 그대에게 한 약속을 지킬 테니."

페레스는 그 말을 남기고 아이반 저택 쪽으로 큰 걸음을 옮겼다.

그 뒷모습을 잠시 바라보던 라모나는 아이에게 돌아가 더욱 밝게 웃으며 말했다.

"가자, 누나가 빵 사 줄게!"

그러나 아이의 손을 잡고 시장 안쪽으로 들어가면서도, 라모나의 시선은 다시 한번 페레스의 뒷모습을 담았다.

며칠 뒤.
미겐테 아이반은 부친의 약을 챙겨 집무실로 들어섰다.
"이쪽이다, 미겐테."
피곤한 얼굴로 창가에 놓인 안락의자에 앉아 있던 아이반 가주가
미겐테를 불렀다.
"약을 가져왔습니다, 아버님."
"으음, 그래, 이리 다오."
미겐테는 지친 얼굴로 약을 마시는 부친을 바라봤다.
오랫동안 앓아 온 지병이 악화되어 병상에서 일어난 지 얼마 지
나지 않은 아이반 가주였다.
가문의 주치의도 이렇게 과로하시면 안 되신다, 말리고 있지만
가주는 듣지 않았다.
한번 마음먹은 것은 되돌리지 않는 부친의 성정을 잘 아는 미겐
테는 그런 아이반 가주를 말리는 대신 본인이 영지 내부의 일을 도
맡으며 업무를 분담했다.
하지만 그렇다고 해서 부친을 걱정하는 무거운 마음이 사라지는
것은 아니었다.
"이러다 큰일 나십니다, 아버님."
"이 정도 가지고는 끄떡없다."
아이반 가주는 착잡한 얼굴로 말했다.
산사태가 난 이후로 하루도 밤잠을 제대로 잔 적이 없었다.
눈을 감으면 산사태가 나던 날 밤의 그 굉음과 사람들의 비명 소

리가 다시 들려오는 것 같았다.

"나보다 영지민들이 더 고생이지."

그 누구보다 이번 일에 대한 책임을 통감하고 있는 아이반 가주였다.

그리고 그 마음을 알기 때문에 묵묵히 부친의 일을 도왔던 미겐테였지만, 오늘은 조심스레 용기를 냈다.

"구호금을 받으시는 것이 어떻겠습니까."

하지만 아이반 가주는 그 말을 무시했다.

병에 남아 있던 약을 한입에 모두 털어 넣고 입가를 소매로 대충 훔치며 자리에서 일어났다.

"오늘은 밤늦게 돌아올 게다. 오닉스 영지에 트리바 목재를 전달해 주고 올 테니, 그동안 저택의 손님들은 네가 맡아 대접하거라."

"목재는 그냥 사람들을 보내면 되는 것 아닙니까. 아니, 그냥 제가 가겠습니다. 아버님은 조금 쉬십시오."

"아니다, 가주인 내가 얼굴을 보여야지 그들의 억울함도 조금이나마 덜 것 아니냐."

"정말 그들을 도와주고 싶으시다면, 황실의 구호금을 받아들이십시오."

"……이만 가 보겠다."

"아버님!"

"아직도 모르겠느냐!"

결국 부자 사이에 노성이 오갔다.

"듀렐리 황실과 더 이상 얽혀 좋을 일이 없다 이 말이다! 이번 일도 론첸트가 아이반의 사업에 황실을 끌어들여 이렇게 된 것이 아니냐!"

주름진 이마에 핏대가 서도록 버럭 소리를 지른 아이반 가주는 잠시 휘청였다.

순간적으로 눈앞이 노래졌기 때문이었다.

"아버님!"

미겐테는 얼른 아이반 가주의 곁으로 다가가 다시 의자에 앉도록 부축했다.

"후우……."

아이반 가주는 한숨을 푹 쉬며 말했다.

"다 내 탓이다. 론첸트에게 가문의 일을 맡겨서는 안 됐어."

"하지만 형님의 말도 일리가 있었습니다. 곧 황위 다툼이 벌어질 것 아닙니까. 그러니 황후의 가문인 앙게나스에게 협조해 두어서 나쁠 것은 없습니다. 형님의 말로는 어차피 황태자는 1황자라고 하지 않습니까."

"하!"

아이반 가주가 기가 찬다는 듯 코웃음을 치며 미겐테에게 물었다.

"이제 너도 2황자를 보았지. 너는 어찌 보이더냐? 지금도 1황자가 당연히 황태자가 될 것이라 생각하느냐, 미겐테?"

미겐테는 대답을 피했다.

아이반 가주는 그럴 줄 알았다는 듯 혀를 끌끌 찼다.

"그래. 내 첫째 아들이 명석하지 못한 것은 알았지만, 장님인 줄은 또 몰랐지."

"형님의 2황자 전하에 대한 판단은 틀렸을지 모릅니다. 그렇다면 더더욱 황실의 보조금을 받아야 하는 것 아니겠습니까. 2황자가 처음으로 맡은 임무이니 잘 협조를 해 주어야지요.”

미겐테의 말에 아이반 가주는 잠시 아무 말이 없었다.

혹시 마음을 바꾸시는 걸까?

미겐테는 조마조마하는 마음으로 기다렸다.

하지만 아이반 가주는 이내 고개를 저었다.

“앙게나스의 돈은 언제나 꼬리가 달려 있는 법이다. 아무리 벌금이라고 하더라도 그것을 받으면 나중에 어떤 말이 나올지 모른다.”

그렇게 말한 아이반 가주는 자리에서 일어났다.

“황실의 도움 없이 해결하는 게 맞다, 미겐테.”

“아버님…….”

아이반 가주가 집무실에서 나가고, 혼자 남겨진 미겐테는 버릇처럼 한숨을 쉬었다.

부친은 원래부터 도움을 받기보단 남에게 도움을 주는 것을 좋아하던 성격이긴 했다.

그러나 중요한 시기에 병이 악화되어 누워 있던 스스로에 대한 화, 그리고 황후에 대한 불신이 단단히 뒤섞여 버렸다.

일단 어떤 도움이든 받아야 하는 현실을 부정하고 있는 것이다.

시간이 지나면 부친도 깨닫겠지만, 그 와중에 고통을 받는 것은 북부의 주민들이다.

“이대로는 안 돼.”

그때, 미겐테의 눈에 가주의 집무 책상 위에 놓인 서류 한 장이 들어왔다.

붉은색 도장이 찍혀 있는 것을 보아 긴급으로 올라온 보고서였다.

“2황자 전하가 직접 구호금을 운용해 아이반과 근처 영지의 주민들에게 식량을 나눠 주고 있다라……."

아이반도 구호물자를 나눠 주고 있었지만 턱없이 부족했다.

북부를 벗어나 식량과 인력을 사 오면 해결되는 문제였지만 당장 아이반에는 돈이 부족했다.

잠시 보고서를 내려다보던 미겐테는 보고서를 반으로 접어 품에 넣었다.

"완전히 숨길 수는 없겠지만, 시간을 벌 수는 있겠지."

그렇게 조용히 집무실을 빠져나오던 미겐테는 마침 페레스가 말을 몰고 저택으로 돌아오는 모습을 확인했다.

북부에 황자의 일행이 도착한 지도 벌써 닷새째.

그동안 롬바르디의 영애도, 루만의 영식도 저택에서 한가로이 시간을 때우는 자는 없었지만 2황자는 제대로 얼굴을 마주할 수도 없을 정도로 바쁘게 돌아다녔다.

그래서 의아하게 생각했는데, 그것이 직접 식량을 나눠 주고 다녔기 때문이었다니.

잠시 창가에서 페레스의 뒷모습을 보고 있던 미겐테는 자신의 집무실로 돌아갔다.

그리고 오늘 아침 읽고 있던 서류 중 몇 장을 간단하게 추려 다시 집무실을 나섰다.

이상했다.

지금 자신이 하는 짓은 엄청난 일이었다.

자식이기는 하지만 아이반 가주에 대한 불복종의 죄를 받게 될 수도 있는 일이었다.

그래서 며칠을 고민해 왔다.

하지만 이상하게도 마음에 주저함은 더 이상 없었다.

오늘 2황자가 어떤 일을 하고 다니는지 알게 된 이후, 마음속의 흙탕물이 차분히 가라앉은 것 같았다.

똑똑.

"저 미겐테 아이반입니다. 잠시 들어가도 되겠습니까, 황자 전하."

미겐테는 2황자의 침실 문을 두드렸다.

"들어와라."

페레스는 이제 막 외투를 벗고 있었다.

"무슨 일이지, 미겐테 아이반?"

"드릴 것이 있어 왔습니다."

미겐테는 손에 쥐고 있던 서류를 페레스에게 넘겼다.

"이건……."

"산사태 피해를 입은 지역의 영주들이 보고한 정확한 피해 상황과 그들이 아이반으로 요청한 피해 보상 금액입니다. 이 서류가 있으면 제 부친의 동의 없이도 황자 전하께서 각 지역에 구호금을 나눠 주실 수 있을 겁니다."

아이반에 온 지도 벌써 열흘째다.

그동안 나는 롬바르디의 기술자들을 데리고 그들이 필요한 곳을 방문하고 롬바르디가 펠렛 상회에서 사들인 목재가 북부 이곳저곳에 전해질 수 있도록 조율하느라 정신이 없었다.

오늘도 시간이 없는 나를 위해서 바이올렛이 꽃을 들고 사적인 방문을 한 것처럼 아이반 저택으로 찾아와 펠렛 상회의 일에 대해 보고를 하고 있었다.

"내일부터는 두 번째 창고의 문을 개방합니다. 그중 50그루는 아이반, 나머지 130그루는 주변 영지들에 똑같이 분배될 예정입니다."

"계획보다 창고를 여는 게 느려졌네요?"

"나무를 실어 나를 인력이 부족한 모양입니다."

"다른 곳에서 인력을 사 오면 훨씬 빨리 진행이 될 텐데. 추수 시기라서 비싸기는 하겠지만요."

"아이반의 동남쪽에 위치한 조닉 영지에서는 오늘부터 중부 도시의 인력을 사 온다고 합니다."

"그래요? 남는 돈이 조금 있었나?"

아이반 가주가 계속해서 황실의 구호금을 받지 않겠다 고집을 부리는 가운데 한 영지라도 복구가 빨라지고 있다면 다행인 일이다.

그때, 열어 놓은 창문으로 들어온 차가운 바람에 몸이 살짝 떨렸다.

"북부는 벌써 한가을 날씨네요, 바이올렛."

"여름이 끝나면 금방 이렇게 날이 추워집니다. 옷을 따뜻하게 입고 다니세요, 피렌티아 님."

"안 그래도 아버지가 갤러한 의복점 아이반 분점을 통해서 두꺼운 옷을 저만큼이나 보내 주셨어요."

나는 내 침실 한편에 차곡차곡 정리되어 있는 옷들을 가리키며 말했다.

"근데 저게 다가 아니라 내일 아침에도 한 번 더 온대요."

그러자 바이올렛이 작게 웃으며 말했다.

"갤러한 님께서도 걱정이 많으시겠지요. 피렌티아 님께서 롬바르디를 떠나 계신 것이 처음이지 않습니까."

"그래도 그렇지. 롬바르디로 돌아갈 날이 얼마 남지도 않았는데, 한 번씩 입어 보지도 못하고 돌아가게 생겼잖아요."

나는 그렇게 말하고 아버지가 보내 준 드레스 중 미리 골라 놓았던 것을 집어 들었다.

내 녹색 눈을 더 돋보이게 할 수 있는 짙은 장미색 실크에 얇은 검은색 레이스로 치장한 드레스였다.

이제 옷을 갈아입어야 하는데.

"제가 도와드리겠습니다, 피렌티아 님."

"그래 줄래요? 고마워요, 바이올렛. 드레스만 갈아입으면 돼요."

바이올렛의 도움으로 옷을 갈아입은 뒤, 가져온 액세서리 중 적당한 것을 고르기 위해 화장대 앞에 앉았다.

"으음. 하필이면, 이게 어울리네."

내가 고른 것은 페레스가 오래전 선물해 준 루비 머리핀이었다.

"왜 그러세요, 피렌티아 님?"

"이 머리핀이요. 지금 입은 드레스에 참 잘 어울리죠?"

"그렇네요. 마치 쌍으로 만들어진 액세서리 같습니다."

하지만 오늘 만찬에는 페레스도 올 텐데.

그런 생각이 먼저 들었다.

나는 손끝으로 핀을 만지작거리다가 결국 머리에 꽂았다.

잘 어울리는데 일부러 사용하지 않는 것도 이상하잖아.

"그럼 내일 펠렛 상회에서 봐요, 바이올렛."

곧 만찬이 시작할 시간인 것을 확인한 나는 바이올렛에게 인사하고 침실 문을 열었다.

그리고.

"어?"

마침 문을 두드리려던 것인지 한쪽 손을 들고 있는 페레스와 코앞에서 마주쳐 버렸다.

"안녕, 페레스."

나는 아무렇지 않은 목소리로 인사했다.

그런데 페레스는 뭔가 놀란 얼굴이었다.

나를 똑바로 보고 있는 붉은 눈동자가 묘하게 풀려 있달까.

"……안녕, 티아."

몇 초간 말이 없던 페레스가 한 박자 느리게 인사했다.

"에스코트하려고 왔어."

"으음. 그래, 신경 써 줘서 고마워."

"저 사람은……."

페레스가 열린 내 방문 너머로 바이올렛을 보고 말했다.

"펠렛 상회의 사람이지?"

이미 바이올렛이 누군지 아는 눈치다.

"내가 아이반 영지에 있다는 걸 알고 인사하러 왔어. 어렸을 때부터 봐서 친한 사이거든."

"그렇구나."

페레스는 고개를 끄덕이며 내게 손을 내밀었다.

에스코트를 하겠다는 의미였다.

나는 잠시 그 손을 내려다보며 망설였다.

그저 에스코트일 뿐인데.

조금 전 페레스와 마주쳤을 때부터 두근거리던 심장이 더욱 요란하게 뛴다.

머리는 제멋대로 호숫가에서의 일을 쓸데없이 선명하게 그려 내고 있었다.

닿은 곳에서 느껴지던 페레스의 체온과 낮은 목소리와 날 바라보던 붉디붉은 눈동자까지.

그리고 달빛 아래에 아름다웠던 페레스의 몸…….

나쁜 생각! 나쁜 생각!

나는 머리를 붕붕 휘젓고 싶은 것을 참으며 최대한 아무렇지 않게 여유로운 미소를 지으며 페레스의 손을 잡았다.

우리는 대화 없이 복도를 걸었다.

어쩔 수 없이 어색한 기류가 흘렀다.

이따금 마주치는 아이반의 고용인들이 반가울 정도였다.

아니, 어쩌면 어색한 것은 나뿐일지도 모른다.

페레스는 앞만 보는 나의 옆얼굴을 빤히 바라보고 있었으니까.

"아, 이제 도착했다."

다행히 내 방에서 식당까지는 그리 먼 거리가 아니었다.

체감상의 거리는 조금 다른 문제였지만.

"그렇게 안 멀다, 그치?"

나는 조금 그렇게 말하며 페레스의 손을 놓으려고 했다.

"……페레스?"

하지만 페레스의 손은 내 손을 놔주지 않았다.

오히려 더 단단하게 붙잡았다.

"이, 일단 식당 문을 열어야…….."

"티아."

내가 한 번 더 손을 빼내려고 하자 페레스가 다급하게 나를 부르며 한 걸음 다가섰다.

이제 녀석의 얼굴이 바로 코앞에 있었다.

"내가 준 머리핀 했네."

바로 귓가에서 들린 소리에 나는 나도 모르게 놀라며 어깨를 움찔했다.

"예, 예쁘잖아! 나 평소에도 자주 하고 다녀!"

"그래? 기쁘다."

페레스가 웃으며 말했다.

평소랑 다르지 않은, 녀석 특유의 입꼬리만 올리는 그런 미소였다.

그런데 오늘따라 그 웃음이 더 농염해 보이는 건 왜지!

더 이상 페레스의 얼굴을 보고 있기가 힘들어 나는 시선을 아래로 내렸다.

"⋯⋯어라?"

그리고 나는 한차례 더 놀라야 했다.

아니, 조금 전과는 비교도 안 될 만큼 진심으로 놀랐다.

어느덧 내 손도 페레스의 손을 꽉 잡고 있었기 때문이었다.

마치 그 크고 따뜻한 손을 놓고 싶지 않은 것처럼 말이다.

내 손아, 미쳤니?

왜 페레스 손을 그렇게 잡고 있는 거야?

내 심장아, 너도 같이 미쳤니?

왜 이렇게 미친 듯이 뛰는 건데!

그렇게 내 생각과 전혀 상관없이 나대는 신체 부위들에 의해 멘탈이 붕괴되고 있을 때였다.

"티아."

그것뿐이다.

페레스는 그냥 내 이름을 부른 것뿐이었다.

두근두근.

그런데 내 심장은 더욱 주책맞게 뛰어 댔다.

그리고 자꾸 내 눈은 페레스의 얼굴로 향했다.

아니, 정확히는 그 입술에.

자석에 이끌리는 것처럼, 자꾸만 입술을 바라보게 된다.

페레스도 그런 나의 변화를 감지한 것이 틀림없다.

내 눈과 엉키듯 단단히 고정된 시선이 뜨거워졌다.

그 시선에 고스란히 노출된 나는 꼼짝할 수가 없었다.

스르륵.

그리고 그 틈을 타 녀석의 손가락이 내 손가락 사이사이를 파고
들어 단단히 깍지를 꼈다.

"……읏."

이번에도 마찬가지였다.

그것뿐인데, 너무나, 지나치게 가깝게 느껴졌다.

그런데 밀어낼 수가 없다.

"너무…….."

잘생겼잖아.

그래, 이 모든 건 바로 페레스의 미친 미모 때문이다.

난 두 눈을 질끈 감았다.

일단 페레스의 얼굴이 보이지 않아야 제정신이 돌아올 것 같아서.

"페, 페레스."

"……응?"

내가 틀렸다.

눈을 감으니 페레스의 목소리가 얼마나 소름 끼치게 좋은지 더욱 적나라해질 뿐이었다.

나는 눈을 뜨고 정말 발바닥 저 밑에 있는 절제심까지 끌어올려 말했다.

"우리 이러면 안 돼."

"이러는 게 뭔데?"

"아, 알잖아! 이런 거!"

나는 여전히 깍지 낀 손을 번쩍 들어 올리며 반쯤 소리쳤다.

"너 만나는 사람 있잖아! 난 임자 있는 남자 뺏는 나쁜 취미는 없다고!"

고오- 고오- 고오-!

텅 빈 복도에 내 작은 외침이 메아리가 되어 울렸다.

페레스는 날 내려다보며 조용히 짙은 눈썹을 찌푸렸다.

"……만나는 사람?"

낮은 목소리에 뭔가 언짢은 기색이 녹아 있었다.

잠시 생각하던 페레스가 물었다.

"……너?"

"아니, 나 말고! 그, 그……."

페레스는 내가 라모나에 대해서 아는 걸 모른다.

애초에 페레스와 모낙 상단의 연결 고리에 대해서 아는 것도 모른다.

만약 여기서 페레스가 나에게 '네가 라모나에 대해서 어떻게 알아?'라고 하면 나는 뭐라고 해야 할까.

'사실 라모나와 트리바 나무를 놓고 박 터지게 경쟁한 바이올렛이 내 사람이야'라고?

아니면 '난 사실 너랑 라모나가 제국 공식 연인이 되는 미래에서 회귀했어'라고 해야 하나?

나는 결국 김이 반쯤 빠진 질문을 할 수밖에 없었다.

"아, 아카데미에서 만난 여자?"

"없어, 그런 거."

페레스가 바로 대답했다.

"아카데미에서 만난 여자인 동기생은 있지만."

깍지 낀 손이 내 손을 더욱 단단하게 잡았다.

"없어……?"

"없어."

페레스는 단호하게 말했다.

그 모습에 거짓은 없어 보였다.

아니, 원래 페레스는 내게 거짓말을 하지 않는다.

그런 믿음 위에 한 가지 생각이 슬며시 고개를 들었다.

그럼 아직 그런 사이는 아닌가?

동시에 가슴을 쓸고 내려가는 안도감이 느껴졌다.

그때 복도 저쪽에서 누군가가 우리를 불렀다.

"황자 전하, 피렌티아 님."

얼굴 가득 싱그러운 미소를 짓고 있는 아비녹스였다.

"들어가지 않고 뭐 하십니까?"

얼른 아비녹스가 오고 있는 쪽으로 몸을 돌리며 잡고 있던 손을 놓아 버렸다.

페레스가 옆에서 고개를 돌려 나를 보는 시선이 느껴졌다.

"들어가기 전에 잠시 이야기를 나누고 있었어요, 아비눅스 님."

"그러셨습니까? 대화가 끝나셨다면 함께 들어가시죠."

"그럴까요?"

나는 페레스의 팔을 툭툭 치며 이만 안으로 들어가자 눈짓을 했다.

"……그래."

나는 왼쪽에 페레스, 오른쪽에 아비눅스를 두고 함께 만찬장으로 입장했다.

그러나 내 머릿속에는 한 가지 생각만이 가득했다.

나는 왜 안심했지?

만찬은 짧게 끝났다.

오늘도 아이반 가주는 참석하지 않았고 둘째 아들인 미겐테가 대신 우리를 대접했다.

하지만 미겐테 아이반도 식사가 끝난 뒤 오래 자리에 머물지는 않았다.

잠시 페레스와 구석에서 무언가 대화를 나누더니 우리에게 '편히 쉬다 가시라'고 말한 뒤 만찬장을 떠났다.

"그럼 나도 이만……."

페레스 때문에 잔뜩 긴장했기 때문인지 피곤했다.

나도 슬슬 자리를 뜨려고 냅킨을 테이블 위에 내려놓으며 운을 띄울 때였다.

덥석.

아직 냅킨을 쥐고 있는 내 손을 누군가가 잡았다.

"……아비녹스 님?"

"피렌티아 님…….

누가 얘한테 술 줬니.

얼굴이 새빨갛게 달아오른 아비녹스는 이미 눈이 풀린 게 완전히 취한 것 같았다.

그리고 설상가상으로.

"……훌쩍."

누구야! 누가 얘한테 술 줬냐고!

아비녹스는 눈에 눈물이 그렁그렁한 채로 어깨를 축 늘어뜨리고 훌쩍거리고 있었다.

평소의 태양같이 밝은 모습과는 전혀 다른 일면이었다.

이러다 귀찮아진다.

푹 수그리고 울고 있는 게 딱 고민 상담이나 하소연할 각이라고!

"아비녹스 님? 아침에 술 깨서 이불 찰 일은 저지르지 마시고, 어서 방으로 돌아가시는 게…….

"저 어떻게 해야 합니까, 피렌티아 님."

이미 한발 늦었다.

"정말 너무 좋은데 어떻게 해야 할지 모르겠습니다."

아비녹스는 벌써 넋두리를 시작하고 있었다.

"저…… 아비녹스 님, 들어 드릴 테니까 이 손은 좀 놓으시고."

"그분은 제가 싫은 걸까요?"

그분이 너를 싫어하는지 안 싫어하는지는 모르겠지만 꽐라 돼서 질척이는 지금 너의 모습을 보면 좀 싫어하긴 할 거야.

그렇게 내 손을 빼내기 직전이었다.

저벅저벅.

디저트로 나왔던 케이크가 맛있다는 내 말에 한 조각을 더 가지러 잠시 자리를 비웠던 페레스가 테이블로 돌아왔다.

그러고는 말릴 새도 없이 아비녹스의 손을 내 손에서 거칠게 잡아떼어 냈다.

"엇!"

깜짝 놀란 아비녹스가 날 선 눈으로 노려보는 페레스와 나를 번갈아 보더니 얼른 사과했다.

"죄, 죄송합니다, 피렌티아 님. 제가 실수를 했습니다."

이제 술이 좀 깨는 모양이지.

"괜찮아요, 아비녹스 님."

나는 웃으며 그렇게 말해 줬다.

그런데 아비녹스는 그 '괜찮다'는 말을 조금 다르게 알아들은 모양이었다.

"제가 고민이 있는데 좀 들어 주시겠습니까?"

"어떤 고민이신지……. 제가 도움이 될 수 있을지 모르겠네요."

저렇게까지 말하는데 안 들어 줄 수 없잖아.

"제가…… 좋아하는 여성분이 있습니다."

나는 페레스가 가져다준 케이크를 먹으며 아비녹스의 이야기를 들어 주었다.

"그분은 제가 본인을 좋아하고 있는 것도 모르실 겁니다. 아니,

알고 있는 것 같기도 한데 잘 모르겠습니다.”

“뭐야, 무슨 말이 그래.”

“예?”

나도 모르게 본심이 나올 뻔했다.

“아, 아뇨. 그러니까 정확하게 상황을 알려 주셔야 고민 상담이 될 수 있지 않을까요, 아비녹스 님?”

“아……. 그렇죠.”

아비녹스는 더욱 어깨를 툭 떨구며 말했다.

“그러니까 처음 만난 건 사교 모임이었습니다. 황도에서 제일 유명한 독서 모임이라 별생각 없이 참석했던 것인데, 정말로 첫눈에 반하고 말았습니다. 그 아름다운 자태에.”

그 사람에 대해서 설명하는 아비녹스의 눈에 하트가 주렁주렁하다.

정말로 좋아하는구나.

“그 뒤로도 연회나 크고 작은 모임에서 여러 번 마주쳤습니다. 그래서 책도 선물하고 함께 차도 마시며 시간을 보냈죠.”

“그럼 그분도 아비녹스 님께 마음이 있는 것 아닐까요?”

“저도 그렇게 생각했습니다. 그런데…….”

아비녹스의 눈에 또 눈물이 그렁그렁했다.

“얼마 전에 그분이 제게 말씀을 하셨습니다. 곧 집안에서 정해 주는 혼처가 생길 것 같다고…….”

점점 작아지는 목소리와 함께 아비녹스의 얼굴에 먹구름이 꼈다.

“그분이 다른 사람과 결혼하게 되면 저는 더 이상 살 수 없을 것 같습니다.”

“아니, 잠깐만요.”

나는 손으로 정지 신호를 보내며 물었다.

"그러니까 그 여자분이 곧 결혼을 하게 될 것 같다고 아비녹스 님께 말했다고요? 굳이?"

"예……."

"게다가 좋아서 하는 연애결혼이 아니고 집안에서 정해 주는 대로 하는 정략혼이고요?"

"예……."

뭐야, 완전 그린라이트잖아.

나는 울먹울먹하는 아비녹스가 이해가 되지 않아 페레스를 바라봤다.

얘 좀 한심하지 않냐 하는 마음을 담아서.

그런데 웬일인지, 페레스는 아비녹스의 어깨를 툭툭 두드려 주고 있었다.

뭔가 굉장히 공감하는 모습이었다.

용기 없는 남자들.

나는 아비녹스에게 물었다.

"아비녹스 님, 그 여자분께 고백은 하셨나요?"

"고백…… 을 하지는 않았지만 다른 방식으로 제 마음을 전하기는 했습니다."

"예를 들면요?"

"귀한 책을 구해다 드린다거나 꽃을 선물한다거나…… 또 좋은 찻잎을 구하면 같이 차를 마신다거나……."

"고백 빼고 다 하셨네요?"

"그, 그건……. 네……."

아이고, 이 화상아.

나는 작게 한숨을 쉬며 고개를 저었다.

"아비녹스 님, 고백을 하셔야죠."

"하, 하지만 함께 많은 이야기를 나누기도 했고 또 시간도……."

"서로 좋은 마음을 가지고 있기는 하지만, 확신은 없는 사이라는 거네요."

"확신……."

아비녹스는 멍한 얼굴로 중얼거렸다.

"그분이 아비녹스 님께 정혼에 대해서, 그것도 아직 정해지지도 않은 일에 대해서 미리 언질을 한 것에는 이유가 있을 거라고 생각해요."

겨우 이런 문제 때문에 그 죽을상을 하고 고민을 하다니.

아, 피곤해.

나는 초콜릿 케이크를 먹은 입가를 냅킨으로 다시 두드려 닦고 자리에서 일어나며 말했다.

"마음을 표현하세요, 아비녹스 님. 표현하지 않는 사랑은 사랑이 아니에요."

언젠가 들은 적이 있는 구절을 대충 말해 줬다.

아, 몰라. 여러 사람한테 유용하니까 유명해졌겠지.

"표현하지 않는 사랑은 사랑이 아니다……."

"네, 맞아요, 아비녹……."

아비녹스가 아니었다.

내가 한 말을 따라 읊고 있는 것은 아비녹스가 아닌 페레스였다.

그리고 녀석의 붉은 눈동자가 의자에서 일어나 서 있는 나를 올려다봤다.

나는 조금 당황해서 어깨를 움찔했다.

네가 왜 그 말을 새겨듣는 건데?

서셔우 부인이 병상에 누운 지도 반년이 지나가고 있었다.

나이에 비해 무척이나 건강하던 부인이었지만 빗길에 미끄러져 크게 다친 이후로 침대를 벗어나지 못하고 있었다.

결국 서셔우 부인은 결단을 내렸다.

오랫동안 손에 쥐고 넘기지 않았던 서셔우가의 가주 자리를 내주기로 한 것이다.

작고한 남편의 사촌 형제의 아들인 찬톤 서셔우였다.

찬톤은 사십 대까지는 황실의 기사단장으로 있다가 몇 년 전 고향으로 돌아온 제국에서 손꼽히는 기사였다.

가주직의 승계는 한 달 전, 조용하게 이뤄졌다.

명석하고 우직한 찬톤을 가주로 앉힌 뒤, 서셔우 부인은 마음을 놓고 병환을 치료하는 것에만 집중하고 있었다.

오늘 이상한 소식을 듣기 전까지는.

서셔우 부인은 바로 찬톤을 침실로 호출했다.

"숙모님, 부르셨습니까."

찬톤은 복잡한 호칭을 벗어 버리고 '숙모님'이라고 서셔우 부인을 살갑게 부르며 안으로 들어섰다.

짧게 자른 갈색 머리칼을 가진 평범한 인상의 얼굴이었지만, 그에게선 오랫동안 검을 다뤄 온 검사 특유의 날카로움과 강자의 여유로움이 걸음마다 묻어났다.

"몸은 조금 어떠십니까, 숙모님."

"많이 좋아졌다. 황도로 갈 준비는 잘되어 가고 있느냐."

읽고 있던 책을 무릎 위에 내려놓으며 서셔우 부인이 물었다.

"예, 하나씩 잘 준비하고 있습니다. 갑자기 호출하셨다기에 걱정했습니다. 어쩐 일이십니까?"

"내가 오늘 이상한 소리를 들었다, 찬톤. 네가 내일 황도로 떠나는 이유가 황후의 편지 때문이라고 하는."

서셔우 부인은 말을 끝낸 뒤, 찬톤의 안색을 살폈다.

호방하고 허례허식이 없는 그는 시원한 그늘을 가진 나무와 같은 사람이었다.

그래서 친구도 많았고 그를 따르는 사람도 많았다.

그런 찬톤이 황실 기사단장 직위를 내려놓고 고향으로 돌아온 것이 서셔우 부인에게는 천만다행인 일이었다.

그만큼 찬톤을 믿고 있기에, 부인은 자신이 들은 소문을 믿지 않고 그를 호출했던 것이다.

"……네, 맞습니다."

아니라고 펄쩍 뛸 줄 알았던 찬톤의 차분한 대답에 서셔우 부인은 깊은 한숨을 삼켰다.

"오랫동안 황궁에서 일했으니 황실의 사정을 모르지는 않겠지. 나는 네가 서셔우를 위해 옳은 판단을 하리라 믿는다, 찬톤."

그러나 그렇게 말하면서도 서셔우 부인의 안색은 그리 좋지 못했다.

여전히 사람 좋은 미소를 짓고 있는 찬톤을 물끄러미 바라보던
부인은 결국 말 한마디를 덧붙였다.

"앙게나스를 조심하거라. 절대로 그들을 믿어서는 안 된다."

그 말을 잠자코 듣고 있던 찬톤은 빙그레 웃으며 고개를 끄덕였다.

"예, 명심하겠습니다, 숙모님."

다음 날 아침.

아비녹스는 단단히 술병이 났고 나는 아침 일찍 저택을 나와 다
시 바이올렛과 만났다.

비가 조금씩 부슬부슬 내리고 있는 길을 걸어 우리가 도착한 곳
은 허물어진 성벽 앞이었다.

"여기예요? 황실 행정관들이 사람들에게 식량을 나눠 준다는 곳이?"

"예, 저쪽입니다."

바이올렛이 가리킨 쪽을 바라보자 자그마한 천막 앞에 길게 줄을
선 사람들이 보였다.

그들의 손에는 저마다 작은 주머니가 하나씩 들려 있었다.

"아이반뿐만이 아닙니다. 산사태의 피해를 입은 영지민 모두에게 직
접 식량을 나눠 주는 행정관들이 파견되었다고 합니다. 그리고……."

"그리고요?"

"아무래도 영주들에게 구호금이 배분된 것 같습니다."

"구호금이요?"

"예, 어제 조닉 영지가 외부에서 인력을 사 와 재건 공사를 시작

했다고 말씀드렸지 않습니까? 그런데 조금 더 알아보니 조닉 영지만이 아니었습니다."

바이올렛이 주변을 슬쩍 보며 낮은 목소리로 말했다.

"다른 영지들도 일제히 돈을 써서 인력을 고용하고 주변 영지에서 목재를 사들이는 등의 움직임을 보이고 있습니다. 마치 누군가 그들에게 동시에 큰돈을 준 것처럼요. 그리고 그런 일이 가능한 분은……."

"페레스밖에 없죠."

우리가 알아서 하겠다고 나선 아이반은, 그런 것치곤 돈이 없는 빈털터리니 말이다.

그리고 문득 어제 본 장면이 하나 머리에 떠올랐다.

만찬이 끝나고 페레스와 한쪽으로 가서 조용히 대화를 나누던 미겐테 아이반의 모습이.

"아마 내부에서 도와주는 사람이 있었을 거예요."

"제 생각도 그렇습니다. 그렇지 않고서야 정확히 어느 영지가 얼마만큼의 피해를 받았는지 파악하기 어려웠을 테니까요."

"흐음."

나는 음식을 받아 가는 이들을 잠시 바라보다가 말했다.

"페레스가 잘했네요."

아이반 가주의 마음이 이해가 가지 않는 것은 아니다.

황실, 특히 황후 때문에 이 모양 이 꼴이 났는데 재건까지 그들의 돈을 받아서 하고 싶지는 않겠지.

하지만 정말로 책임감을 통감하고 있다면 그 정도의 자존심은 버려야 맞다.

"아이반 가주의 고집 때문에 정작 고통받는 건 영지민들이었으니까요."

"하지만 이번 일로 황자 전하와 아이반 가주 사이에 갈등이 생기지 않겠습니까."

바이올렛이 걱정스레 물었다.

"생기겠죠. 아마 생길 거예요, 엄청 크게. 하지만 아이반 가주가 뭘 어쩌겠어요?"

나는 어깨를 으쓱하며 말했다.

"처음에 돈을 받지 않겠다고 아이반 가주가 부린 생떼를 받아 준 것만 하더라도 페레스는 할 도리를 다한 거예요."

"그렇기야 하지만……. 황자 전하는 북부의 표도 필요하시지 않겠습니까."

바이올렛이 더욱 조심스러운 말투로 말했다.

"맞아요. 각 지역의 대표 가문들이 가진 황태자 임명 투표권을 생각하면 페레스는 북부의 가주에게 최대한 잘 보여야 하는 상황이에요."

"그러면 어째서……."

"바이올렛은 아이반 가주가 언제까지 버틸 거라고 생각해요?"

"아…… 그렇군요."

바이올렛이 고개를 끄덕였다.

"중요한 건 페레스의 황태자 임명이 다가왔을 때 누가 아이반의 가주인지, 아니겠어요?"

이전 생에서 아이반 가주는 지병이 악화되어 북부의 재건을 끝마치지도 못했다.

그리고 뒤를 이어 아이반 가주가 된 사람은.

"둘째인 미겐테 아이반이에요, 다음 대 아이반 가주는."

한쪽은 산사태를 일으켰고, 한쪽은 그 무너진 북부를 재건했으니 당연한 일일지도.

"그래서 오늘 미겐테 아이반을 만나러 가시는 겁니까?"

바이올렛이 동그랗게 뜬 눈으로 물었다.

"내가 북부에 온 이유는 딱 두 가지예요, 바이올렛."

나는 바이올렛에게 손가락 두 개를 펼쳐 보였다.

"하나는 롬바르디와 펠렛 상회를 잘 연계해서 북부의 재건을 성공적으로 돕는 것. 다행히 아이반 가주가 롬바르디가 준비한 목재는 그 자리에서 고맙다고 하고 받았으니, 페레스와 다르게 내 업무는 잘 흘러가고 있는 상황이고."

나는 남은 손가락 하나를 마저 접었다.

"다른 하나는 다음 대 아이반 가주와 미리 친분을 만들어 놓는 거였죠."

"아, 역시 피렌티아 님……."

바이올렛이 두 눈을 반짝이며 말했다.

어쩐 점점 바이올렛의 반응이 클레리반을 닮아 가는 것 같다.

"오늘 다리 재건 현장에서 만나자고 한 것도 미겐테 아이반 쪽이니 내가 북부에 온 이유는 다 달성한 것 같죠?"

"네, 피렌티아 님!"

나와 바이올렛은 서로를 마주 보면서 웃었다.

바이올렛이 내가 탈 마차를 준비해 주러 간 사이, 성벽이 무너진 자리를 조금 더 둘러보고 있을 때였다.

철퍼덕.

"흐아아앙!"

뒤를 돌아보니 어린 여자아이가 넘어져 울고 있었다.

성벽의 잔해에 걸려 넘어진 듯했다.

나는 다가가 아이를 일으켜 주며 말했다.

"웃차, 일어나. 울면 더 아프니까, 씩씩하게 툭툭 털어."

"우웅. 툭툭…….."

아이는 눈물을 그렁그렁 달고도 일어나 내가 시키는 대로 툭툭 옷을 털었다.

"아이고, 찢어졌네."

아이의 무릎은 다행히 멀쩡했지만, 대신 입고 있던 옷이 찢어져 있었다.

"리지, 괜찮니!"

보호자로 보이는 여자가 뒤늦게 달려와 아이를 살폈다.

"아휴, 옷이 찢어졌네. 이따가 언니가 꿰매 줄게."

"으응. 알겠어, 라모나 언니."

"……라모나?"

나도 모르게 중얼거렸다.

자기 이름이 불리자 여자는 고개를 들었다.

그 움직임에 길고 결 좋은 붉은 머리칼이 부드럽게 날렸다.

그 여자였다.

그것을 깨닫자마자 속이 불편하게 울렁거렸다.

라모나는 상냥한 얼굴로 웃으며 일어나 말했다.

"죄송해요. 리지 때문에 옷이 더러워지거나 하지는 않으셨나요?"

"아뇨……. 그런 일은 없었어요."

"산사태로 집이 묻히거나 가족들이 사고를 당한 아이들인데, 부모님들이 재건 현장에 가 있는 동안 제가 봐주고 있는 거라 아직 미숙해서요. 높은 분께 누가 되어 죄송합니다."

완전 착하잖아!

기분이 나빠진 내가 미안해질 정도로 착한 사람이잖아!

하긴, 그 착한 피와 유전자가 어디 가겠어.

"좋은 일을…… 하시네요."

"제가 할 수 있는 일을 하는 것뿐인걸요. 요즘은 일도 그렇게 바쁘지 않아서……. 아, 저는 모낙 상단에서 일하는 라모나라고 합니다."

라모나가 그제야 생각이 났다는 듯 말하다가 주변을 둘러보며 작게 한숨을 쉬었다.

"휴, 내가 조금 더 능력이 있었다면 아이들을 더 좋은 상황에서 보호할 수 있었을 텐데……."

혼자서 중얼거리는 말까지 착하다.

이건 뭐 어떻게 미워하거나 불편해할 수도 없다.

약간 허탈해지기까지 했다.

라모나는 조금의 가식도 없는, 정말로 착한 사람이었으니까.

동시에 '나도 저 여자에게 지고 싶지 않다'는 뭔가 이상한 마음이 슬쩍 고개를 들었다.

묘한 충동과 함께 나는 손을 불쑥 내밀며 말했다.

"만나서 반가워요, 나는 피렌티아 롬바르디예요."

"로, 롬바르디……."

라모나는 놀라서 말까지 더듬었다.

입고 있는 옷이나 풍기는 분위기 때문에 고위 귀족이라는 것은 짐작하고 있었지만, 눈앞의 이 사람이 '그' 피렌티아 롬바르디라니.

요즘 아이반에서 그녀를 모르는 사람은 없었다.

북부를 구해 주러 온 롬바르디 가문의 대표이자, 갤러한 의복점을 소유하고 있는 갤러한 롬바르디의 외동딸.

그리고 페레스 님의 어린 시절 친구.

라모나가 멍한 표정을 얼굴에서 지우지 못하고 있을 때였다.

"아이들에게 구호물자가 충분하게 돌아가지 않은 건가요? 조금 전 옷을 꿰매야 한다고…….”

"아……. 이곳의 아이들은 옷을 한 벌씩 지급받았습니다. 그리고 추가적으로 옷을 만들 수 있는 옷감도 받았지만…….”

집도, 어쩌면 가족도 저 흙더미 아래에 파묻힌 아이들에게 천을 가지고 옷을 만들 수 있는 환경이 될 리가 없다.

"어떤 공무원이 일 처리를 이렇게 한 거야?"

"네?"

뜻 모를 말을 중얼거리던 피렌티아는 라모나에게 물었다.

"조금 전에 모낙 상단에서 일한다고 말씀하셨죠? 모낙 상단에선 이 아이들을 도와줄 수 있는 여유가 없나요?"

피렌티아의 다소 직설적인 질문에 라모나는 조금 기분이 상해 방어적으로 대답했다.

"저, 저도 사비를 털어서 아이들에게 음식을 사 주고 있…….”

"아뇨, 라모나 씨 말고 모낙 상단이요. 그 정도 여유는 있을 것 같은데.”

"상단의 이윤은 더 큰 일을 위해서 사용될 예정이에요."

"더 큰 일이라……."

피렌티아가 묘한 눈으로 라모나를 바라봤다.

딱히 화를 내는 것도, 그렇다고 째려보는 것도 아닌데 그 눈빛에 라모나는 어쩐지 자신이 너무나 작게 느껴졌다.

"한번 상단 주인…… 분께 물어보세요. 그런 돈을 아까워할 사람은 아니니까."

"저희 상단주님을 아시나요?"

노시어 아저씨가 이분과 안면이 있는 사이던가?

라모나가 고개를 갸웃했다.

"아, 그러니까…… 조금요. 전에 내 사업 설명회에서요."

"그러셨군요……."

"크흠. 그럼 나는 이만, 볼일이 있어서. 좋은 일 하느라 고생이 많네요."

"만나 뵙게 되어 영광이었습니다, 피렌티아 님."

라모나는 공손하게 인사했다.

평민이 귀족에게 하는 예법이었다.

"흐음."

피렌티아는 잠시 멈칫하며 그 모습을 빤히 보더니 말했다.

"또 봐요, 영애."

"예, 피렌티아 님."

아무 생각 없이 허리를 숙이고 있던 라모나는 순간 흠칫했다.

"……말실수를 하셨나?"

그렇게 말하고 고개를 들었을 때, 멀리서 마차에 올라타는 피렌티아와 그 옆을 지키는 펠렛 상회의 바이올렛이 보였다.

바이올렛은 살갑게 피렌티아의 옷매무새를 봐 주고 있었고, 피렌티아는 그런 바이올렛에게 무언가를 지시하고 있는 것처럼 보였다.

그 모습이 마치 시종과 지체 높은 아가씨 같아, 라모나는 입을 작게 벌렸다.

그녀에게 바이올렛은 본의 아니게 경쟁자이기는 했지만, 동시에 펠렛 상회를 움직이는 거대한 존재였다.

"역시 대단하신 분이구나……."

라모나는 어쩐지 한숨이 나올 것 같았다.

하긴, 저런 분이니 황자 전하의 소꿉친구이셨던 거겠지.

조금 이상해진 마음을 다독이고 있는 라모나에게 바이올렛이 다가왔다.

"라모나 양?"

"바, 바이올렛 님?"

같은 여자가 봐도 너무나 멋진 바이올렛이 라모나를 향해 상냥하게 웃고 있었다.

"이 근처에 우리 펠렛 상회 소유의 건물이 있어요. 그곳이라면 아이들이 조금 더 안전하게 뛰어놀 수 있을 것 같은데, 어때요?"

"정말이세요? 감사합니다, 바이올렛 님!"

"여기서 잠깐만 기다려요."

잠시 뒤, 라모나는 곧바로 아이들을 모아 바이올렛이 이끄는 곳으로 갔다.

"와아……."

커다란 2층 건물은 사용하지 않는 건물로 보였다.

하지만 깔끔하게 정리되어 있었고 커다란 창문을 통해 햇빛도 잘 들어와 따뜻했다.

"와아, 신난다!"

"하나도 안 추워!"

아이들은 신이 나서 깔깔 웃으며 뛰어다녔다.

"일단 이곳에 있으면 편한 의자나 푹신한 이불 등을 가져다줄게요. 그리고……."

바이올렛이 손짓하자 커다란 보따리를 든 사람들이 몇이나 들어와 무언가를 내려놓고 갔다.

"이게 뭔가요, 바이올렛 님?"

"아이들의 옷이에요. 갤러한 의복점의 기성복이라 바로 입힐 수 있는."

"아아……."

라모나는 놀라서 두 손으로 입을 가렸다.

"아이들이 너무나 행복할 거예요!"

라모나의 눈에 어느새 눈물이 고였다.

"감사합니다! 감사합니다, 바이올렛 님!"

라모나가 연신 인사를 했다.

그런 그녀를 보며 작게 웃은 바이올렛은 고개를 저으며 말했다.

"이건 내가 주는 게 아니에요, 라모나 양."

"그럼……."

"피렌티아 롬바르디 영애께서 좋은 일을 하는 라모나 양을 도와주고 싶다며 제게 부탁하고 가신 것들이에요."

"이 건물도, 저 옷들도 말씀이신가요?"

"네, 피렌티아 님은 펠렛 상회의 소유주인 클레리반 펠렛 님의 하나밖에 없는 제자이시거든요. 물론 갤러한 의복점의 유일한 상속자이시기도 하지만요."

"그, 그렇군요……."

라모나는 아이들이 뛰어노는 건물 내부와 한쪽에 산처럼 쌓인 옷들을 번갈아 바라봤다.

이 모든 것을 말 한마디로 가능하게 하는 사람.

그게 바로 피렌티아 롬바르디라는 사람의 힘이구나.

라모나가 그렇게 생각하고 있을 때, 바이올렛이 웃으며 말했다.

"라모나 양이 피렌티아 님께 좋은 인상을 남겼던 모양이에요. 쉽지 않은 일인데, 굉장한데요?"

바이올렛은 진심 어린 칭찬을 건넸지만, 라모나의 표정은 그리 밝지 못했다.

'이런 분이 황자 전하의 소꿉친구…….'

조금 전까지 맑은 하늘처럼 깨끗하던 라모나의 마음에 어느새 먹구름이 잔뜩 몰려와 있었다.

1급 행정관 톰슨과 2급 행정관 라이언은 황궁에서 북부로 파견 나온 열두 명의 행정관 중, 다른 영지로 옮겨 가지 않고 2황자의 옆에 남은 인력들이었다.

처음 파견이 결정되었을 때, 동료들은 그들을 동정했지만, 현재 두 사람은 북부로 온 것에 매우 만족감을 느끼고 있었다.

그 이유는 딱 한 가지, 2황자 페레스 때문이었다.

아카데미 수석과 조기 졸업이란 화려한 이력이 당연하게 느껴질 만큼, 그의 업무 처리는 효율적이고 정확했다.

또한 단 한 번의 실수도 없었다.

그런 모습을 옆에서 보고 있노라면 뼛속까지 행정관 체질인 톰슨과 라이언은 속이 다 시원해질 정도였다.

페레스는 오늘도 동이 트기 전부터 일어나 엄청난 속도로 업무를 보고 있었다.

"다음."

"황자 전하, 잠시 쉬었다 하시는 것이 어떻겠습니까."

"톰슨."

"예, 전하."

"휴식 시간을 챙길 정도로 일이 한가한가?"

"아, 아닙니다."

톰슨이 진땀을 흘리며 들고 있던 결재 서류를 페레스에게 넘길 때였다.

"잠깐."

문득 고개를 들고 시간을 확인한 페레스가 말했다.

"시간이 벌써 이렇게 됐군. 잠시 쉬었다 현장으로 나가지."

별일이었다.

페레스는 조금 전의 말대로 휴식 시간을 챙기는 법이 없었다.

"손님이 오실 때가 됐어."

페레스의 말이 떨어지기가 무섭게 똑똑하고 문을 두드리는 소리가 들렸다.

"황자 전하, 아이반 가주가 뵙기를 청하……."

"잠시 이야기를 나눌 수 있겠습니까."

얼른 밖으로 나가 본 라이언이 방문객이 왔음을 채 다 알리기도 전에, 아이반 가주가 반쯤 밀치고 들어오며 굳은 얼굴로 말했다.

페레스는 대답 대신 짧게 고개를 한 번 끄덕였다.

톰슨과 라이언이 자리를 비키고, 방에는 두 사람만이 남았다.

"말씀하시죠, 아이반 가주."

페레스의 허락이 떨어지자마자 아이반 가주는 노기가 역력한 목소리로 말했다.

참을 만큼 참았다는 듯한 태도였다.

"지금 당장 월권행위를 멈추어 주십시오, 전하."

그에 반해 페레스의 목소리는 차분하기 그지없었다.

"월권행위?"

"아이반의 가주인 나를 무시하고 북부의 영주들에게 일방적으로 구호금을 나누어 주는 행위 말입니다."

하지만 페레스는 대답 대신 고개를 살짝 기울였다.

그 모습을 본 아이반 가주는 눈살을 찌푸렸다.

"지금 그런 일을 하지 않았다 발뺌하시는 겝니까?"

"아니, '일방적으로'라는 말이 잘 이해가 가지 않아서요."

"일방적이 아니면 뭐란 말입니까!"

아이반 가주는 언성을 높이며 페레스의 책상 앞으로 걸어왔다.

"분명히 말씀드렸습니다! 북부는 황실의 구호금을 받지 않겠다, 우리의 일은 우리가 알아서 하겠다! 그럼에도 불구하고 황자 전하께서는 북부의 영주들에게 일방적으로 구호금을 배분하셨지 않습니까!"

"그렇다면 여전히 황실의 구호금을 받지 않겠다는 생각에는 변함이 없다는 뜻이군요."

"당연합니다."

"그렇다면…… 어쩔 수 없군."

페레스는 고개를 끄덕이며 손에 쥐고 있던 깃펜을 내려놨다.

그리고 서서히 몸을 일으켰다.

제아무리 아이반 가주가 나이에 비해 건장한 체격을 가졌다고는 하나, 페레스에 비할 바가 못 됐다.

어느새 아이반 가주는 몸을 일으킨 페레스의 눈높이 아래에 있었다.

"제롬 아이반."

페레스가 자신의 풀네임을 낮은 목소리로 부르자, 아이반 가주가 작게 움찔했다.

기세에 눌린 것이다.

"나는 그대에게 기회를 주었다. 북부를 대표하는 아이반 가문의 가주이자 이번 산사태의 중대한 책임이 있는 자로서 그 의무를 다할 기회를."

페레스는 서랍에서 서류 한 묶음을 꺼내 들었다.

"하지만 그대는 그런 기회를 받을 자격이 없었다는 생각이 드는군."

페레스가 던진 서류 뭉치가 툭 하는 둔한 소리를 내며 아이반 가주 앞에 떨어졌다.

"영주들이 내가 보내 준 구호금을 가장 먼저 어디에 사용했는지 보고한 내역이다."

서류의 내용을 빠르게 훑어 내리는 아이반 가주의 눈동자가 떨렸다.

"식량과 의약품, 그리고 재건 공사에 필요한 인력 등 하나같이 긴급하고 촌각을 다투어 지급했어야 했을 물건들이지. 그런데 그 영주들은 그리고 영지민들은 적시적기에 도움을 받지 못하고 기다려야만 했다. 아이반 가주 그대 때문에."

아이반 가주를 노려보는 페레스의 붉은 눈동자가 선연하게 빛났다.

"그럼에도 불구하고 그들은 기다렸다. 아이반이 책임을 지겠다는 말을 믿고. 농지가 산사태로 뒤덮여 식량이 떨어져 가고, 의약품이 부족해 부상자들이 죽어 가도 기다렸지. 아이반에 모두를 책임질 능력이 없는 것도 모르고."

페레스는 책상을 돌아 나와 아이반 가주 앞에 섰다.

"그래서 내가 직접 움직였고, 그래서 그대에게 기회를 줬다. 모두에게 장담했던 것처럼 산사태에 대한 책임을 질 기회를. 하지만 그대에게는 가망이 없는 것 같군."

아이반 가주를 내려다보는 눈에는 이제 경멸이 깃들어 있었다.

"제롬 아이반, 이번 일이 일단락되면 나는 폐하께 그대의 가주직 박탈을 건의드릴 것이다. 제롬 아이반에게는 더 이상 북부를 대표할 자격이 없으니."

"그러실 수는……."

"다시 생각해 봐라, 내가 누군지."

아이반 가주는 반박하려던 입을 다물었다.

황명을 받고 온 황자는 임무의 과정과 결과를 황제에게 상세하게 보고할 의무가 있다.

그렇게 되면 제롬 아이반 가주 한 명이 아닌, 아이반 가문 전체가 책임을 묻게 될 가능성이 농후하다.

까딱 잘못했다간 아이반이 북부 대표의 자격을 잃을 수도 있는 것이다.

"제대로 된 선택을 해야 할 것이다, 아이반 가주. 제롬 아이반 개인의 실수로 만들어 가주 자리에서 물러날 것인지, 아니면 아이반 전체에게 책임을 묻게 할 것인지."

페레스가 차갑게 말했다.

그때였다.

쿠르르릉. 쿵.

미세하게 땅이 울리는 감각과 함께 커다란 것이 내려앉는 소리가 들렸다.

페레스와 아이반 가주의 고개가 동시에 소리가 들려온 곳으로 향했다.

"……산사태?"

페레스는 엄습하는 불길한 느낌에 조용히 미간을 찌푸렸다.

미겐테 아이반이 나에게 다리 재건 현장에서 만나자고 한 이유는 간단했다.

롬바르디의 도움으로 다리가 복구되고 있다는 것을 직접 보여 주고 싶었기 때문이었다.

나와 미겐테 아이반은 어깨에 목재를 진 사람들이 바쁘게 오가는 현장을 둘러보며 이야기를 나눴다.

"어젯밤 형님께서 서신을 받아 전후 사정을 들었습니다. 모두가 저희 아이반을 외면할 때 가장 먼저 손을 내밀어 주신 것이 영애라고."

확실히 하룻밤 사이 미겐테 아이반의 표정이 훨씬 좋아져 있었다.

원래부터 페레스뿐만이 아닌 나와 아비녹스에게도 적절히 예의를 갖추고 대하는 사람이었지만 지금 나를 대하는 태도에는 정중함까지 묻어났다.

"이 은혜를 잊지 않겠습니다, 롬바르디 영애."

"별말씀을요, 아이반 공."

미래의 아이반 가주에게 좋은 인상을 심는 것에 성공했다고 생각하니 기분이 째진다.

하지만 나는 끝까지 겸손하게 웃으며 대답했다.

"론첸트 님께도 드렸던 말씀이지만, 어려울 때는 서로 돕는 게 당연한 것 아니겠습니까."

상당히 상투적인 말이었지만, 미겐테 아이반은 매우 감동받은 것 같았다.

"맞는 말씀입니다!"

그리고 특유의 쾌활한 목소리로 말했다.

"나중에 제가 영애를 도와드릴 일이 있다면 몇 번이고 돕겠습니다."

아이고, 그럼요.

아이반 가주와 롬바르디 가주가 서로 잘 돕고 살아야죠.

그렇게 근처를 한 바퀴 돌았을 때, 누군가가 현장으로 찾아와 미겐테 아이반을 찾았다.

아이반 가주가 보낸 사람 같았다.

"가주님께서 미겐테 님을 급히 찾으십니다. 바로 저택으로 돌아와 보셔야 할 것 같습니다."

"……알겠다."

전언을 전하는 사람의 표정이 심상치 않았다.

미겐테 아이반도 그것을 느꼈는지, 마찬가지로 안색이 굳었다.

"어서 가 보세요. 저는 조금 더 현장을 둘러보고 갈게요."

"예, 그럼 저택에서 뵙겠습니다."

그 뒤, 나는 현장에 있는 롬바르디 건설의 기술자들과 대화를 나눴다.

안전한 작업을 위해 더 필요한 것은 없는지 확인하기 위해서였다.

그렇게 이야기를 마치고 나도 마차에 올랐다.

먹구름이 낀 하늘이 평소보다 빨리 어두워졌기 때문이었다.

다리 재건 현장은 아이반성에서 그리 멀지 않았다.

산의 구불구불한 비탈길을 깎아 만든 고개를 몇 개 지나면 되는 거리였다.

흔들리는 마차 안에서 나는 오로지 한 가지 생각뿐이었다.

어서 방으로 돌아가서 따뜻한 물로 목욕을 해야지.

조심조심해서 걸었지만 진흙으로 젖은 발이 엄청 시리다.

"워워-."

그런데 한참 달리던 마차가 서서히 속도를 줄이는 것이 느껴졌다.

"무슨 일인가요?"

"앞에 아이반 가문의 마차가 바퀴가 빠졌는지 서 있습니다. 어찌할까요?"

마부가 내게 물어 왔다.

어쩐지 웃음이 날 것 같았다.

왜 자꾸 이렇게 미겐테 아이반이 내게 빚질 일들이 생기나 몰라.

나는 직접 마차 문을 열고 밖을 살폈다.

아이반성까지는 이제 겨우 고개 하나가 남아 있는 지점에서 미겐테 아이반과 마부가 곤란한 얼굴로 대화를 나누고 있는 게 보였다.

"아이반 공, 괜찮으신가요?"

"아, 롬바르디 영애. 다친 곳은 없습니다만 마차가 주저앉아 버렸습니다, 하하. 고치는 데 시간이 좀 걸릴 것 같습니다."

"조금 전에 듣자 하니 급히 저택으로 돌아가셔야 하는 것 같던데. 괜찮으시다면 제 마차에 함께 타시는 것은 어떨까요?"

"그럼 염치 불고하고 또 도움을 받겠습니다, 영애."

공짜 아닌데, 이거.

다 장부에 아이반 가주 이름으로 달아 놓을 건데.

미겐테 아이반과 나를 태운 마차가 다시 움직이기 시작했다.

"정말 감사합니다, 영애. 이렇게 급히 호출하시는 일은 별로 없는데 무슨 일인지 참······."

말은 그렇게 하지만, 미겐테 아이반은 대충 무슨 일 때문인지 감이 잡히는 얼굴이었다.

이제 슬슬 페레스가 영주들에게 구호금을 나눠 준 일의 소문이 돌 때가 됐고, 본인은 그 일이 가능하도록 도왔으니.

아이반 가주의 긴급 호출에 더 마음이 급하겠지.

그때, 밖에서 마부가 '어이쿠!' 하는 소리가 들리더니 마차가 한 차례 쿵 하고 크게 흔들렸다.

"죄송합니다! 길이 미끄러워서 그만!"

"괜찮아요. 새벽부터 비가 그치지 않고 내리더니 길이 많이 미끄럽······."

나는 말을 끝마치지 못했다.

그래, 어제도 하루 종일 비가 내리고 오늘도 새벽부터 비가 내렸지.

심장이 불안하게 쿵쾅거리기 시작했다.

서둘러 마차의 창문을 열어 밖을 확인했다.

다행히도 산은 고요했다.

아니, 지나치게 고요했다.

마치 모든 산짐승들은 이미 산을 다 빠져나간 것처럼.

"속도를 좀 올려 주세요. 빨리 성으로 돌아가야⋯⋯."

그 순간 나는 목격했다.

마차가 달리고 있는 길이 저 앞부분부터 무너져 내리는 것을.

그것은 마치 허물어지는 모래성을 보는 것 같았다.

쿠르르릉.

이윽고 산이 기지개를 켜는 듯한 소리와 함께 길옆의 비탈이 쓸려 내려오기 시작했다.

"어, 어어!"

아무리 경험이 많은 마부라지만, 길이 무너져 내리는데 무슨 일을 할 수 있을까.

짧은 순간, 아직 상황을 파악하지 못한 미겐테 아이반과 눈이 마주쳤다.

재빨리 창문을 닫은 나는 미겐테 아이반을 잡아당겨 마차 좌석 사이의 가장 깊은 곳으로 몸을 숙였다.

콰앙-!

커다란 충격이 마차를 때렸다.

그리고 무거운 암흑이 우리를 덮쳤다.

말로 형용할 수 없는 불길한 예감이 페레스를 휘감았다.

아이반 가주를 뒤로하고 집무실을 뛰쳐나온 그는 미친 듯이 피렌티아의 이름을 부르며 저택을 뒤졌다.

"티아! 어디 있어, 티아!"

저택의 사람들과 황실 행정관들도 그 모습을 보고 뭔가 심상치 않음을 파악하고 웅성거렸다.

몇몇은 피렌티아를 찾는 데 손을 보태기도 했다.

페레스는 피렌티아의 침실을 향해 뛰었다.

그리고 문을 벌컥 열며 소리쳤다.

"티아!"

그러나 페레스를 맞이하는 것은 마침 옷을 정리하고 있던 시녀 베키였다.

"로, 롬바르디 영애께서는 다리 건설 현장에……."

페레스는 비명을 지르지 않으려 이를 악물었다.

그 대신 손마디가 하얘지도록 검을 쥔 손에 힘을 줬다.

저택의 계단을 날듯이 뛰어 내려가던 페레스는 곧바로 말에 올라타 성문을 지키고 있는 경비대로 향했다.

긴급회의 중이었는지, 놀란 경비대장이 갑자기 들이닥친 페레스를 바라봤다.

"다리가 무너진 곳, 그곳에서 이어진 길이 어느 쪽이지?"

경비대장은 말없이 무너진 산을 가리켰다.

그때, 아이반 가주도 다급히 경비대에 도착했다.

"산사태가 일어난 곳으로 갈 인원을 꾸려라. 사상자가 없는지 확인하러 간다."

아이반 가주가 굳은 얼굴로 명령했을 때였다.

경비대장이 침통한 표정으로 말했다.

"산사태가 나기 직전, 마침 길 위에 있던 마차 한 대가 그 안에 휩쓸려 들어가는 것을 봤습니다."

"마차라니, 누구인가?"

"롬바르디의…… 문양을 달고 있는 마차였습니다."

"허억!"

사람들이 경악했다.

아이반에 롬바르디의 문양을 단 마차를 타는 사람은 오로지 한 명뿐이었다.

피렌티아 롬바르디.

저 바위와 흙더미의 산 아래에 피렌티아 롬바르디가 파묻히다니.

"그, 그럴 수가."

아이반 가주의 얼굴이 노랗게 질렸다.

페레스에게 남아 있던 마지막 이성의 끈도 끊어졌다.

"컥!"

거친 페레스의 손이 옷을 잡아 뜯을 듯, 아이반 가주의 멱살을 잡았다.

"가, 가주님!"

경비대원들이 깜짝 놀라며 다가섰지만 함부로 끼어드는 이는 없었다.

아이반 가주가 구호금을 거부하는 바람에 북부의 재건 사업이 지연되고 있다는 것은 모두가 아는 일이었다.

그런 마당에 롬바르디 영애가 아이반 영지에서 사고를 당했으니.

게다가 페레스의 흉흉한 기운이 누구라도 다가서려거든 목을 내놓을 각오를 하라고 경고하고 있었다.

아이반 가주도 자신이 저지른 죄를 알기에, 컥컥거리면서도 감히 벗어나려 하지 않았다.

페레스는 바드득 이를 가는 소리와 함께 낮은 목소리로 으르렁거리듯 말했다.

"당신이 한 짓이 어떤 짓인지 이제 알겠나, 아이반 가주?"

"……."

아이반 가주는 입을 꾹 다물 뿐 대답하지 않았다.

콰앙-!

그런 아이반 가주를 내던지듯 밀어낸 페레스가 굉음을 내며 문을 박차고 나갔다.

그가 올라탄 말이 그사이 더욱 거세진 비바람을 가르며 붕괴한 비탈에 도착했다.

경비대와 아이반 가주도 그 뒤를 따랐지만, 목적지에 다다른 이들은 아무도 말을 꺼내지 못했다.

밀려 내려온 토사에 길이 뚝 끊겨 있었고, 산 중턱에서 굴러떨어진 커다란 바위가 그 위를 무겁게 짓누르고 있었다.

"하, 하필이면 바위가……."

흙을 파내려면 먼저 이 거대한 바위부터 치워 내야 했다.

하지만 그 일을 하는 데만 아마 며칠이 소요될 것이다.

그리고 흙 속에 파묻혀 그렇게 오랜 시간을 살 수 있는 사람은 없었다.

하지만 이렇게 손 놓고 있을 수는 없었다.

자그마치 피렌티아 롬바르디였다.

아이반 가주는 목에 핏대를 세우며 경비대에게 명령했다.

"모든 인력은 일단 힘으로 옮길 수 있는 바위를 옮기도록 한다! 그리고 너는 어서 성으로 돌아가 바위를 쪼갤 수 있는 도구를 가져오거라!"

여기서 피렌티아 롬바르디가 죽어서는 안 된다.

그랬다간 자신이 아이반 가주 자리에서 물러나는 것으론 감당할 수 없는 일이 벌어진다.

아이반 가주는 희게 센 머리가 온통 비에 젖는 것도 모르고 큰 소리로 여러 사람에게 명령을 내렸다.

"어서 움직여라, 어서!"

"예!"

팔을 걷어붙인 장정 몇이 가장 위에 있는 바위에 다가설 때였다.

우두커니 서서 바위 무더기를 바라보고 있던 페레스가 자신의 앞을 가로막은 병사를 옆으로 밀쳤다.

"비켜라."

페레스가 낮은 목소리로 한마디를 뱉어 냈다.

그리고.

채앵―!

날카로운 금속음과 함께 푸른 섬광이 번쩍였다.

페레스가 검집에서 빠르게 뽑아낸 검에서 눈부신 푸른색의 오러

소드가 솟아 있었다.

쾅!

페레스가 두 번째로 검을 휘둘렀을 때, 거대한 바위가 반으로 쪼개져 굴러 내렸다.

그럼에도 페레스는 멈추지 않았다.

그저 미친 듯이 오러 소드를 휘두르며 거대한 바위를 갈랐다.

한 번 휘둘러서 바위가 갈라지지 않으면 다섯 번, 열 번이고 검을 내리쳤다.

캉! 콰앙!

"어, 어어……."

멍하니 그 모습을 보고 서 있는 병사들에게 아이반 가주의 불호령이 떨어졌다.

"뭐 하나! 빨리 잘린 바위를 옮겨!"

"아, 예에! 아, 알겠습니다!"

병사들이 움직이는 것을 확인한 아이반 가주는 페레스의 뒷모습을 바라봤다.

오러는 강력하다.

하지만 그 누구도 오러를 무한정으로 뽑아낼 수는 없다.

특히 바위같이 단단한 물체를 베는 데에는 어마어마한 마나가 소모된다.

아니나 다를까.

푸른 오러 소드는 벌써 몇 번이고 힘없이 깜박이고 있었다.

하지만 페레스는 묵묵히 검을 휘둘렀다.

때로는 오러를 입히지 않은 맨 검이 바위를 때릴 때도 있었다.

후두둑.

결국 휘두르는 검날을 타고, 찢어진 페레스의 손아귀에서 시작된 붉은 피가 바위 위로 흩뿌려졌다.

하지만 이를 악문 페레스의 움직임은 멈추지 않았다.

까앙-! 쾅!

바위가 쪼개지는 소음 속에서 조용히 바닥을 적시는 핏방울의 개수만 늘어날 뿐이었다.

"으윽…….”

머리가 쪼개질 듯이 아프다.

어떻게 된 거지.

지끈거리는 머리를 부여잡으려고 팔을 움직이자 이상한 소리가 들렸다.

후두둑.

잘 떠지지 않는 눈을 뜨자 빛이 거의 들어오지 않아 깜깜한 마차의 내부가 보였다.

나는 마지막으로 몸을 수그렸던 마차 바닥에 쓰러져 있었다.

"으, 피…….”

이마를 만졌던 손이 잔뜩 축축해지도록 피가 묻어 나왔다.

그리고 내 발치에 쓰러져 있는 미겐테 아이반이 보였다.

"아, 아이반 공……!”

"으으…….”

나와 마찬가지로 정신을 잃고 쓰러져 있는 미겐테 아이반은 내 목소리에 반응하기는 했지만 눈을 뜨지는 못했다.

"결국, 갇힌 건가?"

나는 조심스럽게 몸을 일으켰다.

움직일 때마다 머리가 참을 수 없이 지끈거리기는 했지만 이렇게 손 놓고 있을 수는 없다.

한참이 걸려서 겨우 마차 의자에 앉은 나는 고개를 들어 주변을 둘러봤다.

"다행히 저 위에서 공기는 들어오는 것 같은데…….."

다행인지 불행인지, 마차 천장을 뚫고 들어온 작은 바위 덕분에 숨은 쉴 수 있겠다.

물론 지금은 마차 바닥에 나뒹구는 그 돌에 내 이마를 찧은 것 같기는 하지만.

최대한 어둠에 눈을 적응시키며 올려다보니 위쪽은 젖은 흙과 엉성하게 얽힌 바위로 덮여 있었다.

그래서 몸을 크게 움직이면 후두둑 하고 흙이 떨어지지만 동시에 구멍을 통해 작은 바람이 솔솔 들어오고 있었다.

"크고 튼튼한 마차를 타서 다행이야. 이런 일이 생길 줄 알았으면 마차 안에 생존 가방이라도 챙기고 다녔지…….."

아니, 이런 일이 생길 줄 알았으면 이불 밖으로 안 나왔으려나.

혼자 그런 시답지 않은 생각을 하며 긴장을 풀려고 했지만 욱신거리는 머리와 짙은 어둠에 자꾸만 무서워진다.

멀쩡히 공기가 통하고 바람이 들어오는 것을 아는데도 숨이 막히는 것 같다.

"으으, 여긴 어디……."

그때 미겐테 아이반이 눈을 떴다.

동시에 이상한 안도감이 밀려왔다.

아, 나 여기에 혼자가 아니구나.

짧게 숨을 내쉰 나는 미겐테 아이반에게 말을 걸었다.

"정신이 좀 드세요? 아무래도 산사태에 휩쓸린 것 같아요."

"아……. 그렇…… 군요. 영애께선 괜찮으신 겁니까?"

"조금 다치기는 했지만, 괜찮아요."

"다행입니다. 저도 이제 일어나야…… 윽!"

"어딘가 다치셨을 수도 있어요. 무리하지 말고 누워 계세요."

내 말에 미겐테 아이반은 미간을 찌푸리며 고개를 끄덕였다.

"죄송합니다, 롬바르디 영애."

"뭐가요?"

"제 부친이 고집을 부리는 바람에……. 원래 이 산비탈도 추가적인 산사태에 대비하는 공사가 예정되어 있던 곳입니다. 제가 더 강경하게 밀어붙였어야 했는데."

나는 아무 말도 하지 않았다.

빈말로도 '괜찮다'고 할 수가 없었으니까.

그런 내 마음을 아는 듯, 미겐테 아이반이 쓰게 웃었다.

"제 우유부단함 때문에 영애가 이런 일을…… 으윽."

그렇게 중얼거린 미겐테 아이반은 기어코 몸을 일으켜 앉았다.

그러고는 절망적인 눈으로 천장에 뚫린 구멍을 올려다봤다.

"다시 빛을 볼 수 있는 날은 오지 않겠지요. 여기서 이렇게……."

"며칠만 버티면 될 거예요."

"……예?"

"버티다 보면 다시 이 마차 안에도 볕이 들 날이 올 거라고요."

"하지만……."

"알아요. 보통 산사태가 나서 휩쓸리면 다들 꼼짝없이 갇혀서 죽는다는 거. 하지만 이번에는 다를 거예요."

나는 내가 앉았던 옆자리 위에 쌓인 흙을 툭툭 털며 말했다.

"롬바르디 영애."

미겐테 아이반은 내가 현실을 부정하고 있다고 생각하는 것인지, 측은한 눈으로 나를 바라봤다.

하지만 나는 고개를 저었다.

그리고 엉덩이가 닿는 부분을 들어 올렸다.

마차 안에서 먹고 마실 수 있는 간단한 음식이 들어 있는 숨은 공간이었다.

워낙 입이 심심한 것을 못 참는 성격인 나를 위해, 클레리반이 특별히 만들어 놓은 것이었다.

다행히 가득 찬 물병 두어 개와 먹을 만한 빵, 그리고 초콜릿 쿠키 등이 보였다.

저 빵은 바이올렛이 며칠 전 선물로 준 것이고, 초콜릿 쿠키는 페레스가 넣어 놓은 것이다.

소중한 사람들을 떠올리니 울컥 목이 메었지만, 울지 않았다.

그런 식으로 몸 안의 수분과 에너지를 낭비할 수 없다.

나는 여전히 불안한 눈으로 나를 보는 미겐테 아이반에게 아무렇지 않은 목소리로 말했다.

"아이반 공에게는 미안한 말이지만, 맞아요, 이 마차 안에 갇힌 것이 아이반 공 혼자라면 어려울 수 있어요."

그렇다면 이 마차를 꺼내려고 하는 것은 기껏해야 아이반의 사람들뿐일 테니까.

"하지만 이 안에는 저도 같이 있죠. 그 말은 즉, 밖에서 이 마차를 꺼내기 위해 셀 수 없이 많은 사람들이 움직일 거란 소리예요. 저는 롬바르디니까요."

"아……."

"롬바르디 가문은, 가능한 모든 자원을 동원해서 저를 구해 내려고 할 거예요. 아, 그리고 2황자 전하도요."

미겐테 아이반에게 말해 줄 수는 없지만 클레리반과 펠렛 상회도 포함이다.

그래, 모두가 움직여 줄 거야.

"그러니까 우리는 그 많은 사람들이 저 흙과 바위를 모두 치워 낼 때까지 살아만 있으면 돼요."

사실 미겐테 아이반에게 하는 말이 아니다.

자꾸만 불안해지는 나 스스로에게 하는 말이었다.

다행히 효과가 있었는지 마음이 차분하게 가라앉았다.

명료해진 머릿속에 내 손을 감싸던 조금은 거칠고, 따뜻한 손이 떠올랐다.

날 구해 주러 올 거야.

나는 차가운 물병 주둥이를 꽉 잡으며 생각했다.

이번 생은 가주가 되겠습니다 3

초판 1쇄 인쇄 2024년 1월 12일
초판 1쇄 발행 2024년 1월 31일

지은이 김로아
펴낸이 최원영
편집장 예숙영
편집 박상희
편집디자인 한방울
영업 김민원 조은걸
물류 이순우 최준혁 박찬수

펴낸곳 ㈜디앤씨미디어
출판등록 2002년 5월 1일 제117-90-51792호
주소 서울시 구로구 디지털로 26길 111 JnK디지털타워 503호
대표전화 (02)333-2513 팩스 (02)333-2514
전자우편 dncbooks@dncmedia.co.kr
디앤씨북스 블로그 http://blog.naver.com/dncbooks

ISBN 979-11-264-6986-4 04810
ISBN 979-11-264-6983-3 세트

2023 . 12 . 26